Uma surpresa na primavera

Carrie Elks

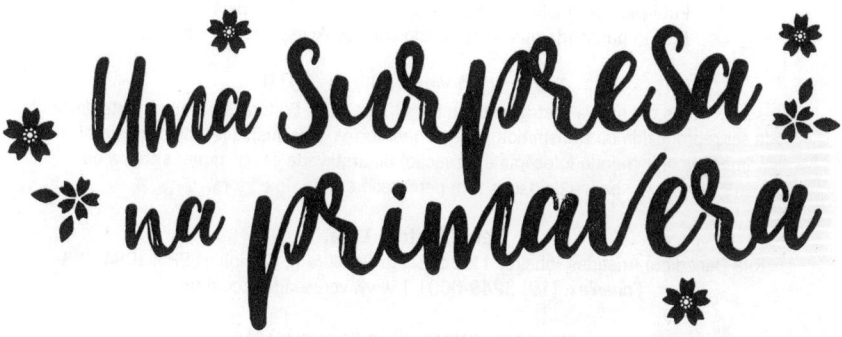
Uma surpresa na primavera

As
Irmãs
Shakespeare
LIVRO 3

Tradução
Andréia Barboza

1ª edição
Rio de Janeiro-RJ / Campinas-SP, 2019

VERUS EDITORA

Editora
Raïssa Castro

Coordenadora editorial
Ana Paula Gomes

Copidesque
Lígia Alves

Revisão
Cleide Salme

Imagens da capa
Aeypix/Shutterstock (castelo)
Feel Good Studio/Shutterstock (personagem)
Gina Smith/Shutterstock (flores)
Fotohunter/Shutterstock (folhas)

Diagramação
Juliana Brandt

Título original
Absent in the Spring
The Shakespeare Sisters, book 3

ISBN: 987-85-7686-797-5

Copyright © Carrie Elks, 2017
Publicado originalmente na Grã-Bretanha, em 2017, pela Piatkus.
Edição publicada mediante acordo com Bookcase Literary Agency.

Tradução © Verus Editora, 2019
Direitos reservados em língua portuguesa, no Brasil, por Verus Editora. Nenhuma parte desta obra pode ser reproduzida ou transmitida por qualquer forma e/ou quaisquer meios (eletrônico ou mecânico, incluindo fotocópia e gravação) ou arquivada em qualquer sistema ou banco de dados sem permissão escrita da editora.

Verus Editora Ltda.
Rua Benedicto Aristides Ribeiro, 41, Jd. Santa Genebra II, Campinas/SP, 13084-753
Fone/Fax: (19) 3249-0001 | www.veruseditora.com.br

CIP-BRASIL. CATALOGAÇÃO NA PUBLICAÇÃO
SINDICATO NACIONAL DOS EDITORES DE LIVROS, RJ

E42s	
Elks, Carrie	
Uma surpresa na primavera / Carrie Elks ; tradução Andréia Barboza. – 1. ed. – Campinas [SP] : Verus, 2019.	
; 23 cm. (As Irmãs Shakespeare; 3)	
Tradução de: Absent in the Spring	
Sequência de: Um amor de inverno	
ISBN 978-85-7686-797-5	
1. Romance inglês. I. Barboza, Andréia. II. Título. III. Série.	
19-54970	CDD: 823
	CDU: 82-31(410.1)

Leandra Felix da Cruz – Bibliotecária – CRB-7/6135

Revisado conforme o novo acordo ortográfico.

Seja um leitor preferencial Record.
Cadastre-se no site www.record.com.br e receba informações sobre nossos lançamentos e nossas promoções.

Atendimento e venda direta ao leitor:
sac@record.com.br

Para minha mãe, que me ensinou que abrir um livro
é mergulhar em um mundo novo.

1

> Os viajantes não mentem, muito embora na pátria
> os tolos os condenem a isso.
> —*A tempestade*

Lucy Shakespeare sacudiu o guarda-chuva molhado da Burberry — preto, liso e com a tradicional estampa xadrez bege do lado de dentro — e o colocou no suporte, estendendo a mão para ter certeza de que a chuva de Edimburgo não tinha umedecido seu cabelo loiro. Ela pegou um táxi do tribunal até os escritórios da Robinson e Balfour, mas mesmo a curta distância entre o meio-fio e a entrada elegante de arenito não tinha sido suficiente para salvá-la do aguaceiro da primavera. Retirando a capa de chuva dos ombros, colocou a peça em um cabide antes de pendurá-la, se certificando de tirar as rugas. Em seguida, se virou e entrou na área principal do escritório.

— A heroína conquistadora retorna. — Lynn, sua assistente, se levantou com um sorriso iluminando o rosto. — Parabéns, você deve estar satisfeita.

— Não tanto quanto os clientes — Lucy respondeu. — A última vez que os vi estavam indo para o bar, falando em pedir champanhe.

— Não te convidaram para ir junto? — Lynn perguntou, pegando a pasta de couro marrom das mãos de Lucy.

— Convidaram, mas eu recusei. Queria terminar a papelada. — E talvez ir ao escritório para se vangloriar um pouco. Mas quem poderia culpá-la? A sessão de hoje no tribunal foi o resultado de meses de trabalho duro. Vasculhou documentos antigos, tomou incontáveis depoimentos, isso sem mencionar o treinamento feito com seus clientes para manter as coisas tão cordiais quanto pudessem. A lei imobiliária era tão sentimental quanto o direito de família, mesmo que isso significasse lidar com vontades e propriedades. Era incrível a rapidez com que relacionamentos desmoronavam sempre que havia dinheiro envolvido.

Lucy olhou para as salas de vidro fosco onde os sócios seniores trabalhavam.

— O Malcolm soube do veredito? — Seus olhos se demoraram na placa afixada na armação de metal: *Malcolm Dunvale, diretor de direito de família e propriedade.*

— Foi ele quem me contou. Também estava com um grande sorriso no rosto. — O sorriso de Lynn se ampliou com a lembrança. — Ele quer falar com você quando for possível. Vou avisar que você voltou.

— Só me dê alguns minutos para me refrescar — Lucy pediu, caminhando até a espessa porta de carvalho que levava aos banheiros.

— Quer um café? — Lynn perguntou quando ela virou de costas.

Lucy se voltou para ela e sorriu.

— Sim, por favor, seria ótimo. Não bebi nada desde que fui para o tribunal.

Cinco minutos depois, com o cabelo arrumado e o rosto retocado, Lucy entrou no escritório de Malcolm Dunvale. Como todas as salas dos sócios seniores, a dele possuía enormes janelas de vidro com vista para a cidade, revelando a antiga Edimburgo em toda a sua glória encharcada pela chuva. Ao longe, dava para ver o castelo se erguendo majestosamente de Castle Rock, a construção quase integrada emergindo da colina gramada, como se tivesse crescido de uma semente em vez de ter sido construída pelo homem.

Lynn chamava aqueles escritórios de salinhas da ambição.

Malcolm tirou os olhos do laptop.

— Ah, Lucy, aí está você. Sente-se — pediu, apontando para a cadeira de couro preta mais próxima a ela. Ele passou a mão pelo cabelo grisalho e tirou os óculos de leitura, fechando-os cuidadosamente e os colocando ao lado do teclado.

Lucy se sentou, alisando a saia enquanto cruzava as pernas e endireitava a coluna.

— Olá, Malcolm.

— Fiquei contente de ouvir sobre o veredito — ele disse, se inclinando para trás enquanto tomava um gole de café. — Você também deve ter ficado.

Ela assentiu, deixando a sugestão de um sorriso surgir em seus lábios.

— Poderia ter acontecido de outra forma, mas o lado certo venceu no final. — Nem sempre funcionava assim. Ela tivera seu quinhão de perdas. Mas, quando tudo dava certo, não havia sentimento igual.

— O Robert Douglas me ligou enquanto você estava voltando para cá. Ele está tão feliz com o resultado que quer transferir todas as demandas dele para a Robinson e Balfour, e, como você sabe, é muito trabalho.

— Que notícia maravilhosa. — Ela manteve a expressão neutra, embora sua mão se curvasse. — Fico muito feliz em ajudar a equipe.

— Ah, eu gosto da sua sensibilidade inglesa — Malcolm falou. — Mas, com toda a sinceridade, vou te elogiar na próxima reunião entre os sócios. Você merece reconhecimento por isso.

Ela deixou o calor do seu elogio envolvê-la.

— Obrigada. Agradeço pelo seu apoio.

— Agora, eu preciso te pedir um favor — Malcolm apontou, colocando a xícara de café na mesa e pegando uma pasta amarela no lado oposto. — Você tem disponibilidade para um caso extra?

— Acho que sim.

— Um amigo americano nos indicou um caso interessante. Estão procurando alguém com experiência em direito imobiliário escocês, e, naturalmente, você foi a pessoa que surgiu na minha cabeça. Envolve algumas viagens... tudo bem quanto a isso, certo?

— Claro que sim. Eu estou sempre livre para viajar quando necessário. — Era uma das melhores coisas do seu trabalho. Ela adorava conhecer novos lugares.

— E nós apreciamos isso. É incrível como muitos membros da equipe não podem. — Ele empurrou a pasta pela mesa até Lucy.

— Pode contar comigo. — Ela abriu a primeira página e examinou as anotações no arquivo. Umedeceu os lábios enquanto lia os detalhes do caso, sentindo o familiar fluxo de adrenalina nas veias.

— É por isso que você é uma das melhores. E acho que vai gostar deste. Uma disputa familiar por uma propriedade nas Terras Altas, com o detalhe de que os dois membros da família moram nos Estados Unidos. É aí que nós entramos. A outra parte já contratou um advogado da região, então você vai ter que correr um pouco.

Pelo que ela podia ver, correr um pouco era eufemismo. Lucy olhou para a primeira página mais uma vez, os olhos deslizando da esquerda para a direita antes que voltasse sua atenção para Malcolm.

— Isso não é problema. Eu posso dar andamento ao caso rapidamente.

— Era isso que eu esperava que dissesse. O cliente quer se encontrar com você o mais rápido possível.

— Na propriedade? — Ela passou o dedo pelo papel, parando nas informações sobre a propriedade. — Glencarraig Lodge? — O nome era bonito, fazendo-a pensar na pintura *O monarca do vale*, de Landseer. Um cervo majestoso que saía das montanhas íngremes, com colinas de violetas ao fundo.

— Não, ele não tem tempo para vir aqui agora. Quer que você vá para Miami, onde fica um dos escritórios dele. — Malcolm fez uma careta. — Eu sei que está em cima, mas ele quer te conhecer no começo da próxima semana. Tenho a impressão de que ele quer ter certeza de que você é tão boa quanto eu disse que era. — Malcolm limpou a garganta. — Ele vai pagar as despesas, é claro.

— Claro. — Lucy assentiu. A primeira regra de um advogado: o cliente sempre paga a conta. Ela aprendeu isso assim que entrou na empresa como estagiária e lhe mostraram o sistema de faturamento antes mesmo de saber onde ficavam os banheiros. — Eu posso ler os detalhes do caso no fim de semana.

Malcolm levantou os óculos, colocando-os de volta sobre o nariz.

— Eu sabia que nós poderíamos confiar em você. O cliente reservou o hotel e a Lynn já providenciou a passagem e o táxi. Se você falar com ela agora, já deve ter o seu itinerário impresso. O seu voo sai logo cedo na segunda-feira.

— Certo. — Ela deu outro sorriso, embora sua cabeça já estivesse a meio caminho da porta, fazendo listas, localizando o passaporte e calculando quantos dólares americanos tinha em casa.

Claro que teria tudo de que precisava. Desde que era criança, organização era o seu nome do meio. E era exatamente assim que ela gostava.

— Este é seu. — O mensageiro deslizou o cartão de plástico no mecanismo de aço fosco, fazendo a porta zumbir quando foi destrancada. — Esta é a suíte Biscayne, uma das nossas melhores. — Ele colocou a mala no chão de mármore, parando ao lado de um sofá de couro branco que ficava em frente a uma parede de vidro. — A suíte foi reformada no ano passado, com o restante do hotel. Espero que goste. — Pegando um porta-bagagem dobrável do armário do outro lado da sala, levantou sua mala com habilidade e a colocou ali antes de se virar para ela com um sorriso.

Lucy colocou uma nota de dez dólares em sua mão.

— É adorável. Obrigada.

— Precisa de algo mais, senhora? — ele perguntou, guardando o dinheiro dobrado no bolso.

— Não, estou bem, obrigada. — Uma onda de cansaço tomou conta dela enquanto notava a máquina de café no canto. — Vou fazer um café e desfazer as malas.

— Bem, se precisar de alguma coisa, é só discar zero no telefone. Estamos aqui para atendê-la. — Ele saiu, fechando a porta com cuidado. Ela ficou no lugar por um momento, apreciando a vista. As portas de vidro que iam do chão ao teto se abriam para uma sacada. Lá embaixo, uma fileira de palmeiras verde-escuras descia até a praia de areia clara e o mar azul-celeste. As ondas batiam suavemente, deslizando pela areia até quase encontrarem as espreguiçadeiras vermelhas com detalhes amarelos. O sol estava claro e quente — um contraste com a melancolia cinzenta que Lucy deixara para trás em Edimburgo, onde o inverno ainda estava preso à cidade com toda a força.

Ela viajara por mais de vinte horas, parando em Heathrow para pegar um voo de conexão, e seu corpo estava cansado. Olhou para a cama — os travesseiros fofos e os lençóis macios — e, por um momento, pensou em pular o café e simplesmente se deitar para recuperar o fôlego. Seu outro lado queria sair correndo do hotel e pegar um táxi, se certificando de ver todos os pontos turísticos antes de partir na manhã seguinte. Não tinha muita chance de isso acontecer, não quando havia trabalho a ser feito.

Girando os ombros para relaxar os músculos, abriu a mala. As roupas ainda estavam perfeitamente ordenadas — cada peça embrulhada em papel de seda para mantê-las sem amassados —, e ela as retirou e pendurou no armário. Pegou os scarpins Saint Laurent do saco de algodão e os colocou com cuidado em uma prateleira, tirando uma linha.

Estava prestes a levar sua nécessaire da L'Occitane para o banheiro quando o telefone tocou. Tirou os sapatos de couro cinza, atravessou a sala descalça e pegou o aparelho bege.

— Alô?

— Srta. Shakespeare?

— Sim.

— Aqui é a Maria, a concierge. Só gostaria de checar se precisa de alguma coisa. — Lucy olhou para a suíte. O bar estava abastecido, a televisão e caixa de som eram da melhor qualidade, além daquela vista que chamava sua atenção o tempo todo.

— Não, tenho tudo de que preciso.

— O sr. MacLeish perguntou se a senhorita pode se juntar a ele para o jantar. Fiz uma reserva para às oito horas, se não se importar.

Lachlan MacLeish, seu novo cliente. Quem estava pagando a conta daquela linda suíte. Lucy olhou o relógio; eram seis da tarde no horário local, o que correspondia ao meio da noite em Edimburgo. Muito além da sua hora de dormir.

— Oito horas está bom.

— Vou avisá-lo.

Respirando fundo, ela girou os ombros novamente, ignorando a maneira como eles protestaram contra o movimento. Daria tudo por um cochilo. Mas quem precisava mesmo dormir?

2

Dai-lhes bons bifes de ferro e aço, que eles comerão como lobos e combaterão como demônios.
— *Henrique V*

— Boa noite, sr. MacLeish — o manobrista do hotel cumprimentou, abrindo a porta do carro, quando Lachlan soltou o cinto de segurança. Deixou o motor ligado — não havia sentido em desligá-lo — e saiu do Porsche Panamera cinza-chumbo, pegando o telefone no console quando começou a tocar.

De novo.

Olhou para a fachada branca de estilo art déco do Hotel Greyson que se elevava sobre os dois e depois de volta para o manobrista, colocando o aparelho no bolso e ignorando a chamada.

— Como vai a família, Paul? — perguntou, apertando a mão do homem e colocando uma nota em sua palma.

— Estão todos ótimos. — Paul olhou para o carro de Lachlan e assoviou em apreciação. — Este é uma beleza. Vou cuidar bem dele para o senhor.

Quando Paul entrou no carro, Lachlan mexeu os ombros, tentando aliviar a tensão dos músculos dali. O cheiro do mar, o aroma salgado preso ao ar quente da noite, o rodeava. Ao contrário de Nova York, o clima estava ameno o suficiente para usar apenas calça e paletó — a gravata havia sido retirada e enfiada no bolso horas antes.

O telefone tocou de novo, aquela vibração familiar no osso do quadril. Ele passara a maior parte do dia em reuniões, tentando evitar uma crise em Nova York. As três horas de videoconferência, seguidas por mais duas de negociações tensas com seus investidores, não melhoraram seu humor.

— Como vai, sr. MacLeish? — a concierge perguntou enquanto ele entrava no hotel. — Sua convidada está no restaurante. Avisamos a ela que o senhor chegaria alguns minutos atrasado.

— Obrigado, Maria. — Lachlan acenou com a cabeça para a jovem. Pareceu uma boa ideia antes ter marcado um jantar com sua possível advogada escocesa para ver se ela seria adequada para assumir seu caso. Mas agora ele preferiria cair na cama.

— E a recepção tem algumas mensagens para o senhor. Eu pedi para enviarem para o seu quarto.

Um grupo de turistas — com muito dinheiro e roupas caras — entrou no saguão do hotel, as rodinhas das malas rangendo pelo chão de mármore. Quase imediatamente o espaço de três andares estava cheio de vozes altas que ecoavam pelo lago interno.

— Vou te deixar atender esse pessoal — Lachlan falou, inclinando a cabeça para o grupo. — Tenha uma boa noite.

— Obrigada, senhor. Igualmente.

Enquanto atravessava o saguão, passando pelas gigantes esculturas abstratas de prata e pelas árvores enormes em vasos, Lachlan sentiu uma onda de orgulho explodir em suas veias. Quando investiu no hotel, teve prejuízo e perdeu muito dinheiro, apesar da ótima localização. Foram necessários alguns anos para formar a melhor equipe, custear as instalações e atrair o tipo de hóspede que estaria disposto a pagar os preços que cobravam. Mas, finalmente, o lugar estava dando lucro.

Assim como tudo o que ele tocava, fizera dali um sucesso.

Quando virou em direção ao restaurante, o maître sorriu calorosamente, estendendo a mão para apertar a de Lachlan com firmeza.

— Sua convidada está sentada à sua mesa de sempre, sr. MacLeish.

Lachlan olhou para o relógio. Vinte minutos atrasado. Se sentiu um pouco culpado por fazê-la esperar depois de ter voado toda aquela distância.

O Palm Room era um restaurante metade coberto, metade aberto, com uma parede de portas de vidro que dava para um terraço repleto de palmeiras. Embora o interior fosse pintado de branco, todo o restante do salão era colorido, das cadeiras de veludo roxo às pinturas de Jackson Pollock escolhidas a dedo.

Como o restante do hotel, desde que fora reformado, o Palm Room se tornara um refúgio da moda para os ricos e famosos. No canto, ele podia ver um antigo magnata dos transportes marítimos, amigo de seu pai, jantando com uma garota que era jovem o suficiente para ser sua filha. Do outro lado estava uma subcelebridade, olhando pelo salão para ver se alguém a reconhecia e ignorando totalmente seu companheiro de jantar — um ex-criminoso conhecido que tinha dinheiro suficiente para comprar a companhia que quisesse para o jantar. Lachlan acenou para eles, depois continuou até as portas de vidro e saiu.

O terraço era seu lugar favorito para fazer as refeições, mesmo no começo da primavera. Embora a temperatura estivesse um pouco abaixo dos vinte graus, o exterior parecia tão quente quanto o interior.

Sua mesa habitual ficava do outro lado, afastada das demais para proporcionar certa privacidade, e tinha vista para o Oceano Atlântico. Quando o sol encontrava o mar e o céu escurecia, as palmeiras que separavam o hotel da praia se transformavam em silhuetas negras na água azul-acinzentada.

Mas não foi a vista que chamou sua atenção. Foi a mulher sentada à mesa com o rosto virado enquanto olhava para a baía.

Ele quase parou de repente. Havia algo nela que o fez querer parar e olhar por um momento. Não era apenas sua aparência — embora isso fosse o suficiente —, mas o jeito como ela se continha o intrigou. Enquanto ela olhava para o mar com o cabelo loiro preso em um coque perfeito e a expressão distintamente serena, ele imaginou que ela fosse uma equivalente feminina ao rei Canuto. Mas, no caso dela, se o Atlântico ousasse se mover pela areia, ela só teria que levantar a mão para que ele se afastasse novamente.

Deus, havia sido mesmo um longo dia. Estava vendo coisas que não existiam.

Balançando a cabeça, ele caminhou até a mesa e relaxou o rosto em uma expressão amigável. Negócios eram negócios, não importava o quanto ele estivesse cansado.

— Srta. Shakespeare?

Quase imediatamente ela se virou para olhar para ele, seus lábios se curvando em um sorriso. Isso fez suas bochechas se erguerem e o canto dos olhos franzir.

— Sr. MacLeish? — ela perguntou. Quando ele assentiu, a moça se levantou, oferecendo a mão.

— Me desculpe, estou atrasado. Fiquei preso em reuniões — ele explicou, apertando a mão dela. Sua palma era quente e macia contra a dele. Olhou para seus dedos. E sua manicure perfeita. Quando voltou a olhar para o rosto da moça, seus olhos encontraram os dela, profundos e azuis. Havia uma suavidade em seu olhar que contrastava com seu exterior de aço. Ele podia se ver refletido na escuridão de suas pupilas.

— Sem problemas — ela disse, soltando sua mão. — Fiquei admirando a paisagem. — Sua voz era suave, mas rápida — o tipo de sotaque que ele ouvia sempre que visitava Londres. Estranho que ela fosse da Escócia, onde o sotaque era mais lírico e profundo.

Como o de seu pai.

— Como foi a viagem? — ele perguntou, apontando para a cadeira e gesticulando para ela se sentar.

— Foi longa, mas consegui trabalhar bastante. — Ela alisou a saia enquanto se sentava, e ele seguiu o exemplo, se recostando na cadeira e cruzando as pernas por baixo da mesa. — Isso me deu a chance de reler suas informações. Eu queria estar por dentro de tudo.

— Peço desculpas pela pressa — ele falou, pegou a garrafa de água e se serviu. — Gostaria de mais? — perguntou. Ela assentiu, e ele encheu seu copo, fechando-a em seguida. — Essa herança é muito importante para mim, e eu quero ter certeza de que tenho a ajuda certa. Você foi altamente recomendada.

Ela sorriu de novo. Era impossível afastar os olhos dele. Foi quase um alívio quando o garçom chegou, perguntando se já iam fazer os pedidos.

— Uma taça do Bryant Cabernet, por favor — Lachlan falou ao garçom. Ele não tinha a intenção de beber, mas uma taça poderia afastar a tensão.

— E você, srta. Shakespeare?

— É Lucy. — Ela balançou a cabeça, recusando, quando o garçom lhe ofereceu a carta de vinhos. — Estou bem com a água, obrigada.

O garçom saiu e os dois ficaram em silêncio por um momento, exceto pelo som do mar atrás dela e a conversa baixa no restaurante.

— É um belo restaurante — Lucy elogiou, olhando por cima do ombro para os arredores. — O que eu vi no salão principal eram Pollock?

— Sim, eram. — Ele ficou aliviado por não estarem entrando direto nos negócios, não importando o quanto estivesse cansado. — Nós trabalhamos duro para conseguir o melhor para o restaurante. E a comida é ainda mais surpreendente que a decoração. O chef e a equipe são excelentes.

O garçom trouxe o vinho e depois se afastou. Lachlan ergueu a taça, deixando o aroma preencher seus sentidos por um momento antes de tomar um gole. O gosto era tão bom quanto se lembrava.

— Fui a uma exposição de Pollock na Galeria Nacional de Edimburgo há alguns anos — ela disse. — Foi fascinante. Há algo hipnótico em suas pinturas que nos faz querer ficar olhando para elas por horas.

— Sempre morou em Edimburgo? — ele perguntou, ainda intrigado com seu sotaque.

— Não, eu nasci em Londres. Me mudei para lá quando tinha 18 anos para estudar direito. Acho que me apaixonei pela cidade e nunca mais fui embora.

— Isso explica o sotaque — ele falou. — Eu não estava conseguindo identificá-lo.

— Eu moro lá há dez anos — ela disse, com aquele sorriso brincando em seus lábios novamente. — Mas ainda não consegui me livrar do sotaque inglês. Felizmente os meus clientes não parecem se importar, mesmo que a maioria deles seja nascida e criada na Escócia.

Palmas soaram da mesa a poucos metros deles quando um garçom trouxe um enorme bolo de chocolate coberto de velas. Lachlan olhou por cima do ombro para ver do que se tratava, depois se virou para ela.

— O que te fez decidir se tornar advogada? — ele perguntou. Parecia estranho questionar isso, mesmo que esse fosse o motivo do jantar. Ele deveria estar entrevistando a jovem, se certificando de que ela era a pessoa certa para o trabalho. Afinal, essa era a razão pela qual ela voara mais de três mil quilômetros para se encontrar com ele.

Ele ainda preferia saber o que ela pensava sobre o hotel.

— Eu sempre me interessei por direito — ela respondeu, olhando para cima e chamando sua atenção. Ele ergueu a taça de vinho e tomou um gole, segurando o olhar dela.

— O que te interessou nisso?

Ela inclinou a cabeça para o lado, ponderando sua pergunta.

— Sem as leis, a sociedade como nós conhecemos não poderia existir. Elas nos dão estrutura para vivermos. Na maioria das vezes, as leis impedem as pessoas de se comportarem mal, e, mesmo que se comportem mal, elas garantem que os infratores sejam punidos.

— Dá a entender que você deveria ter escolhido a área criminal — Lachlan murmurou.

— Eu sempre achei que seria advogada criminalista, mas, depois que fiz estágio, descobri logo que não gostava dessa área.

— Por que não? — Ele parecia genuinamente interessado, se inclinando para ouvir sua resposta.

— Porque muitos dos meus clientes eram criminosos.

Ele riu e ela também. Sua risada era mais rouca do que ele esperava, e isso o fez estremecer momentaneamente.

— Você só gosta de estar do lado bom e do correto?

— Mais ou menos isso.

— Acho que eu deveria tomar isso como um elogio.

— Bem, pelas informações do seu caso, eu diria que você está do lado certo — ela disse, com um tom leve. — Mas não posso dizer mais nada.

Uma onda quebrou na praia atrás dela, as palmeiras balançando na brisa. Antes que ele pudesse dizer qualquer outra coisa, o garçom se aproximou para anotar os pedidos e ele teve que afastar o olhar de Lucy.

Lucy cortou a costeleta de cordeiro no prato à sua frente. Olhando para Lachlan, roubou um olhar enquanto ele espetava um pedaço de bife com o garfo. Ela o notara no minuto em que ele entrou no restaurante. Seu coração batera forte no peito enquanto o observava conversando com o maître. Irritada consigo mesma — e com suas reações —, ela tinha se virado, olhando para o mar até que sua pulsação se equilibrasse, embora tivesse acelerado de novo assim que ele disse seu nome.

E por um momento, enquanto os dois estavam de pé, e a mão dele envolvia a sua, ela sentira como se estivesse sendo sugada para o mar, empurrada e puxada pelas ondas. Mas então tinha respirado fundo e se recomposto.

Sim, ele era lindo e tinha olhos que pareciam ver através dela, mas também era seu cliente. E Lucy Shakespeare sempre era profissional.

— Você passa muito tempo em Miami? — ela perguntou, decidida a voltar aos trilhos e ignorar a aparência do homem no paletó de corte perfeito. Esse tipo de corte não se encontrava em araras de lojas; era feito por encomenda. — Pelas informações que eu li do seu caso, entendi que a sua base é Nova York, certo?

— Sim. — Lachlan assentiu, colocando os talheres de volta no prato. Quando ele a encarou, houve um magnetismo que atraiu seus olhos de volta para os dele. Ele era intensamente másculo, mas não de maneira óbvia. Tinha a ver com sua confiança e o modo como se portava. — A maioria dos meus interesses comerciais está em Nova York, mas eu tenho este hotel e alguns outros investimentos aqui em Miami. Além disso, claro, a minha família está aqui.

Claro. Pelas informações dele, ela sabia que seu pai tinha morado em Miami. O testamento dele havia sido registrado ali.

— Sinto muito pelo seu pai — ela disse, com a voz suave. — Sinto muito mesmo.

Ele piscou algumas vezes, como se algo tivesse entrado em seu olho. Então assentiu, aceitando sua oferta.

— Obrigado. Embora, como você vai descobrir, o nosso relacionamento nem sempre tenha sido dos mais fáceis.

Ela sabia tudo sobre famílias difíceis. Quem não as tinha?

— Sou especialista em direito imobiliário — disse, querendo tranquilizá-lo. — Acredite, eu lido com isso diariamente. — Ela só conseguiu comer metade do jantar. Colocou a faca e o garfo no prato e o cobriu com o guardanapo. Odiava ver restos de comida quando estava satisfeita. — Na verdade eu tenho algumas perguntas sobre o seu caso. Tudo bem se nós conversarmos sobre isso? — Falar sobre o caso a fez sentir como se recuperasse o equilíbrio. O direito era sua sustentação, a fazia se sentir segura. Ela sabia onde estava quando se tratava de ser profissional.

— Claro.

— Se importa se eu anotar? — perguntou, olhando para sua pasta. — Normalmente eu não faço isso durante o jantar, mas, como nós temos pouco tempo, eu quero aproveitar ao máximo.

— Me desculpe por isso — Lachlan disse, oferecendo a ela um sorriso de pesar. — É que a morte e o funeral do meu pai me mantiveram afastado do trabalho por muito tempo. Tem cem pessoas tentando marcar uma hora comigo. Esta noite foi tudo o que restou.

— Não precisa se desculpar comigo — Lucy o tranquilizou. — Você é o cliente — ou, pelo menos, possível cliente. — É você quem faz as regras.

Ele piscou com suas palavras.

— Nesse caso, pergunte.

— Talvez eu possa começar dizendo o que eu sei. — Ela sempre achava que essa era a melhor maneira de começar uma reunião de um caso. Reafirmar os fatos e verificar se estavam certos. Era incrível a frequência com que não estavam.

— Eu li o testamento do seu pai e parece bem claro. Ele te deixou como herança um chalé nas Terras Altas, na Escócia. Se bem que, como tantas outras coisas por lá, chamar de chalé não faz justiça ao lugar. — Ela ergueu as sobrancelhas perfeitamente tratadas. — É mais um castelo do que um chalé. A propriedade Glencarraig consiste em mais de mil e duzentos hectares de terra, um lago, além de uma fazenda de salmões e uma manada de cervos. A propriedade inclui ainda algumas casas de funcionários, localizadas na aldeia vizinha, e hoje emprega mais ou menos trinta pessoas, algumas delas contratados por temporada.

— Sim, está certo — Lachlan concordou, assentindo. — Um castelo no meio do nada, com um título que não significa nada. Obrigado, pai.

Ela engoliu uma risada diante do sarcasmo.

— O seu pai alguma vez usou o título? — ela perguntou.

— Só quando queria impressionar as pessoas. Não me lembro de vê-lo andando por aí se identificando como laird. — Lachlan deu de ombros. — Embora eu não o visse com tanta frequência.

— E você? — ela perguntou. — Vai se identificar como laird de Glencarraig? — Parecia uma pergunta impertinente, mas ela estava tentando sondá-lo. Ver que parte da herança era importante para ele.

Lachlan riu, uma risada profunda e baixa.

— Não, acho que não.

— Mas você entende que isso vem com outro papel, não é? Que, herdando o chalé e o título, você também vai se tornar líder do clã MacLeish?

— Suponho que isso signifique tanto quanto o título — Lachlan falou, tomando outro gole de água. — Pouco relevante.

— Você ficaria surpreso — Lucy respondeu, examinando as anotações que fez durante o voo. — Por mais que o sistema feudal na Escócia tenha terminado há séculos, os clãs ainda são importantes para algumas pessoas. E não só para os MacLeish escoceses. Existem membros do clã em todo o mundo, e eles veem você como o líder. Às vezes os líderes de clãs são solicitados para mediar disputas.

— Você não pode estar falando sério.

— Com certeza o seu pai deve ter tido alguma experiência com isso. Você se lembra de ele ter se envolvido em questões de clãs?

— Não. Mas isso não significa nada. Como eu te disse, nós tínhamos um relacionamento muito complicado. Eu estive poucas vezes com ele quando era criança. — Ele balançou a cabeça, ainda parecendo incrédulo. — Isso é sério mesmo? Parece coisa de filme.

— É, sim. A internet mudou tudo. Alguns clãs têm grupos no Facebook ou contas no Twitter. Pode parecer arcaico, mas muitos escoceses, especialmente os expatriados, gostam disso.

Ela fez uma anotação mental para descobrir mais sobre o clã MacLeish. Qualquer coisa que pudesse dar credibilidade à reivindicação de Lachlan na propriedade seria de ajuda.

— Então, o que eu preciso fazer para resolver isso?

Lucy largou a caneta e olhou para ele.

— O principal problema é que outra parte contestou o seu direito à terra e ao título. Duncan MacLeish Jr. Seu irmão, certo?

— Meio-irmão.

— E ele é cinco meses mais novo que você? — A voz dela era objetiva.

— Correto.

Ela levantou a carta que estava por cima no arquivo dele, relendo-a rapidamente.

— O seu meio-irmão... Duncan... afirma que é o herdeiro legítimo. O advogado dele entrou em contato com você, pedindo que você liquide a herança. Caso contrário, vai entrar com uma ação. — Ela tirou os olhos do papel. — Você esperava por isso?

— Não me surpreende.

— Vocês dois não se dão bem? — ela perguntou. Seus olhos suavizaram, mas o tom ainda era profissional.

— O Duncan não é meu maior fã — Lachlan disse. — Ele contestaria qualquer coisa que nosso pai me deixasse, mesmo que fosse inútil.

— É mesmo? Por quê? — Ela inclinou a cabeça para o lado.

— Porque eu sou o meio-irmão ilegítimo dele. Isso faz alguma diferença?

— Não, não deveria. — Ela manteve seu olhar firme no dele. — A história escocesa está cheia de filhos ilegítimos que se tornam herdeiros. Depende dos termos do testamento e de existir alguma advertência sobre as terras. E até agora eu não encontrei nada. No que me diz respeito, os termos do testamento são claros e a lei escocesa apoia você.

— Então a contestação do Duncan vai se sustentar no tribunal?

Lucy balançou a cabeça lentamente.

— Não, eu acredito que não. Mas eu devo avisá-lo de que as engrenagens do nosso sistema judicial são lentas. O processo pode ficar preso no tribunal por um tempo, e isso pode acabar custando muito caro para você.

— Não me importo com o custo — ele falou, se inclinando para a frente com a expressão séria. — Eu pago o que for preciso. Eu quero vencer.

3

> Os negócios humanos apresentam altas como as marés:
> aproveitadas, levam-nos as correntes à fortuna.
> —*Júlio César*

O garçom retirou os pratos, deixando a mesa vazia, exceto pelos óculos e o bloco de anotações de Lucy. Lachlan observou enquanto ela movia a caneta pela página em branco e a tinta preta marcava o papel, a caligrafia perfeita, assim como o restantes dela. Se ele a achara atraente quando a vira pela primeira vez, agora achava muito mais, com os olhos semicerrados e os lábios apertados, concentrada.

Ela terminou de escrever e olhou para ele, colocando a tampa de volta na caneta. Duas linhas apareceram acima do seu nariz enquanto ela lhe cravava um olhar questionador.

— Por que você acha que o seu pai te deixou a propriedade? — perguntou.

Ele estivera pensando nisso desde que se sentou no escritório do advogado e ouviu a leitura do testamento do pai. Era difícil não estremecer com aquela lembrança; a irritada surpresa do seu meio-irmão lhe veio à mente. Duncan achava que herdaria tudo — e Lachlan havia pensado o mesmo. Por que um filho ilegítimo e indesejado receberia alguma coisa, ainda mais um castelo nas Terras Altas, na Escócia? Ele fechou os olhos, pensando naquela construção de arenito no meio de outro país, no lago espelhado e na floresta verde que levava às montanhas rochosas. Quanto tempo se passou desde que visitou aquele lugar? Devia fazer mais de vinte anos. E, no entanto, esse pensamento fez seu coração bater um pouco mais rápido, trazendo de volta memórias que ele havia enterrado muito tempo antes.

— Não sei — respondeu, com sinceridade. O garçom colocou as xícaras de café na frente deles. Tanto Lachlan quanto Lucy recusaram a sobremesa.

— A única coisa em que consigo pensar é que, todas as vezes que visitei o lugar, fui feliz. Ele deve ter notado.

— Ele tinha falado sobre deixar a propriedade para você antes de morrer? — ela perguntou.

— Não. Eu não falava muito com o meu pai depois que me tornei adulto. Ele não tinha muito interesse em mim.

Não doeu dizer isso — não como acontecia antes. E ele estava satisfeito com a maneira como ela não recuara de jeito nenhum — a última coisa que ele queria era compaixão. Ele tinha aceitado seu relacionamento com o pai. As coisas eram como tinham que ser.

— E o restante da família? — ela perguntou. — Eles supunham que o Duncan iria herdar tudo?

— Nós sempre soubemos que ele iria herdar os negócios do meu pai — Lachlan respondeu. — Ele foi preparado para assumir a empresa de transporte marítimo desde muito novo. Mas não lembro de ter ouvido sobre a propriedade na Escócia. Em comparação com os negócios, tinha menos valor.

Em dinheiro, talvez, mas não tanto em significado. Afinal, seu pai havia crescido na propriedade. Era a herança deles — dele e de Duncan —, e só um deles poderia possuí-la.

O pensamento de perder para o meio-irmão parecia uma facada no coração.

— Tudo bem, isso é o que eu preciso saber por enquanto — Lucy falou, oferecendo a ele um sorriso. — Se você decidir que quer que eu te represente, vou montar um plano de ação, e depois nós vamos conversar sobre os próximos passos. — Sua voz estava rouca por falar tanto. Ela tomou um gole de água. — Você tem alguma pergunta? — ela indagou.

Milhares.

— Quais são minhas chances de sucesso?

Ela sorriu.

— Honestamente? Não posso te dar uma resposta segura. Mas, como você é o único nomeado no testamento, cabe ao seu irmão provar a contestação. E, a menos que ele consiga demonstrar que houve coerção ou apresentar uma jurisprudência que o sustente, vai perder. — Os dois terminaram o café e o garçom apareceu quase imediatamente, retirando as xícaras com um floreio. Lachlan pediu a conta. Não que ele precisasse pagar, mas tinha, pelo menos, que assinar. Tudo em seus negócios era feito de forma honesta.

Quando o garçom pegou a conta de volta e Lucy colocou suas anotações na pasta, os dois se levantaram. Lachlan se sentiu relutante em se despedir, sabendo que no dia seguinte ela estaria em um voo para Londres e ele a caminho de Nova York. Todas aquelas perguntas que ele tinha ainda estavam girando em sua cabeça, lutando pela prioridade. E a exaustão que sentia antes desapareceu, sendo substituída pelo nervosismo e pela necessidade de descobrir mais sobre a mulher à sua frente.

— Obrigada pela refeição deliciosa — ela agradeceu. — Por favor, fique à vontade para me mandar um e-mail se pensar em mais alguma coisa. E me avise se quiser que eu assuma o caso.

Lachlan franziu a testa com a pergunta.

— Por que eu não iria querer? — ele perguntou.

De pé, a diferença de altura era muito mais óbvia. Ele era bem mais alto, apesar dos saltos que ela usava. Lucy teve que levantar a cabeça para olhá-lo.

— Está claro que a herança é importante para você. Você não teria me trazido até aqui se não fosse. Escolher o advogado certo não é apenas ter o melhor, mas encontrar alguém em quem você possa confiar.

Seus olhos brilharam enquanto falava, e ele deu um passo adiante, até que havia apenas alguns centímetros entre eles. Ele examinou seu rosto, estudando-a, embora sua expressão não demonstrasse nada. Havia o leve indício de uma cicatriz que desaparecia sob o cabelo, e ele se viu imaginando o que a havia causado.

— Quer que eu confie em você? — Sua voz era baixa.

Os olhos dela não desviaram dos seus.

— Sim — ela respondeu, assentindo devagar. — Senão não vai dar certo.

— Então eu confio — ele falou. — Eu gostaria que você me representasse neste caso.

Enquanto caminhavam em direção à saída, ele sentiu o impulso mais forte de colocar a mão em suas costas, mas cerrou o punho com força, mantendo o braço ao lado do corpo. Ela era sua advogada, não sua acompanhante, pelo amor de Deus.

Chegaram ao saguão. Os dois estavam hospedados no hotel, em quartos e andares diferentes. E pareceu estranho ficarem parados no hall de mármore quando nenhum dos dois estava disposto a se despedir.

— Já é tarde — ele disse, olhando para o relógio na recepção. — Você deve estar cansada por todos os voos que precisou pegar.

Ela olhou para a área de elevadores à sua esquerda, assentindo.

— Foi um dia longo — ela concordou. — Eu tenho que voltar para o quarto e ligar para o meu namorado antes de dormir. — Ela abriu um sorrisinho. — Ainda não consegui fazer isso, e ele vai querer saber que eu cheguei em segurança.

— E eu tenho que trabalhar antes de dormir. — Ele estendeu a mão, apertando a dela antes de dar um passo para trás e um sorriso final. — Obrigado mais uma vez por reservar um tempo para se encontrar comigo.

— Foi um prazer, Lachlan.

Ele gostou do som de seu nome na língua dela, a primeira parte soando mais como "Loch" do que "Lach". Isso o fez se lembrar da infância, de uma vida em que as coisas não pareciam tão complicadas e as pessoas não estavam constantemente competindo pela sua atenção.

— Boa noite, Lucy — ele disse, lhe dando um último olhar. Ela estava olhando diretamente para ele e seus olhares se encontraram. Por um momento, ele ouviu o sangue correndo pelos ouvidos e bloqueando os sons do hotel. Ele sorriu e os lábios dela se curvaram lentamente, fazendo-a parecer mais atraente do que nunca.

— Durma bem, Lachlan.

Assim que as portas do elevador se fecharam, Lucy apoiou a cabeça na parede espelhada, segurando o corrimão quando começou a subir. Embora ele estivesse no saguão, ainda podia sentir o cheiro de seu perfume e ver aquele sorriso com covinhas. Ela nunca conhecera alguém com tanta presença e tanta habilidade para tirar seu fôlego. Ele era um perigo usando um terno de grife.

E sua resposta para ele a assustara demais.

Era por isso que havia mentido sobre ter um namorado? Para proporcionar uma barreira a si mesma, algo para impedi-la de ser pega em uma atração que era quase impossível de ignorar? Balançou a cabeça, tendo um vislumbre de seu reflexo no espelho. Isso era tão diferente do seu normal que não era engraçado. Estava sempre calma, no controle, e nunca ultrapassava limites. Lachlan MacLeish era um cliente, não importava o quanto fosse atraente. Precisava se lembrar disso.

Erguendo a mão, ela alisou o cabelo e ajeitou os ombros enquanto o elevador se aproximava de seu andar. Ela poderia fazer isso — continuar a ser a profissional que sempre tinha sido. Ele podia ser o homem mais bonito que já vira, mas ela era capaz de superar isso, assim como de manter a reputação profissional.

O elevador fez um sinal e ela caminhou pelo seu andar, tirou o cartão do quarto de dentro da pasta e o colocou na fechadura. Quando entrou, ao tirar os sapatos e os colocar com cuidado no armário, se sentiu aliviada.

Uma boa noite de sono faria bem. Então ela voltaria para casa e ao trabalho, deixando Lachlan MacLeish a milhares de quilômetros de distância.

A vida continuaria do jeito que ela gostava e seria o fim da história.

4

> Quando a velhice entra, o juízo sai.
> — *Muito barulho por nada*

— Você recebeu algumas ligações. A lista está na sua mesa — Grant, o assistente de Lachlan, declarou, seguindo-o até seu escritório. Ele se inclinou, abriu o frigobar ao lado da estante e pegou uma garrafa de água. Tirou a tampa, encheu um copo e colocou na mesa do chefe. — Como foi a corrida?

Lachlan pegou uma toalha limpa do armário escondido na parede oposta da sala. Seu escritório tinha um pequeno banheiro anexo, perfeito para um banho após a corrida na hora do almoço.

— Pesada. É o que acontece quando a gente para por algumas semanas.

Grant Tanaka era um ano mais novo do que Lachlan, mas estava a seu lado desde o dia em que começara os negócios, da mesma forma que estiveram juntos na maior parte da vida. Cresceram em apartamentos vizinhos: Grant era filho de pais nipo-americanos que praticamente adotaram Lachlan. Como sua mãe trabalhava o tempo todo, os Tanaka se certificavam de que ele comesse, fizesse o dever de casa e não se metesse em confusão.

Bem, não muita, de qualquer maneira.

— Esqueci de perguntar. Como foi em Miami? — Grant indagou.

— Mais quente do que aqui, com certeza. — Através da janela de vidro do escritório, Lachlan podia ver o horizonte de Nova York. Cinza, nublado, mal reconhecendo o fato de que a primavera deveria ter chegado. — Valeu a pena só por ter encontrado a advogada escocesa. Espero que ela consiga criar uma estratégia para o caso de Glencarraig.

Grant arqueou uma sobrancelha.

— Você ainda está preso nessa coisa do Connor MacLeod, do clã MacLeod?

— Ei, não desdenhe. A advogada disse que eu posso intervir em disputas de clãs.

— Só pode haver um.

— Você vai citar *Highlander* para mim o dia todo ou eu posso tomar um banho antes da minha próxima reunião?

— Ah, sim, você realmente deveria fazer isso. — Grant franziu o nariz. — Está fedendo. Vá.

— Obrigado, cara.

— Ah, e a Jenn quer saber se você pode participar do jantar na sexta. Ela vai fazer sushi.

Lachlan olhou para o assistente por cima do ombro.

— Nesse caso, é um encontro. Uma mulher linda e um jantar maravilhoso são coisas boas demais para recusar.

Grant levantou as mãos.

— Ei, é da minha mulher que você está falando. Eu vou estar lá também.

Lachlan piscou.

— Eu sei, eu sei. Mas quando ela faz sushi eu não tenho olhos para mais ninguém.

— Sim, bem, guarde os seus olhos pra você — Grant advertiu, ainda sorrindo. — Essa garota é minha. — Ele olhou para o relógio e depois para Lachlan. — Melhor se apressar. A próxima reunião é daqui a dez minutos. — De repente, eles voltaram a ser chefe e assistente.

— Pode deixar.

— Quer que eu te traga um café? — Grant perguntou, se virando para sair da sala.

— Com certeza.

Lachlan observou Grant sair do escritório, fechando a porta suavemente atrás de si. Não era a primeira vez que sentia uma estranha combinação de inveja e confusão quando se tratava do amigo. Há anos, desde que começaram a trabalhar juntos, tentou promovê-lo inúmeras vezes por saber que Grant seria um excelente diretor. Mas o rapaz recusou, dizendo que preferia ter um equilíbrio entre trabalho e vida pessoal que lhe permitisse passar mais tempo com a esposa.

Ele era um ótimo assistente e o amigo mais antigo de Lachlan. Alguns diriam que era seu único amigo. De qualquer forma, estava feliz em mantê-lo por perto, mesmo que isso significasse estar constantemente incomodado.

As luzes externas do escritório estavam apagadas desde que Grant fora para casa, muito tempo antes. O restante do andar também estava em silêncio, exceto pelo toque ocasional de um telefone que não era atendido e os passos furtivos da equipe de limpeza enquanto passava pelas escrivaninhas para esvaziar latas de lixo e encher os bebedouros antes de levar os carrinhos embora.

Atrás dele, através do vidro que ia do chão ao teto, a escuridão descia sobre Manhattan. O zumbido do tráfego havia se acalmado, e Lachlan não precisava olhar para ver que cada carro era um táxi. Cheio de gente saindo do trabalho e indo jantar, além de turistas explorando a cidade enquanto os taxistas os perseguiam.

Mas ele, não. Essa era uma das raras noites em que não tinha uma reunião ou um jantar de negócios.

Pegou o telefone com a intenção de procurar alguém em seus contatos, mas o deixou de lado de novo. O pensamento de uma noite na cidade não o entusiasmou — na verdade, sentiu o oposto. Devia ser o jet lag, as emoções intensas do funeral do pai e a surpresa do testamento. Talvez terminar a noite mais cedo fosse o melhor para ele.

Estendeu a mão para dar uma última checada nos e-mails antes de desligar o laptop. Com o mouse, percorreu as atualizações, as circulares, os convites — cada um pessoalmente examinado por Grant antes de passar para ele.

No meio do caminho, viu uma mensagem de Lucy Shakespeare. Levantando uma sobrancelha, clicou sobre ela, examinando o conteúdo.

> Caro Lachlan,
> Muito obrigada pelo jantar de segunda e por se encontrar comigo. Anexada a este e-mail está uma carta de atendimento ao cliente, descrevendo os termos do nosso contrato e os custos praticados. Por favor, leia atentamente e me devolva uma cópia assinada. Pode ser uma versão digitalizada.

Conforme combinado, enviarei um documento com as estratégias até o fim da semana e talvez possamos marcar uma videoconferência para discutir os próximos passos.
Atenciosamente,
Lucy Shakespeare

Era uma mensagem comercial simples, breve e concisa, mas ele podia ouvir cada palavra no elegante sotaque inglês da jovem.

Olhou para o relógio, mexendo o braço até que ele aparecesse além da linha dos punhos da camisa. Eram sete e meia em Nova York, o que significava que passava da meia-noite em Edimburgo. Deixou a mente vagar por um momento, se lembrando de como ela estava quando ele entrara no restaurante. O jeito como ela se portava, seu queixo apontado para cima revelando as linhas perfeitas do perfil contra o pano de fundo do céu escuro. Ela era intrigante demais e tão linda quanto.

Sim, e também era sua advogada.

Balançando a cabeça, ele estendeu a mão para desligar o laptop, depois empurrou a cadeira para trás e se levantou para pegar o paletó. Estava abalado após a morte do pai, era só isso. Nada além disso. Pegou o telefone do bolso, selecionou a agenda de contatos e fez uma ligação. Quando a mulher do outro lado atendeu, ele estava saindo do escritório e indo para o hall de elevadores do outro lado.

— Oi, Julia — cumprimentou, sua voz ecoando pela linha. — É o Lachlan. Estava indo para o clube e pensei em você. Quer tomar um drinque comigo?

5

Sou tão vigilante quanto um gato no momento de roubar creme.
—*Henrique IV, parte 1*

Lucy virou a chave na fechadura, abrindo a porta pintada de preto do seu apartamento elegante em Edimburgo. Tinha cheiro de verniz e produto de limpeza — Elena devia ter dado uma arrumada no apartamento naquela manhã. Ela tinha deixado as cartas de Lucy em uma pilha na mesa ao lado da entrada, além de um vaso de flores frescas da primavera. Uma das vantagens de ter um serviço de limpeza.

Com a porta bem aberta, se virou para pegar a mala enquanto um flash amarelo e branco atravessou o corredor. Uma pequena gata malhada passou pelas pernas de Lucy, o pelo macio roçando em suas panturrilhas. Ela permaneceu parada por um momento, mas, em seguida, correu para o calor do apartamento.

— Venha aqui, sua danadinha — Lucy chamou, agarrando a felina do tamanho de um filhote. — Não tem nada pra você aqui. De onde você está vindo?

Quando ela, gentilmente, a colocou de volta no corredor, a gata ronronou e seu corpo vibrou contra as mãos de Lucy. Erguendo-se, a jovem foi pegar a mala e entrar, mas é claro que a gata voltou correndo antes que pudesse impedi-la.

Mesmo com a intrusa ali, entrar em seu apartamento fez Lucy sorrir. Ela adorava o lugar — desde que o comprara, cinco anos antes. Uma casa georgiana convertida, no coração da New Town, em Edimburgo, seu lar era um apartamento de dois quartos e dois banheiros decorados com elegância e uma cozinha enorme e moderna que ela quase nunca usava. Embora gostasse das paredes pintadas de branco e do piso de madeira polida, o que a encantou quando viu pela primeira vez foi o jardim. Um pequeno refúgio murado e cheio de plantas era seu lugar favorito para passar as tardes no verão.

Tirando as roupas da mala e jogando a maioria no cesto de roupa suja — Elena as separaria —, Lucy entrou no chuveiro, deixando a água quente relaxar seu corpo. Quando saiu do banho, enrolando uma toalha no cabelo como um turbante e envolvendo o corpo em um robe branco, voltou para a cozinha, pegou a chaleira e a encheu com água fresca.

Elena tinha reabastecido a geladeira também. Havia algumas refeições prontas e pacotes de salada, além de leite, queijo e o pão de sempre. Lucy pegou o leite e uma tigela pequena, a encheu e colocou no chão. A gata malhada se aproximou e deu uma lambida.

— Só estou sendo educada. — Lucy apontou para a gatinha. — Não pense que pode se aproveitar, porque, quando o leite acabar, você vai embora.

Como se a gata pudesse entender, ela olhou para Lucy por sobre a tigela de porcelana antes de baixar a cabeça e tomar o leite.

Lucy estava prestes a fazer um café quando o telefone começou a vibrar. Olhou para a tela, franzindo a testa quando viu o número. Ela não o reconheceu.

— Alô?

— É a srta. Shakespeare? Lucy Shakespeare?

— Sim, isso mesmo.

— Meu nome é Martha Crawford. Não sei se você se lembra de mim, mas eu moro a duas portas do seu pai.

Lucy desligou a chaleira e franziu o cenho.

— Olá, sra. Crawford. Eu me lembro, sim. Está tudo bem?

— Não há nada para se preocupar. Quero dizer, ele está bem. Bem como sempre está. Ele não é muito de falar, não é?

— Aconteceu alguma coisa com o meu pai? — Lucy perguntou.

— Nem sei se deveria ter ligado. Ele me disse para não ligar, mas nunca se sabe, não é? Mas eu falei com a Deidre, aquela senhora que mora do outro lado da casa dele, e ela disse que era melhor ligar.

— Pode me dizer o que aconteceu? — Lucy tentou, e não conseguiu não soar impaciente.

— O meu marido o encontrou andando de pijama esta manhã. Bem, ele o viu lá fora pela janela da cozinha enquanto estava fazendo o nosso chá. Nós dois amamos tomar um Earl Grey logo de manhã. Eu sei que muitas pessoas gostam de tomar só no café da manhã, mas, na minha opinião, é um desperdício de folha de chá.

— O meu pai estava de pijama? — Lucy perguntou, se sentando em um banquinho. Ela apoiou os cotovelos na bancada. — Aonde ele estava indo?

— Ele estava andando em direção às lojas. Então o Bernard, o meu marido, o seguiu até lá. Felizmente ele não estava de pijama. O Bernard, é claro. — Martha deu uma risadinha. — Quando o Bernard conversou com seu pai, ele se mostrou um pouco confuso. Parecia não saber onde estava. Felizmente, aquela garota, a que cuida dele... qual é mesmo o nome dela, aquela de cabelo curto? Ela estava chegando e o ajudou a voltar para casa.

— Então ele está bem?

— Ele ficou um pouco abalado. O Bernard disse que ele não o reconheceu, e você sabe que os dois costumavam passar muito tempo conversando.

— A senhora sabe se a cuidadora ligou para o médico? — Lucy perguntou.

— Não faço ideia, querida. Só achei que você deveria saber. Por sorte, a Deidre tinha o seu número desde a última vez que você esteve aqui. Espero que não se importe de eu ligar para você.

— Não, não, fico feliz que a senhora tenha feito isso. Obrigada. — Lucy deu um sorrisinho, embora Martha estivesse a quatrocentos quilômetros de distância. — Preciso desligar agora — ela disse, já fazendo uma lista mental das pessoas para quem ligar: a empresa de home care, o médico do pai e, é claro, as irmãs. — Mas muito obrigada por me avisar. Agradeço.

— Disponha. — Martha baixou a voz. A mulher era tão difícil de afastar quanto um paquerador entusiasmado. — Cá entre nós, acho que as coisas estão ficando um pouco demais para ele. Já pensou em colocá-lo em uma casa de repouso?

— Bem, obrigada novamente, sra. Crawford, e, por favor, transmita os meus agradecimentos ao seu marido — Lucy falou em voz alta, encerrando rapidamente a ligação antes que Martha pudesse começar a conversar de novo. Ela pegou o bloco de anotações e a caneta que sempre deixava ao lado do micro-ondas e começou a escrever no papel pautado.

Em caso de dúvida, faça uma lista. Sempre funcionava.

— E aí, como foi em Miami? — sua irmã Juliet perguntou, com a voz ecoando na linha. Lucy quase havia conseguido colocar em dia o trabalho que atrasara enquanto estivera em Miami. Foi o que fez quando não estava telefonando para Londres, conversando com médicos e com a cuidadora do pai para tentar chegar a um acordo sobre o plano de ação. Não tinha sido exatamente o retorno pacífico para Edimburgo que ela esperava.

Ela apoiou o telefone entre a orelha e o ombro enquanto digitava algumas emendas no documento em que estava trabalhando. Era fim de tarde em Edimburgo, e outra tempestade se transformou em fúria, lançando água contra as janelas. A gata havia voltado para o apartamento e estava enrolada no colo de Lucy enquanto ela digitava. Descobrira que ela pertencia aos vizinhos do andar de baixo, mas gostava de perambular pelo prédio como se fosse a dona do lugar. E talvez Lucy gostasse um pouco dela também.

— Foi rápido. Peguei o avião, fiz uma reunião e voltei.

— Parece cansativo — Juliet respondeu. — Você devia estar na cama agora, não me ligando.

— Estou bem. Vou descansar no fim de semana. — Lucy destacou algumas palavras e inseriu um comentário. — Acho que ficar lá só por dia foi bom. Não houve tempo suficiente para o jet lag se estabilizar.

— Não duvido — Juliet disse, com um sorriso na voz. — Se alguém pode vencer o jet lag, é você.

Juliet era dois anos mais nova que Lucy. Na juventude, era a tenente da general Lucy, as duas governando o quarto e dominando as irmãs mais novas, Cesca e Kitty. Então, quando Lucy estava com 15 anos, a mãe delas morreu e os papéis que as garotas assumiram, de alguma forma, se tornaram reais. Talvez fosse por isso que o pai tinha insistido tanto para que ela se mudasse para Edimburgo para estudar direito quando completou 18 anos. Para fazê-la começar a viver sua vida novamente.

— Eu gostaria de poder vencer a velhice — Lucy disse baixinho. — O nosso pai não está bem de novo. Um dos vizinhos o encontrou vagando pelo bairro de pijama.

— Ah, não — Juliet parecia alarmada. — Ele está bem? Pegou um resfriado? O que o médico disse?

Lucy passou os minutos seguintes mantendo a irmã informada.

— Está tudo sob controle — assegurou. — Eu só queria que você soubesse o que aconteceu.

— Ele está piorando, não está?

— Era de esperar. — Ela manteve a voz suave. Mesmo sendo a segunda mais velha, todo mundo sempre era muito gentil com Juliet. — Eu conversei com o médico, e ele me mandou algumas indicações de casas de repouso na região. Ele acha que é o momento de nós pensarmos nisso.

Juliet ficou em silêncio por um instante. Lucy podia imaginá-la na grande sala de estar da sua casa nos Estados Unidos, com o enorme sofá e as poltronas macias.

— Vai ficar tudo bem — Lucy prometeu. — Vou entrar em contato com algumas das casas e te dou retorno. Não precisa se preocupar.

— Mas eu me preocupo...

— Então me diga — Lucy falou, decidindo mudar de assunto —, como a Poppy está?

Juliet parecia tão grata quanto Lucy pela distração.

— Está ótima. Está gostando da escola. Eu te contei o que ela disse para a minha sogra no outro dia?

Enquanto Juliet deliciava a irmã mais velha com histórias das aventuras da filha destemida, Lucy se viu sorrindo, todo o corpo relaxando com as travessuras de Poppy. Aquela garotinha de seis anos era mesmo uma distração dos acontecimentos, e foi um alívio falar sobre outro assunto.

— Está com pressa para ir a algum lugar?

— Lugar nenhum, em particular. — Cada palavra saiu com um sopro de ar. Parecia que todos os músculos do corpo de Lachlan queimavam. Mas ele não ia parar, não até que Grant parasse. Era questão de honra.

O Central Park estava lotado. Os bancos estavam ocupados, os gramados verdes cheios de cobertores, crianças entrando e saindo por entre a lã quadriculada e pulando sobre a grama como formigas atraídas por um pedaço de comida. O aroma de cachorro-quente e pipoca flutuava com a brisa, os carrinhos cercados por turistas e moradores locais que se empurravam para ficar na frente da fila. Era como se ninguém tivesse visto o sol antes. O primeiro dia quente da primavera fez todos saírem para aproveitar a natureza.

— Você está correndo mais rápido que o normal. Achei que tivesse alguma garota te esperando.

Lachlan balançou a cabeça, sorrindo, apesar da dor nas pernas.

— Se tivesse uma garota esperando por mim, eu não estaria perdendo tempo com você, meu amigo. — Às vezes, brincar com Grant era tão necessário quanto o ar. Esse era um desses momentos.

— Ei, se você tivesse uma garota te esperando, eu estaria te dando uma surra por deixá-la sozinha.

— Você acha que pode comigo? — Lachlan riu enquanto os dois pararam ao lado do lago dos patos. Ele se inclinou contra a árvore mais próxima, a casca áspera pressionada na palma de sua mão. Sua respiração era curta, ofegante. O batimento cardíaco estava forte em seus ouvidos.

Ele se sentia bem. Muito bem. Como se pudesse governar o mundo, se o mundo permitisse.

— Ah, a última vez que te bati foi na quinta série. E isso porque você torceu o tornozelo. — Grant se inclinou, apoiando as mãos nas pernas. — Meu Deus, estamos ficando velhos demais para essa merda.

— Não estamos nem na metade dos trinta — Lachlan apontou. Ele recuperou o fôlego e se encostou na árvore. Uma coisa boa em correr diariamente era que seu tempo de recuperação era muito rápido. — Estamos no auge da vida.

— Fale por si mesmo, cara. Eu sou um senhor casado. — Mas Grant não parecia muito infeliz quanto a isso. Ele levantou a mão, observando o sol brilhar no metal da aliança de casamento. — Preciso desacelerar.

— Se desacelerar mais, vai andar de costas — Lachlan disse. — De qualquer forma, se você relaxar, não vai ficar casado por muito mais tempo.

Grant riu.

— Sim, a Jenn não gosta de barriga de cerveja. Ou, pelo menos, acho que ela não gosta. — Finalmente ele se levantou, respirando fundo. — Falando em Jenn, é melhor eu voltar. Nós temos um almoço com os pais dela. Não posso me atrasar.

— Medroso.

— Não, só casado. E amando.

Os dois passaram pelo lago dos patos, indo para o oeste, em direção ao metrô. Era lá que Grant pegaria o trem para o centro da cidade enquanto Lachlan continuaria caminhando para seu apartamento no Upper East Side.

Irmãos de sangue, divididos por riqueza e geografia.

— Tudo certo para sexta-feira? — Grant perguntou quando chegaram à entrada da estação da 103rd Street. Ele permaneceu no topo dos degraus, segurando a balaustrada.

— Claro. A que horas eu devo chegar lá?

— Pode ser às oito?

— Ótimo.

— Não esqueça o seu passaporte. Vai precisar dele para chegar à parte mais pobre da cidade — Grant brincou. Não havia animosidade real em suas palavras. Por que haveria? Ele escolhera sua vida e claramente a adorava. Mesmo que Lachlan não conseguisse entender por que ele não se esforçava para conseguir mais.

— Vou preparar as minhas bebidas também — Lachlan respondeu. — Não quero correr o risco de ser contaminado pelo desejo de casar.

— Tem certeza? — Grant piscou. Ele colocou a mão na orelha. — Ouviu isso? Mil garotas se jogaram no Hudson agora.

— Ei, pare de tentar viver a sua vida indiretamente através de mim. Foi você quem decidiu se amarrar pelo resto da vida. — Lachlan bateu o ombro contra o de Grant. — E eu não escolho as mulheres, elas que me escolhem.

— Se você está dizendo, Casanova. — Grant recuou, socando de leve seu braço. — Te vejo no escritório amanhã, cara.

— Até lá. — Lachlan levantou a mão para se despedir quando Grant se virou e desceu correndo os degraus até o metrô, seus passos ecoando pela escada.

6

Não se encontram sem que se peguem em uma escaramuça de espírito.
— *Muito barulho por nada*

— Você vai precisar de alguma coisa? — Lynn perguntou, parando na porta de Lucy enquanto enrolava o lenço de algodão em volta do pescoço. — Preciso sair no horário hoje. O Marnie tem um concerto na escola.

Eram quase seis horas e o escritório já estava esvaziando. Laptops haviam sido desligados e fechados, xícaras de café colocadas na lava-louças que zumbia na cozinha. Metade das salas dos sócios estava às escuras e a movimentada troca de e-mails em sua caixa de entrada já havia diminuído para uma ou outra notificação.

Lucy levantou os olhos da carta que estava lendo.

— Estou bem, obrigada, Lynn. E boa sorte com o concerto. — Deu um sorriso rápido para sua assistente.

— Vou precisar. E obrigada, te vejo amanhã. Eu vou ser aquela que não escuta nada porque ficou surda com um milhão de acordes desafinados. — Lynn acenou e fechou a porta ao sair, deixando Lucy sozinha em seu escritório. Ela checou a hora no relógio. Tinha tempo de elaborar uma resposta rápida antes de a videoconferência começar.

Mas então seu laptop se iluminou e um ícone verde de câmera mostrou a chamada entrando. Ela pegou o mouse e passou a outra mão na parte de trás do cabelo. Deu um breve clique na tela e a ligação começou.

— Boa noite, Lucy. — A voz profunda de Lachlan ecoou pelos alto-falantes do laptop. Era a primeira vez que o via desde o encontro em Miami, mas o tempo e a distância não tinham feito nada para diminuir sua atratividade.

Ele estava sentado no que ela imaginava ser seu escritório em Nova York, com a gravata frouxa, mas ainda com nó, as mangas da camisa enroladas para revelar antebraços bronzeados. Atrás dele, ela podia ver o céu azul, pontilhado aqui e ali com nuvens finas.

— Boa tarde — ela disse, inclinando a cabeça para ele. O sol do meio-dia brilhava através da janela atrás dele, iluminando o horizonte de Manhattan. Era glorioso comparado à chuvosa Edimburgo.

— Obrigado por arranjar um tempo para mim. Eu só queria checar os próximos passos e ter certeza de que nós estamos alinhados. — Ele sorriu e a covinha apareceu e sumiu da sua bochecha, conferindo uma pitada de juventude que normalmente ele não exibia. Ela afastou os olhos, observando o restante de seu escritório. Havia uma pintura na parede oposta, que quase não era visível. Só conseguia ver a borda, os respingos de tinta clara organizados em uma espiral hipnótica. Era outro Pollock? Ela abriu a boca para perguntar, depois a fechou novamente. Deveriam estar falando sobre o caso dele.

Ela pegou a pasta ao lado do laptop e a abriu na primeira página.

— Recebeu o rascunho da carta que enviei hoje cedo? — ela perguntou, pegando sua própria cópia e tirando a tampa da caneta vermelha. — É a resposta que eu proponho enviar para o advogado do seu irmão. Eu gostaria de informar por escrito que nós refutamos completamente as reivindicações dele.

— Eu consegui dar uma olhada nisso há um minuto — Lachlan falou, olhando para a tela. — Parecia tudo certo. Mas nós precisamos mesmo mandar uma carta? Não vamos estar dando crédito à contestação se respondermos?

— Tudo faz parte do processo legal. Eles escrevem para pleitear uma reclamação, nós a refutamos, eles entram com a ação no tribunal. Eu sei que parece prolixo, mas, se eles deixam de dar algum passo, podem ter as reclamações descartadas, e, se nós deixamos de fazer alguma coisa, podemos perder. A ação real só vai acontecer quando nós estivermos na frente do juiz. Isto é, se chegar tão longe.

— Você acha que não vai? — ele perguntou.

— Depende. Há muitos outros passos a serem dados antes que qualquer coisa chegue ao tribunal. Assim que a ação for apresentada, nós vamos ter duas semanas para responder. Então o juiz vai considerar se o caso tem fundamento antes de permitir que vá adiante. O meu trabalho é convencê-lo de que não tem.

Havia uma sugestão de sorriso nos lábios dele quando ela terminou de falar. Seus olhos estavam mais suaves do que ela se lembrava, mas ainda mexiam com ela. Sentiu o estômago revirar quando o olhar deles se encontrou.

Bom Deus, ela precisava se segurar. Tinha 29 anos, não 19.

Alguém entrou no escritório de Lachlan, colocou uma xícara de café e alguns papéis em sua mesa. Lucy não conseguia ver o rosto — apenas a mão quando apareceu na tela. Lachlan murmurou para quem quer que fosse, que disse algo igualmente ininteligível de volta.

— Está chovendo aí? — ele perguntou, semicerrando os olhos ao olhar para a tela. Lucy se virou automaticamente para olhar a janela atrás de si, o vidro salpicado de gotas de chuva.

— Quando não está? — ela perguntou, se virando para a tela. — Eu passo metade da vida correndo debaixo do guarda-chuva ou torcendo o cabelo molhado. É uma das desvantagens de morar em Edimburgo.

— Mas tem vantagens também, não é?

Ela sorriu.

— Tem, sim. É uma cidade linda, cheia de cultura e pessoas interessantes. É tão vibrante quanto Londres, mas não parece, nem de perto, tão grande e movimentada. Ainda tem aquele jeito de cidade pequena que eu adoro. — Ela poderia falar sobre o lugar o dia todo.

— Eu estive aí uma vez quando era criança, se não me engano — Lachlan disse, semicerrando os olhos como se estivesse tentando se lembrar. — Nós visitamos o chalé e eu lembro de ter sido forçado a comer alguma comida nojenta em um pub antigo, mas fora isso não sei nada sobre o lugar.

— Bem, se vier visitar Glencarraig, você com certeza tem que parar em Edimburgo. Fica a algumas horas de carro das Terras Altas, o que parece uma eternidade para nós, mas imagino que seja uma pequena distância para um americano.

Ele assentiu lentamente, olhando diretamente para ela.

— Talvez eu faça isso.

Uma leve onda de pânico a atingiu. Era fácil conversar com ele quando havia uma distância entre os dois, mas o pensamento de tê-lo ali, em sua cidade, era um assunto diferente.

— Nesse meio-tempo, vamos terminar esta carta e dar andamento a isso — Lucy falou, voltando aos negócios. Ela ergueu o braço, torcendo o pulso deliberadamente para que ele pudesse vê-la verificando o relógio. — Está terminando o dia aqui e eu vou sair mais tarde. E tenho certeza de que você também está muito ocupado.

— Vai fazer alguma coisa legal?

Ela engoliu em seco.

— Só jantar com alguns amigos. — Ela teve um vislumbre do Pollock novamente, um raio de sol iluminando repentinamente aquele canto do escritório dele. Podia imaginá-lo visitando galerias de arte, admirando as exposições, retirando seu Amex preto da carteira...

Era apenas uma fantasia. Ele tinha pessoas para fazer isso por ele. Designers de interiores, decoradores e assistentes. Provavelmente nem sabia quanto a pintura valia.

— Certo, então — ela disse, pegando o papel de novo. — Vamos rever linha por linha e eu envio amanhã. Quem sabe seja o suficiente para fazer o seu irmão desistir da contestação.

Durante os minutos seguintes, sua postura se manteve profissional, sua voz esteve firme, seus olhos cuidadosamente treinados no papel à sua frente, e não no homem na tela do laptop. Quando a reunião terminou e eles se despediram, ela sentiu o corpo relaxar pela primeira vez desde que aceitara aquela porcaria de ligação.

Quando se tratava de relacionamentos com clientes, havia linhas que não se deviam cruzar. Mas, com Lachlan MacLeish, parecia que essas linhas estavam por todo lado, e, quando ela abria a boca, estava pisando perto demais da borda.

Precisava ser mais cuidadosa. Caso contrário, era apenas questão de tempo antes de cair direto no abismo.

7

Quanto a gula insaciável mais cobiça, mais nos pesa no estômago.
—*A tragédia do Rei Ricardo II*

— Oi, você veio. — Jenn abriu a porta com um sorriso radiante. Lachlan se inclinou para a frente e lhe deu um beijo na bochecha antes de entregar a garrafa do vinho Caymus Special Selection.

— Não sabia o que trazer. Espero que vocês gostem.

— Uma garrafa bem baratinha de cabernet seria suficiente — ela disse, olhando para o vinho caro. — De qualquer forma, quer uma taça? — Ela inclinou a cabeça, e Lachlan a seguiu pelo pequeno apartamento em que ela morava com Grant. Os dois se mudaram para lá pouco antes do casamento. Localizado em um quarteirão no East Village, era quente e aconchegante, repleto de fotografias, livros, almofadas fofas e mantas macias.

— Seria bom. Obrigado.

— Como está o excitante mundo da pesquisa? — Lachlan perguntou enquanto Jenn pegava uma taça na prateleira da cozinha.

— Tão excitante quanto o mundo das finanças, espero.

— Não ouvi a porta — Grant falou, saindo do quarto. Seu cabelo estava molhado, como se tivesse tomado banho recentemente. — Obrigado por vir, cara. Eu sei que as coisas estavam loucas no escritório.

— O Grant disse que você ainda estava em uma reunião quando ele foi embora. Quem programa uma reunião para às sete da noite de uma sexta-feira? — Jenn perguntou.

— Eu. — Lachlan teve a decência de parecer envergonhado. — Mas foi uma emergência.

— Tudo resolvido agora, espero — Jenn falou, entregando a Lachlan uma taça do vinho tinto que ele trouxe. — Eu quero que você relaxe e não que fique conversando sobre trabalho a noite toda.

— Nós nem sempre falamos de trabalho — Grant protestou, pegando a taça que sua mulher oferecia. — Às vezes falamos de futebol.

— E também beisebol, hóquei... sem mencionar basquete — Jenn brincou, beijando o marido com carinho na bochecha. — Eu gostaria de fazer uma boa refeição sem falar sobre os planos do Lachlan para dominar o mundo.

— Não se preocupe, Pinky — Grant sussurrou para Lachlan com um sorriso no rosto. — Nós vamos dominar o mundo amanhã. Esta noite nós vamos comer queijo.

— Ou sushi — Jenn falou, erguendo as sobrancelhas. — Estou no fogão desde que cheguei em casa.

— Achei que sushi fosse cru — Lachlan comentou, confuso.

— E é. Eu estava falando no sentido figurado. Agora pare de me amolar e vá se sentar à mesa.

— Como quiser, meu bem.

Desde que conhecera Jenn, quase sete anos antes, Lachlan gostava de sua postura sensata e do fato de ela não facilitar as coisas para Grant ou para ele. Mas esta noite ela parecia um pouco mais tensa que o habitual.

Ele sorriu ao se lembrar da primeira vez que Grant a mencionara. Ele ia sair mais cedo do trabalho e estava reclamando de um encontro às cegas que um amigo havia marcado para ele. Naquela época, assim como Lachlan, ele era um solteiro convicto, que dizia que mulher nenhuma iria amarrá-lo.

Mas ele não havia contado com Jenn.

— O Grant me disse que você vai ser uma espécie de duque ou algo assim — Jenn comentou, colocando uma bandeja de sushi sobre a mesa. A mesa de jantar pequena e redonda ficava no canto da sala de estar, ao lado de uma janela com vista para a cidade. — Lord Lachlan. Soa muito bem.

Lachlan riu, balançando a cabeça.

— É laird de Glencarraig, na verdade.

— Ah, entendi! Preciso fazer uma reverência quando a gente se encontrar?

Ele pegou os pauzinhos, deslizando-os com habilidade entre os dedos. Tinha anos de prática nisso por ter crescido com Grant. Quando criança, praticamente morava na casa do amigo.

— É um título de cortesia. Não significa nada. — Ele deslizou os pauzinhos ao redor de um pedaço de peixe coberto com nori, levando-o ao seu prato. — De qualquer forma, ainda não é meu.

— Por que não? — Jenn tomou um gole de água.

— Achei que a gente não iria falar de negócios — Grant comentou, franzindo a testa. — Isso parece muito com negócios, não é?

— Fique quieto. Isto é interessante. — Jenn deu um tapinha bem-humorado nele. — Então, por que você ainda não foi coroado ou seja lá o que aconteça?

— Só os reis são coroados — Grant destacou.

— *Shhh.*

Lachlan sorriu. Havia algo muito reconfortante nos dois e em suas briguinhas.

— Porque o meu meio-irmão também quer o título.

— Duncan? — Jenn pareceu surpresa. — Eu não o imaginaria fazendo o tipo Senhor da Propriedade. Ele parece muito interessado na empresa de cruzeiros dele para isso.

— Acho que ele não está interessado no título — Lachlan falou. — São os princípios. Ele quer dar um grande *vá se ferrar* para mim.

— E você quer mandá-lo se ferrar também. Estou certa? — O rosto de Jenn se iluminou. — Você não vai desistir, vai?

Ele colocou outro rolinho de sushi na boca, engolindo antes de responder.

— Estes estão bons mesmos. E não, não pretendo fazer isso.

— Fico feliz em saber. Eu odiaria vê-lo vencer.

— Você nem conhece o Duncan — Lachlan apontou. A última vez que vira o meio-irmão tinha sido na leitura do testamento. Uma troca de olhares foi tudo o que aconteceu entre eles.

— Sim, mas já sei que não gosto dele.

— Ah, eu sabia que você ficaria do meu lado.

Ela franziu o nariz.

— Isso só vai te deixar mais arrogante, né? — ela perguntou. — Todas aquelas mulheres que já estão no seu pé vão competir pela sua atenção agora que você é um lorde.

Lachlan virou a cabeça da esquerda para a direita, examinando o chão.

— Tem mulheres no meu pé? Onde?

— Ah, cale a boca. — Era a sua vez de ser atingido. Ela não era muito gentil também. — Você sabe o que eu quero dizer.

Ele piscou para ela.

— Eu não preciso de um título para conquistar uma mulher.

— Preciso separar vocês dois ou vão se comportar? — Grant perguntou. Ele serviu outra taça de vinho a Lachlan. — E, de qualquer forma, parece mais do que um título de cortesia para mim. Já viu o site dos MacLeish?

Lachlan franziu a testa.

— Que site?

— Você lembra que a advogada te falou que muitos clãs têm sites e estão nas redes sociais? — Grant o lembrou. — Eu pesquisei no Google e descobri isso. — Ele pegou o telefone e abriu uma página da web, passando o aparelho para Lachlan com um floreio. — Tem um fórum e tudo o mais. Não que seja muito usado, mas já foi bem movimentado. Pelo que eu percebi, a maior parte dos membros do clã MacLeish prefere tuitar e postar no grupo do Facebook agora.

Lachlan afastou os olhos da tela do celular.

— Tem um grupo no Facebook também? Sério? — Seus pensamentos vagaram para Lucy Shakespeare e toda a sua explicação sobre o sistema de clãs. Não pôde deixar de sorrir para o fato de que ela estava certa. Mais uma vez.

— Ei, o que eu falei sobre usar o celular na mesa de jantar? — Jenn o repreendeu, pegando o telefone da mão de Lachlan. Ela era forte mesmo.

— Ah, meu Deus, essa é a manta xadrez dos MacLeish?

— Eles chamam de tartan — Grant disse a ela.

No cabeçalho do site havia uma estampa azul e verde com linhas finas em vermelho entrecruzando os quadrados.

— Você tem que usar isso? — Jenn perguntou. — Não consigo te imaginar de kilt.

— Eu já usei um — Lachlan falou baixinho.

Jenn sorriu.

— Quando? E por que eu não vi nenhuma foto?

— Eu era criança. E todas as provas foram destruídas. — Lachlan sorriu de volta para ela. — Sinto muito por te desapontar.

— Não está me desapontando em nada. Está me fazendo ganhar o dia. Lachlan MacLeish de saia. É bom demais.

— Fico feliz que isso te agrade.

Jenn não respondeu. Estava muito ocupada olhando o telefone.

— Cara, tem muita informação aqui. Amor — ela chamou, se virando para Grant —, sabia que o Lachlan vem de uma longa linhagem de MacLeish que remonta a pelo menos 1.638 anos?

Grant pegou o telefone dela com gentileza.

— Nada de celular à mesa, lembra? — Ele colocou o telefone de volta no bolso, depois olhou para ela pelo canto do olho como se esperasse represálias.

Lachlan sorriu.

— Um dia da caça, outro do caçador.

— E só por isso — Jenn disse a ele, cruzando os braços — vocês podem limpar a mesa. Não tô nem aí se você é o rei da Escócia. Pode colocar o lixo todo lá fora.

❀

— A Jenn está bem? — Lachlan franziu a testa. Ela tinha terminado de limpar a cozinha, recusando qualquer oferta de ajuda, e depois disse que precisava dormir mais cedo. Grant pegou mais uma cerveja para os dois, sugerindo que subissem para o jardim da cobertura, que tinha vista para a cidade. — Ela não comeu e nem falou muito depois do jantar. Nós a aborrecemos com a coisa do telefone?

Grant deu de ombros, se recostando na cadeira de madeira. Ele estava com os pés em cima da mesa, os tornozelos cruzados e uma garrafa de cerveja na mão.

— Ela está exausta. Tem ido para a cama às sete da noite quase todo dia.

Lachlan franziu a testa.

— Ela está doente? Eu posso ajudar? Você sabe que o plano de saúde tem cobertura total, certo? E eu pago qualquer despesa extra.

Grant sorriu.

— Vamos aceitar a sua oferta, mas não nos próximos meses. Você notou que a Jenn só comeu o sushi vegetariano? Ela não pode comer peixe cru.

Lachlan se contorceu na cadeira, a carranca ainda aparecendo ao redor dos seus lábios.

— Por que não?

— Ela também não pode tomar bebida alcoólica.

Uma lenta sensação de desconforto apertou o estômago de Lachlan. Combinado com o entendimento que surgia em sua mente, isso o fez se sentir desequilibrado como um navio balançando no mar.

— Ela está grávida?

— Como marido metrossexual e apoiador, acho que o jeito certo de dizer é que estamos "grávidos".

— Bem, isso seria um pequeno milagre. — Lachlan mordiscou o lábio, olhando para a noite escura. Seus olhos se prenderam nos pontos de luz que salpicavam as torres da cidade. — Parabéns, cara.

— Fale isso de coração. — Grant riu.

Lachlan tomou outro gole da cerveja, o líquido frio serpenteou pela sua garganta.

— Estou falando sério. Isso é ótimo, você vai ser pai. Caramba, isso parece tão adulto.

— Nós somos adultos. Já faz um tempo — Grant apontou. — Cuidamos da nossa roupa, fazemos a nossa comida. Bem, pelo menos eu faço. Você paga alguém para fazer isso, mas também cresceu, né?

Lachlan não disse nada por um momento, olhando ao longe. Era assim que Peter Pan se sentia ao ver todos os seus amigos crescerem?

— Ser pai leva você a um nível totalmente novo — ele finalmente disse. — Você se torna responsável por outra pessoa pelo resto da vida. As coisas nunca mais vão ser as mesmas.

— Você está fazendo isso parecer uma sentença de prisão perpétua.

Lachlan suspirou, se chutando mentalmente.

— Eu não quis fazer parecer ruim. É só... diferente, sabe? Sim, eu tenho uma empresa e um apartamento. Mas essas coisas não parecem um fardo. Eu poderia largar tudo a qualquer momento. Não se pode fazer isso com uma criança.

Na verdade se pode, sim. Ele sabia disso por experiência própria.

— Você não pode largar a empresa, mesmo se quisesse — Grant destacou. — Tem funcionários que são sua responsabilidade. Eles têm casas, contas, problemas de saúde. Você está tão amarrado quanto qualquer outra pessoa, mesmo que prefira não acreditar. E, de qualquer forma, ter um filho não é um fardo, não para mim. Não com a mulher certa.

Lachlan se sentou, se virando para encarar Grant.

— Ei, você está certo. Você e a Jenn vão ser pais fantásticos. Todo garoto deve estar se acotovelando para acabar aqui. Caramba, nós podemos até instalar um berçário no escritório, se você quiser. Isso assumindo que a Jenn esteja planejando voltar ao trabalho.

— Sim, quanto a isso... — Grant parou de falar. O sorriso desapareceu quando ele não conseguiu encontrar o olhar de Lachlan. — Eu, ah, não sei o que nós vamos fazer a esse respeito.

Lachlan deu de ombros.

— Vocês têm muito tempo para pensar nisso.

— O bebê nasce daqui a cinco meses.

— Mas ela vai ter licença-maternidade, certo?

— Ela vai sair do emprego. — Grant ficou subitamente cauteloso.

— Ela quer ser dona de casa? — Lachlan perguntou, com os olhos arregalados. — Achei que ela adorasse o trabalho.

— Ofereceram outro emprego para ela. Melhor. Concordaram que ela pode começar no cargo novo depois que o bebê chegar.

Um sorriso genuíno surgiu no rosto de Lachlan.

— Isso é incrível. Eu vou ligar para ela amanhã para dar um duplo parabéns. Ela deve estar vibrando.

— Tem mais — Grant adicionou rapidamente.

— O quê?

— Fica na Universidade da Flórida — ele disse, em a voz baixa. — Nós estamos planejando voltar para o sul.

Lachlan abriu a boca para responder, mas nada saiu. Apenas um suave suspiro que se dispersou na noite. Ele tomou outro gole de cerveja, mais para umedecer a boca seca do que qualquer outra coisa, enquanto tentava descobrir por que seu peito parecia estar sendo espremido por um rolo compressor.

— Flórida? — ele repetiu.

— Sim — Grant ergueu a garrafa. — Vai, *Gators*.

Uma sirene estridente cortou o silêncio do jardim da cobertura, e Lachlan seguiu o progresso da van, os olhos traçando as luzes azuis enquanto cruzava as ruas da cidade. Ele sentiu como se tivesse acabado de levar um soco no estômago, um punho do tamanho de Grant deixando um buraco no seu estômago.

— Nós realmente queremos criar essa criança longe da cidade grande — Grant disse a ele. — Além disso, vamos estar mais próximos da família e só a algumas horas de Miami. Faz sentido mudar quando o bebê chegar.

— Sim, claro. — Lachlan assentiu.

— Vai levar alguns meses. Pelo menos seis — Grant estava quase tropeçando em suas palavras. — Eu vou te ajudar a contratar um substituto. Você não vai ficar na mão, eu prometo.

— Um substituto?

— Um novo assistente. Nós temos tempo suficiente para treinar alguém novo. E quem sabe ele pode até ser melhor do que eu.

— Nunca. — Lachlan queria perguntar se Grant também conseguiria um amigo substituto, mas afastou o pensamento assim que isso passou pela sua cabeça. — Você é insubstituível.

Grant riu.

— É o que dizem.

— Mas ir para a Flórida é uma mudança grande. — Lachlan terminou a cerveja, colocando a garrafa vazia na mesa. — Você ainda pode trabalhar para mim lá. Eu tenho o hotel e estou procurando outros lugares para expandir. O que você acha?

Grant esfregou o queixo.

— Sim, talvez. Não sei o que nós estamos planejando fazer com o bebê ainda. Se a oferta ainda estiver de pé quando mudarmos, eu vou considerar seriamente.

— Se quiser, o emprego é seu. Você sabe disso.

— Não precisa me fazer nenhum favor — Grant falou. — Não que eu não seja grato por tudo que você faz. Porque eu sou.

— Não seria um favor. Você é um funcionário muito bom para se perder. Se quiser trabalhar em regime parcial, integral, de casa ou qualquer outra coisa, é só falar.

— Que bom saber disso. Obrigado. — Grant pareceu sufocado. — Vai ser uma grande mudança, ser pai, sair daqui. É bom saber que eu tenho opções.

— Você é um bom amigo — Lachlan disse. — Meu melhor amigo. — O seu único amigo, mas isso não precisava ser mencionado. — Vou estar sempre com você.

— Eu também — Grant prometeu. — Cara, nós estamos parecendo aquelas porcarias de emo, né? Posso pegar outra cerveja?

Lachlan olhou para o relógio. Era quase meia-noite.

— Não, está tarde. É melhor eu ir pra casa. E você deveria ir para a cama com a sua mulher. — Ele se levantou, oferecendo a mão ao amigo. — Obrigado pela ótima noite. E parabéns, por tudo. — Dessa vez ele falou de coração. Falou mesmo.

❋

O carro atravessou Manhattan em menos de quinze minutos, nada mal para uma noite de sexta-feira. Lachlan acenou com a cabeça para o segurança quando entrou no saguão, foi direto para o elevador e para seu apartamento no trigésimo andar. Assim que enfiou a chave na porta e a abriu, sentiu o cheiro floral suave dos produtos de limpeza que a governanta usava. Tudo estava arrumado, a louça do café da manhã limpa, suas roupas lavadas, dobradas e colocadas de volta em seu guarda-roupa.

Não havia nada a fazer a não ser tomar banho, escovar os dentes e se deitar debaixo dos lençóis caros que cobriam a sua cama.

Talvez devesse ter ligado para alguma antiga namorada. Ou parado em um bar. Qualquer coisa para se livrar do eco de seus passos quando atravessou o apartamento vazio. Qualquer coisa para aliviar a dor que não deixava seu peito desde que se despediu de Grant.

Tinha que ser o sushi. Talvez não tivesse caído bem. Ou poderia ser a cerveja. Pegou dois comprimidos para indigestão do armário de remédios do banheiro, deixando uma impressão digital no espelho enquanto o fechava.

Uma marca oval quase perfeita, com o design de redemoinhos. Pelo menos daria a sua governanta algo para limpar na segunda-feira.

Depois de se deitar na cama, verificou o telefone uma última vez antes de apagar a luz. Uma dúzia de e-mails de diferentes contatos comerciais, cinco solicitações de reunião para a semana seguinte. Mas nem uma única mensagem de um amigo.

Ele o atirou longe, jogando de forma descuidada sobre a mesa a seu lado, onde o aparelho pousou com um baque. Fechando os olhos, se virou, ignorando a dor surda em seu peito. Ele era rico, poderoso, bem-sucedido. Tinha coisas que sonhava conquistar quando criança.

O que havia para não gostar na sua vida?

8

Os bons conselheiros sempre terão clientes.
— *Medida por medida*

Lucy saiu para o ar da primavera. O sol surgia entre as nuvens, os tons amarelos iluminando as poças da chuva que havia caído mais cedo. Ela piscou duas vezes, deixando os olhos se acostumarem com a luz. A temperatura estava esquentando o suficiente para que pudesse usar apenas um casaco leve, tirando as luvas e o lenço que havia se tornado uma espécie de segunda pele.

Era uma curta caminhada até o escritório — um ritmo acelerado de dez minutos pelos jardins da Princes Street e do outro lado da linha férrea. As calçadas estavam cobertas de canteiros de flores, os brotos verdes de narcisos e tulipas forçavam seu caminho pela terra marrom. Botões minúsculos desabrochavam nas árvores que antes eram estéreis, a flor de algodão cor-de-rosa anunciava a novíssima estação. Em poucas semanas, ela cairia, cobriria a grama e as calçadas e as folhas começariam a crescer. Depois de um inverno longo e frio, parecia que tudo estava finalmente voltando à vida.

Subiu as íngremes escadas de pedra que pareciam estar por toda parte em Edimburgo com os pulmões protestando pelo esforço súbito. Quando chegou ao topo, estava sem fôlego, embora não houvesse sinal de vapor quando ofegou. O ar estava quente demais para isso. Graças a Deus pelas pequenas misericórdias.

— Café? — Lynn perguntou assim que Lucy entrou no escritório. — Estava fazendo um para o Malcolm.

— Sim, por favor. E, quando estiver livre, pode vir até aqui falar comigo? — Lucy perguntou, pendurando o casaco no suporte que ficava no canto do escritório. — Preciso reagendar algumas reuniões.

Enquanto Lynn se afastava para fazer o café, Lucy pegou o laptop e o ligou à estação de trabalho, checando a secretária eletrônica para verificar se havia algum recado. Ultimamente, não recebia muitos — grande parte das pessoas enviava e-mail ou ligava para o celular. Mas ela ainda tinha alguns clientes tradicionais — a maioria senhoras idosas com tanto dinheiro que sequer sabiam o que fazer com ele — que ocasionalmente deixavam uma mensagem trêmula, pedindo que ela ligasse de volta.

Naquele dia, não havia nada.

Depois do café, deu alguns telefonemas e separou as pilhas de cartas que Lynn havia deixado, arrumando-as em ordem de importância. Foi quando viu uma de Dewey e Clarke, os advogados que Duncan MacLeish havia contratado. Ela pegou, examinando as palavras. Os dois propunham uma reunião para discutir um acordo e evitar a representação no tribunal.

Ela umedeceu os lábios, lendo as palavras novamente. Examinou a carta e enviou um e-mail diretamente para Lachlan. Ainda era meio da noite em Nova York, Miami ou onde quer que ele estivesse, mas ele veria quando chegasse ao trabalho pela manhã.

Demorou menos de cinco minutos para o telefone se acender e o nome dele aparecer na tela. Ela sentiu uma vibração de excitação — ou talvez fosse adrenalina. Toda vez que falava com Lachlan MacLeish, parecia que estava lutando com um lado seu que não reconhecia.

— Bom dia. Acordou cedo — ela comentou. — Ou é tarde?

— São quase cinco da manhã — ele disse. — Preciso dar uma corrida antes de começar a trabalhar.

Por um momento, ela o imaginou usando roupas de corrida. Pernas fortes e musculosas, braços duros como ferro. Ele tinha o tipo de corpo que poderia te proteger de uma tempestade, se você deixasse.

Ah, pelo amor de Deus. Se contenha, Lucy.

— Bem, não quero te atrapalhar — ela disse, querendo terminar a conversa antes mesmo de começar. — A saúde vem em primeiro lugar. Me mande um e-mail mais tarde se tiver alguma dúvida.

— Pode deixar — ele disse, parecendo divertido. — Mas o seu e-mail não tem anexo, por isso não consigo ler a carta.

Ah, idiota. Ela abriu o e-mail na tela do computador e viu que ele tinha razão; não havia o ícone do clipe de papel para indicar que o documento estava anexado. Como ela conseguiu fazer besteira com uma coisa tão simples?

— Sinto muito, eu vou reenv... — Seu pedido de desculpas foi interrompido pela explosão alta de uma buzina reverberando pela linha telefônica. Então ela ouviu alguns gritos, mas as palavras foram abafadas para que ela não pudesse ouvi-las. — Lachlan, está tudo bem?

— Sim. Alguns taxistas acham que não precisam obedecer aos sinais de trânsito. — Lachlan parecia um pouco ofegante. — Não foi nada.

— Está correndo agora? — ela perguntou.

— Sim. Acabei de chegar ao Central Park.

— E você ainda quer continuar a conversar?

— Só estou aquecendo. Quando estiver indo um pouco mais rápido vai ser mais difícil, mas é só controlar a respiração. Enquanto a conversa corresponder ao ritmo da minha corrida, eu consigo falar normalmente.

Ela tentou imaginar o Central Park naquela época do ano. Tinha visitado Nova York quando se formou, usando o bônus que ganhou da Robinson e Balfour para pagar a viagem.

— Em que parte do parque você está correndo? — perguntou a ele.

— Estou circulando o reservatório e depois vou voltar para o centro. Tenho uma reunião às sete. — Ela podia ouvir o ritmo da respiração dele agora. — Na verdade eu tenho reunião às sete, às nove, às onze e à uma. Além disso, tenho um compromisso à tarde. Então, só vou conseguir ver o e-mail à noite. Tudo bem?

Seu coração estava batendo no ritmo da respiração dele.

— Tudo bem. Eu dou uma olhada nos e-mails mais tarde, para o caso de você responder antes de eu ir dormir. E, se precisar me ligar, fique à vontade. Não quero que a diferença de fuso horário nos cause problemas.

— Obrigado — ele disse, sua voz ainda clara como o dia. — Mas não fique acordada por minha causa. Vou ficar preso no escritório até tarde, então pode ser que eu só comece a ler no meio da noite. Não vou te acordar por isso.

Ela esperou o alívio atingi-la. Em vez disso, sentiu uma decepção tão forte que a fez estremecer. Queria que ele ligasse no meio da noite?

— Parece que você está trabalhando demais — ela falou. E não era o que ela fazia também? Não se chega ao topo da carreira trabalhando das nove às cinco. Você se esforça até os limites e depois se esforça um pouco mais.

Com sua boa aparência e charme natural, teria sido fácil para ele conquistar o que queria sem muito esforço. Mas em vez disso, ele era muito determinado. Lucy não podia deixar de ficar impressionada.

— Sim, bem, é um mundo competitivo. Trabalhei duro pelo que eu tenho. Não pretendo perder agora.

Ela podia dizer, pela cadência de suas palavras, que ele havia acelerado o ritmo.

— Eu vou deixar você em paz agora — disse, se sentindo relutante em encerrar a ligação. — Você precisa terminar sua corrida e eu preciso mandar o e-mail, desta vez com a carta anexada.

Ele riu.

— Certo, Lucy, falo com você mais tarde.

Ela encerrou a ligação, colocando o telefone na mesa ao lado do laptop, e tentou ignorar o modo como as palavras dele a fizeram se sentir. *Falo com você mais tarde.* Ela não tinha certeza se isso parecia mais uma ameaça ou uma promessa.

A julgar pela maneira como ele a fazia se sentir — como se seu mundo perfeitamente ordenado estivesse sendo derrubado —, com certeza eram as duas coisas.

❀

Lachlan se recostou na cadeira, passando os dedos pelo cabelo enquanto fechava os olhos por um momento, soltando o ar pela boca. O dia tinha sido muito longo e não parecia que terminaria tão cedo. Sua caixa de entrada estava cheia de e-mails que Grant havia marcado como urgentes e o correio de voz de seu celular estivera piscando o dia todo. Por volta das sete da noite, um entregador tinha trazido uma sacola cheia de comida chinesa, mas as caixas continuavam na mesa e tudo estava frio.

Ele tirou o paletó e desabotoou a camisa, soltando o colarinho que apertara seu pescoço o dia todo. Examinando o conteúdo da caixa de entrada, seus olhos pararam imediatamente em um nome familiar, que fez os cantos de seus lábios se curvarem. *Lucy Shakespeare.* Ela era como um bálsamo frio em sua alma sobrecarregada.

Ele olhou ao redor do escritório, para o interior elegante, o chão de mármore e as pinturas caras presas na parede. Não podia reclamar — não quando havia alcançado mais do que jamais sonhara quando criança, no tempo em que batia pernas nas ruas de Miami e os problemas o seguiam como cheiro ruim. Durante anos ele ficara satisfeito com o que tinha: os artigos de revista que o enalteciam como o próximo grande sucesso, os convites para eventos de gala e estreias exclusivas — coisas que acompanhavam o sucesso. Mas agora, sozinho no escritório, não parecia tão satisfatório quanto antes.

Era difícil apontar o motivo. Ele pensou no pai, o homem que foi para o túmulo mal conhecendo o filho mais velho. Será que Duncan MacLeish, o pai, foi feliz com a vida que teve? Lachlan pensou que provavelmente sim, afinal ele havia construído um império que o transformara de escocês pobre em magnata de Miami. O que havia para não gostar?

Movendo o cursor para a mensagem de Lucy, ele clicou para abrir, lendo rapidamente suas palavras antes de abrir o documento anexado. Seus e-mails eram tão parecidos com a maneira como ela falava que ele quase podia ouvir sua voz enquanto observava a mensagem concisa. Quase podia imaginá-la digitando, os olhos ligeiramente semicerrados e os lábios apertados em sinal de concentração.

Nas semanas desde que se conheceram em seu hotel, em Miami, ela provara ser exatamente a advogada de que precisava. Era uma loucura a maneira como ansiava por suas conversas, tanto que tinha ligado para ela naquela manhã, quando o sol mal havia se erguido no horizonte de Nova York, com o desejo de ouvir sua voz superando qualquer bom senso que ele tivesse. Ainda mais louco foi o fato de que a corrida matinal, acompanhada da conversa que tiveram, acabou sendo a melhor parte do seu dia.

Ele nunca tivera uma paixão antes, se é que podia descrever o que estava acontecendo dessa forma. Grant não estava errado quando disse que as mulheres corriam atrás de Lachlan. Ele gostava da companhia delas, gostava da conversa e, sim, às vezes iam para a cama. Mas isso era o máximo que acontecia. Ele não perdia seu tempo livre pensando nelas.

Até *ela* aparecer.

Ele balançou a cabeça diante daqueles pensamentos e um meio-sorriso se ergueu no canto do lábio. Ela era boa no que fazia, e ele gostava dessa qualidade. Ela era a chave para conseguir a herança que tanto queria, e era isso que importava.

Não sua beleza, postura, nem o modo como ela o atraía toda vez que se falavam. Ela podia ser diferente de qualquer outra mulher que ele já conhecera, mas isso era irrelevante. Ela era sua advogada e morava a mais de três mil quilômetros de distância. Sua vida era complicada o suficiente — ele não precisava adicionar nada.

Um olhar para o relógio do outro lado da parede lhe disse que eram quase onze da noite. Esfregou os olhos ressecados e mandou uma mensagem para o serviço do transporte executivo, pedindo ao motorista para pegá-lo em meia hora. Isso lhe daria tempo suficiente para responder à mensagem de Lucy e depois ler seus outros e-mails antes de chegar em casa e ir direto para a cama.

Todo o trabalho e nenhuma diversão estava fazendo de Lachlan um homem exausto.

❋

— Tudo certo, então? — Cesca perguntou. — Graças a Deus a casa pode aceitá-lo. Vai ser muito melhor para todos.

— Ainda detesto a ideia de ele ficar em uma casa de repouso. — Juliet torceu o nariz. — Eu me sinto tão... culpada, sabe? Como se eu o estivesse negligenciando. Não o vejo há mais de dois anos.

— Você não tem nada com que se sentir culpada — Lucy falou. — Nenhuma de vocês tem. Ele não queria que ninguém largasse tudo para cuidar dele. Se alguém devia estar fazendo isso, sou eu. Eu sou a que mora mais perto.

Um bombardeio de "nãos" soou através da caixa de som do laptop. A tela de Lucy mostrava as três irmãs, todas localizadas em diferentes partes do mundo. Cesca ainda estava em Budapeste, onde Sam estava filmando. Se observasse bem, era possível ver os sinais reveladores do quarto de hotel — pinturas genéricas nas paredes, roupas simples e elegantes, sem mencionar as três malas no canto da tela.

Juliet, em contraparte, estava sentada em sua cozinha em Maryland, nos Estados Unidos. Extremamente moderna e bonita, mas, de alguma forma, fria. Poppy estava no canto, colorindo da maneira habitual — cheia de prazer. Thomas, seu marido, não estava em lugar nenhum.

E havia Kitty. O bebê da família. Ela estava sentada do lado de fora de um café em Los Angeles, o sol da manhã iluminando os longos cachos loiros. Na mão dela havia um grande copo de isopor e ela bebia enquanto falavam. Estava linda — e não era de admirar. Se apaixonar tinha sido bom para ela.

— Então, e a casa? — Cesca perguntou. — Será que o seguro vai nos deixar mantê-la vazia? Não podemos alugá-la enquanto estiver com todas aquelas coisas lá dentro. — Todas sabiam que o pai era um acumulador.

— Falei com algumas empresas especializadas em limpeza doméstica — Lucy disse. — Acho que não devemos fazer nada até que ele esteja estabelecido, mas depois disso vamos ter que pensar em vendê-la. Vamos precisar do dinheiro para pagar pelos cuidados com ele.

— Que horrível vender a casa da família — Kitty falou. — O papai ama aquele lugar. Assim como a nossa mãe amava.

Lucy olhou para a mesa de canto, repleta de fotografias da família em molduras prateadas e pretas. Do lado esquerdo havia uma pequena foto em preto e branco de um homem alto e elegante e uma mulher bonita, rindo enquanto desciam os degraus do cartório. Sua mãe estava resplandecente em um vestido curto de cor clara. O pai usava um terno elegante e uma gravata com nó perfeito. Parecia mais um anúncio vintage do que uma foto da família.

— Não temos muita escolha — Juliet falou baixinho. — Queremos que o nosso pai tenha o melhor atendimento, e a casa vai pagar por isso. — Ela engoliu em seco, a voz ainda mais baixa. — De qualquer forma, ele não vai poder voltar a viver nela, certo? A tendência é que ele só piore.

Isso as silenciou por um minuto. Quando Lucy olhou para a tela, todas as irmãs estavam com a cabeça baixa.

— Nós estamos fazendo o melhor que podemos por ele — Lucy finalmente disse. — E isso é tudo que nós podemos fazer. Eu sei que é horrível, mas pelo menos desta vez vamos fazer o certo.

— Claro que estamos — Cesca concordou.

— Bom, conte pra gente sobre Budapeste. O Danúbio é tão bonito quanto falam? — Lucy perguntou. A mudança de assunto foi como tirar um peso de todos os ombros, e de repente estavam conversando de novo, as expressões se abrandando enquanto trocavam notícias, falavam sobre maridos e namorados, empregos e casas.

Lucy se recostou na cadeira, observando todas elas com um sorriso caloroso. Ela amava ferozmente as irmãs. Desde os 15 anos, seu trabalho era cuidar das três e se certificar de que estavam felizes.

Para todos os efeitos, ainda era.

9

> Em meus olhos minha mãe se postou, dando-me as lágrimas
> que neste instante eu verto.
> — *Henrique V*

> Vai ter um carro te aguardando em Miami. Reprogramei as reuniões de amanhã e cancelei os seus compromissos. Diga para a sua mãe que eu mandei um abraço. Grant

Lachlan leu a mensagem e colocou o celular no bolso, puxando a mala pequena e cara enquanto entrava no saguão de desembarque do aeroporto. A bagagem de mão continha apenas o que foi possível jogar ali dentro antes de correr para o aeroporto JFK e embarcar no primeiro voo que ele conseguiu pegar.

Eram onze da noite no horário local. Já estava escuro, e isso conferia ao aeroporto internacional de Miami uma atmosfera mais silenciosa, completamente adequada ao humor de Lachlan. Ele caminhou pelo piso de porcelanato até o homem que segurava a placa com seu nome, acenando com a cabeça e permitindo que o motorista pegasse sua mala enquanto iam para o carro.

Alguns minutos depois, estavam entrando na via expressa. O motorista fez algumas tentativas de iniciar uma conversa, mas as respostas de Lachlan eram concisas, quase taciturnas. Preferiu ficar olhando pela janela ou checar suas mensagens para ver se havia alguma atualização da enfermeira da mãe.

— É no hospital universitário, certo? — o motorista perguntou, pegando a via expressa.

— Isso mesmo.

— Imagino que não seja um compromisso regular a esta hora.

— A minha mãe está doente. Eu vim de Nova York para vê-la.

— Sinto muito — o motorista falou.

— Obrigado.

— O meu pai ficou internado no Hospital Mercy ano passado — o motorista continuou. — Ataque cardíaco. Deram a ele uma semana de vida, na melhor das hipóteses. Em dois meses, ele estava dançando no casamento da minha irmã. Disseram que foi um pequeno milagre.

Lachlan deu um meio-sorriso. Ele não esperava nenhum milagre — pequeno ou não — para sua mãe.

Levou menos de quinze minutos para o carro parar na frente do hospital. O motorista ligou o pisca-alerta e saiu para pegar a bagagem no porta-malas. Lachlan se levantou e olhou para o prédio de estuque bege. Se não fosse pelos letreiros verde e laranja do Hospital Universitário de Miami, seria possível confundi-lo com um hotel cinco estrelas. Na verdade, alguns dos quartos para pacientes de alto nível tinham vistas fantásticas da praia e da cidade. Dando ao motorista uma gorjeta de vinte dólares, Lachlan pegou a mala e atravessou as portas de correr de vidro da entrada, indo imediatamente para o balcão de informações. Estava silencioso lá dentro — o horário regular de visitas já tinha acabado e a maioria das pessoas já havia ido para casa. Até a equipe falava baixinho enquanto ele pedia indicações para o quarto da mãe.

Quando chegou à UTI, a enfermeira o conduziu discretamente pelo corredor.

— O pneumologista já foi para casa — ela falou com a voz baixa. — Ele vai estar de volta às oito para fazer as visitas do plantão. Você vai poder falar com ele. Mas, enquanto isso, se tiver alguma dúvida, posso te ajudar.

— Como ela está?

— Em estado crítico, mas estável — a enfermeira disse. — Ela teve uma infecção que se transformou em pneumonia. Está sendo tratada com antibiótico e está no oxigênio, mas o coração está fraco. Vamos saber mais sobre o estado dela amanhã.

— Ela vai conseguir superar?

O rosto da enfermeira suavizou.

— É difícil dizer. Existe uma linha tênue entre tratá-la e aumentar o sofrimento dela. Como você sabe, a doença pulmonar obstrutiva crônica é progressiva. Nós só podemos tratar as complicações. Mas estamos fazendo tudo que podemos para ajudá-la a lutar. — Ela parou do lado de fora do quarto, abrindo a porta. Lachlan passou por ela e seus olhos foram imediatamente atraídos para a mulher pálida que descansava na cama de hospital. Ela estava ligada a uma máquina, fios que levavam um soro ao pulso. Uma máscara de oxigênio cobria seu nariz e boca, e toda vez que ela inalava ele podia ouvir um barulho proveniente do seu peito.

— Essa é uma máscara de Venturi — a enfermeira explicou. — Fornece altos níveis de oxigênio para os pulmões. É mais eficaz que uma cânula nasal.

Lachlan assentiu, embora mal estivesse ouvindo.

— Ela também tomou duas injeções de esteroides para melhorar a função pulmonar. Deve fazer outra radiografia de tórax amanhã.

Amanhã. Ao ver a mãe deitada em uma cama de hospital, ele se perguntou se ela o veria. Deixando a mala ao lado da porta, ele se aproximou, puxando a cadeira para perto da cama. Segurou a mão dela e a apertou entre as suas.

— Ela está quente — falou.

— Está com febre. Mas está baixando. Nós vamos verificar seus sinais vitais novamente daqui a meia hora, e esperamos que até lá a febre tenha baixado. — A enfermeira olhou para o relógio. — Vou te deixar aqui por um tempo. Se quiser tomar alguma coisa, o café, no final do corredor, fica aberto a noite toda. E, se precisar de uma de nós, pode apertar esse botão — disse, apontando para o botão vermelho na parede — ou nos encontrar no posto de enfermagem.

— Obrigado — ele respondeu, ainda olhando para a mãe.

— Disponha.

Ele passou a hora seguinte sentado com ela, ouvindo os bipes regulares do monitor cardíaco e sua respiração irregular enquanto ainda lutava por ar. O chiado em seu peito o fazia estremecer, pois parecia que cada respiração era uma luta. Algumas vezes seus olhos se abriram, e ela o encarou com um olhar vítreo, sem reconhecer quem ele era, ou, se o reconheceu, foi incapaz de encontrar energia para cumprimentá-lo.

À meia-noite ele havia adormecido na cadeira de couro acolchoado, a cabeça pendendo para o lado enquanto suas pernas compridas se estendiam na sua frente. Mas o sono não durou muito. A cada hora a enfermeira entrava para verificar a máquina e o soro, fazendo anotações em um tablet para registrar as estatísticas.

Na segunda vez em que a enfermeira o acordou, seu pescoço estava rígido e os músculos das costas reclamavam da posição desconfortável. Ele girou a cabeça algumas vezes, sentindo os nós estalando.

— Onde você disse que era o café? — ele perguntou. Naquele momento, a atração por uma injeção de cafeína era forte demais para ser ignorada. Era uma pena que não servissem nada mais forte.

— Siga pelo corredor e vire à esquerda — ela explicou, ajustando a máquina. — Se tiver sorte, pode ser que o terraço ainda esteja aberto. Tem uma bela vista da cidade.

Não havia fila no balcão. O barista o serviu rapidamente, com o mesmo tom de voz baixo que todos os outros no hospital pareciam usar. Eles faziam algum tipo de treinamento? Lachlan entregou uma nota e levou o café para uma mesa de canto. As portas do terraço estavam trancadas, mas os sons da cidade ainda soavam através das frestas. A tela do celular indicava que era uma e meia da manhã. Sentado ali no canto do café vazio, Lachlan sentiu uma pontada de solidão arder em seu estômago. *Tem alguém para quem você gostaria de ligar?* Não era isso que perguntavam quando um paciente estava à beira da morte? Se a enfermeira perguntasse isso, para quem ele ligaria?

Provavelmente, Grant se importaria, mas só porque era amigo de Lachlan. E ele estaria dormindo àquela hora. Ele não podia imaginar que Jenn ficaria impressionada se Lachlan os acordasse só para conversar.

Ele tinha outros amigos? Talvez, mas não do tipo que ligaria no meio da noite, procurando por simpatia. Passou a vida cercado de colegas de trabalho, funcionários e amigos com quem gostava de se divertir, mas algum deles estaria lá se ele mandasse uma mensagem naquele momento?

Ele achava que não.

Tomando um gole de café, deixou o gosto amargo envolver a língua e, em seguida, pegou o telefone, checando a hora mais uma vez. Uma e trinta e três da manhã — apenas alguns minutos desde a última vez que verificara.

Era como se o tempo se movesse em um ritmo mais lento durante a noite, da mesma forma que as enfermeiras baixavam o tom de voz quando passava da meia-noite. Ele checou seus e-mails, mensagens, agenda. Tomou outro gole da bebida. Duas enfermeiras entraram no café e foram direto para o balcão, depois partiram assim que suas bebidas foram preparadas.

Ele leu as notícias, a previsão do tempo e os preços das ações no mundo todo. Seu café estava pela metade agora, o líquido havia esfriado rapidamente por causa do ar-condicionado. Ele empurrou o copo para longe com uma mão, ainda segurando o telefone com a outra.

Suspirando, tocou na barra de pesquisa em seu navegador. O que ele poderia procurar? Não estava interessado em fofocas, não acompanhava nenhum programa de TV e nem se lembrava da última vez que lera um livro. O teclado apareceu na tela, e ele deslizou os dedos pelas teclas, fazendo as letras aparecerem na busca.

Clã MacLeish.

Assim que pressionou o pequeno ícone da lupa, uma lista de resultados apareceu. Uma loja online vendendo tartan escocês, uma página da Wikipédia e, em seguida, o site sobre o qual Grant havia falado. Lachlan clicou no terceiro resultado, que o levou imediatamente para a mesma página que tinha visto antes, aquela com um fundo xadrez e uma foto de Glencarraig Lodge no banner.

O menu continha várias opções, e ele clicou em história primeiro. Olhou para a tela, leu sobre o combate no século XVIII e como resultou em tantas famílias escocesas mais pobres sendo despejadas por proprietários aristocráticos, levando a uma emigração em massa para o Novo Mundo. Leu sobre Bonnie Prince Charlie e como o chefe do clã MacLeish o apoiou em sua missão de derrotar a ocupação inglesa, levando-o a ser forçado ao exílio, um homem caçado.

Havia tanta informação que Lachlan mal conseguia entender tudo. Quem havia escrito aquilo? Ele não acreditava que seu pai tivesse interesse ou conhecimento técnico para administrar um site. Não havia informações sobre o autor — apenas links para o fórum, que, como Grant havia dito, estava sem postagens —, nem detalhes do alojamento que a Glencarraig Lodge oferecia aos hóspedes e um encontro anual.

Interessado, Lachlan clicou na página da reunião. Uma fotografia do castelo de Glencarraig surgiu novamente, mas dessa vez havia uma multidão em frente a ele. Homens usando kilts no tradicional tartan MacLeish, mulheres de saias mais longas usando um manto xadrez cobrindo os ombros. Havia até crianças, rapazes de kilt e chapéus chato, meninas de saias mais curtas e meias longas. Na parte inferior da foto havia uma legenda: *Encontro do clã MacLeish 2017*.

Ele deu zoom na foto, examinando as pessoas para ver se reconhecia alguém. Mas nenhum deles parecia familiar. Nem seu pai ou irmão estavam lá e, por alguma razão, isso deu a Lachlan certa satisfação.

A porta do café se abriu novamente e dessa vez houve um fluxo maior de pessoas. Ele olhou para o relógio e ficou chocado ao ver que mais de uma hora tinha se passado. Se levantou rapidamente e voltou para ver a mãe no quarto.

Descobrir mais sobre o clã MacLeish teria que esperar.

10

A Escócia tem recursos para saciar-vos só com o que for vosso.
— *Macbeth*

— Sr. MacLeish? — O dr. Farnish saiu do quarto, fechando a porta atrás de si. — Recebi o resultado do raio x. O peito da sua mãe está mais limpo do que ontem. Os antibióticos parecem estar fazendo efeito.

Lachlan assentiu rapidamente. O alívio fez seus músculos relaxarem.

— Ela está mais lúcida do que ontem também. Conseguimos trocar algumas palavras — informou.

— Sim, isso é um bom sinal. Se a recuperação continuar, nós vamos liberá-la antes do fim de semana. O fato de ela ter atendimento vinte e quatro horas em casa deve facilitar as coisas.

— Será que ela vai ficar com alguma sequela? — Lachlan perguntou. — Precisamos rever o tratamento?

O dr. Farnish balançou a cabeça em negativa.

— Como você sabe, cada episódio de agravamento causa algum dano para os pulmões dela, o que torna a respiração mais difícil. Mas sua mãe já está usando um ventilador no hospital, e isso deve ser suficiente por enquanto. Eu quero revê-la daqui a uma semana e depois uma vez por mês. Quando tiver alta, vai poder se cuidar em casa. — Ele baixou a voz o suficiente para Lachlan ter que se inclinar para mais perto. — Em algum momento você vai precisar conversar com a sua mãe sobre os desejos dela. Talvez pensar em dividir a herança em vida. A doença vai ter um efeito na qualidade de vida dela e, mais tarde, a dor vai superar quaisquer aspectos positivos.

Lachlan se recostou na parede pintada. Uma enfermeira passou por eles empurrando um carrinho de equipamentos, as rodas de borracha rangendo contra o piso. O médico estava certo — ele sabia disso. Havia consultado especialistas o suficiente para saber que sua mãe não iria se curar.

— Vou conversar a respeito quando ela estiver em casa — ele concordou, embora já estivesse pensando quando teria a chance de fazê-lo. Agora que ela estava se recuperando, ele tinha que voltar ao trabalho. Já havia cancelado quatro dias de reuniões e não podia cancelar muito mais.

— Eu sei que não é fácil, mas seria a melhor coisa a fazer.

Era difícil olhar para ela assim, mesmo sabendo que estava melhorando. Ela parecia tão diferente da mãe que ele teve enquanto crescia. A mulher jovem e vibrante — provavelmente jovem demais — que o beijava como louca e depois desaparecia por horas, deixando-o para se defender sozinho. Desde muito novo, ele aprendera a ser independente — cuidar da própria comida, entretenimento e conforto. Ele aprendeu rapidamente que, se não cuidasse de si mesmo, ninguém mais o faria.

Olhando para trás, ele poderia ter tomado o caminho errado. Por alguns anos, quando criança, ele burlara a lei, saindo com a turma errada e procurando briga — qualquer uma — só para provar que existia.

Estranhamente, foi seu pai — o homem que não parecia se importar muito com ele — que fez a diferença. Ou melhor, foram os tempos que Lachlan ficou com ele e sua família. Eles lhe mostraram uma alternativa ao estilo de vida que havia ao seu redor. Até mesmo Glencarraig havia desempenhado um papel. Era difícil ficar com raiva quando se estava cercado pela beleza da natureza e quase impossível não querer mais deste mundo do que uma vida inteira de vingança.

Lachlan assentiu novamente, depois voltou para o quarto, onde a mãe ainda estava dormindo, sua respiração audível contra o pano de fundo dos monitores. Havia travesseiros apoiados ao seu redor e os tubos ainda estavam presos ao pulso, mas a máscara havia sido removida, substituída por uma cânula nasal que lhe permitia falar pelos poucos minutos em que tinha energia suficiente para ficar acordada. Ele se sentou ao lado dela na cadeira — que já havia se moldado ao seu corpo — e o assento afundou embaixo dele como se estivesse cansado de ficar fofo.

Ele tinha se esforçado muito, mais do que imaginou que podia, primeiro nos estudos e depois nos negócios, se afastando da antiga vida e do seu bairro, trazendo Grant consigo. Não parou de lutar — provavelmente, nunca pararia —, mas as coisas pelas quais estava lutando tinham mudado.

Os olhos azul-claros da mãe se abriram por um momento e encontraram os dele antes que se fechassem de novo, e ela respirou profundamente.

À sua maneira, ela também era uma lutadora. Fez o melhor que pôde como mãe — com os escassos recursos que tinha disponível —, e ele não se virou contra ela por isso.

Deixou a cabeça cair para trás na cadeira até encontrar o encosto almofadado e inspirou profundamente. Tudo o que ele teve foi muito disputado — e sempre venceu —, e Glencarraig não seria diferente. Poderia ficar sentado aqui em Miami ou em Nova York e esperar que as coisas acontecessem ou poderia levar a luta para o lugar que mais importava.

Talvez fosse hora de ir para a Escócia.

❦

— O Marcus assumiu as reuniões — Grant disse a ele. — E enviei alguns documentos para você assinar. Precisam ser devolvidos aos nossos advogados nesta semana. Como está a sua mãe?

— Muito melhor. Vai ser liberada amanhã.

— Isso é maravilhoso — Grant pareceu genuinamente satisfeito. — Então o tratamento continua?

— Sim. Estão mudando a medicação para antibióticos orais. E a casa de repouso está pronta para ela.

— Isso deve ter tirado um peso dos seus ombros.

— Podemos dizer que sim. — Lachlan sorriu.

— Quando você acha que vai estar de volta a Nova York? — Grant perguntou. — Quer que eu reserve o voo?

Lachlan tomou um gole de café. Desde que chegara a Miami, tinha arranjado um canto no café do hospital. Achou surpreendentemente fácil administrar seus negócios de lá — com a ajuda de Grant.

— Não vou voltar para Nova York — ele disse, colocando a xícara na mesa. — Quero me encontrar com o advogado do meu irmão — continuou.

— E quero fazer isso na Escócia.

— Tem certeza? — Grant perguntou, parecendo confuso. — Você já está longe do escritório faz um tempo.

Lachlan sorriu. Grant não estava acostumado a ele ser tão impulsivo. Mas, realmente, viajar para a Escócia fazia sentido. Não era só para avançar com a luta contra o irmão, mas também para checar a propriedade nas Terras Altas. Para se lembrar exatamente pelo que lutava.

E se tivesse que ver Lucy Shakespeare de novo... bem, ele podia lidar com isso, não é? Ela era sua advogada e tinha namorado. Isso era tudo que ele precisava saber.

— Sim, tenho certeza. Reserve um voo para Edimburgo — ele respondeu com o sorriso ainda ondulando em seus lábios. — E avise a assistente da srta. Shakespeare de que vou para lá na próxima semana.

Lá estava. O jogo estava acontecendo, de mais de uma maneira.

II

> Não zombeis de mim, é o que vos peço. Sou um velho
> imprestável e caduco.
> — *Rei Lear*

— Você está bem? Está olhando para o relógio de novo. — Cesca estava sentada na cadeira em frente a Lucy, com o pai entre elas. Era hora do almoço na Casa de Repouso Wickstead, um evento bem organizado que permitia aos pacientes (ou convidados, como insistiam em chamá-los) ter familiares por perto. O cardápio era o mesmo toda semana, assim como as poltronas, todos os dias. Até a música, transmitida pelos alto-falantes da sala de jantar, era repetida.

— Precisa de ajuda com isso, pai? — Lucy perguntou, observando o pai empurrar o frango pelo prato. — Quer que eu corte tudo?

— Não sou criança.

Lucy engoliu em seco, colocando um sorriso no rosto.

— Eu sei. — Ela voltou sua atenção para Cesca. — Estou bem. Só estava me perguntando se o meu cliente já chegou a Heathrow. Ele está vindo de Nova York.

— Com certeza você não trabalha aos domingos — Cesca observou. — Não precisa encontrá-lo ou algo assim, né?

— Ah, não. Ele vai pegar um voo de conexão para Edimburgo.

Cesca parecia confusa.

— Então que diferença faz a que horas ele vai chegar em Heathrow?

— Não importa. — Lucy franziu a testa. — Eu estava pensando, só isso. — Ela balançou a cabeça para si mesma. Até Cesca estava percebendo o quanto ela estava se comportando de forma estranha. Era tudo culpa de Lachlan MacLeish, com seus profundos olhos azuis e sorriso com covinhas, sem mencionar a voz, que fazia sua pele formigar toda vez que conversavam.

Ah, Deus, ela precisava se conter. Não dava para passar o fim de semana inteiro pensando nele. E, agora que estaria na mesma cidade que ela — no mesmo escritório —, precisava assumir o controle. Afinal, era só por alguns dias.

Ela poderia lidar com isso. Já havia lidado com coisa muito pior. Cesca semicerrou os olhos.

— Certo.

— Terminei. Acho que vou voltar para o quarto. — O pai delas afastou o prato e os talheres bateram contra a porcelana.

Lucy ergueu os olhos do próprio prato, que ainda não estava terminado.

— Quer que eu vá com você? Que te mostre o caminho?

— Eu sei o caminho. — Ele estava de mau humor. — Gostaria de um pouco de paz e tranquilidade, se for tudo a mesma coisa para você. — Ele se levantou e saiu antes que ela pudesse protestar. Qual era a pior coisa que poderia acontecer? A casa era construída para abrigar pessoas que se perdiam de forma crônica. O pior que ele poderia fazer era acabar no quarto de outra pessoa. E, como a enfermeira as tranquilizou, isso acontecia muitas vezes.

— Está no modo "velho chato" — Cesca murmurou.

— Cess — Lucy falou. — Não é culpa dele.

— Eu sei, mas você acha que quando está lúcido ele realmente tenta ser legal? Ele não faz nada além de reclamar e criticar todo mundo, o dia todo. Ele até começou a ser grosseiro com relação à mamãe...

— O que ele disse? — A voz de Lucy era concisa.

— Nada. Só o de sempre. — Cesca deu de ombros. — Você sabe como ele é.

— Ele diz um monte de coisas idiotas — Lucy concordou, sentindo o peito apertado. — Você devia ignorá-lo.

— É o que eu faço. Mas, quando ele faz isso com você, tenho vontade de dar um chacoalhão nele. Ele não sabe o quanto você fez por ele? Puta merda, você praticamente assumiu tudo quando a mamãe morreu. Ele simplesmente desaparecia no quarto o tempo todo. É como se ele tivesse se esquecido de que tinha quatro filhas para cuidar.

Lucy pressionou os dedos na têmpora, esfregando a pele.

— Sim, mas nós conseguimos, né? E sei que ele é irritante às vezes, mas lembre-se, vai chegar um momento em que ele não poderá mais falar. Vamos ter saudade do tempo em que ele brigava com a gente.

Os olhos de Cesca estavam vítreos. Ela piscou algumas vezes.

— Você está certa — ela disse em um sussurro. — É horrível, né? Não sei como você lidou com isso todo esse tempo. Nós devemos muito a você, Luce.

— Eu sou a mais velha. É o meu trabalho.

— Você é muito mais que isso. Eu só queria que nos deixasse cuidar de você algumas vezes. Você parece desgastada.

— Tenho trabalhado muito, só isso. Vou me encontrar com esse cliente que está vindo para cá e participar de uma grande reunião na terça-feira, por isso tive que trabalhar até tarde na semana passada. — Ela não mencionou que o cliente ficara na sua cabeça durante todo o fim de semana também. Desde que a irmã se apaixonara por Sam, ela se tornara uma romântica de novo. E a última coisa que Lucy precisava agora era de um sermão.

— Além disso, você veio até aqui e ajudou o papai a se mudar para este lugar — Cesca apontou para a casa. — Você até desistiu do seu fim de semana. Sem um agradecimento dele.

— Não estou esperando nenhum agradecimento.

Cesca se inclinou para a frente.

— Então você está esperando o quê?

— Nós somos uma família. E podemos estar espalhadas pelo mundo inteiro, mas somos unidas pelo sangue. Eu faço porque amo vocês. A gente se separou uma vez, e não vou deixar isso acontecer novamente. Não se eu puder impedir.

— Você não pode controlar a vida. — Cesca balançou a cabeça. — Olhe para mim. Eu me envolvi com um homem que eu odiava. Você acha que eu planejei isso? A vida é confusa, Luce. Você só tem que seguir em frente.

— Aliás, como está o Sam? — Lucy perguntou, desviando a conversa. — Como vai a filmagem em Budapeste?

— Ele está cansado, rabugento e sobrecarregado. Mas, quando isso terminar, nós vamos ter férias longas e maravilhosas — Cesca respondeu.

— E quais são os planos depois disso? — Há muito tempo, Lucy havia perdido a esperança de que a irmã voltasse para o Reino Unido. Sam estava ficando famoso demais para isso. Sem mencionar o fato de que a estrela de

Cesca também estava em ascensão. Sua peça tinha feito sucesso no West End e havia rumores de uma produção na Broadway. Ainda assim, Cesca fazia o máximo que podia para visitá-la sempre que tinha chance.

Cesca mordeu um sorriso.

— Não posso falar sobre isso ainda.

Lucy arqueou as sobrancelhas.

— Por que não? Não me diga que o Sam vai ser o próximo James Bond.

Cesca riu.

— Provavelmente não. Ele foi estereotipado como salva-vidas, e acho que não está planejando fazer qualquer outra franquia de filmes por enquanto.

— Ela olhou para as unhas, aquele sorriso ainda brincando em seus lábios.

— Sou eu que preciso manter o sigilo. Estou negociando um roteiro.

— De cinema? — Lucy perguntou a ela.

— Não, é uma série. Estou negociando com um serviço de *streaming* popular, mas não posso dizer muito mais.

— Você assinou um acordo de confidencialidade? — Lucy sabia tudo sobre esse tipo de negociação. Eram bastante comuns em LA. Kitty também havia pedido seu conselho sobre um.

— Sim. — Cesca ergueu as sobrancelhas. — Mas eu espero conseguir falar mais em breve. Assim que nós assinarmos.

— Uau. — Lucy não conseguia esconder a felicidade pela irmã. — Duas de vocês estão agitando Hollywood. Irmãs Shakespeare Produções soa bem.

— O Sam disse a mesma coisa. Nós estamos pensando em transformar isso em um grande negócio de família. Embora eu suspeite que ele só queira conseguir os melhores papéis.

— Talvez eu deva ir para lá — Lucy brincou. — Eu poderia me tornar uma advogada de entretenimento.

— Eu queria que você fosse. — O sorriso desapareceu do rosto de Cesca. — Sinto sua falta quando estou lá. Todas nós sentimos. Odeio pensar em você aqui com essa grande responsabilidade enquanto nós três moramos nos Estados Unidos.

— Você não está exatamente morando lá — Lucy apontou. Ela abriu a boca para dizer que Juliet e Kitty também não, mas um estrondo na cozinha abafou suas palavras. Alguém havia empurrado o carrinho de bandejas e pratos sujos, fazendo talheres e louças voarem pelo piso. Um segundo depois, um exército de enfermeiras e cuidadores entrou correndo, alguns deles indo direto para os moradores para garantir que a calamidade não lhes causasse ansiedade e outros indo limpar a bagunça.

— Acho que é a nossa deixa para ir embora — Cesca falou, quando o barulho começou a diminuir. — Só vou me despedir do papai, e é melhor pegar um táxi para Heathrow. O meu voo sai daqui a algumas horas.

Lucy olhou para o relógio. Por um momento, imaginou Cesca e Lachlan no mesmo lugar ao mesmo tempo. Eles podiam passar um pelo outro e nem mesmo saber que estavam conectados por meio dela.

Ela balançou a cabeça, tentando se livrar desse pensamento bobo. Claro que eles não estavam conectados. Afinal de contas, ele era apenas um cliente.

As duas saíram da sala de jantar e entraram no grande corredor pintado de branco, empurrando a porta pesada que dava para os quartos dos moradores. O som de seus sapatos batendo no piso ecoou pelo corredor.

— É estranho, né? Não ter ideia de quanto tempo vai demorar para o papai piorar... sem saber realmente o que piorar significa. É tão assustador.

— Se é assustador para nós, imagine como ele deve se sentir — Lucy falou, assentindo. — É isso que eu sempre digo a mim mesma quando ele está tendo um dia como o de hoje. Ele deve estar muito assustado, sem entender o que está acontecendo, sem saber que dia é. Imagine olhar para alguém que você não reconhece e saber que é parente seu. É impossível me colocar no lugar dele.

Dessa vez as lágrimas que se formaram nos olhos de Cesca rolaram pelo rosto dela.

— Coitado.

— E coitadas de nós. Essa coisa toda é uma droga.

— É verdade — Cesca concordou. — Mas seria dez vezes pior se não fosse por você. — Ela apertou a mão de Lucy. — Graças a Deus nós temos você para confiar. Nosso farol em uma tempestade.

Uma chama de calor reluziu no peito de Lucy. Ela estava bem. A vida continuava jogando bolas curvas, mas, de alguma forma, ela mantinha tudo sob controle. Também manteria Lachlan MacLeish sob controle ou, pelo menos, suas reações estúpidas a ele. Ela seria a calma e tranquila Lucy, e era assim que gostava.

Lucy chegou ao escritório às sete da manhã de segunda-feira. Ela pegou o último voo de Londres na noite anterior e depois passou algumas horas terminando os preparativos para a reunião de terça-feira, ciente de que Lachlan MacLeish chegaria ao escritório por volta das nove. Eles tinham falado brevemente sobre o grande encontro com o meio-irmão de Lachlan e seus advogados, mas Lucy sabia que tinham muito mais trabalho a fazer sobre isso.

Ela entrou na recepção. Estava vazia àquela hora da manhã — nem a recepcionista havia chegado ainda. Encontrou o segurança da noite, com o uniforme enrugado graças às horas que passara sentado na mesma posição e o boné de aba preta preso na cabeça.

— Bom dia, srta. Shakespeare.

— Oi, Mark. — Ela parou em frente à mesa. — Um cliente vai vir aqui hoje. Pode verificar se ele está registrado no sistema?

— Claro, qual é o nome?

— Lachlan MacLeish — uma voz profunda soou atrás dela. Lucy sentiu um arrepio percorrer sua coluna, deslizando do pescoço até o cóccix. Por que toda vez que ouvia aquela voz sentia isso? Bem, ela não aceitaria essa situação. Pelo que lhe dizia respeito, aqueles arrepios podiam parar agora.

Respirando fundo, ela abriu um sorriso antes de se virar para olhá-lo.

— Olá, Lachlan. Eu não estava te esperando tão cedo.

Ele estava usando terno azul-marinho e camisa branca. Uma gravata cinza-escuro fina estava perfeitamente atada ao colarinho. Estendeu a mão para ela, as mangas do paletó subindo para revelar duas abotoaduras de ouro simples brilhando contra seus pulsos.

— Não consegui dormir — ele disse, sorrindo para ela. — Além disso, nós podemos precisar de um pouco mais de tempo. Eu quero falar sobre nossa estratégia.

O sorriso de Lucy não vacilou, embora ela estivesse pensando em todo o trabalho que tinha feito na noite passada.

— É?

— Não fique tão preocupada. Eu só pensei em algumas coisas enquanto estava no avião. Podemos falar sobre isso mais tarde.

— Não fiquei preocupada. — Seu olhar encontrou o dele. — Você é o cliente. Se quiser fazer mudanças, é o que faremos. — Ela poderia ser profissional. Tranquila e calma.

Ela ficou ali, observando Mark registrar Lachlan, pegando seus dados e entregando um cartão de visitante. Em seguida, os dois se dirigiram para as portas que levavam aos escritórios da Robinson e Balfour, e Lucy deslizou seu cartão no leitor para abrir a porta.

— O que você acha de ficar em um dos escritórios? — ela sugeriu. — O de visitantes fica ali. — Ela apontou para área de portas de vidro que levava a três salas pequenas, mas perfeitamente equipadas. — Pode usar a rede de visitantes. A senha do wi-fi está na parte de trás do seu cartão.

— Ótimo. — Ao contrário da maioria dos clientes, ele não a deixou liderar. Em vez disso, seguiu em frente, escolhendo o escritório à direita. — Existe algum lugar onde eu possa tomar um café? — ele perguntou. — Só para o caso do jet lag me atingir.

Ela estaria disposta a apostar mil libras que Lachlan MacLeish nunca sofria de jet lag. Ele parecia muito revigorado e composto para isso.

— Vou pedir para trazerem. Preto com creme, certo? — Droga, isso era óbvio demais? Ou era uma simples cortesia se lembrar das preferências de bebida de seus clientes? Ela tentou se lembrar de como a sra. Dalgliesh — uma das suas clientes favoritas — tomava seu chá, mas não conseguiu.

Seu olhar suavizou.

— Sim, isso mesmo.

— Certo. — Ela olhou para o relógio, mais para afastar os olhos dele do que qualquer outra coisa. — Eu tenho que responder algumas mensagens e dar uns telefonemas, então por que não nos encontramos no meu escritório daqui a meia hora?

— Pode ser daqui a uma hora? Eu tenho alguns e-mails para responder também.

— Claro. Se precisar de qualquer coisa nesse meio-tempo, me avise. Estou no ramal 342. E a Lynn, a minha assistente, vai chegar logo.

— Tenho certeza de que vou ficar bem. — Ele assentiu. — Mas, se eu precisar de você, com certeza vou ligar.

Ela estava relendo o mesmo e-mail nos últimos dez minutos e ainda não havia absorvido a mensagem. Talvez tivesse algo a ver com a maneira como ficava olhando pelo vidro do escritório em direção às salas de visitantes. Ela podia vê-lo digitando e fazendo telefonemas ocasionais. Algumas vezes ele se levantava e andava de um lado para o outro enquanto falava e seus olhos encontravam os dela do outro lado do escritório.

Sim, ela sentiu o coração disparar. E não, isso não significava nada.

Suspirando, fechou o laptop e foi ao toalete se refrescar. Lynn já estava lá, parada em frente à parede de espelhos ao lado das pias, retocando o batom rosa.

— Como foi o fim de semana? — ela perguntou, secando o canto do lábio com um lenço de papel. — O seu pai está bem?

Lucy olhou para as cabines, mas todas as portas estavam abertas. Lynn era a única no escritório que sabia sobre o pai, e ela preferia continuar assim.

— Não foi tão ruim. Acho que ele gostou de ter companhia, embora nunca vá admitir. Agora nós só precisamos resolver as questões da casa e estamos quase lá.

Lynn sorriu com simpatia.

— Você fez a coisa certa. Mas deve estar exausta. O Mark disse que você chegou aqui muito cedo. Junto com o seu cliente. — Lynn levantou uma sobrancelha. — Que é um gato, por sinal. Por que você não me contou? Eu teria colocado um vestido melhor.

— Ele é? — Lucy perguntou, colocando as mãos embaixo da torneira fria e depois sob a saboneteira automática. — Nem notei.

No espelho, ela podia ver o sorriso de Lynn.

— Então você é cega. Todas as solteiras esticaram o pescoço para dar uma olhada nele. E Anneka já levou uns três cafés.

Lucy sufocou um gemido.

— Ela não tem nada melhor para fazer? — Anneka era uma das estagiárias, embora não trabalhasse com direito familiar ou imobiliário. Obviamente, havia feito uma longa viagem pelo prédio. — O pobre coitado vai acabar intoxicado de tanta cafeína.

— Eu tenho certeza de que a Anneka quer que ele tenha alguma coisa — Lynn disse com malícia —, mas não é intoxicação.

— Bem, espero que ela não faça um papel ridículo. Isso é ruim para a imagem do escritório.

— Ah, ela é uma boa estagiária — Lynn falou. — E ele vai embora amanhã. Deixe-a aproveitar enquanto pode.

Lucy suspirou, deslizando as mãos por baixo do secador.

— É por isso que eu detesto receber visitantes. Atrapalha tudo.

Quando ela foi até o escritório de Lachlan para buscá-lo, Anneka estava encostada na porta, falando baixinho enquanto ele olhava para ela. Assim que Lucy apareceu, os olhos de Lachlan focaram na advogada e ele sorriu.

— Olá, Lucy.

Anneka se virou para olhá-la.

— Oi, srta. Shakespeare.

— Ouvi dizer que você está cuidando do Lachlan por mim — Lucy disse, acenando para a estagiária. — Obrigada.

— Ela faz um café muito bom — Lachlan elogiou, se levantando e desligando o laptop. — Obrigado, Monica.

— É Anneka — a garota o corrigiu.

— Claro. — Ele fez uma careta. — Obrigado mais uma vez. — Ele assentiu quando Anneka saiu da sala, claramente irritada por ele ter esquecido seu nome.

Lucy não pôde deixar de disfarçar um sorriso.

❊

Lachlan seguiu Lucy até o escritório — muito maior que os cubículos para visitantes, com uma mesa no centro onde eles poderiam trabalhar com mais facilidade.

— Sinto muito por Anneka — ela falou enquanto ele colocava a bolsa do laptop na mesa. — Ela é jovem, mas tem muita iniciativa. Espero que você tenha conseguido trabalhar um pouco.

Ele olhou ao redor da sala, observando Edimburgo, a antiga cidade de arenito, em contraste com as linhas elegantes do escritório, com seus móveis modernos de vidro e aço. Havia fotografias por toda parte — emolduradas em sua escrivaninha, instantâneos presos ao quadro e algumas afixadas nas paredes que separavam seu escritório dos outros. Ele olhou mais de perto para ver. Algumas mostravam Lucy em pé com algumas garotas e um homem mais velho — sua família, talvez —, enquanto em outras ela estava sorrindo nas cidades e locais turísticos do mundo todo. Alguns ele reconheceu — Machu Picchu, Taj Mahal, Ponte Harbour, em Sydney —, enquanto outros não fazia ideia de onde ficavam.

— Você viaja muito? — ele perguntou, ainda observando as fotos. Ela parecia tão diferente nelas, sem seus ternos bem cortados, o cabelo esvoaçando na brisa. Havia uma tranquilidade que ele não via quando se encontravam. Ela estava relaxada e claramente se divertindo.

— Às vezes — respondeu, pegando uma garrafa de água e dois copos da mesa ao lado. — Não tanto quanto eu gostaria. Era mais fácil quando eu estava estagiando. Eu tinha mais tempo e conseguia descontos para estudantes também. Hoje em dia, ficar longe requer um pouco mais de planejamento.

Ele pegou uma foto dela de pé no topo de um prédio alto com Manhattan de fundo disposta em um padrão quadriculado.

— *The Top of the Rock* — ele murmurou, ainda olhando para a foto.

— Sim. Eu prefiro ele ao Empire State. Parece menos turístico, e eu sei que isso pode soar estúpido, já que é uma atração turística e tudo o mais. Mas tinha uma vibração de que eu gostava.

— Também prefiro — ele concordou, sorrindo para ela. Mil perguntas surgiram em sua cabeça: o que ela viu, onde comeu. Era estranho imaginá-la na sua cidade, talvez frequentando os mesmos locais que ele. Eles poderiam ter passado um pelo outro na rua sem que ele soubesse. — Qual foi a sua melhor viagem? — ele perguntou, querendo saber mais.

— Eu amei Nova York, é claro — ela disse. — Mas Sydney também é ótima. Além disso, tem todas as cidades europeias, cheias de história e cultura. Lisboa é linda, e Barcelona é cheia de vida.

— Que tal Paris? — ele perguntou. — Gosta?

Suas bochechas coraram.

— Acredita que nunca fui? Sempre quis, mas não consegui. É tão perto que sempre acho que vou para lá na próxima viagem, mas toda vez surge algum imprevisto. — Ela deu uma risadinha. — Você vai me dizer que esteve lá e me deixar envergonhada, não vai? — Ela passou um copo de água a ele, os dedos se tocando quando ele o pegou. Um pequeno pulsar de eletricidade (estática proveniente do chão) passou entre eles.

Ela parecia tão chocada quanto ele.

— É um dos meus lugares favoritos — ele admitiu, sorrindo para o tom vermelho em suas bochechas. — Não acredito que você não tenha ido. Seu namorado nunca te levou?

— Que namorado?

Assim que a última sílaba escapou dos lábios, uma expressão de horror surgiu em seu rosto. Ela olhou para ele por um momento e depois desviou o olhar quase que imediatamente. Mas foi tempo suficiente para que ele visse a verdade.

Ela estava mentindo sobre ter um namorado.

A sala ficou em silêncio, exceto pela sua respiração suave e o pulsar em seus ouvidos. Ele levou o copo aos lábios, umedecendo-os enquanto tentava encontrar a coisa certa a dizer. Mas não havia nada em que pudesse pensar para acabar com o momento estranho e tirar aquele olhar do rosto dela.

Nada além de mudar completamente o assunto.

— Vamos conversar sobre a reunião de amanhã? — perguntou a ela. — Eu sei que não temos muito tempo e queria ter certeza de que estamos alinhados.

Seus ombros relaxaram, o mais fraco dos sorrisos cruzando seus lábios.

— Sim, vamos — ela disse, gesticulando para ele se sentar. — Só vou pegar os arquivos e nós podemos começar.

❋

Lucy raramente bebia durante a semana e quase nunca mais do que uma taça, mas naquela noite ela se viu servindo uma segunda dose, enchendo a taça com generosidade. Fechou a tampa e colocou a garrafa de volta na geladeira — que era onde ficaria por mais um dia — e depois se sentou no sofá, levando a bebida aos lábios.

Enquanto engolia o Sauvignon fresco, fechou os olhos, saboreando o buquê seco. Mesmo estando gelado, o álcool aqueceu seu estômago de imediato, relaxando-a de um jeito que ela não sentia havia dias.

Que confusão. E tudo por sua causa. Embora Lachlan não tivesse mencionado seu namorado — ou a falta dele — pelo restante do dia, algumas vezes Lucy o pegara olhando para ela, um questionamento em seus olhos. Ele não tinha que verbalizar; ela sabia exatamente o que ele estava pensando. Por que foi que ela mentira sobre algo tão estúpido?

Era algo que ela continuava se perguntando. Ela simplesmente se fizera de boba na frente de um cliente e, embora ele tivesse sido gentil o suficiente para mudar de assunto, não podia evitar que ele pensasse menos dela.

Isso doeu, porque a opinião de Lachlan sobre ela importava.

Eram só oito horas, embora parecesse muito mais tarde. Talvez fosse o esgotamento. Ela estaria em melhor forma amanhã. Deixou o dia terrível de lado, com o namorado imaginário e qualquer atração estúpida que sentia por Lachlan sempre que se encontravam.

Ela teria outra chance de provar a boa profissional que era. E então não estragaria tudo.

Tomando outro gole de vinho, pegou seu laptop. Automaticamente, a tela acendeu.

Ela moveu o cursor até que estivesse piscando sobre a caixa de entrada, mas depois o desviou para o Internet Explorer, abrindo a caixa de pesquisa. Seus dedos pairaram sobre as teclas, hesitando no que planejava fazer. Porque era errado, não era profissional e provava que ela estava perdendo a batalha.

Tomou todo o vinho da taça. Ah, caramba, ela seria profissional amanhã.

Antes que pudesse pensar duas vezes, ela digitou o nome de Lachlan na caixinha cinza, depois pressionou *enter*. Quase que imediatamente, a tela se encheu de resultados e uma linha de pequenas imagens quadradas apareceu, retratando Lachlan em poses diferentes. Em algumas ele estava sozinho; em outras, acompanhado. Ela as ignorou, clicando no primeiro artigo. Foi redirecionada ao *Business Buzz*, um site de notícias financeiras com um toque irreverente.

Uma foto de Lachlan carregou. Ele usava terno escuro e gravata listrada sobre a camisa branca. Estava encostado em sua mesa — bem, ela assumiu que era —, parecendo tão relaxado como de costume. Será que nada o perturbava? Ela desceu a tela até o artigo, os olhos rapidamente examinando as palavras, procurando por algo — qualquer coisa — que lhe desse alguma ideia.

> Lachlan MacLeish, 34 anos, pode vir de uma boa linhagem — afinal, seu pai era dono do Fiesta Cruise Line —, mas esse promissor empreendedor está se tornando um homem de negócios respeitado por conta própria. Sua empresa, a MacLeish Holdings, foi criada em 2007, possivelmente o pior momento para se iniciar um negócio na recente história econômica. Mas, em vez de deixar o colapso financeiro o prejudicar, MacLeish viu uma oportunidade e se entregou.
>
> "Aprendi com meu pai que a melhor época para começar qualquer coisa é agora. Se esperarmos que as estrelas se alinhem e tudo mais seja perfeito, vamos esperar para sempre."

Workaholic confesso, MacLeish construiu seu negócio do nada e o transformou em uma empresa que emprega mais de duas mil pessoas no espaço de dez anos. Mas não é o tamanho da equipe que impressiona, e sim o seu portfólio, que abrange desde hotéis em Miami até minas de aço no Meio-Oeste. Se é lucrativo, MacLeish quer entrar.

Criado na parte mais pobre de Miami, MacLeish diz que esse foi o melhor tipo de educação que ele poderia ter esperado. "Foi nas ruas que aprendi a lutar pelo que queria. Também aprendi que ganhar não é o mesmo que não perder. Você precisa continuar até que não haja concorrentes."

Uma pequena nota à parte, MacLeish é menos acessível sobre seu relacionamento com o pai. Duncan MacLeish era uma figura notória no cenário empresarial de Miami. Conhecido na região como o Onassis Escocês, ele construiu seu próprio negócio do zero, criando uma frota de navios de cruzeiro começando com um barco quebrado.

Seu filho fica notavelmente quieto ao ser questionado sobre o relacionamento com esse lado da família.

"É um assunto particular", foi tudo o que disse quando perguntado se havia comparecido ao funeral do pai e se estavam se relacionando quando ele morreu. No entanto, esse é um homem de negócios em quem você deve ficar de olho. Envolvido em muitas transações americanas — e internacionais —, Lachlan MacLeish conquistou seu espaço na lista dos homens mais bem-sucedidos.

Ela moveu o mouse, pretendendo clicar no próximo artigo, mas depois se conteve.

Já era o suficiente.

Saiu do navegador e abaixou a tampa para fechar o laptop. Ela se sentia suja, como se estivesse navegando em pornografia em vez de ler o que acabou sendo um artigo bastante inócuo.

Esse comportamento não era típico dela. Era uma profissional completa. Podia ter bancado a idiota aquela manhã, mas teria certeza absoluta de que não faria isso de novo.

Era Lucy Millicent Shakespeare. Ela devorava empresários americanos no café da manhã.

12

> A primeira coisa que devemos fazer é matar os magistrados.
> —*Henrique VI, parte 2*

Era como se a confissão dela na manhã anterior não tivesse acontecido. Como se ela não tivesse mostrado uma pequena trinca em sua armadura, revelando a pele macia por baixo. Ele olhou para ela pelo canto dos olhos enquanto esperavam na recepção, observando a saia e o paletó pretos, a blusa de gola alta e os sapatos que deveriam parecer confortáveis, mas que ainda assim deixavam suas pernas maravilhosas. Não que ele estivesse olhando.

Ela parecia calma, senhora de si e nada afetada. Sem contar que estava mais atraente do que nunca. Especialmente agora que ele sabia que ela não tinha namorado.

Ela ainda era sua advogada. Deveria se lembrar disso.

— Sr. MacLeish, srta. Shakespeare? Eles estão à sua espera. Por favor, peguem o elevador até o próximo andar e vocês serão levados até a sala de reunião. — A recepcionista sorriu para os dois.

Sem esperar por ele, Lucy foi até os elevadores e apertou o botão. Quando Lachlan chegou, as portas estavam se abrindo.

— Você está bem? — ele perguntou.

— Estou. Por que não estaria? — Ela parecia serena. — Estou acostumada a reuniões como esta. Não temos nada a temer.

O elevador começou a se mover, e Lucy tentou alcançar o corrimão que circulava o interior da cabine. Automaticamente, ele estendeu a mão para firmá-la, roçando na sua cintura. Ela olhou para cima, surpresa.

E ele imediatamente se afastou.

— Você está pronto? — ela perguntou. — É muito mais pessoal para você do que para mim.

— Estou bem, Lucy. Na verdade, estou ótimo.

— Eu vou ficar responsável pela maior parte da conversa, como nós combinamos — ela disse enquanto os números dos andares passavam no visor. — Sinta-se à vontade para adicionar detalhes quando precisar, mas tente permanecer em segundo plano o máximo que puder.

— Tudo bem.

— Não vamos deixá-los com qualquer dúvida de que vamos lutar contra isso. Não demonstre fraqueza. — Dessa vez ela sorriu.

— É isso que eu gosto de ouvir. — Ele sorriu de volta.

O elevador parou e as portas de metal se abriram, revelando um homem aguardando do outro lado. Quase que imediatamente, Lucy saiu e estendeu a mão.

— Sinclair, é bom te ver de novo.

Assim que Lachlan saiu, ela os apresentou.

— Este é o meu cliente, Lachlan MacLeish. Lachlan, este é Sinclair Dewey, representando seu irmão.

— Meio-irmão — Lachlan murmurou.

A observação rendeu um arquear de sobrancelha de Lucy.

— Posso oferecer uma bebida a vocês? — Sinclair perguntou enquanto conduzia Lucy e Lachlan por portas duplas em que *Dewey e Clarke, Advogados* estava gravado. Eles o seguiram pelo corredor até uma grande sala de reuniões com painéis de madeira no final, onde ele apontou para duas cadeiras.

— Não, obrigada — Lucy respondeu. Lachlan balançou a cabeça, negando em resposta também.

De um lado da sala, havia duas grandes telas. Uma delas exibia Duncan MacLeish Jr. e do outro lado estava a sala de reuniões em que estavam, mostrando os três. Ele se desculpou por não estar lá pessoalmente, mas Lachlan não podia fingir que sentia muito. Ter o irmão a milhares de quilômetros de distância, sua imagem em uma tela plana, o colocava imediatamente em vantagem. E era exatamente assim que ele gostava.

— Por favor, sentem-se — Sinclair disse, apontando para as cadeiras em frente a ele. Era um homem de quase 50 anos, muito conhecido nos círculos de Edimburgo por representar apenas as pessoas mais ricas da cidade. Ele se virou para a tela. — Duncan, está nos ouvindo?

— Sim.

Lachlan olhou para o irmão por um momento, mas Duncan estava ocupado demais com seu telefone para notá-lo.

— Bem, vamos começar dizendo que esta reunião não trará qualquer prejuízo, como nós concordamos. E, em nome do seu irmão, eu gostaria de agradecer a sua presença, sr. MacLeish. — Lachlan assentiu, mas não disse nada. Ele olhou para Lucy pelo canto do olho.

Seu rosto não demonstrava nada.

— Como vocês sabem, nós estamos aqui para discutir a herança de ambos no que diz respeito a Glencarraig Lodge.

— E o título — Duncan acrescentou, sua voz soando alta através dos alto-falantes.

— Eu tinha a impressão de que sou o único que tem direito a essa herança — Lachlan falou suavemente. — Afinal de contas, eu sou a pessoa mencionada no testamento do meu pai. E sou o filho mais velho.

— Ilegítimo — Sinclair ressaltou. — E o meu cliente acredita que tem direito a uma justa reivindicação sobre a terra e o título.

Lucy mexeu nos seus papéis e toda a atenção se voltou para ela. Lachlan conteve um sorriso.

Depois de mostrar seu ponto de vista, se calaria.

— Talvez você possa começar explicando por que o seu cliente deseja reivindicar a propriedade da terra e do título — Lucy sugeriu, olhando primeiro para Sinclair e depois para Duncan. — Até onde sabemos, ele não demonstra interesse algum nisso há anos.

— Porque é meu — Duncan disse. — Eu sou o filho legítimo mais velho, fui criado para ser o herdeiro. Pergunte a qualquer um, vão confirmar isso.

Lucy olhou para o homem na tela.

— Quando foi a última vez que o senhor visitou a propriedade, sr. MacLeish?

— O quê? — Duncan franziu a testa. — O que isso tem a ver?

— Srta. Shakespeare, a contestação do meu cliente sobre a propriedade não tem nada a ver com a última vez que ele a visitou — Sinclair ressaltou.

— Só estou tentando descobrir a conexão dele com o lugar e porque ele o quer tanto — Lucy respondeu, com o rosto completamente relaxado. — Porque, se ele não tem conexão, então realmente não tem razão para contestar. — Ela deu uma risadinha, embora Lachlan pudesse dizer que era falsa. — Acho que todos podemos concordar que não havia como meu cliente coagir o pai distante a deixar as terras para ele, e ficaria extremamente surpresa se o seu cliente acreditasse que o pai não estava em boas condições mentais quando fez o seu testamento. Então, isso significa que você precisa demonstrar um vínculo forte e contínuo com a propriedade e o título para estabelecer um caso.

Duncan se inclinou para a frente até que seu rosto estava a apenas alguns centímetros da tela.

— Eu ia lá o tempo todo quando era criança.

Lucy assentiu.

— Então a última vez que você foi até lá foi há pelo menos dezesseis anos? — ela perguntou. — Pode me dizer por que não foi mais desde então?

— Não, ele não pode. — Sinclair levantou a mão. — Isto não é um tribunal, Lucy — ele a lembrou. — Estamos simplesmente tentando evitar o litígio, porque não é do interesse de ninguém. — Ele acenou para Lachlan.

Lucy olhou para os papéis que Lachlan havia lhe dado.

— Talvez eu possa fazer outra pergunta — ela sugeriu. — Sr. MacLeish. Duncan, você já participou de um encontro do clã MacLeish?

— Que diabos é um encontro do clã? — ele perguntou.

— Duncan, não responda a isso também. Nada disso é relevante. Estamos aqui simplesmente para lembrar ao seu cliente que, como filho ilegítimo do antigo laird de Glencarraig, a sua reivindicação pelo título é, na melhor das hipóteses, tênue — Sinclair falou.

— Não concordo — Lucy respondeu. — Ele foi nomeado no testamento e não há advertências sobre a propriedade ou o título afirmando que o herdeiro deve ser legítimo.

— Porque ninguém nunca pensou que um filho ilegítimo herdaria. — Sinclair se recostou na cadeira. — Se o pai deles tivesse deixado a terra e o título para uma cabra, também contestaríamos, mesmo que não houvesse advertência sobre isso.

Lachlan se endireitou na cadeira. Ele queria lembrá-los de que ele era uma pessoa, e não a porcaria de uma cabra. Mas Lucy segurou sua mão embaixo da mesa e deu um tapinha, se certificando de que nem Duncan nem Sinclair a viram se mover. Lachlan não precisava ser especialista em linguagem corporal para saber que ela estava dizendo para ele ficar quieto. Ele apertou as mãos, movendo-as, se certificando de manter a boca fechada.

— Se esse é o seu único argumento, acho que esse pode ser o caso mais curto que o tribunal já viu — ela respondeu, com a voz leve.

— Qual foi a última vez que você visitou a porcaria do lugar? — Duncan perguntou a Lachlan. — Você também não tinha nenhuma ligação com a propriedade.

— Vou lá amanhã. — Lachlan sorriu, despertando a raiva do irmão. — É a primeira vez que posso visitá-la desde criança. Estou ansioso para saber mais sobre a minha herança. A história da nossa família é fascinante, não acha?

Duncan olhou para ele sem dizer nada.

— Como você pode ver, o meu cliente tem uma grande conexão com Glencarraig — Lucy disse a Sinclair. — Para ele, não se trata de dinheiro, mas sim da história, da tradição, da beleza da terra.

Sinclair soltou um suspiro inadvertido.

— Vamos direto ao assunto? O meu cliente está muito interessado em fazer uma oferta a fim de evitar processos judiciais. Ele prefere não expor o nome da família em um julgamento longo e cansativo.

— Então não faça isso. — Lachlan disse as palavras sem pensar. E quase imediatamente a mão de Lucy foi para debaixo da mesa novamente, mas dessa vez a mão dele não estava lá. Em vez disso, sua palma pousou na coxa dele, o calor de sua pele aparente através da fina barreira da calça. Ele a sentiu pular na cadeira a seu lado, puxando a mão o mais rápido que podia, seus olhos se arregalando quando percebeu o que tinha tocado. Ele teve que morder o lábio inferior para parar de rir da reação horrorizada.

— Quanto você quer por isso? — Duncan perguntou. — Nós dois sabemos que você não quer o lugar.

Lucy parou por um momento, como se estivesse se recolhendo antes de, finalmente, se dirigir a Sinclair.

— O sr. MacLeish não está disposto a fazer acordo. E, no que nos diz respeito, qualquer reclamação apresentada no tribunal será vista como fútil.

Acho que todos sabemos que meu cliente vai vencer, e, além disso, vocês vão arcar com as custas. — Ela olhou para Sinclair, cujo rosto permaneceu impassível. — É um erro que pode sair caro para o seu cliente.

— Então não há nada que nós possamos sugerir para persuadi-lo a fazer concessões? — Sinclair perguntou.

— Nada mesmo.

Na tela, Duncan estava balançando a cabeça.

— Então esta reunião chegou ao fim — Sinclair disse, olhando de volta para seu cliente. — Não temos escolha a não ser entrar com um processo contra você.

— Sempre há uma escolha — Lucy apontou. — Você pode desistir da ideia.

Lentamente, Sinclair balançou a cabeça.

— Isso é mais do que apenas uma herança. Trata-se do direito da família e do meu cliente de ser visto como o laird de Glencarraig. Tenho certeza de que nós podemos convencer o tribunal sobre a veracidade da sua reivindicação contra um homem que não tem o direito de usar o nome MacLeish.

— Então, nos vemos no tribunal.

❀

— Acho que correu muito bem. — Assim que saíram do edifício e desceram os degraus, Lucy deixou aparecer um sorriso no rosto. — Eles ficaram na defensiva desde o início.

— Você estava supertranquila lá dentro. — Ao chegarem ao fim das escadas, ele parou e a encarou. — Obrigado. — Ele não mencionou que ela havia tocado sua coxa por acidente, o que a fez se sentir grata. Depois da gafe do dia anterior, ela não precisava de mais nada que a constrangesse.

Ela deu de ombros.

— Foi um prazer. Você queria fazer resistência a eles e funcionou. Agora você precisa ir até as Terras Altas e fazer sua reivindicação. Dê um jeito de conhecer os moradores e dizer a eles que você está feliz por ser o novo laird.

Um carro parou ao lado da calçada, e Lachlan acenou para o motorista, mas não se mexeu.

— Eu gostaria que viesse comigo — ele disse, se virando para olhá-la. — Você conhece este país e as pessoas. Preciso dos seus conselhos enquanto estiver lá.

O táxi dela parou atrás do carro. Ela assentiu, e o motorista acenou de volta.

— Sério? — Ela sentiu a boca ficar seca de repente. — Tem certeza?

Claro que fazia sentido que ela fosse até Glencarraig com ele. Ela poderia conversar com o pessoal, descobrir mais sobre a propriedade e garantir que a entrevista que ele havia marcado com uma jornalista saísse conforme o planejado.

Mas o pensamento de passar dois dias com aquele homem no meio do nada a assustava muito. Ela já havia se enrolado duas vezes. Quem iria dizer o quanto ela ainda poderia aguentar?

— Tenho, sim. — Ele assentiu, ainda olhando diretamente para ela. — Não quero parecer um idiota. Essa visita é importante para mim e vou precisar da sua ajuda.

O sorriso que ele lhe deu a desarmou completamente. O suficiente para ela checar mentalmente a agenda, pensar no tanto de gasolina que havia deixado no carro e na mala que já havia guardado depois da viagem a Miami.

— Vou precisar remarcar umas coisas. Tenho uma reunião amanhã de manhã que não posso perder. — Ela não podia acreditar que estava concordando com aquilo. — Mas posso dirigir até lá e te encontrar antes do almoço.

— Para mim está ótimo. Vou depois do café da manhã, assim tenho a chance de explorar o lugar. Vou ligar para o gerente da propriedade e avisar que você vai. — Ele estendeu a mão e tocou seus dedos, lhe dando um aperto frouxo. — Te vejo amanhã.

Enquanto ele caminhava até o carro e o motorista saía para abrir a porta de trás, ela se viu olhando para ele e se perguntando como é que havia se metido naquela situação. Calma, confiante e profissional, não era isso que ela deveria ser? Então por que se sentia tão nervosa toda vez que ele estava por perto?

13

Oh, Escócia! Escócia!
— *Macbeth*

A viagem para as Terras Altas havia levado pouco mais de três horas. Lucy deixou Edimburgo em meio a um chuvisco, as nuvens cinzentas lançando um manto sobre os prédios de arenito da cidade. Mas, depois que passou por Perth e pegou a estrada A90, a chuva se transformou em granizo, obscurecendo a vista das belas colinas verdes e da água azul que ela sabia que estavam lá. Assim como a primavera.

A entrada da propriedade de Glencarraig era feita através de dois enormes portões de ferro forjado, presos a muros marrons que deveriam circundar as terras. Ela conduziu o carro pelo imenso caminho de cascalho ladeado por amieiros majestosos que conduziam até a grande construção. O enorme edifício, semelhante a um castelo, era cercado por urzes, as flores roxas quase nascendo, que refletiam na água e que pareciam vidro. Ela sentiu que estava voltando no tempo, para uma Escócia que só havia conhecido na universidade, um lugar onde os clãs dominavam a terra e homens de verdade usavam kilts.

As fotos que vira realmente não faziam justiça ao lugar. E, pela primeira vez, ela teve um vislumbre do motivo pelo qual exatamente Lachlan estava lutando.

No momento em que estacionou ao lado de um grande Bentley e de um carro menor e esportivo, Lachlan abriu a porta principal e desceu os degraus. Quando ela saiu, pôde ouvir seus passos no cascalho.

Um floco de neve solitário caiu do céu cinzento, pousando em sua bochecha. Ela olhou para cima, sentindo-o derreter contra sua pele, deixando um beijo frio e úmido antes de desaparecer.

A jovem estremeceu, apesar do casaco grosso que estava usando.

— Bem-vinda a Glencarraig — Lachlan disse, estendendo a mão para pegar sua bagagem. — Chegou rápido.

Como sempre, ele parecia bastante relaxado, usando jeans escuro e suéter de cashmere cinza-claro que, de alguma forma, combinava com o ambiente. Ela respirou fundo o ar das Terras Altas, sentindo o oxigênio acalmá-la. Estava ansiosa para vê-lo novamente, mas, ao mesmo tempo, receosa. Porém, agora que estava ali, tudo parecia certo.

— Estou decepcionada — falou, olhando para as pernas dele. — Estava esperando um kilt.

Ele sorriu, conduzindo-a para os degraus que levavam ao chalé.

— Pensei em deixar para mais tarde. Não queria que você ficasse deslumbrada logo que chegasse.

Ela reprimiu uma risada.

— Espero ansiosamente por isso.

— Aposto que sim.

Um homem estava parado na entrada, onde as portas envernizadas com laca negra estavam abertas. Ele era mais velho — devia ter uns 50 anos — e usava calça marrom de lã e jaqueta de tweed com apliques nos cotovelos.

— Há quanto tempo você está aqui? — ela perguntou a Lachlan enquanto subiam as escadas.

— Cheguei há uma hora. O Alistair me deixou entrar. — Ele acenou para o homem que os observava. — Ele é o gerente da propriedade.

Alistair avançou para encontrá-los quando chegaram ao topo dos degraus.

— Srta. Shakespeare, é um prazer conhecê-la. — Ele tinha um sotaque escocês suave que era quase lírico. — Temos café na cozinha, e o cozinheiro fez biscoitos para vocês.

Ela apertou sua mão, apreciando o calor contra sua pele fria.

— É um prazer conhecê-lo também. E, por favor, me chame de Lucy.

— Certo, Lucy.

Eles seguiram por um corredor que levava a uma enorme sala de dois andares com uma escadaria que flanqueava os dois lados. Lachlan colocou a bolsa dela no chão, e eles seguiram o homem mais velho. Lucy assumiu que estavam indo para a cozinha.

— O Alistair trabalha aqui há mais de trinta anos — Lachlan explicou enquanto seguiam pelo corredor. O chão era coberto por pisos de pedra cinza enormes. Bonito de se olhar, mas, sem dúvida, congelava os pés. — Começou cuidando do gado e foi sendo promovido.

— Você deve ter visto tudo. — Finalmente eles chegaram à cozinha. Lucy pôde sentir o calor atingi-la assim que entraram. Tinha cheiro de baunilha e açúcar, uma deliciosa combinação. Seu estômago roncou com a investida.

— As coisas mudaram bastante ao longo dos anos — Alistair explicou. — Renovamos a pousada, construímos o depósito para estocar salmão e, é claro, colocamos banda larga, o que não foi fácil por estarmos em um lugar tão remoto. — Ele parecia satisfeito em responder. — Há muito mais a fazer, claro. O sistema de aquecimento precisa de uma revisão geral, e nós estamos constantemente conversando com a companhia telefônica na tentativa de melhorar o sinal. — Ele sorriu. — Para os nossos visitantes, é uma bênção e uma maldição o lugar ser tão remoto e isolado.

— Se você está na propriedade há trinta anos, é provável que estivesse aqui quando Lachlan visitou o lugar — ela falou e sentiu Lachlan parar ao seu lado. — Se lembra dele?

— Claro. Lembro de levar ele e o irmão em uma caçada, um dia. E eu estava sempre os enxotando para longe do lago. Eles ficaram fascinados pelo lugar.

Ela se virou para olhar para Lachlan. Duas pequenas linhas se formaram entre suas sobrancelhas quando ele franziu a testa.

— Você se lembra disso? — ela perguntou.

— Nem um pouco. — Ele lhe deu um sorrisinho. — Eu lembro da casa e da terra, de passar o tempo andando pelo lago. Mas não lembro de estar com o Duncan.

Havia uma melancolia em seu tom que ela nunca ouvira antes. Fora do escritório — e usando aqueles ternos que sempre o faziam parecer sempre no comando — ele tinha um lado mais suave, que o tornava ainda mais intrigante.

— Você tem algum registro de quando ele veio até aqui? — ela perguntou a Alistair. — Livros de visitas, fotos ou algo assim? Seria bom ter alguma evidência sólida.

Alistair se apoiou no balcão da cozinha, esfregando o queixo com o polegar.

— Devemos ter em algum lugar. Vou pedir à equipe que examine os registros antigos. Tudo fica no escritório da propriedade, na área antiga.

— Não há pressa — Lucy falou. — Mas seria bom ver.

Lachlan se remexeu a seu lado novamente. Talvez não estivesse tão relaxado quanto ela pensava.

— Já teve a chance de dar uma olhada por aí? — ela perguntou.

— Não. Nós pensamos em te esperar. Temos algumas horas antes de a jornalista chegar.

Marina Simpson, jornalista do *Scottish Times*, tinha concordado em publicar um artigo sobre Lachlan no suplemento de domingo. Pareceu uma boa ideia para fincar seu nome em registro público.

— Que amável. — Ela sorriu para ele. — E você já organizou o encontro com a equipe toda?

Lachlan pareceu se divertir com a pergunta.

— Já, sim, Lucy. E o Alistair reservou uma mesa em um pub na vila para almoçarmos amanhã, assim nós podemos conhecer as pessoas da região.

— Aqui está o café. — Alistair entregou a caneca a ela. O vapor subiu enquanto ela a levava aos lábios. — E pegue uns biscoitos.

Lachlan pegou dois e passou um para ela, as pontas dos dedos roçando nos seus enquanto ela o segurava. Lucy sentiu aquela vibração de novo, como se tivesse tocado em uma cerca elétrica de baixa voltagem.

— Obrigada — ela murmurou e tomou outro gole de café, ignorando o sorriso que apareceu no rosto de Lachlan. Ou ele sentiu a vibração também ou notou sua reação a ele, e qualquer cenário parecia perigoso.

Seriam vinte e quatro horas bem longas.

❦

— Me diga, Lachlan, quando você descobriu que seria o laird de Glencarraig? — Marina Simpson perguntou. Os três estavam sentados na sala de estar com painéis de madeira. Lachlan e Marina estavam nas poltronas, enquanto Lucy estava sentada no banco perto da janela atrás deles, tentando se manter fora da conversa. Desde a chegada da jornalista, uma hora antes, o céu havia escurecido ainda mais, e Alistair havia acendido o fogo na lareira de tijolos para evitar o frio do começo de abril.

— Quando o testamento do meu pai foi lido — Lachlan respondeu, calmamente. — Foi mencionado nele.

— Ah, sim, o seu pai era um homem interessante. Me conte um pouco sobre ele.

Lucy se inclinou para a frente, se afastando da janela. Sua respiração tinha embaçado o vidro. Ela ouvia atentamente, inclinando a cabeça para o lado. Seus pensamentos se voltaram imediatamente para o artigo que havia lido. Lachlan tinha sido muito vago sobre o pai.

— O que você quer saber?

— Que tipo de homem ele era? Ouvi dizer que ele era um pouco recluso. É verdade?

— Ele era um homem que se fez sozinho — Lachlan respondeu. — Construiu um negócio do nada. Nos últimos anos, preferiu passar o tempo aproveitando os frutos do seu trabalho em vez de ficar no centro das atenções.

— Ele não se fez exatamente sozinho — Marina apontou. — Ele era um laird antes de se mudar para a América, não era?

— Sim, mas muito pobre. Ele trabalhou muito até conseguir dinheiro suficiente para comprar o primeiro navio. Depois disso, construiu o seu negócio até se tornar a principal empresa de cruzeiros do mundo. Essa é uma grande conquista para um garoto escocês que deixou o país praticamente sem nada.

— Você parece ter muito orgulho dele — Marina comentou. — E isso é compreensível. Mas também ouvi dizer que nem tudo corria bem com vocês dois quando ele morreu. Me conte um pouco sobre o seu rompimento com a família.

Lachlan se moveu no sofá. Um movimento imperceptível para a maioria das pessoas, mas Lucy podia ver suas costas se endireitando.

— Não houve um rompimento.

Lucy prendeu a respiração. No momento seguinte, ele estava olhando para ela, os olhos azuis dele encontrando os seus. Expirando suavemente, ela lhe deu um sorriso tranquilizador.

Ele não retribuiu.

— Seus pais não eram casados, correto? — Marina prosseguiu.

— Sim. — Lachlan assentiu.

Ele se mexeu na cadeira, cruzando as pernas. Sua mandíbula se contraiu enquanto olhava para a jornalista.

— Deve ter sido difícil crescer com o estigma da ilegitimidade. Especialmente porque o seu pai já era casado quando você foi concebido.

Do lado de fora da janela, uma enxurrada de flocos de neve caía, dançando quando a brisa os levantava antes de deixá-los alcançar o chão. Mas Lucy estava muito mais interessada no que estava acontecendo ali dentro. A atmosfera gelada na sala de estar poderia rivalizar com as temperaturas baixas do lado de fora.

No sofá, Lachlan inclinou a cabeça para o lado, mantendo o olhar em Marina.

— Muitas crianças sofrem dificuldades — disse. — É assim que nós aprendemos e crescemos.

— Mas você parece ter sofrido mais do que a maioria — a mulher ressaltou. Ela parecia não se incomodar com o olhar intenso de Lachlan. — De acordo com a sua biografia, você teve uma infância dura, apesar da riqueza do seu pai. Por que isso aconteceu?

— Seria melhor perguntar aos meus pais — Lachlan disse. — E, em comparação com a vida de algumas crianças, até que não foi tão ruim assim. Sempre tive um teto e comida na mesa. Eu não morava em um barraco.

— Bem, não posso perguntar ao seu pai — a jornalista deu uma risadinha. — Mas talvez eu possa falar com a sua mãe em algum momento.

— Isso não vai ser possível — Lachlan respondeu. Seu tom não deixou espaço para perguntas.

Lucy engoliu com dificuldade, já que sua boca estava seca. Lachlan estava tão rígido quanto uma tábua. Ela se remexeu, tentando se sentir confortável.

— Talvez você possa me contar um pouco mais sobre a sua mãe, então — Marina falou, remexendo seus papéis. — Consegui descobrir um pouco a respeito dela com algumas fontes.

— É mesmo? — Era possível que sua voz soasse ainda mais baixa? — Por quê?

Marina afastou o cabelo escuro do rosto.

— É o meu trabalho, Lachlan. Se eu aparecesse aqui sem fazer minha pesquisa, que tipo de jornalista eu seria?

Lachlan engoliu em seco, mas não disse nada.

Marina mordiscou a caneta e a colocou de volta no bloco.

— Bem, se não posso falar com ela, talvez eu possa perguntar a você. Como ela e o seu pai se conheceram? É correto dizer que ela era uma acompanhante?

A boca de Lucy se abriu. Ela ficou muito quieta e olhou de Marina para Lachlan novamente. Podia ver a tensão em sua mandíbula e os olhos semicerrados.

— Não. Ela era recepcionista de um clube noturno — ele respondeu. — Mas não tenho certeza da relevância disso.

— Foi assim que eles se conheceram? — Marina perguntou novamente. — O seu pai pagou a ela por... ah... favores?

— Nunca perguntei como eles se conheceram.

Marina rabiscou alguma coisa em seu bloco.

— E o que a sua mãe faz agora? — Embora o rosto de Lachlan estivesse impassível, suas mãos estavam unidas com muita força.

Lucy podia ver o branco dos nós de seus dedos. E então ele olhou para ela, parecendo quase uma criança. Vulnerável, ferido, precisando de proteção.

Vê-lo completamente diferente do seu usual fez Lucy ficar de pé.

— Encerramos? — perguntou, caminhando até onde Lachlan e Marina estavam sentados. — Vai escurecer em breve e nós gostaríamos que você desse uma volta na propriedade antes de ir embora, Marina. E eu sei que o seu fotógrafo queria tirar algumas fotos de Lachlan enquanto a luz está boa.

— Mas eu tenho mais algumas perguntas...

— Sem problemas. Pode me enviar que o Lachlan vai responder. — Lucy não aceitaria um não como resposta. — Vou pedir a alguém que sirva uma xícara de chá, e em seguida vamos tirar as fotos.

❀

O escritório na área antiga da propriedade cheirava a mofo — como se a chuva que havia encharcado as paredes de pedra durante séculos nunca tivesse secado totalmente. Localizava-se em outra casa — um pequeno chalé construído com as mesmas pedras do principal —, onde, no passado, seria o local em que o gerente da propriedade morava, espremido a vida inteira naqueles quartos minúsculos. Atualmente, Alistair morava na própria cabana na aldeia vizinha, deixando o lugar servir de escritório administrativo, embora, é claro, houvesse uma biblioteca muito mais luxuosa na casa principal, a qual o pai de Lachlan costumava usar sempre que visitava o lugar.

Lachlan levantou os olhos das planilhas que estava examinando e observou a antiga escrivaninha de madeira onde Alistair estava sentado.

— Você conseguiu bons resultados.

— Até certo ponto. Mantemos o lugar funcionando, mas precisa mesmo de investimento. Para atrair o tipo de hóspede de que nós precisamos, temos que oferecer luxo. É o que os americanos esperam. — Alistair ofereceu um sorrisinho a Lachlan.

— Que tipo de investimento? — Ele estava interessado. Se inclinou para a frente, examinando as planilhas novamente.

— Não sei. Acho que muito investimento. — Alistair deu de ombros. — Nós fizemos o básico, instalamos o wi-fi e consertamos o telhado, mas isso era muito mais do que o seu pai queria pagar. O tipo de cliente que nós queremos atrair são executivos. Investir em uma renovação ajudaria muito.

Lachlan assentiu, a mão ainda pairando no teclado. Falar de negócios o fazia se sentir mais seguro, como se estivesse em um terreno mais firme.

— Preciso pedir para a minha equipe financeira analisar os números. Você tem alguma estimativa do tipo de receita que nós podemos atrair?

— No momento nós estamos reservados para alguns fins de semana de caça por ano — ele respondeu. — Mas algumas das outras propriedades estão totalmente reservadas e também organizam casamentos. Não sei o quanto você sabe sobre a diáspora MacLeish, mas temos muitos membros do clã em todo o mundo que vão aproveitar a chance de conhecer mais sobre sua herança, cercados de luxo.

— Diáspora? — Lachlan indagou.

— Escoceses que emigraram para o exterior. Sabia que existem mais MacLeish no Canadá e na América do que na Escócia?

Lachlan inclinou a cabeça para o lado.

— Não. Eu não fazia ideia.

— Há também milhares de MacLeish na Austrália, Nova Zelândia, Brasil... sinceramente, eles estão por toda parte. E, como estão em um novo mundo, querem saber sobre o seu passado e a sua herança. É aí que nós entramos. Muitos deles já nos visitam durante o encontro dos MacLeish, embora a maioria permaneça na aldeia. Eu gostaria de aproveitar isso.

Lachlan bateu os dedos na velha escrivaninha de carvalho.

— Eu li sobre o encontro no site.

— Ah, você viu?

— Sim, essa era uma das coisas sobre as quais eu queria falar com você. Quem administra isso? Um de nós?

Alistair pareceu satisfeito.

— Eu mesmo. Eu criei o site e o atualizo. É bem fácil. Fica hospedado em um site do WordPress. E nós também temos redes sociais. Até criei uma página no Twitter ano passado.

— Tem muita informação lá — Lachlan observou. — Seu conhecimento da história dos MacLeish é impressionante.

O sorriso no rosto de Alistair se alargou. Ele se inclinou para a frente, apoiando os cotovelos na mesa.

— Eu trabalho nesta propriedade por mais da metade da minha vida. A minha mulher me diz que eu sou obcecado. — Ele deu uma risadinha. — Mas, sério, foi só quando montei o site que percebi como as pessoas se interessavam. Depois disso, começamos a fazer as reuniões todos os anos. As pessoas viajam de todos os cantos do mundo para passar o fim de semana. Fazemos um culto na igreja, um passeio pela propriedade e, então, o destaque do fim de semana, que é a festa no jardim. — Ele baixou a voz novamente, como se alguém estivesse ouvindo. — E não quero dizer isso de forma desrespeitosa, sr. MacLeish, mas os americanos são os que mais gostam disso.

Lachlan abriu um enorme sorriso.

— Aposto que sim.

Olhando mais uma vez para as planilhas, Lachlan repassou as possibilidades na cabeça. O tipo de investimento que Alistair estava propondo era enorme, e seria necessário um salto muito grande nos rendimentos para compensar. Se estivesse analisando isso com os olhos de um simples investidor, recusaria.

Mas não era apenas um investimento, não é? Era um legado dado a ele por um homem que mal conhecia, em um país que dificilmente visitaria. Ele tinha muito o que pensar.

Virando a cabeça, olhou para fora da pequena janela com vista para o chalé. A enxurrada de flocos de neve que acompanhara sua caminhada até ali havia parado e um raio de sol atravessava as nuvens, brilhando no lago atrás da construção, sua superfície de vidro refletindo as montanhas ao longe. Era estranho o pouco que ele conseguia se lembrar desse lugar — ou das pessoas que trabalhavam ali.

Ficando de pé, Lachlan sentiu seus músculos reclamarem por estarem confinados na cadeira do escritório durante muito tempo. Sua cabeça não estava muito melhor. Depois do confronto com o irmão no dia anterior e da entrevista de hoje — sem mencionar o esforço de Alistair para salvar o nome MacLeish —, ele precisava fazer alguma coisa para relaxar.

— Acho que vou dar um passeio — declarou a Alistair. — Só até o lago.

Alistair olhou para cima.

— Claro. Mas é melhor se agasalhar. O sol pode estar tentando sair, mas esses raios não fazem nada para aquecer o ar até a chegada do verão. Essa paisagem pode ser enganosa.

Lachlan assentiu, pegou o casaco e enrolou o cachecol em volta do pescoço. Erguendo a mão para se despedir, saiu do escritório e se viu caminhando ao longo da calçada de cascalho e depois virando à esquerda da ala leste do chalé.

❀

— Você parece estar trabalhando duro.

Lucy olhou para cima e viu Alistair parado na porta da biblioteca.

— Eu tinha que enviar uns e-mails — ela falou, esticando os braços. — Terminou sua reunião com o Lachlan?

— Sim, nós terminamos por enquanto. — Alistair assentiu. — Vou voltar para casa. Precisa de alguma coisa?

— Onde ele está? — perguntou. — Está por aí em algum lugar?

— Saiu para uma caminhada — Alistair respondeu. — Ele disse alguma coisa sobre ir ver o lago.

— Com este tempo? — Ela olhou para a janela quase fosca com vista para o jardim. A neve tinha parado rápido, mas o ar gelado permaneceu. Mesmo dentro da casa, sentia um arrepio do qual não conseguia se livrar.

— Não se preocupe, ele se agasalhou. — Alistair lhe deu um sorriso. — E, pelo que eu posso dizer, finalmente o clima mais ameno está chegando. É provável que você não veja, o que é uma pena. Talvez você possa voltar no verão.

— Talvez. — Ela sorriu de volta. — Deve ser realmente encantador.

— Bem, boa noite, srta. Shakespeare. Acredito que a cozinheira tenha deixado o jantar no forno para vocês. Espero que tenham uma noite tranquila.

Depois que Alistair saiu, ela olhou para o laptop por mais algum tempo, verificando seus e-mails e respondendo aos urgentes. Mas seu coração não estava ali. Ficou pensando em Lachlan, que havia saído no ar frio e gelado. Será que ele ainda estava pensando na entrevista? Não tiveram muitas oportunidades de conversar desde que Marina partiu, mas ela não pôde deixar de pensar na expressão em seu rosto quando a jornalista fez as perguntas intrusivas.

Lucy sentiu um puxão, como um barco sendo arrastado para a praia. Era inevitável que encontrasse o casaco e o cachecol, calçasse as botas de couro marrom polido, sacudisse os cabelos para soltá-lo enquanto saía pela porta da frente e descesse as escadas. Antes que percebesse, seus pés estavam esmagados contra as folhas de grama enquanto ela caminhava na direção do vale.

Depois de alguns minutos, ela se aproximou do lago, maravilhada com a água azul que atingia a costa congelada. Ao longe, podia ver as montanhas cobertas de neve, seus picos brancos refletidos na superfície espelhada. Do outro lado havia uma série de rochas, penhascos marrons — os *carraigs*, que davam nome à propriedade. Era como algo saído de uma história, tão lindo que a deixou sem fôlego. Um lembrete de que a natureza fez da terra sua casa muito antes de o homem decidir intervir.

Pelo canto do olho, notou um movimento. Um flash marrom contra o fundo verde. Lentamente, ela virou a cabeça para se deparar com um cervo parado ao longe, com os chifres imóveis, mas ameaçadores. Não pôde deixar de pensar na pintura de Landseer novamente.

— Não se mova. — A voz de Lachlan veio da sua esquerda. — Vi algumas corças antes, mas não esperava ver o cervo também.

Lachlan estava em pé, tão esticado e imóvel quanto o animal. Sua vulnerabilidade anterior tinha sido substituída por uma robustez que espelhava ao seu redor. Uma lufada de vento levantou seu cabelo escuro, revelando a testa suave, sem marcas de expressão.

— Ele é lindo — ela sussurrou, com medo de perturbar a cena à sua frente. — Tão elegante e grandioso.

— Se o meu pai estivesse aqui, atiraria nele.

— Então é bom que não esteja — ela falou sorrindo.

O cervo se virou lentamente para olhá-los, o desdém por todas as coisas humanas transparente em sua expressão. Em seguida balançou a cabeça, se apoiando nas patas de trás antes de pegar o impulso para uma corrida, galopando ao lado do lago e na floresta.

Havia algo muito bonito na cena diante deles, e isso a deixou sem fôlego. Não havia sinal de civilização nem de humanos, apenas a natureza em seu estado selvagem, se erguendo nas rochas e mergulhando em clareiras arborizadas. Eles poderiam estar ali em qualquer momento da história e a vista teria sido a mesma.

— Não tenho certeza se já vi alguma coisa tão linda — ela sussurrou.

— É desta vista que eu me lembro — Lachlan sussurrou, a voz tão suave quanto a dela. — Quando era criança, eu vinha aqui e fingia que era um animal como um cervo e um peixe. Eu não tinha nenhuma preocupação, nem precisava lutar ou disputar pela minha vida. Não penso nisso há anos, mas, agora que estou aqui, tudo voltou.

Ela o observou com o canto dos olhos. Ele estava olhando diretamente para ela, seus olhos gentis. E, desse jeito, ele a deixou sem fôlego novamente, mais do que o cervo e a vista. Quando Lachlan MacLeish estava por perto, todo o restante desaparecia, se tornando insignificante.

— É uma visão como essa que me faz pensar que um dia vou desistir do mundo competitivo e passar meu tempo viajando — ela confessou. — Passo muito tempo olhando para as mesmas paredes, é fácil esquecer quanto o mundo pode ser bonito.

— Eu te entendo — Lachlan concordou. — O Grant fez uma análise de como foi o meu ano. Pelo que ele disse, eu passei cinquenta e um por cento do tempo no escritório, vinte e quatro por cento em aviões e vinte e um por cento em casa. Isso só deixou quatro por cento do meu tempo ao ar livre. E a maior parte disso eu gastei correndo.

— Você corre todos os dias? — ela perguntou, se lembrando da conversa enquanto ele estava no Central Park. O jeito como ele mal precisara recuperar o fôlego enquanto eles falavam.

— Sempre que posso — ele disse, sorrindo com o pensamento.

— Você gosta? — ela perguntou. — Ou é só uma daquelas coisas que você faz para se manter saudável, como beber água e comer cinco vezes por dia?

— Não é que eu goste, mas sinto que ficaria louco sem isso. Às vezes só consigo correr na esteira do escritório por meia hora, mas até isso é melhor que nada. É o único momento em que posso tirar tudo da cabeça e focar no que estou fazendo.

— Exceto quando você está falando comigo.

Ele riu e seu rosto se iluminou.

— *Touché*. — Ele se virou até estar olhando diretamente para ela, apenas alguns metros entre eles. — E você? — ele perguntou, aquele olhar suave em seus olhos. — Você corre?

— Só se a minha casa estiver pegando fogo. — Ela deu de ombros. — Estou matriculada em uma academia que não uso há dezoito meses. Parece que eu vou precisar ir até lá para fazer alguma diferença.

— Quem poderia imaginar?

— Sério, eu deveria ir mais vezes. Estou sempre muito ocupada. Se não estou no escritório, estou trabalhando em casa. Não sobra muito tempo para correr na esteira.

Lachlan franziu a testa em resposta, como se isso o deixasse triste.

— O que você faz para relaxar?

Ela deu de ombros.

— Saio com os amigos, converso com as minhas irmãs. Ah, e passo um tempo brincando com um gato. Essa é uma boa maneira de se manter atenta.

— Você tem um gato? — ele perguntou.

— Não fique tão surpreso. — Lucy sorriu para sua expressão. — Na verdade, não tenho. É uma gatinha malhada que pertence aos meus vizinhos do andar de baixo. Ela parece ter se apegado a mim. Toda vez que chego em casa, ela está me esperando e entra no apartamento comigo. Então ela se enrola ao meu lado enquanto eu termino meu trabalho.

— Gata sortuda.

Seus olhos se encontraram e o coração dela bateu contra o peito.

— Acho que ela me impede de ser uma viciada chata em trabalho.

Ele arqueou uma sobrancelha.

— Talvez eu tenha uma coisa por viciadas chatas em trabalho.

— Que tipo de coisa?

Ele sorriu.

— Você está realmente me perguntando sobre a minha coisa? Achei que nós fôssemos profissionais. Agora você está aqui, me interrogando sobre...

— Pare com isso. — Ela estava sorrindo também.

Ele estendeu a mão, o braço fechando a distância entre eles, e passou o dedo enluvado pela bochecha dela. Era o menor dos toques, mas parecia tão íntimo, tão sensual, que deixou todo o seu corpo em chamas.

— Nunca há um momento de tédio com você — ele murmurou.

Digo o mesmo a seu respeito, sr. MacLeish.

❀

Embora uma barreira de couro separasse sua pele da dela, Lachlan praticamente podia sentir o frio no rosto de Lucy enquanto acariciava sua mandíbula. Suas bochechas estavam rosadas, os olhos brilhando, os lábios vermelhos por causa do frio. Foi um erro chegar tão perto. Com apenas alguns centímetros entre eles, todo o seu corpo implorava para que fechasse o espaço entre os dois. Queria provar o frio nos lábios dela para aquecê-los com os seus. Desejava deslizar sua língua dentro daquela boca macia e aveludada, sentindo a respiração batendo com a dele.

Antes, ele havia pensado nela como uma loira fria. Mas aqui fora, na natureza, ela era muito mais que isso. Era como se a jovem tivesse descongelado com a poeira da neve no chão, expondo seu verdadeiro eu. Não a profissional perfeitamente preparada que Lucy projetava nas reuniões, mas um lado mais suave e gentil que era só para ele.

Depois dos dias que havia tido, ela era como uma lareira crepitante após um período de frio, e ele queria se deliciar com ela.

— Sou um louco por querer manter este lugar? — questionou.

Era sua imaginação ou ela estava se inclinando para mais perto da sua mão?

— Tenho quase certeza que sim — ela respondeu, fechando os olhos por um momento. — Mas o que te impediria?

— Seria preciso um investimento alto. — Ele passou o polegar pela bochecha dela. Precisou fazer o máximo de esforço para não tirar a luva, removendo a barreira final entre os dois. Era loucura a forma como ela o prendia, fazendo-o sentir que não podia escapar, mesmo que quisesse. — Reformar este lugar seria uma grande tolice.

Ela virou a cabeça para olhar o espaço onde o cervo esteve. Tudo o que restava eram suas pegadas.

— Mas nem sempre tem só a ver com dinheiro, não é? — ela perguntou.

Sua mão pairou no ar quando ela moveu a cabeça para longe. Com relutância, se afastou, descansando o braço ao lado do corpo. Como ele já podia sentir falta da conexão entre eles? Havia algo viciante demais nisso. Como uma droga, ele a queria, mas sabia que o mataria no final.

— Não — concordou. — Nunca teve a ver com o dinheiro. Mas também não quero perder dinheiro com isso.

— Acho que depende do jeito como você encara os fatos — ela falou, olhando para as árvores onde o cervo tinha desaparecido. — As pessoas pagam para viajar de férias o tempo todo. Tudo o que levam de volta são as lembranças. O mesmo vale para hobbies: o que uma pessoa chama de desperdício de dinheiro, outra considera dinheiro bem gasto.

— Você está dizendo que eu deveria manter este lugar como um hobby? — Lachlan perguntou, em tom divertido. — Sabe quanto custa manter isto?

Um raio de sol abriu caminho através da camada cinzenta de nuvens, e ela apertou os olhos quanto atingiu seu rosto.

— Eu só sei que, se eu fosse dona deste lugar, jamais conseguiria deixá-lo. Não importa o quanto eu fosse perder.

A primeira vez que ele a vira, naquele restaurante de Miami, a achara atraente. Mas ali, no meio das Terras Altas escocesas, cercados por rochas e água intocada pelo tempo, ele podia ver que ela era muito mais que isso. Linda, cativante, encantadora.

Ela era uma tentação em forma de mulher. E ele não tinha certeza de quanto tempo mais poderia aguentar.

14

> Eu, que nunca chorei, agora me derreto em dor.
> Aquele inverno cortou a nossa primavera.
> —*Henrique VI, parte 3*

— **M**e explique mais uma vez: você está em um castelo no meio do nada, com o sr. McLaird Gostosão no quarto ao lado, e decidiu que queria falar comigo? Mas no que é que você está pensando? — Kitty parecia se divertir. Elas estavam conversando por Skype, muito melhor do que tentar usar o sinal inexistente do celular. Lucy fez uma nota mental para agradecer a Alistair pelo poderoso wi-fi.

— Ele não é um gostosão — disse à irmã. — É meu cliente. — Ela não parecia muito convincente.

— Luce, eu pesquisei no Google. Se ele não é gostoso, então o Adam não é o melhor roteirista de documentários do mundo. O que, a propósito, ele é.

— Como ele está? Já começou aquele projeto novo? — Lucy perguntou.

— Ah, não, você não vai tentar mudar de assunto. Eu te conheço muito bem. — Kitty riu, parecendo satisfeita por, finalmente, virar a mesa e interrogar a irmã mais velha. — Vamos lá, desembucha. Ele é tão lindo na vida real quanto parece na tela do computador?

Lucy estremeceu, puxando as cobertas até o queixo. Glencarraig podia ser o lugar mais bonito que ela já tinha visto, mas o chalé estava absolutamente gelado. Havia um velho aquecedor de ferro no canto do quarto, mas havia muito tempo tinha desistido de sua batalha contra o frio. Toda vez que expirava, a respiração permanecia na sua frente em uma cortina esfumaçada. Até mesmo seus arrepios se arrepiaram.

— Tem falado com a Cesca? — Lucy perguntou. — Está igualzinha a ela.
— Talvez.
Lucy suspirou.
— Ele é bonito — ela disse —, para quem gosta do tipo.
— E é rico — Kitty completou. — Sem mencionar que fica incrível de smoking. Viu a foto dele no baile de gala do Met do ano passado?
— Kitty, por favor, pare de cobiçar o meu cliente — Lucy falou, apoiando a cabeça no encosto. — Não é profissional.
— E daí? — Kitty retrucou, o riso ainda na voz. — Profissionalismo não significa nada quando se trata de atração. Olhe para mim e o Adam. Eu deveria estar trabalhando para o irmão dele, mas acabei me apaixonando por ele.
— Isso é diferente.
— Como? — Ela parecia genuinamente interessada.
— Porque você estava trabalhando como babá só por algumas semanas. Se algo acontecesse entre mim e um cliente, poderia colocar toda a minha carreira em risco. Eu dei muito duro para chegar onde estou e não vou arriscar isso dando em cima de um cara que acabei de conhecer.
— Mas você está atraída por ele, certo?
Lucy franziu os lábios, soprando um pouco de ar. Ela o viu se transformar em vapor novamente.
— Não sei — admitiu. — Acho que um pouco. Mas não faz diferença.
— Ah, Luce.
— Não me venha com *ah, Luce*.
— Vou fazer isso sempre que eu quiser. Se alguém precisa ser repreendida, é você.
Lucy riu.
— Do que é que você está falando?
— Olha, esse cara, Lachlan. Bonito, sexy e, pelo que você me disse, está terrivelmente atraída por ele.
— Eu não disse nada de terrivelmente.
— E ele também gosta de você. Certo? — Kitty perguntou.
— Não sei...
— Ele voou para Edimburgo e exigiu que você largasse tudo para passar as próximas vinte e quatro horas com ele, e nós duas sabemos que um cara

desse não precisa ter você como babá. Ele é praticamente perfeito. Então, por que você está sentada sozinha no quarto e falando comigo, quando poderia estar devorando o velho e mal-humorado laird?

— Ele não é mal-humorado.

— Eu sei.

— Nem velho.

— Arrã.

— E não é laird. Ainda não.

— Mas você ainda quer devorá-lo, certo?

— Isso não é engraçado. — Lucy fechou os olhos por um momento, querendo bloquear tudo. — Estou fazendo tudo o que posso para ser profissional. Você não pode me dar um pouco de apoio?

— Pode resistir a tudo o que quiser — Kitty disse —, mas não pode lutar contra a natureza. Quando a atração aparece, é impossível ignorar. Acredite em mim, eu sei.

Engraçado como Kitty tinha saído da concha desde que conhecera Adam, no inverno anterior. E agora ela parecia pensar que era a fonte de todo o conhecimento quando se tratava de relacionamentos.

— Não tem nada de feroz entre nós — Lucy apontou. — Sou uma mulher adulta, tenho certeza que posso me controlar.

— Continue acreditando nisso — Kitty provocou, com um sorriso na voz. — E na semana que vem você pode me dizer que o Papai Noel realmente existe e que a Fada do Dente está construindo um palácio com todos os nossos molares.

— Tchau, Kitty. — Lucy puxou o telefone do ouvido e mostrou a língua para a tela.

Kitty estava muito ocupada rindo para responder.

❦

O quarto estava silencioso, exceto pelo barulho ocasional do aquecedor quase imprestável no canto. Lá fora, no pátio de entrada, ela podia ouvir cada rangido e gemido que uma construção antiga podia proporcionar, além de alguns gritos e sons de coisas se arrastando. Ela estremeceu na cama — mais pelo frio do que de medo. O pijama macio de botão e as meias de dormir não combinavam com a brisa fria das Terras Altas.

O profundo som de sinos do relógio de pêndulo no hall de entrada ecoou pelos corredores, dizendo a ela, com doze badaladas, que a meia-noite finalmente havia chegado. Ela se virou de lado, enrolando o corpo em uma bola e desejando dormir.

Outro barulho. Dessa vez, do seu telefone, que estava carregando ao lado, na mesa. Ela pegou, visualizando a mensagem.

> Está dormindo?

Lachlan estava enviando mensagens para ela no meio da noite. De alguma forma, isso parecia mais perigoso do que estar perto dele.

Decidiu cortá-lo rapidamente, respondendo.

> Sim.

A resposta foi quase imediata.

> Mentirosa.

Apesar da temperatura gelada, ela podia sentir um fogo começar a queimar dentro de si. O canto do lábio arqueou.

> Posso te ajudar com algo, sr. MacLeish, ou você costuma enviar mensagens para todos os seus advogados no meio da noite?

> Você digita muito bem para uma pessoa que está dormindo.

O sorriso finalmente explodiu em seu rosto. Kitty estava certa: ele era difícil de ignorar.

> Se eu conseguisse dormir, dormiria. É quase impossível pegar no sono em temperaturas abaixo de zero. Alguém precisa avisar a Glencarraig que a primavera chegou.

> Está frio aí? Aqui está parecendo um forno.

> O quê?

No minuto seguinte, seu telefone estava tocando. Ela não precisava olhar para a tela para saber quem era.

— Lachlan.

— Está com frio? — ele perguntou, sua voz profunda e baixa.

— Congelando — respondeu. — Até o aquecedor está de casaco.

Ele riu.

— E o seu fogo? Não está te aquecendo?

— Que fogo?

Sua risada ficou mais alta.

— Não, estou falando sério, que porcaria de fogo? — Ela ficou indignada. — Não tenho fogo. Você tem uma lareira?

— Sim, tenho. E das grandes. Aqui está tão quente quanto o inferno.

— Isso não é justo. — Ela queria fazer beicinho. — Onde está o meu fogo?

— Eu posso te ajudar com isso — ele ofereceu. — Tem madeira no seu quarto?

— Não tem nem lareira. — Ela balançou a cabeça, embora ele não pudesse vê-la. — Como conseguiu o quarto com lareira?

— Sou praticamente o laird. Recebo todas as coisas boas. — Seu tom foi o suficiente para dizer a ela que estava brincando. Mas não a impediu de querer bater nele. E beijá-lo.

Pare com isso agora mesmo.

Ela bufou.

— Vou fazer uma reclamação amanhã. Direto com o chefe.

— Ele vai tremer, aposto — Lachlan falou. — Muito parecido com você agora.

— Cale-se.

— Ah, você está cheia de respostas esta noite.

— É difícil pensar em frases de efeito quando todo o seu corpo está sucumbindo ao congelamento. Sério, que tipo de lugar é este? Por que me colocaram neste quarto quando você tem lareira?

— Quer trocar? — Sua oferta parecia genuína. Por um momento ela se imaginou deitando em sua cama. Ainda sentiria seu cheiro? Seria capaz de sentir onde ele estava deitado? Ainda manteria seu calor?

— Não — murmurou. — Estou bem.

— Não está nada bem. Você deveria vir para cá.

— Mas aí você vai congelar — ela apontou. — Tudo bem, eu posso aguentar por uma noite. E depois disso eu vou embora.

— Lucy, venha agora para cá. Sou seu cliente e isso é uma ordem.

Ela hesitou, sem ter certeza se estava excitada ou chocada com a oferta. No fim, o bom senso venceu.

— Boa noite, Lachlan. Durma bem. — Sem esperar resposta, ela encerrou a ligação e, por precaução, colocou o aparelho no silencioso. Se sentiu muito tentada. A única maneira de evitar isso era fingir que não existia.

Batendo o telefone na mesa de cabeceira com um baque satisfatório, se deitou na cama, cruzando os braços sobre o peito. Fechou os olhos, apertando-os com força, mas não adiantou. Estava muito nervosa para dormir. Sua cabeça estava cheia demais dele, os pensamentos a atingindo como um lutador peso médio determinado a ganhar o título.

Ela bufou, se virando de lado, curvando as pernas para tentar conservar o calor. Mas estava ficando cada vez mais frio, o ar da noite invadindo seu quarto pelas frestas da janela e dançando ao redor do quarto.

Ali era como o Ártico.

Então se sentou, puxando o pijama para um pouco mais perto. Sem se permitir pensar, colocou os pés descalços sobre as tábuas de madeira e atravessou o cômodo, os passos quase inaudíveis. Em poucos instantes, estava em pé na frente de uma grande porta de carvalho, consciente de que do outro lado estava o homem que ela não conseguia tirar da cabeça, não importava quanto tentasse.

Levantou a mão, fechando os dedos contra a palma. Mas, assim que avançou, prestes a bater, o bom senso a atingiu.

O que ela estava fazendo?

Ela era sua advogada, não amante. Não tinha nada que ficar do lado de fora do seu quarto, não importava quanto estivesse com frio. A camada de profissionalismo que ela trabalhara tão duro para cultivar estava quase se quebrando.

Ela andou para trás, afastando a mão com força, em seguida se virou e correu de volta para o quarto, sem se importar se ele havia ouvido os passos. Seu coração batia forte quando voltou para a cama, embora não tivesse feito nada para aquecer seu corpo. O único lugar que tinha algum calor era a vermelhidão em suas bochechas.

Sua porta rangeu, e ela olhou para cima para vê-la se abrir. Lachlan entrou, usando apenas a calça de um pijama. Ela podia ver cada ondulação de músculo em seu torso, exposto no brilho claro do abajur em sua cabeceira. Bom Deus, se o achava atraente antes, não era nada comparado a esse desejo irresistível que ela estava sentindo agora.

Ele não disse uma palavra. Em vez disso, caminhou em direção a ela e levantou os cobertores, pegando-a como se ela não pesasse quase nada. Embalou-a contra seu peito nu e ela, por reflexo, segurou seus braços, com medo de que pudesse cair.

Ele era todo músculo e pele macia. Nem um grama de gordura aninhada entre os cumes dos seus músculos deltoides. E estava quente, muito quente. Ela não pôde evitar pressionar o rosto contra o peito dele, fechando os olhos para respirar seu cheiro. Ele se virou, levando-a para fora do quarto, seus passos ficando mais altos quando chegou ao chão de madeira no corredor. Depois a levou para o quarto, atravessou o tapete e foi em direção à cama de dossel do outro lado.

Ele a deitou no colchão, puxando as cobertas sobre ela antes de subir ao seu lado na cama, que era pequena para um casal. Não havia como escapar, mesmo que ela tentasse.

Seu corpo inteiro estava tremendo, como se finalmente tivesse percebido o que estava perdendo. O fogo na lareira estalou e se ergueu, a luz alaranjada brilhando nas paredes pintadas de branco. Ele estendeu a mão para ela, puxando seu corpo contra o dele. Os braços envolveram sua cintura, segurando-a com força.

A fina camada de profissionalismo que ela trabalhara tanto para conservar se fundiu no ar quente. Ela se enrolou nele, fechando os olhos.

— Meu Deus, estou com tanto frio — ela sussurrou, pressionando o rosto contra o peito de Lachlan, a pele gelada encontrando seu calor.

— Estou tentando te aquecer — ele disse. — O jeito mais rápido é o calor corporal. Como naqueles shows de sobrevivência na TV. — Ele deslizou as mãos por baixo de seu pijama e uma série de arrepios percorreu sua coluna.

Nenhum dos dois falou enquanto ele a abraçava com força, sua pele lentamente descongelando enquanto o corpo quente de Lachlan se pressionava contra ela. Toda vez que ela inspirava, podia sentir o cheiro dele — amadeirado, terroso, insuportavelmente sexy.

Então ele começou a esfregar suas costas em círculos lentos e sensuais, as palmas quentes e lisas. Ela não podia deixar de se arquear com o toque, o corpo inteiro se tornando vivo a cada movimento, como uma paisagem congelada se derretendo na primavera.

Era errado que seus quadris começassem a se mover, pressionando contra ele a cada giro? Era errado que todo o seu corpo estivesse formigando, os mamilos intumescidos contra a pele dele? Se fosse errado, então o calor que se formava entre suas coxas era tão pecaminoso que ela não suportava pensar.

Levantou a cabeça para olhá-lo. Lachlan a observava com uma intensidade que atingiu seu corpo inteiro. Seus lábios se separaram o suficiente para forçar o ar que queria ficar preso em sua garganta. Tudo nele a consumia.

Ele moveu as mãos por suas costas, os dedos deixando um rastro de fogo e gelo ao longo da coluna. As palmas das suas mãos pressionaram no recuo logo acima das nádegas, deixando as terminações nervosas em um frenesi de atividade. A perna coberta pelo tecido estava entre as dela, provocando uma fricção deliciosa que fez todo o seu corpo formigar. Ela não conseguia se concentrar em mais nada.

— Lucy. — Sua voz era suave, mas urgente.

— Hum? — Palavras reais eram impossíveis naquele momento.

— Se você continuar se mexendo assim, não me responsabilizo pelo que pode acontecer. Você está me deixando louco.

Ela não pôde evitar o sorriso que surgiu em seu rosto. Não era possível evitar o fato de seus quadris se moverem de novo, só para testar sua força de vontade. Ele fechou os olhos, a tortura escrita em todo o rosto. Estavam brincando com fogo agora.

— Quer me ver perder o controle? — Sua voz estava rouca. — Continue o que está fazendo.

Lachlan capturou seu olhar como se estivesse procurando permissão. Ela manteve os olhos nos dele, sua expressão lhe dizendo que queria a mesma coisa. Lachlan segurou os botões do pijama, abrindo um por um com habilidade. Seus olhos baixaram, absorvendo a visão dos seios semiexpostos, as pálpebras ficando pesadas quando ele desabotoou o último.

Ela ficou em silêncio enquanto ele deslizou as mãos quentes até os ombros, empurrando o material felpudo por seus braços. Em seguida, ele o empurrou até que deslizasse de suas costas, caindo no colchão. Envolvendo os braços ao redor dela, ele a abraçou até que seus seios estivessem pressionados contra o peito duro. Ela pôde sentir sua respiração falhar quando tentou inspirar, a proximidade a deixando louca.

As mãos dele se moveram para baixo, e, apesar do pijama de lã, ela podia sentir cada dedo apertando sua pele.

Ela inclinou a cabeça até que seus lábios estivessem na orelha dele, o hálito suave contra sua bochecha. Ele soltou um gemido estrangulado, que havia ficado preso em sua garganta, o som ecoando contra ela.

— Lucy...
— Lachlan...
— Nossa... caramba, o que nós estamos fazendo?
— Você está me aquecendo.
— Sim, isso. — Ele passou as mãos por baixo do elástico do pijama, as palmas das mãos aquecidas deslizando por suas nádegas. A sensação de pele contra pele provocou em Lucy outro choque de prazer. Quem estava controlando quem ali?

Havia apenas um centímetro entre seus lábios e a bochecha dele. Ela praticamente podia sentir a barba por fazer roçando em sua boca. Expirando, ela acabou com a distância, pressionando os lábios no queixo dele.

— Eu devia ter deixado você congelar — ele murmurou. — Você é terrível.

Uma risada alta escapou da boca de Lucy. Ela não conseguia se lembrar da última vez que se sentira tão bem. A última vez que estivera tão envolvida com o momento.

— Eu devia ter deixado você se queimar.

— É você que está me queimando. — Ele virou a cabeça até que os lábios dela roçaram o canto da sua boca. — Caramba, mulher, o que você quer que eu faça?

— Nada — ela sussurrou no canto dos seus lábios. — Nada mesmo.

Era estranho como ela havia hesitado pouco antes de beijá-lo. Como se fosse mais íntimo do que o modo como seus corpos estavam entrelaçados, mais significativo do que as mãos que pressionavam sua pele nua. Um beijo era capaz de despir uma pessoa, deixá-la vulnerável. Era um salto de um penhasco com os olhos fechados.

Lachlan afastou a mão das costas dela, alcançando sua bochecha. O polegar dele acariciou a linha da orelha até os lábios. Seu peito parecia estranho, como se o ar estivesse saindo lentamente dela.

Fechando os olhos, ela se aproximou da beira do penhasco, hesitante enquanto dava um passo para o ar. Mas, antes que ela pudesse dar o último salto, Lachlan moveu sua boca para a dela. Seus lábios eram quentes e exigentes, beijando-a como se ela segurasse seu último suspiro. E ela estava retribuindo, a mão ainda segurando a linha da mandíbula, a outra envolvendo o pescoço até alcançar a nuca. Suas pernas ainda estavam entrelaçadas e se apertavam uma contra a outra em um ritmo subconsciente, dançando uma melodia silenciosa que só os dois conheciam.

Não era o céu, não era o inferno, era um lugar muito, muito longe dali.

Um lugar onde só os dois existiam. E de onde ela não queria mais sair.

❁

Aquela era a noite mais sensual de sua vida. A mais dolorosa também. Ele a abraçou, seu corpo suave e macio contra o dele, movendo os lábios unidos com uma urgência que ele não entendia muito bem.

Quanto tempo se passara desde que esteve com uma mulher? Um mês, dois? Não era de admirar que seu corpo estivesse tão responsivo.

Lucy também estava. Sua boca estava quente, os lábios deram boas-vindas aos dele quando deslizou sua língua contra a dela. Quando terminaram o beijo, a respiração dela estava ofegante e quente contra sua pele, o peito de Lucy subindo e descendo em um esforço para pegar um pouco de ar.

Ele acariciou o peito dela com a ponta do dedo até sentir a pele firme da aréola, o toque suave e provocante. Ela arqueou as costas em sua direção, encorajando seus movimentos até que a mão estava roçando no mamilo dela. Ela ofegou, e ele a beijou novamente para provar sua excitação.

E agora a tentação era dolorosa. Seu corpo inteiro pulsava com a necessidade de tê-la, de estar dentro dela. Sua coluna estava tensa, os músculos contraídos, e o pulsar em seu membro era impossível de ignorar.

Acariciando o mamilo entre o polegar e o indicador, ele a beijou novamente, as línguas se entrelaçando enquanto provavam e lambiam. O gemido dela provocou uma onda de prazer no corpo dele, fazendo-o vibrar em resposta. Mas era demais. Ele não tinha certeza se poderia resistir por muito mais tempo.

— Lucy... — ele murmurou contra os seus lábios macios. — Está tudo bem?

— Sim — ela sussurrou.

— Quer mais?

Suas pernas se separaram debaixo dele em resposta a sua pergunta. Ele deslizou a mão por baixo do cós da calça, sentindo a suavidade do seu ventre na palma da mão. Ele se moveu ainda mais, os dedos fazendo círculos lentos e sensuais até que pudesse sentir sua umidade e seu calor, o que a fez soltar um pequeno gemido de prazer.

— Você quer isso, Lucy?

— Sim. — Sua voz estava mais firme dessa vez, embora os lábios ainda estivessem colados aos dele. — Mas não tenho preservativo.

— Eu tenho. — Ele olhou profundamente em seus olhos, percebendo como ela o olhava, como se ele tivesse todas as respostas. E isso o excitou mais do que nunca. Ele puxou a calça do pijama dela, e Lucy se arqueou no colchão enquanto ele a tirava, fazendo o mesmo com a dele e jogando-a no chão. Pegando a carteira na mesinha de cabeceira, tirou a embalagem, abriu-a com habilidade e colocou o preservativo. Em seguida, estava sobre ela, com os braços ao lado do seu corpo, os dois a centímetros um do outro.

Ele acariciou o queixo dela com a mão, o polegar passando pelo lábio. Seu corpo latejava com insistência, fazendo-o se lembrar do quanto estava sofrendo por ela, de como precisava estar dentro dela. Abaixando-se, sentiu-se roçar contra sua umidade, seu corpo o acolher, e então o choque de prazer que atingiu a coluna enquanto se movia lentamente dentro dela. Lucy ofegou, as pernas dela envolvendo seus quadris e o corpo exigindo um ritmo que ele estava muito disposto a dar.

Ele se moveu, entrando e saindo de dentro dela, provocando outro gemido. Beijando-a, ele capturou o som, sentindo as vibrações na sua coluna. Ela sentia prazer. Até demais. O suficiente para fazer o corpo dele tensionar com o desejo que atingia cada nervo. Ele deslizou as mãos por baixo dela, inclinando-a até que ela estivesse ofegando a cada estocada.

Se ele ia para o inferno, ela iria junto.

❀

— Como foi que isso aconteceu? — ele murmurou. Estavam deitados em uma névoa pós-transa, o ar ao redor estava grosso e pesado com o cheiro de sexo. Os olhos dela ainda estavam vidrados. Do jeito que ele imaginava que ficariam com um ou dois goles de vinho. Ela piscou, olhando para ele de maneira questionadora, seu peito ainda ofegante dos esforços.

O peito estava nu.

Lide com isso, MacLeish.

— Esta cicatriz — ele sussurrou, passando o dedo pela linha branca. — O que foi isso? — Sua respiração estava quase sob controle novamente.

Lucy levou a mão à testa, seguindo o dedo dele enquanto a traçava.

— Sofri um acidente quando era mais nova. — Ela franziu o cenho ainda mais.

— Doeu? — ele perguntou.

— Eu... ah... precisei levar pontos — ela disse, ainda sem fôlego. Parecia tão confusa quanto ele se sentia. — Mas não consigo lembrar da dor. Tudo estava confuso demais.

— Confuso? — Ele ergueu o lençol para cobrir o seio dela. Assim era melhor.

— Minha mãe estava dirigindo. Ela não conseguiu controlar o carro.

Ele não gostou do jeito como sua voz vacilou.

— Ela morreu no acidente?

Lucy assentiu.

— Sinto muito por ouvir isso.

— Faz muito tempo.

Lachlan procurou algo para dizer, mas não conseguiu. Em seu cérebro, havia apenas um espaço em branco onde seu bom senso costumava estar. Ele a puxou para mais perto, até que sua cabeça estava aninhada contra o braço dele, os corpos enrolados um no outro. Ele não esperava que ela fosse tão leve quando a levantara da cama. Sua personalidade forte, de alguma forma, a fazia parecer maior e mais pesada. Ela era delicada, de estrutura pequena, com curvas suaves, e o contraste entre o corpo e a alma era atraente.

Ela colocou a mão no centro do peito dele, onde ele imaginou que seu coração deveria estar. Seus dedos se estenderam, como se ela estivesse se apoiando em algo. Parecia diferente do toque anterior, mais gentil, mais reconfortante. Ele engoliu em seco, tentando ignorar o misto de emoções que o atingiram. Não tinha certeza do que qualquer uma delas significava.

Eles ficaram em silêncio. Com Lachlan deitado de costas, Lucy se enrolou nele, sua respiração acalmando enquanto a excitação anterior diminuía. No lugar dela, surgiram perguntas e um enorme senso de apreensão.

15

> Carne e sangue, meu irmão.
> —*A tempestade*

— Bom dia. — Alistair tirou os olhos do jornal quando Lachlan entrou na cozinha. Havia um bule de café fresco na mesa, com uma jarra de suco de laranja e uma bandeja cheia de torradas. — Tome o seu café — ele disse, apontando para a comida.

— A Lucy já desceu? — Lachlan perguntou, puxando uma cadeira. Ela não estava na cama quando ele acordou. Assumiu que ela havia voltado para o quarto em algum momento antes do amanhecer. Ele deveria ter ficado aliviado, pois nenhum deles tinha a intenção de cruzar aquela linha. Talvez fosse melhor fingir que nada tinha acontecido. No entanto, ele não conseguia se livrar da sensação de nervosismo que o envolvera a noite toda. Desde que deixara seu desejo ultrapassar o bom senso.

— Ela saiu há mais ou menos uma hora. Disse alguma coisa sobre uma emergência no trabalho. — Alistair arqueou uma sobrancelha. — Estou surpreso que ela não tenha te avisado.

Lachlan piscou por um momento. Um olhar para o relógio acima do antigo fogão dizia que eram apenas oito e meia.

— Ela vai voltar?

A expressão de Alistair suavizou. Lachlan não gostou do jeito como o homem inclinou a cabeça em solidariedade.

— Acredito que não, sr. MacLeish. Ela levou a mala e me agradeceu muito pela hospitalidade. É uma jovem adorável, não é?

— Sim, é verdade. Adorável! — Lachlan tentou ignorar a faísca de frustração que aqueceu suas veias. Pegou o café e despejou um pouco em uma caneca. — Ainda está tudo certo para o almoço?

— Claro. Estou ansioso por isso. Mesmo que a Lucy não possa estar conosco.

Lachlan esfregou o queixo com o polegar. A pele ao redor de seu pescoço estava sensível. Uma lembrança de Lucy mordiscando aquela área enquanto ele a penetrava com mais intensidade passou pela sua cabeça.

Caramba, ele precisava parar com isso.

Eles transaram, ela foi embora e não houve arrependimentos. Na verdade, estava feliz por ter tirado essa atração do caminho. Ele não precisava de mais complicações.

— Ah, encontrei uma coisa ontem à noite nos nossos arquivos. Achei que você poderia estar interessado. — Alistair pegou um envelope da bolsa e tirou alguns papéis. — Nós temos muitas fotos antigas. Eu gostaria de mandar catalogar todas um dia. Seria ainda melhor se nós pudéssemos digitalizar no servidor. São uma grande parte da sua herança.

Ele entregou uma pequena foto retangular a Lachlan, que olhou para a imagem — colorida e inalterada de forma surpreendente, apesar do tempo — e franziu a testa.

Havia dois meninos de pé na beira do lago segurando varas de pescar. Se vestiam de maneira idêntica: usavam tartans MacLeish, casacos cinzentos e meias longas azuis. Lachlan olhou para a foto por um momento, se reconhecendo imediatamente. Também se lembrava do kilt. No entanto, por mais que tentasse, não conseguia se lembrar de sorrir com o irmão.

— É o Duncan comigo? — perguntou, a expressão de desagrado nítida em seus lábios.

— Isso mesmo. Acho que fui eu que tirei, embora não tenha certeza. Eu era encarregado do salmão naquela época, e vocês dois eram terríveis. — Alistair riu. — No fim, ensinei vocês a pescar para que pudessem me dar um pouco de paz.

— Não lembro de brincar com meu irmão. — Lachlan balançou a cabeça. — Se isso não fosse tão antigo, eu juraria que a foto era uma montagem.

— Vocês dois se pareciam tanto naquela época que eu não conseguia diferenciar um do outro. Adoravam correr pela propriedade também. Viviam juntos como unha e carne.

— Nunca nos ouvi sendo descritos assim antes — Lachlan murmurou. Ele não conseguia parar de olhar para a foto, para o jeito como estava sorrindo ao lado de Duncan, que também sorria de orelha a orelha. Era tão diferente das lembranças que tinha da infância, da maneira como era tratado toda vez que visitava o pai. Da raiva que sempre via no rosto da mãe de Duncan.

— Posso ficar com isso? — perguntou. Por alguma razão, pareceu importante tê-la. — Vou digitalizar e envio uma cópia para você.

— Claro. Eu tenho outra muito semelhante. Eu devo ter ficado feliz naquele dia. — Alistair sorriu.

E por um momento, apenas um momento, parecia que o mundo de Lachlan estava inclinado em um ângulo. Não muito agudo, apenas o suficiente para fazê-lo sentir como se estivesse inclinado para um lado.

Tomou outro gole de café e deixou o líquido amargo aquecer sua garganta. A cafeína acalmou sua mente.

Lembranças eram coisas estranhas e perturbadoras. Ele preferia muito mais se concentrar no presente.

❋

O Glencarraig Inn era um antigo pub de propriedade familiar, situado à beira da vila, ao lado da estrada principal para Inverness. Lachlan e Alistair andaram até lá — uma caminhada de quinze minutos dos portões do chalé — e, embora o ar estivesse frio e tempestuoso, a neve parecia ter desaparecido por enquanto.

O pub em si era tão antigo quanto a cidade, e por mais de três séculos havia atendido tanto os habitantes quanto os tropeiros que conduziam suas ovelhas pelas margens do vale e paravam no local para comer e beber antes de seguir caminho para o sul, até os mercados de gado.

Enquanto entravam, uma parede de calor atingiu o rosto de Lachlan. O interior era escuro, o teto baixo, as paredes cor de vinho decoradas com cabeças de cervo e pinturas antigas. Era como entrar no passado.

— Gostaria de uma cerveja? — Alistair perguntou, erguendo a voz acima do ruído da conversa. Estava surpreendentemente cheio para um dia de semana, com a maioria das mesas ocupadas.

— Me deixe comprar uma — Lachlan falou, pegando a carteira no bolso.

— De jeito nenhum, essa é minha. Guarde o seu dinheiro.

Levaram dez minutos para chegar à mesa. Enquanto caminhavam pelo pub, todos pararam, conversando com Alistair, lhe dando tapinhas nas costas. Todos pareciam satisfeitos em vê-lo. Quando ele apresentou Lachlan, os sorrisos dos moradores locais se ampliaram enquanto perguntavam sobre seus planos, se iria se mudar para lá e oferecendo condolências pelo pai. Foi tudo um pouco sufocante.

Ele não podia deixar de pensar que, se Lucy estivesse ali, teria se sentido mais relaxado.

Quando chegaram à mesa — ainda arrumada para três —, Lachlan tomou um grande e longo gole de cerveja. Era fria e refrescante, e ele fechou os olhos por um momento, sentindo-a escorregar pela garganta até chegar ao estômago.

— Todos estão felizes por finalmente conhecer você, sabia? — Alistair comentou em voz baixa. — A fofoca da cidade atingiu o ponto de ebulição. Todo mundo quer saber o que vai acontecer com a propriedade.

— Espero que nós possamos resolver tudo isso em breve e as coisas se acalmem — Lachlan comentou.

— Isso seria legal. — O sorriso de Alistair era firme. — Até recebi um e-mail de um MacLeish que mora na Austrália ontem à noite, perguntando se era verdade que você estava brigando com seu irmão por causa da propriedade. Claro que eu respondi que isso era besteira e não fazia sentido. — Ele baixou a voz ainda mais. — Não queremos esse tipo de especulação por aí.

Lachlan disfarçou um sorriso. Havia algo em Alistair de que ele realmente gostava. O homem era honesto, direto e claramente amava estar no comando da propriedade.

— Claro que não.

— O que vocês desejam comer? — o garçom perguntou, parando na mesa deles. — Ou precisam de um pouco mais de tempo?

Lachlan olhou para o cardápio e depois voltou a olhar para Alistair.

— O que você recomenda?

— A torta é sempre boa e também tem *haggis*, se quiser comer algo mais tradicional — ele falou, se referindo ao prato de bucho de carneiro recheado com vísceras, tradicional na Escócia. — Mas o meu favorito é a caçarola de cervo e *tatties*, que é uma espécie de nabo — Alistair explicou, fechando o cardápio. — É isso o que sempre escolho.

— Vamos querer dois desse, então.

Depois que o garçom se afastou, Lachlan olhou em volta novamente, notando que vários moradores estavam olhando para ele, e então encarou uma mulher, que se virou imediatamente e começou a rir com as amigas.

— Eu vim aqui quando era criança? — perguntou a Alistair.

— Não que eu saiba. O seu pai nunca gostou muito de vir para a cidade. Ele preferia ficar na propriedade sempre que a visitava.

— Pelo que me lembro, ele não gostava muito de nada — Lachlan concordou, mantendo a voz leve.

— Ah, ele não era tão ruim. Um pouco taciturno, talvez, e difícil de definir. Mas sempre mandava presentes para o pessoal no Natal e contribuía para a feira da cidade todos os anos. — Alistair ergueu o copo de cerveja. — Pelo menos ele não empacotou tudo e vendeu a propriedade em lotes. Você ficaria surpreso com quantas propriedades das Terras Altas foram perdidas dessa maneira.

Lachlan deu um sorriso irônico.

— É como comprar empresas e dividi-las antes de vender, você quer dizer?

— Exatamente assim.

— Sim, bem, o meu pai gostava de construir coisas. Eu, nem tanto.

— O que te faz dizer isso? — Alistair perguntou. O homem se inclinou para a frente, apoiando o queixo nas mãos.

Lachlan deu de ombros.

— Eu tenho uma tendência a investir nos sonhos de outras pessoas. O meu trabalho é lucrar o máximo que puder com eles.

— E você gosta do seu trabalho? — Alistair questionou. A pergunta não soou como uma crítica. Ele parecia realmente interessado.

— Sim, eu amo o meu trabalho.

Alistair assentiu lentamente, franzindo os lábios.

— Bem, talvez você seja mais parecido com o seu pai do que pensa.

16

França, leve-a contigo; é tua.
—*Rei Lear*

Fazia mais de vinte e quatro horas que Lucy havia deixado Glencarraig Lodge e, ainda assim, não conseguia pensar em mais nada. Toda vez que fechava os olhos, podia ver Lachlan. Quando tocava os lábios, podia sentir sua boca contra a dela. Eles cruzaram aquela linha muito rápido, e não era engraçado. Ela deveria esquecer tudo o que aconteceu.

Mas algumas coisas eram mais fáceis de falar do que fazer.

Erguendo a mão, ela passou a ponta dos dedos ao longo da cicatriz que ziguezagueava em sua têmpora, lembrando o quanto Lachlan havia sido gentil quando a localizou.

O que foi isso?

A pergunta foi tão casual, e mesmo assim despertou um turbilhão de emoções dentro dela. Lucy se lembrou do que acontecia quando se tirava a atenção da estrada. Quando se era imprudente e não se incomodava em colocar o cinto de segurança.

O que acontecia quando se perdia o controle.

— Aqui estão o seu café e as cartas que chegaram. — Lynn colocou a caneca com cuidado na mesa de Lucy, depois entregou a ela a pilha de envelopes, variando em tamanho e cor. — Ah, e a sua irmã saiu nas revistas de fofocas de novo. Sabia que ela e o Sam estão esperando gêmeos?

Lucy sorriu pela primeira vez naquele dia.

— A Cesca me ligou na noite passada. Disse que ficou chocada, especialmente por que na semana passada, de acordo com a *Entertainment*

Weekly, eles tinham se separado. Parece que no mês que vem eles vão fazer um casamento secreto. — As mentiras que as revistas de fofocas escreviam eram uma fonte de diversão no escritório de Robinson e Balfour. Há muito tempo Lucy havia parado de acreditar que qualquer uma delas era verdade.

— Bem, eu quero ser convidada — Lynn piscou.

Depois que ela saiu, Lucy cobriu o rosto com a palma das mãos, suspirando. Que confusão. Toda vez que pensava em Lachlan, seu estômago se apertava, como se estivesse sendo amarrado em mil nós. O que ela estava pensando?

Ela não pensou, esse era o problema. Se jogou no momento, sem se preocupar com nada. Não havia sido profissional.

Respirando fundo, deu uma olha rápida nos e-mails. O que estava no topo chamou sua atenção. Não era *dele*, mas se referia a ele. Uma última oferta do irmão para que ele renunciasse aos seus direitos à terra e ao título em Glencarraig. Pelo menos algumas coisas na vida eram previsíveis.

Seu cursor pairou sobre o botão *encaminhar*. Deveria enviá-lo para Lachlan imediatamente. Umedecendo os lábios, ela hesitou, com medo do que reabrir a comunicação entre eles pudesse desencadear.

Por que tudo não podia ser normal?

Era por isso que ela nunca deveria ter ido a Glencarraig. Isso tornou as coisas obscuras, a faz se questionar quando deveria estar no controle de tudo. Brincou com fogo e se queimou. Ela deveria aprender.

Suspirando, clicou no botão *encaminhar*, digitando rapidamente um pedido para que Lachlan desse suas ordens. Droga, quis dizer instruções. Destacou a palavra, substituindo-a, sentindo o alívio atingi-la enquanto clicava no botão *enviar*.

O simples pensamento de ouvir ordens dele era o suficiente para incendiar todo o seu corpo. Ela baixou a cabeça entre as mãos, fechando os olhos com força. Se estava afetada só de pensar nele, como estaria quando estivessem cara a cara de novo? Ele só precisava olhar para que ela ficasse com os joelhos fracos.

Erguendo a cabeça, olhou pela parede de vidro do escritório e observou a sala dos sócios do outro lado. Pensar em Malcolm descobrindo o que ela havia feito em Glencarraig a fez se sentir mal. Tudo pelo que ela trabalhara seria arruinado.

E, ainda assim, ela não conseguia tirar Lachlan da cabeça.

O restante da tarde foi inútil. As cartas, que normalmente levavam minutos para ser lidas, estavam sobre a mesa. Ela pediu a Lynn para segurar seus telefonemas — com um pouco de medo de que ele deixasse o celular de lado e ligasse para o escritório. Deixou o café na caneca, uma fina película cobrindo a parte superior do líquido enquanto esfriava.

Graças a Deus era quase fim de semana. Seu pai estava seguro em casa e as irmãs estavam bem, cada uma em sua vida, espalhadas pelo mundo. Ela podia se dar o luxo de se esconder em seu apartamento para realmente fazer o trabalho que deveria ter terminado aquela semana. E na segunda-feira tudo voltaria ao normal.

Seria calmo, tranquilo e completamente sob controle. Do jeito que ela gostava.

❀

Quando o e-mail de Lucy apareceu na tela na tarde de sexta-feira, Lachlan estava sentado na biblioteca de Glencarraig, o laptop apoiado na mesa de carvalho polido enquanto ele participava de uma videoconferência com seus diretores em Nova York. Era de manhã em Manhattan, e o sol da primavera brilhava através da janela localizada atrás de Marcus, seu diretor financeiro, fazendo a tela do computador se ajustar à luz.

— O fluxo de caixa é bom. Nós temos alguns itens atrasados, mas nada a ser destacado — Marcus explicou. Lachlan se recostou na cadeira de couro, folheando o relatório na sua frente enquanto Marcus continuava a falar. Seus olhos foram atraídos para o telefone, e os dedos se contraíram quando a mensagem chegou.

— Quando você vai voltar para o escritório? — Marcus perguntou. — Tem algumas coisas que eu preciso te passar pessoalmente.

Lachlan desligou o telefone e se concentrou na tela.

— Vou voltar na segunda-feira à tarde. Peça ao Grant para reservar um horário para você. Devo estar no escritório depois da uma hora.

A reunião estava terminando. Ele podia ouvir Sean, o diretor de marketing, murmurando sobre sair na hora do almoço para ir aos Hamptons. Pelo que Lachlan pôde ver, era um belo dia de primavera em Nova York, com temperaturas na faixa de vinte e um graus, de acordo com seu aplicativo climático. Um contraste com a frente fria que o acompanhara até Glencarraig e o vento frio cortante que batia nas janelas do chalé.

— E você, vai ficar na Escócia até segunda-feira? — Marcus perguntou.

— Não. — Essa era uma das coisas de que Lachlan tinha certeza. Ele queria uma distração, uma maneira de acalmar os pensamentos. Seu corpo ainda vibrava com a lembrança do toque dela, provocando uma dor da qual não conseguia se livrar.

Ele tentou, Deus sabe que sim. E, ainda assim, sentia esse desconforto, essa coceira insuportável que não conseguia alcançar. Estava se agravando.

— Mas não vai voltar até segunda? — Sean questionou. — Vai passar o fim de semana em outro lugar?

— Devo ir para o continente — Lachlan respondeu em voz baixa. Certamente, em algum lugar da Europa poderia conseguir uma distração.

A videoconferência mal havia terminado antes de ele pegar o celular, desbloqueando-o com impaciência e abrindo seus e-mails. O nome dela estava bem no topo da lista. Ele ficou olhando por um momento, tentando descobrir se estava zangado ou aliviado.

Talvez um pouco das duas coisas.

Recebemos outra oferta dos advogados do seu irmão (veja abaixo). Nada inesperado. Por favor, me dê instruções de como gostaria que eu procedesse. Atenciosamente, Lucy.

Era isso. Nenhuma observação amigável, nenhum indício de flerte, apenas puro profissionalismo. Era como se a viagem a Glencarraig nunca tivesse acontecido. Seus lábios se curvaram enquanto lia as palavras dela novamente, depois fechou o e-mail tão rapidamente quanto o abriu.

Precisava ir a algum lugar que não guardasse lembranças do sorriso dela. Algum lugar em que não passaria o tempo todo pensando sobre sua aparência enquanto ele se movia dentro dela.

Paris. Iria para Paris. Qualquer lugar era melhor do que ali.

❁

Eram oito da noite de sexta-feira. Lucy estava encolhida no sofá, zapeando pelos canais de televisão, sem encontrar nada que valesse a pena assistir. A chuva batia em sua janela, uma mudança não muito bem-vinda da neve que tinha visto em Glencarraig no início da semana. Havia aumentado o aquecimento, mesmo que estivessem em abril e isso não devesse ser necessário.

Uma hora antes havia ligado para Juliet querendo saber da irmã, mas foi redirecionada para a caixa postal. Então ligou para Kitty e o mesmo aconteceu. Não se incomodou em ligar para Cesca — não queria ouvir uma voz gravada pela terceira vez. Até mesmo sua invasora peluda tinha coisas melhores para fazer — ela não via a gata dos vizinhos desde que voltara de Glencarraig. Era como se ela fosse a única que não tinha planos, e Lucy não podia deixar de se sentir solitária.

Depois de mais meia hora de *reality shows* que conseguiram matar mais do que algumas das suas células cerebrais, ela desligou a televisão e levou sua refeição, que estava pela metade, para a cozinha, raspando os restos no lixo e colocando o prato na lava-louças. Tinha acabado de fechar o eletrodoméstico quando seu telefone começou a tocar — os bipes altos fazendo Lucy quase correr para atender a ligação. Um bate-papo com uma de suas irmãs era exatamente do que ela precisava para voltar aos trilhos, para se lembrar de quem era.

E então ela viu o nome no visor e tudo virou de cabeça para baixo.

Hesitou por um momento, seu dedo pairando sobre o botão de chamada da mesma forma que sua mão pairou em frente à porta do quarto de Lachlan naquela noite. Observando, esperando, debatendo.

Ela não falava com ele desde que o deixara em Glencarraig na manhã de quinta-feira. Ele não respondeu ao e-mail que ela enviou também. Estava com raiva ou tão arrependido quanto ela? Lucy não tinha certeza do que preferiria.

Seu telefone tocou pela sétima vez, e ela sabia que era agora ou nunca. Mais um sinal sonoro e iria para a caixa postal, e qualquer coragem que ela tivesse poderia desaparecer para sempre. Respirando fundo, finalmente aceitou a chamada e lentamente levou o telefone ao ouvido.

— Alô?

❀

— Alô?

Ele não esperava sentir aquele alívio quando ela atendeu o telefone. Seu corpo inteiro relaxou na cadeira, a tensão nos ombros se dissolveu no tecido acolchoado. Era uma loucura como apenas uma palavra fez toda a tensão desaparecer.

Estava em Paris fazia três horas. Apesar de suas melhores intenções, a cidade não tinha feito nada para impedi-lo de pensar nela ou de desejá-la. Em vez disso, acabou ficando ainda mais obcecado por ela. Enquanto o táxi percorria as belas ruas parisienses, ele se viu querendo mostrar as coisas para ela: como a Torre Eiffel se iluminava com o pôr do sol, a maneira como os bares nas ruas laterais tinham mesas metálicas finas às quais as pessoas se acomodavam. O jeito que todo mundo fumava como se ainda fosse 1989, as fumaças azuladas retorcendo no ar frio da noite.

— Lucy, é o Lachlan.

Ela não respondeu. Ele se inclinou para a frente, pegando o uísque que havia pedido meia hora antes. O gelo derreteu, mas a bebida ainda estava forte quando bateu na parte de trás da sua garganta.

— O que está fazendo agora? — perguntou a ela.

Outra pausa. Jesus, essa era uma péssima ideia. Mas então ela respondeu e ele se sentiu melhor.

— Estava pensando em ir para a cama.

— E o que vai fazer amanhã?

— Trabalhar. Tenho muitos e-mails para acompanhar e um dos meus clientes vai ao tribunal na próxima semana. Preciso ter certeza de que tudo está pronto.

Ele tomou outro gole de uísque, deixando aquecer a língua do mesmo jeito que a voz dela aqueceu sua alma.

— Venha para Paris.

— O quê? — O choque em sua voz reverberou na linha telefônica.

— Você nunca esteve aqui, não é? Então venha me fazer companhia. Venha conhecer alguns pontos turísticos. Marque outra coisa na sua lista de desejos.

— Você está em Paris? — Ela parecia confusa. — Achei que estivesse em Glencarraig.

— Eu tinha algumas milhas aéreas para gastar. — Ele sorriu. Uma viagem de Edimburgo a Paris dificilmente faria um estrago em suas milhas aéreas.

— O que você está fazendo aí?

— Agora? Estou sentado em um bar na Rive Gauche, vendo o mundo passar. E pensando em como seria melhor se você estivesse comigo.

Ele podia ouvi-la respirar profundamente.

— Eu sou sua advogada, Lachlan. O que nós fizemos em Glencarraig... nunca deveria ter acontecido. O melhor é fingir que nunca aconteceu. Simplesmente voltar a ser cliente e advogado. — Ela parecia tão pouco convencida quanto ele se sentia.

— Eu sei. Mas é sexta à noite. Você não é advogada agora, e eu não sou um cliente. Somos apenas um homem e uma mulher sem nada melhor para fazer. Então, por que você não joga a precaução para o alto e entra em um avião? Passe o fim de semana comigo e depois nós fingimos que nada disso aconteceu. — Ele não percebeu o quanto precisava disso até ouvir a sua voz. Agora, todo o seu corpo estava tenso de novo, esperando pela resposta.

— São nove da noite — ela falou. Ele quase podia imaginá-la balançando a cabeça. — Eu só iria conseguir um voo amanhã, e isso não nos deixaria muito tempo.

— Tem um voo saindo de Edimburgo daqui a uma hora e meia — ele disse. — E, se você olhar pela janela, vai ver um carro aí. Eu pedi para o motorista te esperar por vinte minutos, tempo suficiente para você fazer as malas e entrar. Ele vai te levar para o aeroporto.

Ele ouviu o som de passos enquanto ela atravessava a sala, depois o movimento da cortina quando ela a abriu. Ele estava ansioso, esperando pela resposta e desesperado para que ela dissesse sim.

— Ah, meu Deus, tem um carro bem aqui. — Ela riu e isso o fez sorrir. — Você é louco, sabia?

Sim, ele sabia. Mas era ela quem o deixava assim.

— Outro carro vai te buscar assim que você desembarcar. Você pode estar aqui em algumas horas.

— Você já organizou tudo, né? — Apesar de suas palavras, ela não parecia irritada. Estava mais intrigada do que qualquer outra coisa. — Então eu pego um voo, nós passamos o fim de semana juntos e depois voltamos a ser profissionais?

— Eu só quero mostrar uma linda cidade para uma bela garota. E então, o que me diz?

Ele ouviu outro som quando ela fechou as cortinas e passos enquanto ela ia para algum lugar em seu apartamento. Lachlan se viu prendendo a respiração, esperando pela resposta e desesperado para que fosse a certa.

— Tudo bem — ela finalmente disse, sua voz baixa. — Vou pegar o avião e te encontrar. Mas é melhor que você tenha uma grande taça de vinho francês esperando por mim.

— Combinado — respondeu, encerrando a ligação com um grande sorriso no rosto. Se fosse preciso, compraria todas as garrafas de vinho da França.

17

Não ensines a teus lábios escárnio tal, porque foram feitos, senhora,
para beijar, e não para tal desdém.
— *Ricardo III*

*L*ucy olhou para o hotel a sua frente, a fachada de tijolos brancos aparecendo no alto da rua, iluminada pela lua brilhante de Paris. Antes que pudesse caminhar até a entrada, o porteiro apareceu, pegando sua mala e a conduzindo ao saguão de entrada.

— *Mademoiselle Shakespeare?* — ele perguntou, esticando o "r" do seu nome. — *Monsieur MacLeish* está esperando por você no salão.

Lucy seguiu a direção que o porteiro indicou com o braço, passando pelas cadeiras elegantes do saguão, não sem notar as pinturas antigas que adornavam as paredes. Um pouco adiante havia uma porta, a palavra "Salon" pintada em dourado acima dela.

— Vou mandar o mensageiro levar sua mala para o quarto — ele falou.

Lucy assentiu, agradecendo-lhe com um francês terrível, e respirou fundo. Não era só essa entrada bonita que parecia estranha para ela. Tudo o que estava fazendo naquele momento era estranho. Ela não era o tipo de mulher que voa para Paris por um capricho e, definitivamente, não era do tipo que concordava em passar o fim de semana com um homem que mal conhecia. No entanto, ali estava ela, o coração trôpego no peito como um puro-sangue, os pés impulsionando-a para o lugar onde ele a esperava.

O salão era tão encantador quanto a entrada, as janelas altas emolduradas por cortinas caras drapeadas, as paredes dominadas por tapeçaria escura que se estendia do chão ao teto. Mas não era para a decoração que ela estava olhando, era para o homem sentado em uma cadeira do outro lado do salão, a camisa branca aberta no pescoço, as mangas arregaçadas. Ele estava levando um copo com líquido âmbar para a boca. Mas seus olhares se encontraram e ambos congelaram.

Era preciso apenas um olhar e parecia que todo o seu corpo estava pegando fogo. Ela tentou respirar, mas a garganta estava muito apertada. Em seguida, ele ficou de pé, colocando o copo na mesa e caminhando em direção a ela.

— Você veio.

— Eu disse que viria. — Fazia apenas dois dias desde que ela o vira pela última vez, mas já havia se esquecido de como era bonito. Sentia como se tivesse um cavalo dentro do peito, galopando como se ali fosse uma pista de corrida.

Seus lábios se curvaram lentamente em um sorriso fácil, um sorriso que não fez nada para acalmar seu coração. E então ela estava sorrindo também, o riso fazendo cócegas no fundo de sua garganta, porque isso era mesmo muito louco.

Um garçom entrou no salão carregando uma bandeja com duas taças.

— *Du vin, mademoiselle?*

Uma das taças tinha vinho branco; a outra, tinto.

— Não sabia o que pedir — Lachlan falou, inclinando a cabeça para a bandeja. — Então pedi que trouxessem os dois.

— Vou querer o branco — ela respondeu, estendendo a mão quando o garçom lhe entregou a taça. — *Merci.*

— *De rien.* — O homem desapareceu tão rapidamente quanto chegou, e ali estavam os dois novamente, de pé no salão vazio, sorrindo um para o outro até que as bochechas começaram a doer.

— É melhor beber antes que esquente — Lachlan sugeriu. — Sente aqui. — Ele segurou sua mão e a levou para a mesa em que estava acomodado, segurando seus dedos até que ela se sentasse na poltrona. Assim que ele os soltou, ela sentiu falta do toque.

— Me perdoe por não te receber no aeroporto — ele falou, se sentando na cadeira em frente à dela. — Tive uma ligação que não podia perder.

— Tudo bem, eu gostei da viagem pela cidade. — Ela não disse a ele que tinha ficado olhando pela janela como a turista que era, com a boca aberta enquanto observava a vista que só conhecera por fotografias até então. Por que demorara tanto tempo para visitar aquele lugar?

Ela tomou um gole do vinho — fresco, seco e caro. Perguntou-se se ele seria cobrado pelas duas taças.

— Também aprecio sempre que estou aqui. — Sorriu para ela, como se estivesse satisfeito por terem isso em comum. — Este lugar nunca fica velho. Eu poderia visitar cem vezes e ainda haveria mais para ver.

— Quantas vezes você esteve aqui?

— Não sei. — Ele franziu a testa. — Dez, quinze vezes, talvez. Eu tinha alguns investimentos aqui, mas vendi.

— Você é dono deste hotel? — ela perguntou. Não podia deixar passar. Ele riu.

— Não, deste não. Não tenho certeza se eu poderia pagar por ele. — Ele colocou o copo vazio na mesa. O dela ainda estava na metade. — Quer dar uma olhada? — perguntou. — Posso te levar para um tour rápido, se você quiser. Tem algumas pinturas incríveis aqui, vale a pena ver.

Ela não tinha certeza se deveria se sentir desapontada por ele não ter pulado nela assim que entrou pela porta. Não que ele parecesse ser do tipo que fazia isso. Ele era muito sofisticado, muito urbano. O homem sabia seduzir lentamente e com propósito.

Ela olhou para o relógio. Era quase uma da manhã no Reino Unido, o que significava que já eram duas da manhã na França. Não era de admirar que ela se sentisse cansada. Algumas horas antes, estava considerando dormir cedo e agora estava em um país diferente.

— Podemos fazer isso amanhã? — ela perguntou. — Eu realmente gostaria de tomar um banho, se possível. — *E depois ir para a cama.* Mas não foi corajosa o suficiente para dizer isso.

Houve um lampejo em seus olhos que combinava com o batimento do coração dela. Ele viu quando ela terminou o vinho e colocou a taça na mesa de madeira polida entre eles.

— Sim, isso parece perfeito para mim.

Lachlan olhou para a porta do banheiro, observando o vapor serpenteando pela abertura. Ele podia ouvir uma torneira aberta e o zumbido do que parecia ser uma escova de dentes elétrica. Ela só estava lá fazia dez minutos, e ele já estava ficando ansioso.

Olhou-se no espelho e parou, confuso. Algumas horas antes, ele estava certo de que poderia manter a camada de profissionalismo entre os dois. Agora ele tinha quase certeza de que ela estava nua em seu banheiro.

O pensamento provocou uma dose de desejo em seu corpo.

Lucy abriu a porta e uma parede de vapor escapou para a sala de estar. Ela parou assim que o viu ali, puxando o roupão branco e fofinho ao redor de si, o cabelo molhado roçando o rosto.

Ele viu aquela cicatriz novamente. Lembrou-o da noite em que ele a abraçou. Abaixo dela, sua pele estava rosada e limpa, o aroma de flores exalando de seu corpo. Isso o atraiu, fazendo-o caminhar em sua direção, os olhos dele nunca deixando os seus.

Ele observou seu pescoço se mover quando ela engoliu, então seguiu a linha até a clavícula. Deus, todo o corpo dela era delicado. Como uma obra de arte perfeitamente trabalhada. Deu outro passo, estendendo a mão para tocar sua pele exposta pelo v do roupão. O dedo traçou uma linha abaixo do recuo em sua garganta até o topo de seu decote, o toque fazendo o peito dela levantar quando inspirou bruscamente.

— Você está com medo — ele disse. — Não precisa. — Ele achou atraente a maneira como ela reagiu.

— Não estou com medo — ela sussurrou. — Só estou tentando descobrir se é uma boa ideia. Não faço esse tipo de coisa.

— Podemos parar se você quiser.

— Não. — Ela colocou a mão sobre a dele, pressionando a palma na pele úmida e quente. Quando seus olhos se encontraram, havia uma resolução no olhar de Lucy que ele não tinha visto antes. — Não pare.

Lachlan inclinou a cabeça até que suas bocas estivessem quase se tocando. A respiração dela estava rápida, quente, seu coração batendo contra o tórax onde ele a tocou. Nossa, a capacidade de resposta dessa mulher era excitante. A apreensão também. E a sensação de seu corpo sob a mão dele era quase demais para suportar. Afastando os lábios do quase beijo, ele disse:

— Não precisamos fazer nada que você não queira.

— Tudo bem.

Ele podia senti-la relaxar sob seu toque.

— Você está no controle — ele disse, olhando para ela. — Na verdade, vamos dar um passo adiante. Esta noite, o controle é seu. Você me diz o que quer e o que fazer. Você é responsável por tudo.

Seus músculos tensos relaxaram. Interessante.

— E o que você ganha com isso? — ela perguntou.

Seus olhos estavam aquecidos quando ele a encarou.

— Você.

Ela riu, apesar de tudo.

— Você não perde o charme, não é?

— Não perco nada — ele disse. — Eu jogo para ganhar, lembra?

Ela parecia se lembrar, seus olhos se tornando vítreos enquanto olhava para ele.

— Falando nisso — ele continuou —, eu tenho um motivo oculto.

— Qual é?

Ele segurou a lateral do rosto dela, a palma da mão cobrindo sua pele.

— Se você estiver no controle hoje à noite, amanhã vai ser a minha vez.

Sua boca se abriu novamente. Sem pensar, ele pressionou o polegar contra os lábios dela.

— O que você acha? — ele sussurrou.

Seus lábios se fecharam ao redor do dedo dele, a língua roçou na ponta do polegar, antes de, lentamente, deslizar a boca para trás, liberando-o.

— Temos um acordo — ela respondeu com gentileza.

❀

Era a segunda vez que ela se deitava na cama com Lachlan MacLeish, mas parecia a primeira. Como se tudo fosse novo. Como se Glencarraig tivesse sido o aperitivo e agora o prato principal, um chateaubriand para dois.

— Fique aí por um minuto — ela disse, deslizando ao seu lado. — Não tire a cueca, tá?

— Tudo bem. — Ele pareceu estar se divertindo.

Lentamente, ela puxou o lençol até que seu torso estivesse exposto. Seu cérebro explodiu com a lembrança de como se sentiu quando ele a abraçou naquela noite em Glencarraig, a força em seu músculo, a pele lisa e firme.

— Não se mova — ela sussurrou, estendendo a mão. Com o dedo indicador, seguiu a linha da clavícula, se demorando na cavidade sob a garganta. Ela continuou até chegar ao ombro e abaixo do braço, traçando o bíceps forte. A pele sob o dedo se flexionou e, quando olhou para baixo, viu a mão dele fechada, os tendões do pulso firmes e proeminentes. Ela traçou o interior do cotovelo, fazendo-o estremecer, e uma risada suave escapou de seus lábios.

Ela sorriu ao som.

— Tem cócegas? — perguntou.

— Não.

Umedecendo o lábio inferior, ela moveu o dedo de volta pelo seu braço, tocando levemente entre o peito e o bíceps. Dessa vez sua risada foi mais alta, e ele se afastou. Ela não pôde deixar de rir também.

— Tem, sim. Está sentindo cócegas. — O sorriso iluminou seu rosto. — O implacável Lachlan MacLeish tem um ponto fraco.

— Não toque aí — ele disse, com os dentes cerrados.

— Você me disse que esta noite eu estava no comando. Posso fazer o que eu quiser, lembra? — Ela subiu em cima dele até se acomodar em sua cintura. Hum, aquela parte dele era sensível também, pressionando de um jeito que a fez se sentir muito, muito bem. — Agora, coloque as mãos acima da cabeça e não se mexa.

Ele balançou a cabeça.

— De jeito nenhum.

— Está renegando o nosso acordo? — ela perguntou. — Porque eu ouvi muito bem você falar que eu poderia dizer o que fazer hoje à noite.

— Você não disse nada sobre me torturar.

Ela segurou as mãos dele, cruzando os dedos ao redor delas. Eram grandes e fortes, assim como o restante dele.

— Não lembro de você ter feito qualquer ressalva.

— Algumas coisas são desnecessárias — ele disse. — Cócegas, definitivamente, estão fora dos limites. — Ela adorava o jeito como ele a olhava, desejo e apreensão misturados. Como se ela fosse a única coisa que importasse no mundo naquele momento.

Com os olhos fixos nele, ela ergueu as mãos, de modo que os braços dele apontaram para o teto.

— Não concordo — ela disse, empurrando-os ainda mais, até que os nós dos dedos dele roçaram a cabeceira da cama, deixando-o exposto. Tantos pontos dolorosos estavam na sua frente. As laterais do torso, a pele macia debaixo dos braços. Por onde começar?

Ele segurou os pulsos dela.

— Lembre-se — falou, com a mandíbula tensionada —, amanhã eu estou no comando.

— Amanhã, amanhã — ela falou, libertando as mãos. — Agora me deixe.

— Lucy...

Ela deu um sorriso travesso, se arrastando até roçar contra sua ereção. Moveu os quadris, e ele deu um gemido, sua cabeça se inclinando para trás.

— Caramba, você vai me matar.

— Bom, assim eu não vou ter que me preocupar com amanhã — ela disse, com a voz leve. — Agora solte as minhas mãos, Lachlan. — Ela se moveu novamente, se esfregando nele. Caramba, como estava duro.

Lentamente, ele abriu os dedos, soltando-a. Engoliu em seco, o pomo-de-adão se movendo.

— Acho que é um bom caminho a percorrer.

— Sentir cócegas até a morte? — ela perguntou, mexendo os dedos só para ver a reação dele. — Sim, eu posso pensar em maneiras piores.

Ele mordeu o lábio enquanto ela movia as mãos para seu peito, espalhando os dedos até roçarem em seus mamilos. Ele inspirou bruscamente ao toque dela, seus quadris se movendo em uma tentativa de se esfregar nela também. Ela se levantou o suficiente para frustrar seu plano.

— Eu poderia me acostumar com esse poder — ela falou, lentamente avançando as mãos para a lateral do corpo dele. — Também poderia me acostumar a te tocar.

— Se vai me fazer cócegas, vá em frente. — Ele gemeu. — Não aguento isso.

Ela se inclinou para a frente até que seu rosto estava a poucos centímetros do dele.

— Eu não vou te deixar se entregar com tanta facilidade — ela murmurou. — A melhor parte de fazer cócegas é pegar a pessoa de surpresa. — Fechando o espaço entre suas bocas, ela pressionou os lábios contra os dele. — Não me beije — ela murmurou. Seus lábios eram suaves, quentes e estavam imóveis enquanto ela se movia contra eles. Foi estranho beijá-lo quando ele não retribuía, mas também delicioso. Encorajada, ela passou a ponta da língua ao longo da sua boca, sentindo o mesmo ao ouvir o gemido escapando dele. Ainda o beijando, ela acariciou seus mamilos com os polegares, girando os quadris novamente até sentir sua ereção.

— Você está me matando — ele murmurou.

— *Shh* — ela sussurrou —, eu não disse que você podia falar.

Era errado que ela estivesse completamente excitada pelo homem que estava debaixo dela? Havia algo intoxicante em poder tocá-lo do jeito que quisesse. Em provocá-lo até que ele mal conseguisse manter o controle. Ela sabia que ele a estava deixando fazer isso, que em um segundo ele poderia virá-la e mostrar sua força. E, ainda assim, ele estava resistindo, deixando-a assumir o controle. Isso só a fez querê-lo ainda mais.

Passando os lábios pelo queixo dele, ela pôde sentir o pescoço raspando a pele macia. Em seguida, ela se moveu mais, descendo pela garganta e indo até o peito, sentindo a respiração ofegante vibrando contra sua boca.

Isso a estava deixando louca. Seu corpo inteiro formigava toda vez que ela o tocava. E, toda vez que ela girava os quadris, o prazer a atingia como uma vibração de eletricidade.

Ela parou quando alcançou o peitoral dele, respirando ar quente em sua pele. Olhando para cima, pôde ver as mãos ainda acima da cabeça, apertadas e segurando o travesseiro. Ele estava olhando para ela, os olhos aquecidos e escuros enquanto a observava mover os lábios em torno do mamilo. Curiosa para ver o que ele faria, ela deslizou a ponta da língua, mal roçando a pele intumescida. Ele ergueu os quadris em reflexo.

— Puta merda. — Sua cabeça caiu para trás.

— Você está xingando muito esta noite.

— Você está me fazendo xingar.

Lentamente, ela sugou o mamilo, circundando-o com a língua. Ele gemeu e todo o seu corpo enrijeceu debaixo dela. Caramba, era bom levá-lo ao limite. Ela sugou de novo, mais forte dessa vez, querendo dar a ele um gostinho do que estava por vir. Podia saboreá-lo, seu gosto limpo e, de alguma forma, masculino. Era inebriante.

Lucy deslizou a boca até o estômago, beijando cada espaço de músculos enquanto avançava. Seus dedos deslizaram pelas laterais do abdome e, por um momento, ele ficou tenso de novo, esperando que ela o atacasse.

Mas ela estava longe demais para isso. Qualquer pensamento de fazê--lo rir havia desaparecido. Ela queria fazê-lo suspirar, gemer, chamar seu nome. Queria deixá-lo louco de uma forma que ninguém nunca conseguiu.

Queria que ele se lembrasse daquela noite por muito, muito tempo.

Inclinando-se, ela beijou a pele logo acima do cós da cueca boxer. Sua ereção elevava o tecido, e, enquanto ela pairava sobre ele, a ponta roçou o vale entre os seios cobertos de cetim.

Deslizando um dedo por baixo do cós, ela moveu a cabeça até que seus lábios estavam sobre a boxer esticada. Ela beijou a ponta do membro, os olhos imediatamente procurando os dele para ver sua resposta.

Lachlan ofegou.

— Caramba, acho que você já me matou.

Ela lambeu o tecido — e a ele —, fazendo a peça ficar cinza-escuro.

— Nesse caso, seja bem-vindo ao paraíso.

— Eu quero tocar você — ele pediu, ainda segurando o travesseiro sobre a cabeça.

— Ainda não. — Ela não duvidou, por um minuto, que ele lhe desobedeceria. Ele fez tudo o que pôde para que ela se sentisse confortável e poderosa. E ela estava se divertindo com isso.

Prendendo os polegares sob o elástico, puxou a cueca para baixo. Sua ereção surgiu, grossa e com veios. Ela umedeceu os lábios, vendo uma gota brotar na ponta do membro. Estendendo a língua para fora, ela a capturou.

— Está tentando me fazer implorar?

— Ah, pode implorar — ela disse sorrindo. — Definitivamente.

— Coloque os lábios em mim. — O tom áspero da voz a fez se sentir ainda mais quente. Era isso que ela sentiria amanhã? Seria ela quem ficaria deitada com os braços acima da cabeça, ouvindo seus comandos enquanto ele dominava seu corpo? Até mesmo pensar nisso a fez estremecer.

— Por favor? — ela perguntou.

— Coloque seus lábios em mim... por favor.

Pela sua visão periférica, ela pôde ver as mãos dele soltando o travesseiro.

— Mantenha as mãos para cima — ela disse.
— Eu quero te tocar.
— Deixe-as aí.
— Senão o quê?
— Senão eu paro.
Lachlan suspirou, mas manteve os braços onde estavam.
— Você ganhou.
Ela sorriu para ele, seus lábios a menos de um centímetro de distância de onde ele, claramente, precisava dela.
— Não, Lachlan, acho que você vai ser o vencedor.

18

A virtude é bela.
—*A décima segunda noite*

Uma mão deslizando suavemente pelas suas costas a acordou. Lucy piscou, os olhos lentamente se acostumando com a luz que brilhava através das pequenas aberturas nas cortinas de linho. Seus lábios estavam secos, todo o seu corpo rígido onde estava deitada. Uma olhada no relógio da mesa de cabeceira indicou que eram quase nove da manhã.

E aqueles dedos insistentes acariciando sua pele indicaram que não estava sozinha.

— Bom dia.

Ela virou a cabeça para ver Lachlan deitado a seu lado no colchão king size. Seu cabelo estava um pouco desgrenhado e o lençol branco estava preso ao redor da cintura, revelando os músculos fortes do abdome e peito, sua pele bronzeada à meia-luz.

— Oi.

— Você não fugiu desta vez — ele disse, movendo a mão das costas para a barriga dela, puxando-a contra si. Ele estava muito quente, lembrando-a de outra noite quando eles foram muito mais longe do que ela pretendia.

— Só preciso de um tempo.

Ele riu.

— Talvez eu deva confiscar o seu passaporte. Assim você não tem como escapar.

— Experimente. — Ela disfarçou um sorriso. — De qualquer forma, você me prometeu um fim de semana em Paris, por que eu iria querer partir?

— Prometi um fim de semana na cama — ele corrigiu.

Ela se virou para olhá-lo com uma sobrancelha arqueada.

— *Eu só quero mostrar uma linda cidade para uma bela garota.* — Ela fez uma imitação aceitável do seu sotaque. — Lembra?

— Você viu a cidade ontem à noite. — Ele desenhava círculos com os dedos em seu estômago, descendo cada vez mais.

— Eu estava em um táxi e estava escuro. Mal consegui ver coisa alguma.

Ele pressionou os lábios contra o ombro dela.

— Temos que nos ver. É isso que importa.

Ela fechou os olhos por um momento enquanto ele roçava os lábios no seu pescoço, beijando até o outro lado. Seu corpo inteiro formigou com o toque.

— Lachlan...

— Humm? — Sua voz foi abafada pela pele de Lucy.

— Não posso vir a Paris e não ver nada. — Ainda assim, ela ficou muito tentada. — E a Torre Eiffel, o Arco do Triunfo? O Museu do Louvre?

— São adoráveis. Mas não tanto quanto você. — Ele segurou o queixo dela, virando a cabeça para poder beijá-la. — Eles podem esperar. — Seus beijos se tornaram mais insistentes, deixando-a em chamas até que ela quase se esqueceu da necessidade de passear. Ela podia sentir a excitação quando ele a virou e seus corpos estavam juntos, as mãos dele descendo pelas costas até a base da coluna, onde cada nervo parecia formigar ao toque das mãos dele.

— Lachlan — ela sussurrou contra os lábios dele.

— Sim? — Sua voz estava cheia de desejo.

— Nós vamos passear hoje à tarde.

❋

Assim que saíram do elevador, o vento bateu nos cabelos dela. Embora o sol ainda estivesse brilhando no céu azul-claro, o ar no último andar da Torre Eiffel era consideravelmente mais frio, e ela puxou um pouco mais a jaqueta para junto do corpo.

Eles caminharam em direção à borda, Lachlan segurando a mão dela. Ela o encarou, como se estivesse surpresa com o gesto íntimo. Ele reprimiu o sorriso. Se ela achava que ficar de mãos dadas era íntimo, então o que eles estiveram fazendo a noite toda era o quê?

Abaixo deles, Paris se estendia como um gato contente, apenas um pouco obscurecida pelo cruzamento de fios que circundavam a plataforma de observação. Ela estendeu a mão para o corrimão, e ele se posicionou atrás dela, os braços envolvendo-a enquanto olhavam para a cidade.

Foi estranho ver uma cidade que ele conhecia tão bem através dos olhos dela. Lachlan foi capturado pela alegria de Lucy enquanto vagaram às margens do Sena e disfarçou um sorriso com sua decepção quando viu quanto a Mona Lisa era pequena. No momento em que subiram no Arco do Triunfo, ele passou mais tempo olhando para ela do que para a bela cidade à sua frente. E agora estavam na Torre Eiffel — o último lugar em sua lista —, e ela parecia mais radiante do que nunca.

— É lindo — ela sussurrou. Eles observavam o Jardim das Tulherias, que se estendia desde o Louvre até a Praça da Concórdia, o retângulo verde cruzando com passarelas amarelo-claras e duas lagoas, uma circular, outra octogonal, que cobriam os terraços.

Ele se inclinou para mais perto dela, seu corpo envolvendo-a.

— Tudo parece tão pequeno daqui — disse, com a boca perto do ouvido dela. — Faz tudo parecer insignificante.

Ela virou levemente a cabeça para olhar para ele.

— É porque nós somos insignificantes. — Um sorriso brincava em seus lábios, e ele não conseguia descobrir se ela estava falando sério ou não.

Um raio de sol bateu em seu rosto, iluminando sua pele, e ele não pôde deixar de olhar para ela, absorvendo sua beleza da mesma forma que ela absorvia os raios. Seus lábios se separaram, mas suas palavras foram roubadas pelo vento. Ela as repetiu — dessa vez mais alto.

— Não acredito que nunca vim aqui. — Ela balançou a cabeça. — Todas as viagens que fiz, e este lugar sempre esteve do lado de casa.

Lachlan afastou o cabelo dela do rosto, expondo o pescoço. Inclinando-se para a frente, ele pressionou os lábios contra sua garganta, beijando-a gentilmente até o queixo.

— Por que mesmo nós não estamos na cama agora? — ele murmurou, sentindo o riso dela em sua pele.

Em vez de responder, ela virou a cabeça até que seus lábios se encontraram, seus beijos se aquecendo em segundos. Ele passou os braços ao redor da cintura dela, puxando-a contra si, deixando-a sem dúvidas de que ele preferia estar no hotel naquele momento.

— Porque o melhor da festa é esperar por ela — Lucy sussurrou em seus lábios. — E nós temos a noite toda, lembra?

Mas isso era tudo que eles tinham, e ele queria que durasse o máximo que pudesse. Porque, quando a manhã chegasse, todas as apostas seriam canceladas. Ela voltaria para Edimburgo e ele estaria em um avião para Nova York, e seria como se este fim de semana nunca tivesse acontecido.

Ele passou a mão pelo cabelo dela, sentindo os fios macios como seda enrolados em seus dedos. O jeito como ela o observava, com olhos suaves e lábios abertos, o fez querer empurrá-la contra o corrimão e beijá-la até que nenhum deles pudesse respirar. Mas não estavam sozinhos — estavam cercados por turistas que passavam por eles, resmungavam e lançavam olhares estranhos.

Ele inclinou a cabeça para a frente, até que sua testa estivesse pressionada contra a dela. Quando ela piscou, ele sentiu seus cílios tocarem os dele. Ele ofegou, a respiração falhou contra a pele dela e tudo o que conseguia pensar era em quanto precisava dela naquele momento.

— Vamos voltar para o nosso quarto — ele sussurrou, com a voz rouca. Roçou os lábios contra os dela novamente, sentindo um flash de desejo disparar em suas veias.

— Mais uma parada — ela disse, os lábios se movendo contra os dele. — Vamos ver só mais uma coisa e depois nós voltamos. — Ela fechou os olhos enquanto ele movia a boca para seu pescoço, beijando suavemente a garganta. — Você pode escolher para onde nós vamos.

Ele respirou na sua pele quente, cheirando a fragrância de seu perfume misturado com as notas florais do xampu.

— Tudo bem — ele concordou — nós vamos a mais um lugar, mas depois, nas próximas catorze horas, a única coisa que eu quero ver é você.

❋

Ele sabia exatamente o que queria mostrar assim que ela disse as palavras. E não era um monumento enorme como a Torre Eiffel, ou uma meca turística como o Louvre. Era menor, mais íntimo e, mesmo assim, ele hesitou por um momento antes de se inclinar para a frente para dizer ao taxista aonde levá-los em seguida. Não era que ele não quisesse compartilhar isso com ela; ele temia que ela não o visse da mesma forma que ele.

— Vamos a outra galeria? — ela perguntou, olhando para ele, intrigada.
— Acho que você não gostou tanto das pinturas no Louvre.
— Gostei de algumas — ele disse, ainda sentindo aquela estranha aresta.
— Mas esse lugar é diferente. Não tem pinturas.

Em poucos minutos, eles estavam parando do lado de fora de um prédio alto de vidro, a luz de dentro inundando as ruas de Paris. Lachlan se inclinou para pagar o motorista, depois saiu, oferecendo a mão para Lucy quando ela o seguiu.

— Sempre cavalheiro — ela disse, deslizando a palma da mão na dele.
— Quase sempre. — Se ela pudesse ler a sua mente, provavelmente mudaria de ideia. Toda vez que a olhava, sentia uma necessidade que achava difícil ignorar. Como se o fim de semana juntos o estivesse levando ao ponto de ebulição.

Ainda segurando a mão dela, ele a levou para dentro da galeria, acenando para a senhora de cabelo escuro de pé atrás da mesa. Só havia algumas pessoas lá dentro, vagando pelas exibições, as vozes pouco mais do que baixos murmúrios no silêncio retumbante. Mas não era para as pessoas que ele estava olhando, era para ela e sua reação. Ela veria a beleza que ele via ou seria simplesmente outra vista para ela adicionar à sua coleção? Uma fotografia que desapareceria entre todas as outras em sua mesa?

Ele odiava esse pensamento tanto quanto odiava a ideia de ela partir no domingo.

❈

— O que é isso? — Lucy perguntou, olhando ao redor da sala. Estava cheia de cerâmicas que pareciam ser antigas. Pelos desenhos e cores, ela as reconheceu como orientais — japoneses ou chineses, talvez. Mas não foi a etnia que chamou atenção. Eram as linhas irregulares de cada peça, cheias de resina dourada, fazendo novos padrões no velho esmalte.

— Chamam de Kintsugi — Lachlan disse a ela enquanto entravam no centro da sala. Sua voz estava estranhamente hesitante. — A arte japonesa antiga de reparação da cerâmica. — Ele a levou até um grande prato. — Este tem algumas centenas de anos. Está vendo como cada peça é colada? Aquela laca é misturada com ouro em pó.

Ela se inclinou na direção da vitrine, seus olhos traçando o padrão cruzado da cola.

— Mas por quê? — ela perguntou. — Fazem isso de propósito?

Ele balançou a cabeça, sorrindo.

— Originalmente não, embora eu tenha certeza de que alguns o façam agora. É mais que uma arte, é uma filosofia. A crença de que as coisas podem ser mais bonitas se estiverem quebradas. O passado de um objeto só aumenta seu apelo. Nós devemos melhorar nossas imperfeições, não as esconder.

A expressão dele era intensa enquanto a encarava, e ela podia sentir seu corpo respondendo. Ele parecia tão excitado quanto naquele dia, cercado pela beleza da natureza. Como se estivesse pulando para a vida.

— Como você sabe tanto sobre isso? — ela perguntou.

— Eu era vizinho de uma família japonesa quando era criança — falou enquanto seguiam para a próxima peça. — Eles me encontraram chorando no dia em que quebrei o vaso da minha mãe. Era uma coisa barata do Walmart ou de algum outro lugar, mas eu sabia que ela ficaria louca de raiva por isso. A avó deles me mostrou como consertá-lo e torná-lo mais bonito. Ela me disse que a laca de ouro era como uma cicatriz, que deveríamos usar nossas cicatrizes com orgulho, porque elas provam a todos que somos sobreviventes.

Quase imediatamente, o pensamento dela foi atraído para sua própria cicatriz. Com a mão livre — a que não segurava a de Lachlan —, ela enfiou a mão por baixo do cabelo e a tocou.

— A primeira vez que vi essa cicatriz, pensei no Kintsugi — Lachlan murmurou, observando-a. — Você a esconde como se fosse algo para se envergonhar. Mas as cicatrizes não te desfiguram, são medalhas. Elas mostram que você sobreviveu.

Ele fez aquilo de novo: disse algo que trouxe lágrimas aos seus olhos. Ela mordiscou o lábio para conter as emoções. Algumas coisas eram horríveis demais para se ter orgulho.

Ele parou de andar e estendeu a mão para ela, traçando a cicatriz com o dedo. Ela prendeu a respiração, o toque da mão dele como fogo contra sua pele. Por um momento, sentiram como se fossem as únicas pessoas na galeria, apenas os dois, cercados por obras de arte japonesas antigas. E o jeito como ele a estava olhando, como se ela fosse a mais bela de todas, a fazia sentir como se estivesse voando.

— Por que você tenta esconder a sua cicatriz? — Ele a localizou novamente, seu toque tão suave quanto algodão. — É parte de você, e isso faz você ser linda.

Uma única lágrima escapou da barreira que ela tentou criar, deslizando pela sua bochecha. Ela tentou engolir, mas o nó em sua garganta a impediu.

— É uma imperfeição — ela finalmente sussurrou, sua pele em chamas sob o toque dele. — Por sua própria natureza, isso não me tornou nada perfeita.

— O que no mundo é perfeito? — ele perguntou, deslizando a mão até que estivesse segurando sua nuca. Gentilmente, ele beijou a lágrima que permanecia em sua boca. — Isso é uma coisa superestimada, se você quer saber. Todas aquelas mulheres com cara de botox, incapazes de sorrir ou franzir o cenho? É horrível. E estas cerâmicas, antes de serem quebradas e consertadas, não eram nada. Não eram nem dignas de nota. E agora elas são incríveis o suficiente para serem exibidas em uma das mais belas galerias do mundo. — O polegar dele fez círculos em seu pescoço.

Ela o encarou.

— É por isso que você gosta delas? — Lucy perguntou. — Por causa das suas imperfeições?

— Eu gosto delas porque representam uma segunda chance. Uma segunda vida. Elas mostram que, não importa o quanto as coisas se quebrem, elas podem ser consertadas. E podem se tornar ainda melhores do que eram antes. — Ele se inclinou para ela, esfregando o nariz contra o seu. Os lábios dele tocaram o canto da sua boca. — A imperfeição de um homem é obra de arte de outro — ele sussurrou, sua respiração fazendo cócegas na pele dela. Ela segurou a respiração enquanto ele a beijava com força o suficiente para fazer com que os arrepios pulsassem na sua coluna.

Caramba, o homem sabia beijar. Ela era como o barro de oleiro em suas mãos, se moldando a ele, ansiando para que ele formasse algo novo. Toda vez que ele a tocava ou dizia algo para ela, Lucy afundava mais. Em uma necessidade que ela não sabia que tinha e um desespero que não tinha ideia de como controlar.

— O que você está fazendo? — ela perguntou, observando-o puxar os cintos brancos dos dois roupões de banho, colocando as tiras na cama em duas linhas paralelas. — Para que servem?

— Proteção — ele respondeu, tentando esconder um sorriso. Ela era muito fofa.

— Contra o quê?

— Contra o seu melhor julgamento.

Sua boca se abriu. Ela estava sentada na cama deles, as pernas nuas enroladas debaixo dela. Quando voltaram do dia de visitas, ele preparou um banho para ela, servindo-lhe uma grande taça de vinho branco para relaxar. Sua pele ainda estava corada por causa do calor, seus olhos um pouco vítreos do vinho. Uma combinação intoxicante.

— Pare de tentar me assustar — ela disse, lhe lançando um olhar gelado, embora seu sorriso estragasse o efeito. — Eu tenho experiência com blefes, lembra? É meu trabalho descobrir a verdade.

Ele passou o tempo em que Lucy estava no banho tentando descobrir o que ia fazer com ela. Quando fez o acordo na noite anterior, era mais uma piada do que qualquer outra coisa. Uma maneira de fazê-la relaxar. E tinha sido muito gostoso também.

Mas agora um mundo de oportunidades estava à sua frente. Ou melhor, sentada à sua frente, usando uma das suas velhas camisetas cinza, o cabelo molhado e penteado para longe do rosto. Era possível ver sua cicatriz novamente, um pouco mais rosada do que o restante, uma linha irregular da testa até o topo da orelha. Por alguma razão, ele estava atraído por aquilo, sua curiosidade o devorando como um lobo faminto.

— Assim que eu tirar a camisa, está valendo — ele disse, puxando-a da cintura. — Depois disso, você não fala mais nada, não questiona, só faz o que eu peço. Tudo bem? — Com habilidade, ele desabotoou os botões, a camisa branca de algodão aberta revelando seu peito.

Lucy tinha a boca ligeiramente aberta, os olhos arregalados, o olhar seguindo as mãos dele enquanto desabotoava os punhos. Ele podia vê-la engolir em seco, a emoção em seu rosto deixando-a muito expressiva. Ele queria beijar as linhas de preocupação da sua testa.

— E se eu quiser que você pare? — ela perguntou.

— Você não vai querer — ele disse sorrindo. Caramba, esse lado dela era tão diferente da Lucy que ele via no escritório. — Mas, se quiser, basta dizer: Lachlan, por favor, pare.

— E você vai parar?

— Vou, sim.

— Faz isso com frequência? — ela perguntou.

— O quê?

— Dominar as mulheres?

Ele não pôde deixar de rir.

— Não sou um dominador, Lucy. Não vou fazer nada além do que você fez comigo na noite passada. Eu vou estar no comando e te dizer o que fazer, mas, acredite, nós dois vamos aproveitar.

— Do jeito que você fez na noite passada?

— Exatamente.

— E aquilo? — Ela inclinou a cabeça para os cintos, ainda apoiados ao seu lado.

— Era uma piada — ele admitiu. — A menos que você queira experimentar.

— Ok.

Sua resposta o chocou. Ele balançou a cabeça como se estivesse tentando encontrar sentido nisso.

— Sério?

Ela nunca deixava de surpreendê-lo. Era uma das coisas que ele mais gostava nela: ele nunca conseguia adivinhar o que ela faria em seguida.

— Sério. — Ela assentiu.

Com os punhos abertos, ele tirou a camisa, observando-a cair no chão.

— Você tem uma última chance de recuar — ele avisou, mais por efeito que qualquer outra coisa. Nunca tinha feito nada desse tipo. Seu objetivo no sexo nunca foi estar no topo ou planejar maneiras intrincadas de dominar o outro. Era uma maneira de relaxar e só.

Mas agora, vendo-a sentada à sua frente com aquela camiseta surrada, não conseguia pensar em nada que preferisse fazer. Não tinha a ver com controle, mas sim com agradá-la, dar a ela coisas que ela não sabia que queria.

Até que as tivesse.

— Tire a camiseta — ele disse, falando em um tom agudo deliberadamente. Seus olhos brilharam quando ela hesitou antes de puxá-la sobre a cabeça. Ela estava usando somente uma calcinha rosa-claro.

Nua, loira, deitada em sua cama. Caramba, tinha como ficar melhor que isso?

— Coloque os braços acima da cabeça.

Dessa vez ela obedeceu imediatamente. Seus braços se estendiam acima dela, levantando os seios, os mamilos visivelmente intumescendo. Só de calça, Lachlan cruzou o espaço entre ele e a cama, ajoelhando no colchão. Agarrando os cintos, ele os amarrou ao redor dos pulsos dela, prendendo-a à intricada cabeceira de ferro.

— Você está bem? — Ela assentiu. — Confia em mim?

Ela puxou os cintos amarrados em torno de seus pulsos. Ele os deixou soltos o suficiente para não causar nenhum desconforto. Se fizesse força, ela os teria desfeito em pouco tempo — afinal, ele não era escoteiro. Ainda assim, algo no jeito como ela o estava olhando provocou um choque de prazer. Claro, ele nunca tinha feito nada assim antes, mas, com ela, parecia incrível.

— Você confia em mim? — ele perguntou de novo, de alguma forma precisando ouvi-la dizer. Ele se ajoelhou sobre ela, montando em seus quadris da mesma maneira que ela havia feito na noite anterior. Ele a observou. Estava se esforçando ao máximo para não puxar sua calcinha naquele momento.

— Confio — ela sussurrou.

Ele sentiu o alívio correr por suas veias. Desatando a fivela do cinto, ele deixou o couro solto, desabotoou a calça e a tirou. Quando estava só de cueca, a evidência de sua excitação ficou proeminente contra o tecido preto.

Ela confiava nele. Ouvir isso era tão afrodisíaco quanto ver seu corpo quase nu debaixo dele. Ele podia sentir o pau pulsando forte quando se inclinou para ela, desesperado para sentir sua pele.

Ela confiava nele.

Era tudo que ele precisava ouvir.

19

> Só me apoio na minha honestidade e em meu direito.
> —*Henrique VIII*

Lucy mal conseguia manter a respiração sob controle. Toda vez que ele a tocava, podia sentir seu batimento cardíaco acelerar, sua pele vibrando com o toque dos dedos dele. Lachlan roçou os lábios na parte interna da sua coxa de forma suave e provocante, e ela arqueou as costas para demonstrar sua necessidade.

— Lembra da noite passada? — ele perguntou. — O jeito como você me provocou até eu implorar?

Ela assentiu, levantando a cabeça do travesseiro macio. Tentou arquear o corpo na direção dele, mas as mãos amarradas a impediram.

— Agora eu quero te ouvir implorar. — Ele beijou sua coxa novamente, e ela pôde senti-lo sorrir contra sua pele. — Quero que você implore como se nunca tivesse feito isso antes.

— Lachlan... — Ela suspirou, a respiração ofegante. — Por favor, não.

Ele lhe deu outro sorriso, tão malicioso quanto o último. Seus olhos estavam brilhando enquanto olhava para ela.

— Não tenho certeza de como eu gosto mais de você — ele falou baixinho. — Ajoelhada em cima de mim ou suplicando embaixo de mim. As duas formas são lindas.

Ela fechou as mãos, fazendo as tiras atoalhadas conterem seus pulsos. Podia sentir a expectativa, um gosto metálico cobria sua língua. Ela inspirou um pouco de ar fresco para tirar o sabor. Lentamente, abriu os dedos, relaxando as mãos enquanto permaneciam acima da cabeça.

Ele ainda estava olhando para ela, ainda esperando, e havia algo em sua reserva que a tocava. Naquele momento, ela soube que qualquer coisa que ela dissesse ele obedeceria. Não a pressionaria para ir além do que estava disposta.

— Quero você — disse a ele. — Preciso de você dentro de mim. — Ela puxou a mão com a intenção de acariciar seu cabelo macio. Não podia deixar de se sentir frustrada com as tiras que a seguravam. Ele pegou a carteira, retirou uma embalagem e a abriu. Ela observou em silêncio enquanto ele desenrolava o preservativo.

— Nunca mude — ele falou, colocando as mãos nas laterais do corpo dela, tomando o peso de seu corpo. Ela podia sentir sua pele roçando na dela. Peito contra peito, coxas contra coxas.

Caramba, isso era bom.

Ele hesitou por um momento, olhando para ela antes de beijá-la com doçura. Um beijo que a deixou querendo mais.

Em seguida ele estava entrando e saindo dela, uma corrente de ar escapando de sua boca. Parou por um momento, como se já estivesse chegando ao limite. Ela não estava muito atrás, o prazer se acumulando em seu âmago. Inclinou os quadris, o encorajando a se mover e precisando senti-lo contra si.

— Você continua me matando — ele sussurrou, os lábios colados aos dela. — Mas é uma ótima maneira de morrer.

❋

— Você está bem? — Saindo de dentro dela, ele emoldurou seu rosto com as mãos, mantendo o corpo pesado sobre o dela enquanto tentavam recuperar o fôlego. Os braços de Lucy estavam ao lado do corpo. Ele soltou os cintos quase no mesmo instante em que a penetrou, implorando para que ela o tocasse, abraçasse, passasse os dedos por seu cabelo.

— Muito bem — ela sussurrou, a voz fraca por causa da falta de ar.

Ele sorriu, se apoiando no cotovelo e passando os dedos pelo seu braço.

— Você está tão linda.

Isso era outra característica de Lachlan: ele sabia como dizer as coisas certas. Mais do que isso, o jeito como a olhava enfatizava suas palavras, fazendo-a sentir como se fosse a pessoa mais importante da vida dele. Uma ilusão, claro, mas de qualquer forma, agradável.

— Você não é nada mal — ela falou.

— Quer alguma coisa? Água? Um banho?

— Talvez daqui a pouco — ela respondeu, seu corpo pesado como chumbo por todo o esforço. — Só quero ficar aqui por enquanto.

Lachlan colocou o braço ao seu redor, puxando-a para perto até que ela estivesse aninhada à lateral de seu corpo. Suas pernas estavam enroladas embaixo dela, a cabeça apoiada em seu ombro. Ele afastou o cabelo dela do rosto, beijando a pele exposta. Ela podia sentir os lábios traçarem a linha da testa até a orelha — a mesma linha que sua cicatriz cruzava.

— Ainda é a minha noite, não é? — ele sussurrou.

— Já quer de novo?

Ele riu.

— Não, mas você tem que fazer o que eu mandar, certo?

Ela piscou para ele.

— Sim... — Seu tom era suspeito. Ela não achava que ele fosse aparecer com um chicote de repente, mas, ainda assim, a maneira como ele perguntou a deixou no limite.

— Me conte sobre a cicatriz — ele pediu baixinho. — Me fale por que você ficou tão chateada na galeria.

Imediatamente, ela sentiu o estômago se contrair.

— Isso não é justo.

— Você não fez nenhuma ressalva quanto a isso. — Ainda estou no comando. E eu quero que você me conte.

Ela franziu a testa, tentando ler sua expressão.

— Por que você quer saber?

— Porque eu quero te conhecer.

As palavras foram suficientes para fazer o coração dela disparar.

— Talvez você não queira conhecer essa parte.

— Não funciona assim — ele disse suavemente. Passou os dedos pelo cabelo, o polegar deslizando ao longo de seu pescoço.

Ela fechou os olhos e a cena apareceu em sua mente. A chuva caindo, o barulho de pneus derrapando em uma estrada, já escorregadia. A pancada nauseante quando a realidade despareceu e a escuridão a devorou. Ela começou a tremer com a lembrança, e ele a puxou para mais perto, murmurando suavemente contra seu cabelo.

— Quantos anos você tinha quando aconteceu? — ele perguntou, roçando os lábios na testa dela.

— Quinze.

— Bem jovem.

— Na época eu não pensava assim. Achava que o mundo girava ao meu redor. Era tudo tão preto no branco. — Ela sempre segmentara sua vida em duas partes, antes e depois do acidente. — Tudo mudou, tudo mesmo, e a culpa foi minha.

— Como a culpa pode ter sido sua? — Lachlan franziu a testa. — Você não estava dirigindo, estava?

Ela balançou a cabeça, sentindo a dor familiar se formando em seu peito.

— Não, mas ainda assim a culpa foi minha.

— Claro que não. Como poderia ser? A sua mãe estava dirigindo, certo?

— Sim. — Sua voz era baixa.

— Então como a culpa pode ter sido sua?

— Nós discutimos, e eu estava gritando com ela. Estava dizendo que ela era a pior mãe do mundo. Ela se virou para me olhar e avançou o semáforo. No momento seguinte, ela estava tentando desviar de uma van que apareceu na nossa frente. Subiu o meio-fio e nós voltamos para a estrada, batendo em uma outra van que estava estacionada. — Lucy estendeu a mão para enxugar os olhos. — Não lembro de muita coisa, acordei na ambulância. Disseram que ela não estava usando o cinto de segurança. Isso não era incomum. Ela estava sempre com a cabeça nas nuvens, não pensava em coisas desse tipo. Achava que era invencível.

— Não foi sua culpa ela estar sem o cinto de segurança — ele falou, com a voz baixa. — E você não a obrigou a se virar. Ela deveria saber que não podia tirar os olhos da estrada.

— Você está errado — ela sussurrou. — A culpa foi toda minha. Fui eu que comecei a discussão. Eu que não calei a boca mesmo quando ela mandou. Ameacei contar tudo ao meu pai... — Ela parou de falar, balançando a cabeça. — Não importa mais.

— Ameaçou contar o que ao seu pai?

Nervosa, ela torceu o lençol entre os dedos, esfregando o polegar no tecido macio.

— Não importa. É uma história antiga.

— Você está tremendo — ele disse, suas mãos a tocando de forma gentil enquanto a abraçava. — Está tudo bem, baby. Tudo bem.

Ela sabia que estava. Fez o máximo que podia para isso — por pura força de vontade. Ainda estava fazendo tudo certo, tanto quanto podia.

E, no entanto, a necessidade de dizer a alguém — confidenciar o segredo que ninguém mais sabia — era quase irresistível. Mais do que isso, a necessidade de contar a ele, ao homem que achava que imperfeição significava beleza, o homem que achava que as cicatrizes eram como rachaduras repletas de ouro, incomodava seu âmago.

— Descobri que ela estava envolvida com outro homem — ela disse. Sua voz não vacilou nem um pouco. — Eu estava gritando com ela no carro, dizendo que ela era uma péssima mãe e uma esposa terrível. Gritei coisas horríveis para ela.

Lachlan piscou, levantando a cabeça para olhá-la.

— O quê?

— Não sei por quanto tempo isso aconteceu, acho que nunca vou saber. Nunca contei a ninguém.

— Deve ter sido um choque.

— Eu estava com muita raiva dela. E então ela morreu, e eu senti como se toda a minha vida estivesse desmoronando. Só tive ferimentos leves: um corte no rosto e o pulso quebrado, por causa de uma pancada no painel. Me liberaram no dia seguinte, e, quando cheguei em casa, foi como se tudo tivesse se desintegrando. — Ela fechou os olhos, lembrando daquela casa em Hampstead que era mais um mausoléu do que a casa de uma família. — Meu pai simplesmente não conseguiu lidar com a dor e se afastou de todas nós. E minhas irmãs estavam inconsoláveis. Vendo todos tão arrasados e sabendo que causei aquilo... — Ela balançou a cabeça. — Tive que consertar as coisas.

— Mas agora as suas irmãs sabem, não é? — Lachlan perguntou. — Você contou para elas?

— Eu não... não consegui. — Ela franziu o cenho. — Elas a idolatravam, especialmente depois que ela morreu. E, quando tentei falar com o meu pai sobre esse assunto, contar a ele sobre o caso e a nossa discussão, ele olhou para longe e se recusou a falar sobre isso. Quando nós estávamos mais velhas e mais conformadas, não achei certo abalar o mundo delas novamente.

— Elas entenderiam. — Ele franziu a testa. — Não é sua responsabilidade esconder os fatos delas. Nem carregar tudo nas costas. — Ele tirou uma mecha de cabelo da testa dela. — Você devia dizer a verdade.

— Não importa mais — ela falou baixinho, as palavras abafadas pela pele dele. Quente e suave contra seus lábios. — Foi há anos. O que importa é o agora. Nós quatro estamos bem.

Lachlan olhou para ela por um momento, beijando sua bochecha. Ela podia sentir os lábios dele contra a umidade da sua pele.

— Você é incrível, sabia?

Um lado seu queria cantar com as palavras dele. O outro — o da garota que gritou com a mãe, que viu a família se desintegrar bem na sua frente — sabia que não merecia isso.

Ele se remexeu na cama com um sorriso nos lábios.

— Quer parar de falar sobre isso?

— Sim, por favor. — Ela lhe deu um sorriso triste.

— Quer me fazer cócegas?

Sua oferta estava tão fora de lugar, mas perfeitamente certa para o momento.

— Esse seria um grande sacrifício — ela respondeu. — Mas, sim, eu adoraria te matar de cócegas agora.

Suspirando com resignação simulada, Lachlan se deitou de costas, levantando os braços acima da cabeça.

— Não faço isso para todas as mulheres, sabia?

— Fico feliz por ouvir isso.

— Só para as que são tão ferradas quanto eu.

— Isso foi rude. — Ela caiu em cima dele, o sorriso ainda brincando em seus lábios. — Verdadeiro, mas, ainda assim, rude.

— Posso ser ainda mais rude. — Ele movimentou os quadris debaixo dela. — E ainda é a minha noite, lembra?

❃

Ela poderia se acostumar a acordar com os membros doloridos. Os lençóis brancos e macios a rodeavam, acariciando sua pele. O sol da manhã brilhava através das cortinas transparentes, a luz se difundia quando batia no tapete do quarto de hotel.

Lucy olhou em volta enquanto seus olhos piscavam em protesto contra o súbito despertar. O outro lado da cama estava vazio, os lençóis cuidadosamente arrumados para não a perturbar. A única evidência de que Lachlan dormira ao seu lado era o travesseiro branco amassado.

Havia um aroma açucarado e doce. O que era aquilo? Ela fungou, os olhos atraídos para a mesa do outro lado do cômodo. Havia uma bandeja repleta de frutas e doces, além de um grande bule do que só poderia ser café. Uma jarra de suco de laranja estava ao lado — ver tudo aquilo fez sua boca salivar.

Saindo da cama, ela pegou o roupão e o vestiu. Sem o cinto.

Ah. Ela corou, se lembrando exatamente do porquê.

Ao lado da bandeja de café da manhã havia um bilhete curto.

Bom dia, bela adormecida. Não queria te incomodar com minha voz americana impetuosa, por isso estou fazendo algumas ligações no salão de negócios. Me avise quando estiver acordada. Lachlan

Sua caligrafia era tão masculina quanto ele. Inclinada e forte. Ela já a havia visto antes, é claro, mas apenas nos negócios. Dobrou o papel com cuidado e o colocou no bolso.

Depois de se servir de suco, levou o copo aos lábios e provou o doce néctar, deixando o líquido permanecer em sua língua. Aquele fim de semana estava cheio de novidades, e ter o café da manhã servido na cama — ou, pelo menos, no quarto — por um homem era outra.

Sim, definitivamente ela poderia se acostumar com isso.

Mas não deveria.

Seu voo partia aquela tarde, e à noite ela estaria de volta a Edimburgo. De volta ao seu antigo apartamento, à sua antiga vida. Para a previsibilidade e o conforto. E era isso o que queria, não é? Estar no controle. Não viver ao sabor de algum americano rico, não importando quanto o ambiente fosse luxuoso.

Ela se viu na janela, com o cabelo bagunçado e as bochechas coradas. Não reconheceu a garota refletida ali. E talvez isso fosse uma coisa boa; talvez ela conseguisse deixar aquela garota em Paris, com qualquer sentimento que pudesse ter por Lachlan, porque os dois concordaram que aquele fim de semana era único.

Mesmo que esse pensamento fizesse o seu coração doer.

Seu estômago roncou enquanto olhava para os bolos. Croissants e *pain au chocolate*, com brioches de uva-passa. Doces e folhados, suas migalhas já cobrindo a bandeja, pareciam quase bons demais para comer. Incerta de que poderia aguentar muito mais tempo, ligou o telefone e enviou uma rápida mensagem de texto a Lachlan, para avisar que estava acordada.

Em um minuto ele respondeu.

> Volte para a cama e não coma nada. Chego em dez minutos.

Uma parte dela se arrepiou com as ordens dele. Uma parte ainda maior se sentiu excitada com suas palavras. Ela sorriu, respondendo.

> Você não está mais no comando, lembra?

A resposta dele veio quase no momento em que ela apertou *enviar*.

> Por favor?

Sorrindo, ela colocou o telefone na mesa, tirando o roupão e o deixando cair no chão. Seu estômago revirou novamente, demonstrando a necessidade de comida. Estendendo a mão, ela pegou uma migalha com a ponta do dedo, a levou aos lábios e lambeu.

Deus, estava delicioso, muito amanteigado e doce. Desobedecer às regras nunca tinha sido tão bom.

❖

O táxi parou ao lado da calçada no setor de embarque do aeroporto Charles De Gaulle. Lucy pegou a bolsa, se virando para Lachlan.

— Acho que é isso. — Ela olhou para o relógio. — É melhor eu ir antes que eu perca o voo.

O voo de Lachlan só sairia dali a quatro horas. Ela chegaria a Edimburgo antes mesmo de ele decolar.

Ele pegou a bagagem, abriu a porta, saiu e ofereceu uma mão a ela. Lucy colocou a palma da mão na dele, que fechou os dedos ao redor dos dela enquanto ela o seguia para a calçada.

O motorista deu a volta no táxi e abriu o porta-malas, tirando a bagagem de Lachlan e colocando-a no concreto. Lucy tentou não sorrir para o fato de que ele tinha muito mais bagagem que ela.

— Vou esperar com você — Lachlan falou. — Só preciso fazer o check-in daqui a algumas horas.

— Não, tudo bem. — Ela balançou a cabeça, colocando um sorriso nos lábios. — Tenho certeza de que você tem muito o que fazer. — Ela tentou engolir o gosto de arrependimento que sentiu na língua.

Ele continuou como se ela não tivesse dito nada.

— É o mínimo que eu posso fazer.

— Por favor, não. Isso seria estranho. — Ela precisava ficar sozinha para pensar em tudo o que acontecera. Toda vez que ele estava ao seu lado, ela não conseguia entender direito.

— Trinta euros, por favor — o taxista falou.

Lucy foi pegar a carteira, mas sua mão congelou no ar. Ela sentiu o rosto corar quando Lachlan pagou pela corrida.

Quando o motorista partiu, Lachlan colocou suas malas em um carrinho, depois pegou a dela, que rapidamente a pegou de volta.

— Pode deixar. — Eles caminharam em direção ao terminal, passando pelas pessoas do lado de fora, e Lucy pôde sentir o pescoço coçar. Quando entraram, uma olhada para os telões indicou que ela precisava fazer o check--in no guichê 50 — longe dos voos transatlânticos.

— Tem certeza de que não quer que eu espere com você? — Lachlan perguntou. Sua voz soou estranha. Como se estivesse forçada.

— Tenho, sim. — Ela respirou fundo, depois abriu um sorriso. — Obrigada pelo fim de semana adorável.

— O prazer foi meu.

— Meu também.

Isso poderia parecer mais estranho? Ela fez o melhor para ignorar a vozinha na sua cabeça, a que dizia que era por isso que não deveria misturar negócios com prazer. Mesmo que essa voz falasse a verdade.

Lucy olhou em volta do salão de embarque. Estava repleto de pessoas.

— Acho que nos falamos em breve. Sobre o caso.

Lachlan estava balançando o carrinho de um lado para o outro, como uma mãe balançando um bebê para dormir.

— Sim, claro.

— Boa viagem. — Ela deveria beijá-lo? Talvez na bochecha. Qualquer outra coisa seria estranha.

O que era realmente confuso depois das coisas que eles fizeram naquele fim de semana.

Droga, ela se inclinou e pressionou os lábios em sua bochecha.

— Adeus, Lachlan — ela murmurou.

Ele envolveu a palma quente ao redor do pescoço dela e moveu a cabeça até que seus lábios roçaram os dela.

— Adeus, Lucy.

Ela deu um passo para trás, balançando a bolsa em uma das mãos e levantando a outra em uma saudação de despedida. Em seguida se virou e caminhou em direção à área de check-in, se recusando a olhar para trás para ver se ele ainda estava lá. Os dois fizeram um acordo, e ela estava determinada a mantê-lo, mesmo que já estivesse sentindo sua falta como louca.

Sem lágrimas, recriminações nem promessas. Apenas dois adultos passando um fim de semana sem amarras na cidade do amor.

Talvez ela não fosse ficar tão mal quanto pensou.

❋

— Aceita outra bebida, senhor?

Lachlan levantou os olhos da tela do laptop — e de sua conversa por mensagens instantâneas com Grant — para ver o garçom parado ao lado da mesa. O salão de negócios estava meio vazio — a maioria dos que viajavam para as reuniões de segunda já havia partido —, e ele achou o silêncio útil para colocar em dia os e-mails que se acumularam.

— Não, obrigado. Estou bem. — Ele acenou para o garçom. — Sabe se o meu voo ainda está no horário?

— Sim, senhor — o garçom respondeu. — O embarque vai começar em meia hora. Vou avisá-lo quando anunciarem.

Quando o garçom se afastou, Lachlan olhou para a tela. Grant estivera ocupado durante a sua ausência.

>Você vai ter cinco reuniões amanhã, além de uma teleconferência com alguns investidores. Além disso, o seu médico quer saber por que você continua reagendando os seus exames. Sabia que nós já cancelamos quatro vezes? Você pode estar morrendo de alguma coisa e não saberíamos.

Lachlan balançou a cabeça, reprimindo um sorriso.

>Tente não se preocupar tanto. Você é meu assistente, não minha mulher.

>Ei, se eu fosse sua mulher, nós já estaríamos a caminho dos tribunais para o divórcio.

A porta se abriu e um casal entrou: o homem usando um terno sob medida e a mulher, de vestido e jaqueta combinando. O cabelo loiro lembrava o de Lucy, e, pela décima vez naquela hora, ele viu seus pensamentos vagarem de volta para ela.

Seu voo já havia partido e, por algum motivo, ele não conseguia parar de pensar nela. Pegou o copo e se lembrou de que estava vazio, a mão pairando no ar por um momento. Estranho como ele esperava que ela enviasse uma mensagem de texto antes que o avião partisse, só para dizer que estava bem. Eles não tinham esse tipo de relacionamento, não é?

Ainda mais estranho era ele se sentir desapontado por ela não ter enviado.

Abrindo os e-mails, ele clicou no marcador vermelho, os olhos percorrendo os urgentes enquanto tentava afastá-la da cabeça. Mas, não importava quantas vezes ele lesse as mensagens, a única coisa que podia ver era ela.

Meu Deus, ele precisava se segurar. Só um fim de semana, não havia mais nada. Dois dias roubados com uma mulher bonita — e deveria ser o fim. Eles eram adultos, compartilhavam uma atração e lidaram com ela. Qualquer relacionamento pessoal entre eles só iria até ali.

Não importava que, toda vez que fechasse os olhos, ele pudesse vê-la em pé no último andar da Torre Eiffel, tendo Paris como pano de fundo. Que ele pudesse sentir o cheiro floral do seu xampu enquanto a brisa levantava seu cabelo, revelando o pescoço esguio. Eles passaram um fim de semana repleto de prazer mútuo e agora os dois tinham trabalho a fazer.

Era hora de voltar para Nova York e aos negócios.

E, nesse meio-tempo, poderia ter que beber um pouco mais.

20

Preciso ser cruel para ser bom.
—*Hamlet*

— Como ele está? — Lucy perguntou, parando na recepção para pegar o crachá de visitante naquela manhã. — Já se instalou?

Já fazia mais de uma semana que havia chegado de Paris, e essa viagem para ver o pai parecia ter demorado muito para acontecer. A última vez que o vira tinha sido no fim de semana em que elas o levaram para a casa de repouso, e ela queria ter certeza de que ele estava bem.

— Ele está bem — a recepcionista respondeu. — Está comendo bem e fazendo palavras cruzadas todas as manhãs. Às vezes ele até se junta a alguns dos outros moradores para assistir televisão à noite. — Ela sorriu para Lucy. — Ele teve alguns episódios que tenho certeza de que a enfermeira vai te contar a respeito mais tarde, mas no geral está muito tranquilo.

— Episódios? — Lucy questionou. — Que tipo de episódio?

— Nada para se alarmar e completamente normal para a condição dele. Às vezes ele fica confuso, e isso o deixa agitado. — Outro sorriso.

— Obrigada.

Lucy foi direcionada para a sala do dia, um espaço amplo e arejado com janelas e portas de vidro com vista para os jardins principais. Uma televisão estava ligada no canto — embora nenhum som estivesse saindo —, mas a maioria das pessoas não estava assistindo. Algumas permaneciam sentadas em cadeiras, apenas olhando para fora, outras estavam lendo. Uma senhora magra de cabelo branco cochilava do outro lado, roncando alto ocasionalmente.

Ela encontrou o pai em uma das mesas, o jornal à sua frente. Inclinando-se na direção dele, pressionou os lábios em sua bochecha.

— Oi, pai.

Ele olhou para ela com seus olhos azul-claros.

— Olá — ele respondeu, sua voz educada.

Havia dois sulcos alinhados na sua testa.

— Como você está? — Ela se sentou na cadeira em frente a ele, com a mesa entre os dois. — Está bem instalado? Está gostando daqui?

Ele deu uma olhada lenta pela sala.

— Sim, sim, é muito bom.

— E você está comendo bem? — ela perguntou. — Gosta da comida?

Ele piscou algumas vezes, depois pegou a caneta, retorcendo-a entre os dedos.

— Acho que sim. — Ele puxou a tampa da caneta e depois a colocou de volta. — Qual é mesmo o seu nome?

— É Lucy, pai.

— Eu tenho uma filha chamada Lucy.

Foi a vez dela de piscar.

— Eu sei que tem. Eu sou a sua filha.

Ele balançou a cabeça.

— Não seja boba. A Lucy é uma garotinha. — Ele ainda estava mexendo na tampa, abrindo e fechando a caneta. — Você é uma mulher.

Ela estendeu a mão para impedi-lo de brincar com a caneta.

— Pai, sou eu. Sua filha, Lucy.

Ele se afastou como se ela o tivesse queimado. Seu lábio inferior tremeu.

— Você está brincando comigo. Eu conheço a minha filha.

Ela tentou engolir as lágrimas.

— Tudo bem — ela disse baixinho. — Não tem problema. — Mas tinha. Tinha mesmo.

De repente, seu pai estendeu a mão e agarrou a dela, puxando até que ela quase caiu sobre a mesa.

— Onde está a Milly? — ele perguntou, elevando a voz. — Onde ela está? Para onde você a levou? — Ele olhou para ela por um momento, depois se sentou de novo. — Como é mesmo o seu nome?

— Está tudo bem. — Lucy tentou se endireitar, puxando a mão do aperto dele. Por cima do ombro, ela viu uma das enfermeiras caminhando na direção deles. — Sou eu, Lucy. Tente não entrar em pânico.

Mas era ela quem estava em pânico, o peito tão apertado que estava achando difícil respirar, o coração batendo contra as costelas. Lágrimas quentes surgiram em seus olhos.

— Tudo bem, Oliver? — a enfermeira perguntou, se agachando ao lado da cadeira do pai. — Está aborrecido com alguma coisa? — Ela lançou um sorriso tranquilizador para Lucy.

— Ela está mentindo — o pai respondeu.

— Ah, não fique chateado. Ela só veio para dar um oi. — A enfermeira sorriu para ele. — Sou a Grace, sua enfermeira, lembra?

Ele lhe deu um olhar inexpressivo.

— Que tal irmos buscar uma boa xícara de chá? — Grace sugeriu. — E talvez um biscoito também. Eu sei onde guardam os bons. — Ela ofereceu a mão para ele, que a aceitou. — Depois vamos voltar e dar um oi para a Lucy, tá?

— Tá. — Oliver se levantou, complacente como uma criança.

— Pode ficar aqui por um minuto? — Grace deu um sorriso para Lucy. — Geralmente ele se sente melhor depois de uma caminhada e de tomar alguma coisa.

— Tudo bem — Lucy respondeu, assentindo rapidamente. Ela observou a enfermeira levar o pai embora e ficou imóvel como uma estátua, se agarrando às bordas da cadeira.

Não sabia por que se sentia tão abalada. Talvez por estar presenciando sua confusão pela primeira vez ou pela força com que ele a segurou. Seu rosto havia ficado tenso de raiva, como se por um momento ele a odiasse.

Ela detestava vê-lo assim, odiava saber que nunca ficaria melhor, só pior.

E, embora tivesse três irmãs espalhadas pelo mundo, ela se sentiu completamente sozinha.

❀

— John Graves está aqui — Grant avisou a Lachlan, de pé na porta do seu escritório em Nova York. — E eu enviei as projeções para a equipe financeira. Eles vão entrar em contato com você daqui a alguns dias.

— Você pode ficar em cima disso? — Lachlan perguntou. — Peça prioridade. Eu quero dar um retorno para o Alistair com as minhas ideias iniciais na próxima semana.

— Pode deixar. — Grant olhou para o relógio. — E você tem a videoconferência com os advogados escoceses daqui a uma hora. Quer que eu traga café para você e o John?

— Sim, isso seria ótimo. — Lachlan sorriu. — E mande o John entrar. — Fazia algumas semanas que não se reunia com seu diretor jurídico. Estava ansioso para descobrir em que pé estava o caso de Glencarraig.

E, sim, talvez John pudesse mencionar uma certa advogada na qual ele tentava muito não pensar.

Ele se levantou, esticando as pernas depois de uma longa manhã sentado a sua mesa, e se virou para olhar pela janela, para a cidade que se estendia diante de si. Aquela vista foi a responsável por ter comprado o escritório — a ideia de poder trabalhar bem acima de um dos bairros mais ricos do mundo para absorver a atmosfera do distrito financeiro e ficar por dentro de tudo que acontecia.

Mas agora tudo parecia tão cheio. Tão cinzento. Não havia colinas nem lagos azuis espelhados para serem vistos. Apenas uma cidade repleta de pessoas correndo de um lugar para o outro, sem tempo para apreciar o ambiente. Isso se valesse a pena apreciar.

— Lachlan, que bom te ver. — John entrou, estendendo a mão. — Como foi a Escócia?

— Interessante. — Sem pensar, Lachlan enfiou a mão no bolso e sentiu o papel da fotografia. Dois meninos pequenos usando kilts iguais. — E úmida. Muito úmida.

John riu.

— Falei com o Malcolm Dunvale. Parece que a sua equipe escocesa tem controle sobre o caso.

— Eles estão se saindo bem. Nós tivemos uma reunião inicial com o meu irmão e o advogado enquanto estávamos lá. E depois fomos visitar o chalé. — Não mencionou Paris. Não havia motivo para isso. — Eles estão confiantes de que nós podemos ganhar.

— E então a verdadeira diversão vai começar.

— É? — Lachlan franziu a testa.

— Sim, você vai estar encarregado desse lugar a milhares de quilômetros de distância. Provavelmente vai ter que comprar seu próprio jato, pela quantidade de viagens que vai fazer. Primeiro Miami, e agora as Terras Altas da Escócia.

— Eu não estava planejando ir sempre para lá — Lachlan disse, apontando para a mesa de reuniões no outro lado da sala. Havia uma tela na parede ao lado, preparada para videoconferências. — Vou deixar alguém de confiança no controle e essa pessoa conduz as coisas.

— Da mesma forma que você faz em Miami? — John ergueu as sobrancelhas.

— Miami é diferente. Eu tenho outras razões para ir para lá. — Por que seus pensamentos imediatamente se voltaram para a linda loira com o corpo sensual? — Razões familiares.

— É verdade. E como está a sua família?

Passaram os cinco minutos seguintes batendo papo e depois seguiram adiante com os negócios. Grant os interrompeu com uma bandeja de café e depois os deixou quietos. Voltaram a ser interrompidos novamente quando o rapaz os lembrou da videoconferência de que deveriam participar.

— Eu já conectei vocês — Grant estava dizendo. — Preciso ligar o monitor. — Ele foi até a tela na parede e a ligou, ajustando a câmera acima dela para capturar Lachlan e John. — O microfone está desligado — Grant avisou a eles. — Pode ativar quando estiverem prontos para começar.

O monitor ganhou vida, revelando uma sala de reunião com paredes de vidro fosco. Uma grande mesa de carvalho oval estava no meio da tela, com um homem mais velho sentado ali usando um terno cinza-escuro. Lachlan o reconheceu de sua visita a Balfour e Robinson. Malcolm Dunvale — o amigo de John.

Malcolm se inclinou para a frente e apertou um botão no alto-falante em forma de aranha à sua frente.

— Ah, aí estão vocês. Ótimo. Só estamos esperando a Lucy. Ela deve chegar em um minuto.

Lachlan ignorou a forma como seu pulso acelerou.

John se inclinou para ativar o próprio microfone e conversou com Malcolm em tom de voz amigável. Os dois se conheciam havia anos, Lachlan se lembrou, e estavam recordando velhas histórias. Pela conversa, ele percebeu que Malcolm — e Lucy, imaginou — estavam em Londres, não em Edimburgo. Ficou curioso.

— O voo da Lucy está atrasado? — Lachlan perguntou. — É por isso que ela ainda não está aí? — John lhe lançou um olhar interessado.

— Não, nós viajamos ontem à noite — Malcolm respondeu. — Ela precisou cuidar de alguns assuntos pessoais hoje de manhã.

Lachlan abriu a boca para perguntar que tipo de assunto, mas a fechou de novo. Não era da sua conta, era?

Ele olhou para o relógio ao lado do monitor, franzindo a testa. Ela já estava dez minutos atrasada.

— Peço desculpas por isso — Malcolm falou. Seu sotaque soava menos carregado do que o de Alistair, mas ainda fazia Lachlan pensar naquele pub em Glencarraig e no calor do fogo no centro da sala. — Vou verificar se alguém tem notícias dela.

Lachlan tentou ignorar o modo como seu estômago se apertou.

— Sim, isso seria bom. — Onde é que ela estava?

Quando John começou a se levantar, a porta atrás dele se abriu e Lucy entrou. Ela estava usando uma jaqueta e um lenço, que desenrolou e pendurou em um cabide no canto.

— Me desculpem pelo atraso — ela falou, olhando primeiro para Malcolm e depois para a tela. — Espero que não tenha deixado vocês me esperando por muito tempo.

— Tudo bem? — A voz de Malcolm estava baixa, mas ainda audível nos alto-falantes.

Lucy não disse nada por um momento, mas ficou parada, olhando para seu chefe. Em seguida, colocou um sorriso no rosto e se aproximou para se juntar a ele na mesa de reunião.

— Está tudo bem — ela disse, sem olhá-lo nos olhos.

— Oi, Lucy — Lachlan a cumprimentou.

Ela olhou para cima, e ele sentiu o aperto no estômago desaparecer.

— Lachlan. — Sua voz não revelou nada, mas ainda assim ele podia ver que havia uma tensão em sua expressão que não existia antes. — Como vai?

— Estou bem. Não sabia que você estava em Londres. — E ele não gostou. Passou os últimos dias imaginando-a na Escócia, cercada por chuvas enevoadas e prédios de arenito.

Ela estendeu a mão para o copo de água à sua frente. Sua mão estava tremendo?

— Só por hoje. Vamos voltar esta noite. O Malcolm tinha alguns negócios aqui e eu precisava cuidar de uns assuntos.

Ele conteve o desejo de perguntar o que era.

— Você parece tão ocupada quanto o Lachlan — John comentou. — Ele também está sempre em um avião.

Lucy olhou para cima novamente, seus olhos encontrando os dele. Lachlan notou uma cautela que não tinha visto antes.

— Talvez seja por isso que ela me entende — ele disse, sorrindo.

Ela não sorriu de volta. O que estava acontecendo? Ela havia se arrependido do fim de semana em Paris? Lachlan não gostou desse pensamento. Aqueles dias tinham sido mágicos, sensuais, e queria que ela se lembrasse deles dessa maneira.

— Lucy, você poderia dar o pontapé inicial com uma atualização de como estão as coisas? — Malcolm pediu. Ele também parecia confuso.

— Sim, claro. — Lucy se inclinou para a pasta, puxando os arquivos para fora. Quando se sentou de novo, sua expressão estava impassível. — Vamos começar com a correspondência mais recente dos advogados de Duncan MacLeish?

Durante os vinte minutos seguintes, eles discutiram o caso, com Malcolm e John ocasionalmente intervindo, e Lucy respondendo calmamente às perguntas. Eles não pareceram notar que ela perdeu o fio da meada algumas vezes, nem que respondeu a algumas perguntas de forma errada. Não notaram uma tensão em sua voz que normalmente não estava lá.

Mas Lachlan percebeu. Ele teve que cerrar os dentes toda vez que ela falava.

Quando a reunião chegou ao fim e Malcolm e John estavam trocando amabilidades, Lachlan se viu inclinado para o alto-falante.

— Lucy, pode aguardar um momento? — ele perguntou. — Há algumas coisas eu que quero repassar com você. Em particular.

Ela pegou o copo e tomou um gole de água, e seu pescoço ondulou quando ela engoliu.

— Eu não tenho certeza de quanto tempo nós temos antes de sairmos para o aeroporto — ela falou, olhando para Malcolm.

— Sem problemas. Eu tenho outra reunião antes de voltarmos para Edimburgo. E esta sala está livre pelo restante da tarde.

— Ah, certo. — Lucy assentiu, mas não olhou para a câmera. Lachlan olhou diretamente para ela, como se desejasse que ela olhasse para ele.

John se levantou e esticou os braços.

— Bem, eu preciso ir para outra reunião também. Foi ótimo te ver de novo, Malcolm, e você também, Lucy. — Ele se virou para Lachlan. — Te ligo mais tarde, pode ser?

Lachlan assentiu.

— Combinado.

Assim que os dois homens mais velhos saíram da sala, Lucy o olhou.

— Mais uma vez, peço desculpas pelo meu atraso. Espero não ter causado problemas.

— Não estou nem aí com o seu atraso — Lachlan respondeu.

— Ah. Sobre o que você queria falar então? — O rosto dela permaneceu impassível. — Conseguiu os números com o Alistair para as reformas?

— Não quero falar sobre o chalé, Lucy. — Ela não disse nada.

Ele estava tenso.

— Só queria checar se você estava bem.

— Estou ótima.

— Mentira. — Onde estava a mulher que estivera com ele em Paris? Ela se abrira para ele como uma flor, desabrochando suas pétalas lentamente, uma a uma. Mas agora estava tão fechada que ele não conseguia ver nenhuma cor.

Ela parecia chocada com sua explosão. Finalmente uma reação. Ele queria gritar aleluia.

— Não sei do que você está falando — ela retrucou com firmeza. — Perdi alguma coisa? Você está descontente com o meu trabalho?

— Você sabe que não.

— Então qual é o problema?

Um lampejo de frustração o atingiu.

— Não sou eu que tenho algum problema. Foi você que chegou atrasada e agiu como um robô a reunião toda. O que está acontecendo?

— Achei que você não tinha se importado com o atraso.

— Pelo amor de Deus, Lucy, o que há de errado? Você está estranha. Que tipo de assunto pessoal você foi resolver?

Ela voltou a desviar o olhar dele. Droga, se estivessem na mesma sala ele estaria inclinando seu queixo com o dedo até que ela não pudesse evitá-lo.

— Lucy, o que há de errado? — ele perguntou, tentando manter a voz mais suave.

— É... não é nada. — Ela tentou sorrir, mas seu lábio inferior tremeu. — Só umas questões familiares.

— Que tipo de questão familiar? — Ele queria passar o polegar ao longo do seu lábio, sentir sua suavidade.

— Meu pai não está bem. Eu fui visitá-lo.

— Não sabia que ele estava doente. — Um misto de tristeza e alívio tomou conta dele. Odiava vê-la chateada, mas estava feliz pelo motivo de ela estar assim não ser ele.

— Nós o colocamos em um lar de idosos há algumas semanas. Eu fui visitá-lo esta manhã para ver como ele está.

Lachlan rapidamente tomou um gole de água.

— E como ele está?

Quando ela olhou para cima, seus olhos estavam brilhando. Jesus, ela estava chorando?

— Ele... não me reconheceu. — Ela cobriu a boca com a mão, mal sufocando um soluço. Por um momento, fechou os olhos, e ele pôde ouvi-la respirar profundamente. Sem pensar, ele estendeu a mão e depois recuou.

Ele não disse nada por um minuto, deixando-a se recompor. Finalmente, ela afastou a mão, pegando o copo de água.

— Sinto muito, isso é pouco profissional.

— Não dou a mínima para ser profissional — Lachlan disse. — Nós somos mais do que isso, não somos?

Eram? Aquela tensão estava entre eles novamente.

Ela tentou sorrir e parecia sincera, apesar das lágrimas.

— Sim, acho que somos.

— Lembra do que nós falamos em Paris? — ele perguntou, com gentileza. — Eu quero que você seja honesta comigo. Sempre.

Ela respirou de forma irregular outra vez.

— Eu sou.

— Ótimo. E sinto muito pelo seu pai. Você vai ficar bem?

Ela deu uma risada triste.

— Depois de ir ao banheiro e retocar a maquiagem, sim — ela falou. — Sinceramente, vou ficar bem. Foi um choque e eu odiei o que aconteceu, mas é assim que as coisas são. Ele só vai piorar, não melhorar.

Onde ele ouviu isso antes? Lachlan coçou o queixo, depois assentiu para ela.

— Tudo bem, vá lavar o rosto, se maquiar e eu falo com você depois.

Ela olhou diretamente para a câmera.

— Pode deixar. Obrigada, Lachlan.

— Disponha. E, Lucy?

— Sim?

— Mesmo parecendo um panda, você continua linda.

21

Compreendo a fúria em suas palavras.
— *Otelo*

Eram dez da noite quando ela finalmente chegou em casa. Ainda estava usando o terninho que vestira naquela manhã e puxando a pequena mala atrás de si. Remexendo na bolsa, encontrou a chave, deslizou-a na fechadura e abriu a porta para entrar.

Lar, doce lar. E estava com um cheiro doce mesmo. Elena estivera lá — podia dizer pelo jeito como tudo parecia limpo, arrumado e com o cheiro floral dos produtos de limpeza que ela usava. Lucy puxou a mala para dentro, depois se virou para fechar a porta, mas, antes que pudesse, o familiar flash de pelo amarelo passou por ela.

Tentou pegar a gata, que foi mais rápida e seguiu direto para a cozinha. Fechando a porta com o pé, Lucy decidiu se preocupar com a intrusa mais tarde. Talvez até a deixasse ficar por um tempo aconchegada no seu colo. Sabia que um pouco de calor e contato poderia fazer algum bem às duas.

Tirou os sapatos e colocou-os com cuidado no armário do corredor, depois tirou a jaqueta e a pendurou em um cabide acolchoado ao lado dos outros paletós — alguns ainda nas embalagens da lavagem a seco. Quando se virou para entrar na cozinha, viu o enorme buquê de flores em um grande vaso de vidro sobre a mesa. Estendendo a mão para tocar as pétalas, encontrou um cartão branco aninhado entre o ramalhete.

A gata se esgueirou por suas pernas, o pelo sedoso acariciando seus tornozelos enquanto Lucy abria o cartão. Ao desdobrá-lo, viu uma impressão simples no interior.

Pensando em você. Lachlan

Traçou as palavras impressas com o dedo, depois olhou para as flores. Lírios brancos estavam misturados com rosas cor-de-rosa claríssimas, entremeadas por orquídeas vermelhas e galhos de urze. Inspirou o aroma por um momento e abriu um sorriso genuíno pelo que parecia ser a primeira vez desde sempre.

Ele era seu cliente e, por alguns dias, também foi seu amante. Agora estava sendo um amigo, e isso a tocava de forma mais profunda do que poderia dizer.

Pegou o telefone e foi para a sala, a gata seguindo logo atrás. Quando se sentou, a gata malhada saltou para o sofá, depois se encolheu de encontro à sua perna.

A chamada se completou em menos de vinte segundos. Quando ele atendeu, sua voz profunda ecoando pela linha, o sorriso dela se alargou.

— Lachlan — falou o nome dele, estendendo a mão para acariciar a gata ao seu lado. — É a Lucy. Liguei para agradecer pelas flores.

❀

— O que está fazendo agora? — Lachlan se recostou na cadeira de couro, cruzando os tornozelos na mesa. Do lado de fora da janela do escritório, o céu de Nova York começava a escurecer, o sol do início da noite deslizando em direção ao topo dos prédios altos.

— É uma ligação pessoal ou profissional? — Lucy perguntou. Sua voz soou como uma risada.

Fazia algumas semanas que havia ligado para agradecer o buquê de flores e, de alguma forma, tinham adquirido o hábito de conversar à noite antes de irem para a cama.

E sim, estava muito além do relacionamento normal entre cliente e advogado, mas, francamente, ele não dava a mínima. Esperava por essas conversas durante todo o dia.

— Isso importa? — ele perguntou.

— Claro. Se for profissional, eu preciso cobrar. Além disso, estou trabalhando em um contrato para outro cliente, então você vai ter que me ligar de volta pela manhã.

— Está me provocando?

— Talveeez. — Ela deixou a palavra se esticar.

— Não gosto que você trabalhe para mais ninguém — Lachlan disse. — Você devia estar gastando todo o seu tempo comigo. Por que eu não sou o laird de Glencarraig ainda?

— Os processos judiciais seguem lentamente aqui. Nós estamos lidando com séculos de história, você sabe. Por que está com tanta pressa?

— Talvez eu queira a propriedade — respondeu. — Isso impressiona as garotas.

— Ah, é mesmo?

— Te impressionou — ele falou baixinho.

— Sim, verdade.

Uma batida na porta tirou sua atenção da ligação. Ele olhou para cima para ver Grant entrando, carregando uma caneca fumegante de café. Lachlan cobriu o bocal.

— Obrigado.

— Estou saindo. Nós temos curso pré-natal. Te vejo amanhã?

Lachlan assentiu.

— Nos vemos, sim.

— Tudo bem? — Grant se demorou, lhe dando um olhar interrogativo.

— Está, sim. Só preciso atender esta ligação. — Lachlan inclinou a cabeça para o celular.

— Tudo bem, então. Tenha uma boa noite.

— Você também.

— E diga oi para ela por mim. — Com isso, Grant saiu da sala. Lachlan revirou os olhos para a porta fechada e levou o telefone de volta ao ouvido.

— Me desculpe por isso. Meu assistente estava saindo. — Ele pegou o café, tomando um gole. — Agora, onde estávamos?

— Você estava me impressionando — Lucy respondeu.

— Verdade. Talvez eu possa te impressionar de novo daqui a algum tempo.

— Isso é um eufemismo? — ela perguntou, sua voz aquecida com humor. — Eu devia te dizer o quanto você é impressionante?

— Sinta-se à vontade. — Ele sorriu para si mesmo.

— Você não tem nada melhor para fazer além de conversar com alguém a milhares de quilômetros de distância? Tipo trabalhar?

— Estou trabalhando — Lachlan protestou, abrindo os e-mails no laptop como se para provar o que dizia. — Posso ser multitarefa, sabia?

— O que você está fazendo?

— Lendo meus e-mails. — Ele não sabia por que estava mentindo. Para provar uma teoria?

Deus sabia qual.

— Engraçado. Enviei um e-mail para você faz cinco minutos e recebi a notificação de entrega imediatamente. Você o viu?

— Eu vi que entrou, mas ainda não li.

— Que pena, é uma foto nua. Vou lembrar disso — ela brincou. — Você não está lendo e-mails, está? Ainda não conheci um homem que consiga ser multitarefa.

— Você está sendo muito sexista, srta. Shakespeare. Presumindo que não consigo ser multitarefa e depois pensando que vou me distrair com fotos nuas. Que tipo de homem você acha que eu sou?

— Já olhou o e-mail?

— Claro que sim. É um documento, não uma foto. E agora estou desapontado. Queria a Lucy nua.

— Você teve a Lucy nua.

E ele a queria de novo. Isso o estava deixando louco.

— Venha me ver neste fim de semana. Vou marcar um voo.

— Não posso simplesmente viajar sem mais nem menos — ela respondeu. — Além disso, eu tenho compromisso.

Ele traçou o lábio.

— Então, quando eu posso te ver? — perguntou a ela.

— No fórum?

Ele riu.

— Isso é uma ameaça?

— Estava pensando que era mais como uma promessa. — Sua voz estava mais suave. Ele olhou para o relógio na parede do escritório. Eram quase sete da noite em Nova York, o que significava que era quase meia-noite em Edimburgo. Estranho como ele adicionava cinco horas em tudo nos dias atuais. Quando chegava ao escritório, automaticamente sabia que estava na hora do almoço em Edimburgo, e, nas raras ocasiões em que realmente tinha tempo para almoçar, imaginava Lucy caminhando para casa pelas ruas molhadas, evitando as enormes poças que se acumulavam nos caminhos irregulares.

Em suma, estava obcecado e sabia disso. Ele simplesmente não sabia o que fazer com esse conhecimento.

— Você tem que ir para a cama — ele falou, se reclinando na cadeira.

— E você tem que ir para casa e comer alguma coisa — ela respondeu, parecendo cansada. — Antes que você desapareça.

— Boa noite, Lucy.

— Boa noite.

— Mesma hora amanhã?

Havia um sorriso em sua voz quando ela respondeu.

— Estarei aqui.

Para ele, isso era um encontro.

❁

— Tente não se preocupar. Nós identificamos cedo desta vez. Eu sei que parece assustador, mas ela está no melhor lugar. — A enfermeira virou para olhar para ele enquanto ajustava o monitor acima da cabeça da sua mãe. Ele não se lembrava de tê-la visto da última vez que a mãe esteve ali. Talvez fosse nova.

Lachlan assentiu, tentando ignorar o modo como todos os músculos de seu corpo pareciam doer. Já devia estar acostumado com isso — os telefonemas frenéticos, a reserva apressada de passagens, a corrida louca até o aeroporto.

Com toda a confusão, havia perdido a ligação para Lucy, e não poder falar com ela o estava deixando nervoso. Como na época em que ele desistiu de cafeína e todo o seu corpo tensionou. Durara menos de dois dias sem a bebida. Tinha certeza de que duraria ainda menos sem falar com ela.

A enfermeira abriu um sorriso simpático.

— O plantonista da noite vai passar daqui a meia hora. Por que não vai tomar um café? O daqui não é tão ruim para um hospital.

Lachlan não se incomodou em discordar, embora soubesse a verdade.

Tudo parecia muito familiar — a caminhada até o café pelos corredores brancos, as portas automáticas que pareciam abrir com pressa. As cadeiras vazias, o barista encostado no balcão parecendo muito entediado. Lachlan desempenhou seu papel, pedindo o café, tamborilando na tela do celular e levando o copo de isopor para o canto. Tomou um gole por um momento, sem ter certeza se a dose extra que havia pedido o fazia sentir melhor ou pior.

Apoiou a cabeça na parede, suspirando, seus olhos se fechando por tempo suficiente para a respiração se tranquilizar e seu corpo relaxar na cadeira. Quando voltou à realidade com um pulo, meia hora havia se passado e o café tinha esfriado. Esticando os braços, voltou ao balcão e pediu outro, dessa vez determinado a ficar acordado.

Pegou o celular do bolso, ligando o aparelho pela primeira vez desde que chegara a Miami. Quase imediatamente a mensagem apareceu na tela.

> Senti sua falta esta noite.
> Espero que esteja tudo bem.
> Lucy

Quando foi a última vez que alguém lhe disse que sentia sua falta? Ela era a única pessoa a perceber que ele não estava por perto. Eram palavras simples, mas inflamaram uma necessidade nele que era impossível ignorar.

Pressionou o nome dela e, em seguida, o botão verde de chamada, ciente de que era cedo ou tarde demais para ligar. Ainda assim, se viu levando o telefone ao ouvido, desejando que ela atendesse, desesperado para ouvir sua voz.

Estava mais longe do profissional do que nunca, mas, naquele momento, não dava a mínima.

❀

— Alô? — Sua voz estava sonolenta quando ela atendeu a chamada, as pálpebras mal se abrindo. Sentiu o coração acelerado. Um efeito colateral da adrenalina que começou com o toque estridente do telefone. Ela nem se incomodou em verificar o identificador de chamadas. Tinha certeza de que era sobre o pai.

— Lucy?

Ela reconheceu sua voz imediatamente. Profunda, masculina e com o sotaque que fazia seu corpo reagir mesmo quando meio adormecida.

— Lachlan, é você? Está tudo bem? — Ela estendeu a mão para acender o abajur. — Que horas são aí?

Houve uma pausa. Ela o imaginou verificando o Rolex caro, o relógio de ouro brilhando contra sua pele.

— Quase duas da manhã.

— E você ainda está acordado? — Ela se sentou, esfregando o rosto com a palma das mãos. Lentamente, os olhos se ajustaram à penumbra. Raios de luz invadiam seu quarto através das aberturas das cortinas, embora fossem suaves o suficiente para ela dizer que era muito cedo. Olhou para o relógio ao lado da cama.

Seis e quarenta da manhã.

— Recebi sua mensagem — ele falou. Parecia estranho, como se sua voz estivesse ecoando pela sala. — Sinto muito ter perdido nossa ligação ontem à noite. Tive que pegar um voo para Miami.

— É onde você está agora? No aeroporto?

— Estou no hospital.

Bem, isso a acordou.

— Por quê? Está ferido? — Uma dúzia de diferentes cenários percorreu seus pensamentos. E era estupidez, mas ela estava começando a entrar em pânico. A ideia de algo acontecer com ele a fazia se sentir mal.

— Não há nada de errado comigo. É a minha mãe.

O coração de Lucy desacelerou. Ela conhecia muito bem aquele sentimento. Estivera em vários hospitais muitas vezes para não ser solidária.

— Ah, não. Lamento ouvir isso. — Ela parou por um momento, recuperando o fôlego. — Aconteceu alguma coisa com ela?

— Há algum tempo ela está doente. Tem DPOC. — Sua voz era suave, incerta. Isso despertou todo o instinto carinhoso em Lucy.

— DPOC — ela repetiu. — O que é isso?

— Doença pulmonar — ele respondeu. — Não é câncer, mas tem a ver com cigarro. Ela tem isso há anos.

— Tem cura? — ela perguntou. — Ela vai melhorar? — Tudo em que ela conseguia pensar era naquela videoconferência, quando ele a dissuadira do pânico sobre o pai. Ela deveria ter adivinhado que eles também tinham isso em comum. Que ele sabia exatamente como era ter um pai doente.

— É uma condição crônica. — Ele manteve a voz baixa. — Não tem cura. Mas também não mata, pelo menos não sozinha. Mas a doença deixa o corpo sem oxigênio, tornando o paciente mais suscetível a infecções e insuficiência cardíaca. Ela está com pneumonia agora.

Lucy se recostou na cabeceira acolchoada e fechou os olhos. Ela faria qualquer coisa para afastar a dor dele — e sabia o quanto doía.

— Sinto muito.

— Obrigado.

— É difícil encontrar uma resposta adequada para isso, não é? Penso o mesmo com meu pai. As pessoas me dizem que sentem muito, mas nunca sei o que dizer a elas. *Deveria sentir mesmo?* Não tenho certeza se isso funciona.

Pela primeira vez ele riu.

— É uma maneira de calar as pessoas.

— É horrível ver os pais passando por algo assim. Quando a minha mãe morreu, bem, foi rápido. Terrível, mas rápido. Mas, quando eles começam a se desfazer, é insuportável. Você se sente muito inútil.

— Imagino que qualquer forma seja horrível. — Ele respirou fundo. — Como está o seu pai?

Ela se arrastou na cama.

— Está bem. Que eu saiba, não houve mais incidentes. Mas ele não fala mais comigo ao telefone, diz que não gosta. — Ela balançou a cabeça. — É uma merda, não é?

— É, sim. Sinto muito pelo seu pai, Lucy.

— Deveria sentir mesmo.

Ele riu e foi como se o sol tivesse saído. Ela sorriu também, aproveitando o momento mais leve. Ela se contorceu sob as cobertas, esticando as pernas na frente do corpo.

— Onde você está agora? — perguntou. — Você pode usar o telefone no hospital? Não interfere nos equipamentos ou algo assim?

— Estou no café — ele respondeu. — O único equipamento em que vou interferir é na máquina de café. E, pelo sabor desse espresso, seria uma bênção.

Ela deu risada.

— Onde você está? — ele perguntou. — Já deve ser de manhã aí. Já chegou no escritório?

Ela considerou mentir para ele. Mas, de alguma forma, se viu dizendo a verdade.

— Estou na cama — ela admitiu baixinho.

Outra pausa.

— Sozinha? — Sua voz mudou e a rouquidão a deixou sem fôlego.

— Sim. — Seu coração estava acelerado e não era da adrenalina dessa vez.

— Descreva o que você está usando.

— O quê?

— O que você está vestindo? — ele perguntou de novo. — Me anime. A minha mãe está doente.

— Você é o doente. — Havia um tom de riso em sua voz. A mudança abrupta no tom da conversa a deixou sem fôlego. E, ainda assim, podia sentir o quanto ele precisava dessa brevidade. E queria proporcionar isso a ele.

Queria fazê-lo se sentir melhor.

— *Touché*. Agora me diga o que você está usando. — Ela podia ouvir o riso em seu tom também. Soou muito melhor que a tristeza.

— Nada.

Ela ouviu um ruído, como se ele estivesse se engasgando com o café.

— O quê?

— Eu durmi nua. Eu gosto de dormir com o aquecimento ligado, mas esta noite ficou quente demais. Fiquei com preguiça de levantar para desligar o termostato, então tirei a roupa. — Muita informação. Até demais. — O pijama está no chão, e eu ainda estou debaixo das cobertas.

— Nua. — Ele disse, como se fosse uma palavra de admiração. — Você conversa nua com todos os seus clientes?

— Só com os que me ligam em horários ridículos.

— Quantos fazem isso?

— Só você, Lachlan.

Ele deu um assobio baixo. Seria de apreciação?

— Fico feliz por saber.

— Acho que preciso desligar — ela disse, sem vontade de fazer isso. — Tenho que me arrumar e ir para o escritório.

— Eu também — Lachlan respondeu, parecendo tão relutante quanto ela.

— Vou pensar em você e na sua mãe. Me avise como ela está indo, tá?
— Sim, claro. Agora pode ir. Vista alguma coisa antes que alguém te veja.
— Eu só estava me sentindo quente. Não sou exibicionista — ela apontou.
— Você é, sim.
— Exibicionista?
— Não, quente.
— Essa parece uma boa maneira de terminar a ligação.
— Tchau, Lucy. Te ligo à noite.

Ainda sorria quando saiu da cama e atravessou o carpete até o banheiro. Podia se ver no grande espelho oposto: o cabelo amassado em direções estranhas, o rosto pálido, exceto pela mancha vermelha na bochecha onde estivera apoiada no travesseiro. E o pijama rosa e azul, coberto de imagens de ovelhas adormecidas. Uma piada, presente de Cesca. Ela tinha uma queda por pijamas extravagantes.

Foi só uma mentirinha, não foi? Ele precisava de distração e foi o que ela deu a ele, mesmo que o pijama ainda estivesse totalmente vestido em seu corpo em vez de caído no carpete.

O maior problema era que ela também estava se distraindo.

22

> O amor dos jovens então não está verdadeiramente
> em seu coração, mas em seus olhos.
> — *Romeu e Julieta*

— O quê? — Grant franziu a testa, balançando a cabeça enquanto olhava para Lachlan. — Está falando sério? Acabei de reorganizar todas as suas reuniões depois de Miami e agora quer que eu faça tudo de novo? Você está louco.

O sorriso de Lachlan era irônico. Ele não podia culpar Grant por olhá-lo daquele jeito. Porque sim, definitivamente ele estava louco, mas não podia evitar. Era como um viciado, desesperado pela próxima dose. Por mais que gostasse de seus telefonemas com Lucy, a necessidade de vê-la pessoalmente o consumia.

— Só precisa mudar um dia de reuniões — Lachlan falou, tentando ignorar a maneira como Grant balançava a cabeça. — Deixe a minha agenda livre na sexta. Vou de manhã e volto no domingo à noite. Nem vai notar que não estou por aqui.

Ele nunca tinha visto Grant fazer beicinho antes, mas, com certeza, era o que ele estava fazendo. Seria engraçado se Lachlan não estivesse falando sério. Grant deu um suspiro alto, depois clicou na tela do laptop.

— Tudo bem, vou reorganizar as reuniões de sexta, mas você precisa começar a me avisar com mais antecedência, pode ser? Estou tentando administrar uma empresa aqui.

— Minha empresa — Lachlan o lembrou.

Grant ergueu os olhos do laptop, respirando fundo.

— Você está certo. Me desculpe, cara. A escolha é sua, claro que é. — Ele bateu os dedos no teclado, olhando para a tela. — Posso reservar o primeiro voo para Londres e, em seguida, uma conexão para Edimburgo. Você deve chegar lá na sexta à noite.

— Está ótimo.

— Vai me falar o motivo disso? — Grant perguntou. — Tem algo a ver com a herança?

— Mais ou menos.

Lachlan não estava pronto para dizer a verdade, não importava o quanto eram próximos. Afinal, o que havia para contar? Que ele transou com essa mulher algumas vezes e agora ligava para ela toda noite como um adolescente apaixonado, sem ideia de como ela se sentia em relação a ele? Grant ia achar que ele estava ainda mais maluco do que já achava.

— Certo, está tudo reservado — Grant falou. E já troquei o horário da reunião para a próxima semana. Está tudo pronto.

— Obrigado.

Grant olhou para ele com cautela.

— Você é o chefe. Se quiser voar para o outro lado do mundo por alguma razão que não queira me dizer, a escolha é sua. — Ele apertou os lábios por um momento, como se estivesse tentando encontrar as palavras certas. — Mas, como seu amigo, e não seu assistente, tenho que te dizer que você está me assustando. Estou preocupado com você, cara.

❀

Lucy abriu a geladeira, sentindo o ar frio passar por ela enquanto olhava fixamente para o conteúdo. Salada, refeições prontas e duas garrafas de vinho branco estavam alinhadas nas prateleiras, mas nada que a atraísse. Fechou a porta, passou a mão sobre o cabelo preso, voltou para o sofá e pegou o laptop, colocando-o sobre as pernas cruzadas.

Estava em pânico, claro e simples. Talvez fosse o fato de que era uma noite de sexta-feira e não tinha nada para fazer. Chegou em casa, foi para o chuveiro, depois prendeu o cabelo molhado e vestiu um pijama velho. E agora eram oito horas, não havia nada na televisão e tudo o que ela tinha para entretê-la era o trabalho.

Ela realmente sabia viver.

Vinte minutos depois, estava concentrada, escrevendo um depoimento, quando seu telefone vibrou. O som quase a fez pular. Um grande sorriso surgiu em seu rosto quando viu quem era.

— Oi, Lachlan, você está adiantado. Deve ser o meio da tarde aí. — Não que estivesse reclamando. Nas últimas duas semanas, os telefonemas dele foram o ponto positivo do seu dia. A única coisa que esperava quando chegava em casa.

— Não, já é de noite.

Ela franziu a testa, olhando para o relógio novamente.

— São oito e meia aqui, então são três e meia onde você está. — Ela ouviu o som de uma buzina, embora não conseguisse identificar se estava soando pela linha telefônica ou do lado de fora da janela. Moveu o laptop para a mesa de centro à sua frente, endireitando suas anotações. Por um telefonema de Lachlan, valia a pena ignorar o trabalho.

— São oito e meia aqui também.

— Você não está em Nova York? — Uma estranha sensação a atingiu. — Onde você está? — Mas já sabia a resposta. Lucy se levantou do sofá e olhou pela grande janela georgiana. Tinha chovido mais cedo e, embora estivesse seco agora, as poças permaneciam, o brilho alaranjado das lâmpadas da rua fazia com que parecessem estranhamente etéreas. Mas não era a beleza da luz que chamava a atenção de Lucy; era o homem parado na porta da frente da sua casa, uma pequena mala ao lado e uma grande bolsa de viagem na mão.

— Ah, meu Deus, você está aqui. — Ela colocou a mão no peito para tentar se acalmar, mas o baque de seu coração era incessante. — O que você está fazendo aqui?

— Não era bem essa a recepção que eu estava esperando. — Ele pareceu se divertir em vez de se aborrecer com a resposta dela.

— Estou... — Ela teve que respirar para tentar se concentrar. — Eu não esperava companhia. Estou horrível. O apartamento está uma bagunça. Me dê cinco minutos. — O pensamento de ele vê-la assim, tão pouco educada e fora de controle, a fez entrar em pânico ainda mais. Mesmo em Paris — quando os dois estavam nus —, ela parecia estar mais sofisticada e elegante do que agora.

— Você não poderia estar horrível. E não precisa arrumar nada por minha causa. Eu vim para ver você, não o seu apartamento. Estou feliz por você estar em casa. Pensei que teria que passar a noite sentado do lado de fora, esperando você voltar da noitada.

— E como você sabe que não vou ter um encontro aqui? — Ela manteve a voz leve, flertando com ele. Interessada em ouvir sua resposta.

— Porque você não esperava companhia — ele respondeu. E ela achou que podia ver o seu sorriso da janela. — Não foi isso que acabou de me dizer?

Um carro virou na rua, espirrando água enquanto seguia em frente. Ela podia ver o seu reflexo no vidro. E sim, ela estava horrível, mas também estava muito animada.

— Não vá a lugar nenhum — ela disse, deixando a cortina se fechar. — Vou vestir algo melhor e te deixar entrar.

— Eu quero ver você desarrumada — ele falou. — Não me faça esperar. Passei as últimas dez horas voando para te ver.

Ah, para o inferno com isso. Ela praticamente correu até o botão perto da porta, apertando-o para liberar a entrada. Em seguida, ouviu passos e o barulho de uma mala sendo arrastada pelo lance de escadas. No momento seguinte, ele estava batendo na porta de sua casa, e ela a abriu, o sorriso largo, o cabelo despenteado e o pijama esquecido. Porque ele estava na sua porta e nada mais importava.

Ela não tinha certeza de quem fechou o espaço entre eles, mas em um momento estavam olhando um para o outro e, no seguinte, ele estava passando a mão pelo seu pescoço, inclinando a cabeça até que seus lábios tocaram os dela. Ela retribuiu o beijo como louca, semanas de flertes reprimidos fazendo-a jogar os braços ao seu redor e fundir o corpo ao seu sem um único milímetro entre eles. Ela havia esquecido o quanto ele beijava bem, a boca quente e exigente e os lábios que faziam todo o seu corpo cantar. Tinha se esquecido de como ele era, seu corpo rígido e forte, os ombros poderosos o suficiente para levantá-la e levá-la para dentro do apartamento depois de fechar a porta.

E, por acaso, não importava o que ela estava vestindo, porque em cinco minutos as roupas dos dois estavam espalhadas pelo chão da sala em um rastro de destruição que levava ao quarto.

Ele a deitou na cama, dando beijos em seu pescoço, peito e barriga, murmurando o quanto sentira sua falta, como sonhara com ela, como precisava estar dentro dela naquele momento. Quando finalmente a penetrou, suas pernas envolveram os quadris exigentes dele, os braços fortes a embalando como se ela fosse algo precioso, todos os pensamentos de que estava horrível haviam desaparecido completamente.

Tudo em que ela conseguia pensar era nele. Naquele momento, nada mais importava.

❀

Eles passaram o fim de semana escondidos na cama, emergindo só para preparar uma xícara de chá ou para ir ao banheiro se refrescar. A primeira vez que realmente saíram do apartamento foi no domingo de manhã, quando o leite finalmente havia acabado e a necessidade de café havia anulado a necessidade de ficarem nus e entrelaçados. Foram caminhando até a região da Royal Mile, compraram café para viagem de uma pequena padaria na esquina e, em seguida, levaram os copos de isopor até o castelo. O sol havia saído com força total — como se tivesse ouvido que Lachlan estava fazendo uma visita e quisesse mostrar a ele o que podia fazer — e o céu azul fez maravilhas pelo arenito da cidade. Isso fez Lucy sorrir tanto que suas bochechas doeram.

— Veja isso — Lachlan falou, enquanto olhava para a vitrine de uma loja de presentes. Havia um manequim vestindo uma camiseta azul com EU AMO A ESCÓCIA escrito no peito. — Você acha que se eu usar essa camisa posso ganhar o caso? — Ele sorriu para ela, o que fez seu corpo todo esquentar.

— Se você usar isso — ela respondeu, tomando um gole de café —, eu mesma vou subornar o seu irmão para cair fora.

Ele entrelaçou a mão na dela, colocando as duas no bolso da jaqueta quando chegaram ao Portão de Portcullis. Acima da entrada, bandeiras balançavam ao vento nos postes. As pessoas corriam pelo portão, parando para comprar ingressos. Lucy e Lachlan se inclinaram na ponte de pedra, observando-os entrar e sair, com o braço em volta da cintura um do outro.

— Venha me visitar em Nova York — ele disse, se virando para roçar os lábios na testa dela.

— Não posso.

— Por que não? — Ela o sentiu endurecer ao seu lado.

Ela fechou os olhos, desejando que o momento perfeito pudesse voltar. Mas, em vez disso, uma enxurrada de pensamentos a percorreu, fazendo-a querer suspirar.

— Porque eu sou sua advogada e você é meu cliente. Se eu for para Nova York, estou assumindo que estamos em um relacionamento, e não posso fazer isso e te representar no caso.

— Você não acha que nós estamos em um relacionamento agora? — ele perguntou. Havia um misto de diversão e confusão em sua voz.

— Não sei — ela admitiu. Não se permitiu pensar sobre isso. O medo a fez trancá-lo em um compartimento dentro de si. — Provavelmente. — Ela umedeceu os lábios, saboreando o café em sua língua. — Acho que eu poderia considerar Glencarraig um evento único e talvez até Paris. Mas, depois disso, não sei. — Ela balançou a cabeça, tentando pensar. Ele tinha voado até lá só para vê-la. Não por motivos comerciais. Eles nem mencionaram o caso até agora.

— Lucy, olhe para mim. — Sua voz era forte. Ela virou a cabeça, seu rosto questionador. Ele estendeu a mão e segurou a bochecha dela com a expressão mais doce no rosto. — No que me diz respeito, isso não é um evento único, um casinho ou o que você quiser chamar. Vim até aqui porque queria te ver, queria passar um tempo com você. E quero que você vá para Nova York passar um tempo comigo.

— Mas o caso...

— Que se dane o caso. Eu te demito se for preciso. — Ele moveu a mão para trás, deslizando os dedos pelo cabelo dela. — Glencarraig pode esperar, mas eu não. Eu quero que você vá me ver.

— Me deixe conversar com o meu chefe amanhã — ela falou, com a garganta tensa de emoção. Não podia acreditar que estava considerando o pedido. A carreira sempre fora a coisa mais importante em sua vida, assim como a família, e admitir a Malcolm Dunvale que estava se relacionando com um cliente não ia fazê-la ganhar pontos. — Vou pedir para ser afastada do caso.

Os olhos de Lachlan permaneceram suaves enquanto ele olhava para ela.

— Você faria isso por mim? — Ele se virou até ficarem frente a frente, ainda procurando por sua resposta.

Ela cerrou os dentes, tentando imaginar o que Malcolm diria. Esse pensamento a fez se sentir mal. Passara toda a vida trabalhando para chegar aonde estava agora. Anos de estudo, seguidos por anos de trabalho, fazendo todas as horas extras necessárias para subir ao topo. Pensar em arriscar tudo a assustava demais.

Mas pensar em não ser possível ver o homem à sua frente a assustava ainda mais. Ela não conseguia identificar quando começou a se apaixonar. Teria sido naquela primeira noite em Miami, quando sentiu uma atração enorme por ele? Ou teria sido em Glencarraig, quando ele a pegara no colo com facilidade e a levara para a cama para aquecer seu corpo congelado?

Ela só sabia que toda noite ia para a cama com um sorriso no rosto porque ele ligava. E agora ele estava ali, tinha viajado muito tempo só para passar o fim de semana com ela, e parecia que tudo o que ela achava que sabia sobre o mundo estava errado.

— Sim — ela disse suavemente. — Eu faria isso por você.

23

Meu coração amou antes de agora? Renega tal fato, minha visão.
Pois nunca havia visto a verdadeira beleza até esta noite.
— *Romeu e Julieta*

Ela estava adiando a conversa havia horas. Desde que entrara no edifício da Robinson e Balfour naquela manhã, fingia trabalhar no laptop enquanto continuava olhando para o escritório de Malcolm na tentativa de descobrir o melhor momento para falar com ele.

O problema era que não havia um bom momento. Estava prestes a admitir que tinha sido completamente antiprofissional e havia colocado em risco o bom nome da empresa. Ele estaria em seu direito de repreendê-la por má conduta e não poderia culpá-lo se ele fizesse isso. A empresa existia havia mais tempo do que ela estava viva — cerca de cem anos a mais, na verdade —, era maior que qualquer outra.

Baixou a cabeça e a apoiou entre as mãos. Como tinha conseguido se meter nessa bagunça? Fechando os olhos, por um momento considerou não dizer a ele, mas isso não era possível. Mesmo que não houvesse mais nada entre ela e Lachlan, ela ainda havia ultrapassado os limites muitas vezes.

E o fato era que havia muito entre eles. O fim de semana tinha mostrado isso a ela. Por mais que se sentisse mal em ter que falar com Malcolm, a ideia de não ver Lachlan de novo doía muito mais.

Ela realmente não tinha escolha.

Lynn levantou os olhos quando Lucy saiu da sala e abriu um grande sorriso.

— Tudo bem? — a secretária perguntou. — Posso pegar alguma coisa para você?

— Preciso falar com o Malcolm. — Até mesmo dizer isso em voz alta fazia seu peito doer. — Sabe se ele está livre?

— Está, mas é melhor você se apressar. Ele vai sair para uma reunião no almoço em vinte minutos. — Era agora ou nunca. Que Deus a ajudasse.

❋

— Não sei bem o que dizer. — Malcolm tirou os óculos, esfregando a mancha vermelha na ponte do nariz. — Eu podia esperar isso de qualquer outro funcionário, Lucy. No que você estava pensando?

— Desculpe — respondeu, olhando para as mãos. — Eu não queria que nada disso acontecesse. E sei que deve te colocar em uma posição realmente desconfortável. Mas não posso continuar com o caso. Não estaria certo.

— Ele se aproveitou de você? — Malcolm perguntou. — Porque, se foi o que aconteceu, há coisas que podemos fazer.

Ela ergueu os olhos para encontrar os dele. Sentiu-se horrorizada.

— Não, não, ele não fez nada disso. Tudo o que aconteceu foi... consensual. — O rosto dela ficou vermelho. Aquilo era mortificante. Ela poderia ter se despido e dançado nua pelo escritório e teria se sentido melhor do que agora. — Sinto muito — ela disse de novo. O que mais havia para dizer?

Ele deslizou os óculos de volta no nariz. Em seguida, se inclinou sobre a mesa com as mãos entrelaçadas.

— O que está feito está feito. Eu preciso descobrir quem tem espaço disponível para encaixar o caso. E esperamos que você se certifique de que tudo esteja pronto antes de repassá-lo.

— Claro.

— Mas não vou conseguir evitar as fofocas no escritório — ele avisou. — As pessoas vão especular sobre o motivo de você ter sido afastada do caso.

Ela engoliu em seco.

— Entendo.

— Vão ligar os pontos e perceber que você está dormindo com um cliente ou vão assumir que este caso é demais para você. De qualquer forma, vai repercutir mal. — Ele balançou a cabeça lentamente. Lucy odiava ver que ele estava desapontado. Ela o havia decepcionado, deixado a empresa de lado porque não conseguira controlar suas emoções. Que tipo de pessoa ela era?

— Eu sei. — Sabia mesmo. Já havia visto pessoas arruinarem a carreira por muito menos.

— Bem, acredito que você tenha feito a coisa certa em me dizer. — Ele olhou para o relógio e suspirou. — Eu preciso ir a uma reunião agora, mas volto mais tarde e vou trabalhar no encaminhamento do caso. — Ele olhou para ela pela lente grossa dos óculos. — Não sei o que está acontecendo com você e o sr. MacLeish agora, mas, o que quer que seja, espero que você não se arrependa disso.

Lucy também. Mais do que poderia dizer.

❃

— Você vai para Londres? — Lucy perguntou, desviando o olhar da revista *Scottish Times* que estava lendo. A capa mostrava Lachlan, encostado na lareira de Glencarraig, parecendo o verdadeiro laird da mansão. Apesar da calorosa entrevista, Marina Simpson foi surpreendentemente generosa em seu artigo, descrevendo-o de uma forma muito simpática. Havia apenas algumas menções ao pai, mas nada sobre a maneira como seus pais se conheceram, graças a Deus.

Mesmo fora do caso, ela ainda estava desesperada para que ele ganhasse. Para que tudo desse certo. Sentia como se a sua carreira dependesse disso.

— Quando você chega? — perguntou à irmã pelo telefone. — Quanto tempo vai ficar? — Era um alívio estar falando com Cesca, ouvir seu humor caloroso ecoando pela linha. Depois da semana que tivera e do drama de contar a Malcolm sobre ela e Lachlan, falar com a irmã era como uma lufada de ar fresco.

— É uma visita rápida — Cesca respondeu. — A irmã do Sam vai se formar na semana que vem, e ele quer dar um pulo aí. Só vamos ficar em Londres por alguns dias. Vou visitar o nosso pai em algum momento enquanto estivermos na cidade.

— Mas eu não vou poder estar lá. — Lucy rabiscou uma flor no papel branco, tentando engolir o desapontamento. Raramente via as irmãs, e doía perder essa oportunidade. — Vou estar em Nova York. Viajo amanhã. — Se sentiu dividida. Desesperada para ver Lachlan, mas precisando ver a irmã também. Afinal de contas, não era sempre que todas estavam no mesmo país.

— Não tem problema — Cesca respondeu. — Nós vamos sentir a sua falta, é claro, mas não precisa me acompanhar. Eu posso visitar o nosso pai sozinha. E, além disso, posso aparecer lá em casa, dar uma olhada antes que as pessoas a visitem. Quando você espera colocá-la à venda?

— No começo do mês que vem — Lucy falou. Duas linhas se formaram em sua testa. — Talvez eu possa trocar a viagem, ir até lá e te ver. Não acredito que bem na semana em que vou estar nos Estados Unidos você vem para Londres.

— Estamos parecendo navios que passam um pelo outro à noite — Cesca brincou. — Mas um dia todas nós vamos estar no mesmo continente. O mundo não sabe o que o espera quando as irmãs Shakespeare estiverem juntas novamente.

Um sorrisinho se formou nos lábios de Lucy, embora não fosse suficiente para afastar a sensação de tristeza.

— Tem certeza de que não há nada que possamos fazer para nos encontrarmos? Talvez eu possa adiar por uns dias.

— Mas por que você vai viajar para lá? Tem alguma coisa a ver com o trabalho?

— Sim, mais ou menos isso. — Por um momento, pensou em contar a Cesca sobre Lachlan. Confiar seus medos à irmã: o fato de ter quase arruinando sua carreira e se sentir fora de controle sempre que seu ex-cliente estava nas proximidades. Sobre achar que poderia estar se apaixonando por ele e não ter ideia de como lidar com isso. A jovem fechou a boca com a mesma rapidez com que a abriu. Era melhor ir até Nova York e vê-lo antes que começasse a contar à família o que estava acontecendo. Todos achariam que havia enlouquecido se dissesse a verdade.

— Você está bem? — Cesca questionou. — A sua voz está engraçada.

— Engraçada como?

— Você está diferente — a irmã disse. — Está com algum problema?

— Não, claro que não. Só não gosto de ficar fora por uma semana quando o nosso pai não está bem.

— Bem, agora você pode ir sem se preocupar — Cesca falou. — Se houver algum problema, eu vou estar aqui. É o destino.

— Acho que sim.

— O que realmente está acontecendo? — Cesca insistiu. — Você não parece ansiosa para viajar. E o nosso pai não está em estado crítico; ele pode durar anos. Estou preocupada com você, Luce.

Lucy levantou os olhos do bloco e da intrincada flor que desenhou.

— Não sei — ela admitiu. — Tudo parece meio louco agora. O trabalho está corrido, tenho uns mil casos para cuidar e agora vou para Nova York. Não sei como encaixar tudo.

— Ah, é por isso que você está indo para Nova York? — Cesca perguntou. — Não é onde o novo laird mora? Ou é em Miami? Nunca me lembro.

— Ele mora nos dois lugares. — Ela deveria dizer a Cesca que estava fora do caso; mas sentiu aquela hesitação de novo, adicionada ao medo que carregava havia dias. Não queria que a irmã pensasse mal dela.

— Então é ele que você vai encontrar? — Cesca parecia um cachorro com um osso quando estava interessada em alguma coisa. Lucy sentiu que ela não ia desistir do assunto.

— Sim, entre outras coisas que eu tenho que fazer. — Foi o máximo que ela quis dizer.

— Outras coisas? — A voz de Cesca se elevou. — Que outras coisas? Não me diga que Lucy Shakespeare está interessada em outras coisas além de trabalho. Vai ver uma peça? Ou sair para jantar? Não me diga que está saindo com alguém.

— Claro que não. — Lucy mal reconheceu a própria voz.

— Ah, meu Deus, você está saindo com alguém, né? — As palavras de Cesca demonstraram sua excitação. — Quem é ele? Qual é o nome? Já partiram para a ação?

— Não tem ninguém — ela disse com firmeza.

— Tem, sim. — A certeza de Cesca tirou o fôlego de Lucy. Era como se ela tivesse uma antena de verdade e estivesse apontando diretamente para Edimburgo. — Espere, é ele, não é?

— Quem? — Lucy estava tentando ganhar tempo.

— O laird sexy. Você está misturando negócios e prazer? Nossa, Lucy, isso não é a sua cara. — Cesca parecia muito feliz. — Você precisa me contar tudo. Como aconteceu? Isso é demais.

— Pare com isso. — Ela se arrependeu de ter aberto a boca.

— Vamos, me dê alguma informação. Vou colocar na minha próxima peça.

— Quando você está planejando chegar em Londres? — Lucy perguntou.

— Pare de tentar mudar de assunto. Me fale sobre esse cara.

— Agora? — Lucy estava determinada a encerrar a conversa antes que Cesca se aproximasse da verdade. — Tenho uma teleconferência em cinco minutos. Falo com você quando voltar de Nova York, tá?

— Você pode correr, mas não pode se esconder, irmã mais velha. — Cesca estava rindo. — E, quando você voltar, espero ouvir todos os detalhes.

24

> O afeto é um carvão que deve arrefecer; do contrário,
> irá incendiar o coração.
> — *Vênus e Adônis*

No momento em que passou pelas portas de correr e entrou no saguão de desembarque, Lucy perdeu o fôlego. Ele estava encostado em um pilar, tentando responder a alguns e-mails enquanto examinava a multidão com o olhar distraído, sem concentrar toda a sua atenção. Mas, quando ela apareceu com o cabelo loiro enrolado caído nos ombros e o sol de Nova York entrando pela parede de vidro do aeroporto a iluminá-la, foi como se não houvesse mais ninguém ali.

E não havia. Pelo menos não para ele. Lachlan não tinha certeza do que fazer com esse sentimento, então o afastou do mesmo jeito que se afastou do pilar, diminuindo a distância entre eles com passos largos, incapaz de tirar o sorriso do rosto. Quando ela o viu seguindo por entre a multidão, seus olhos se iluminaram e o maior e mais louco sorriso se formou em seus lábios.

Ele não havia percebido o quanto estava tenso até que seus músculos relaxaram e a tensão nos ombros se desfez. Não percebeu que estava prendendo a respiração até que o ar se apressou dentro dele de uma só vez.

— Você é um colírio para os meus olhos — disse quando estava a poucos metros dela. Ela abriu a boca para responder, mas alguém esbarrou em suas costas de repente. Ela caiu para a frente, soltando a mala ao ir para o chão, e Lachlan estendeu a mão, segurando-a um segundo antes de seu rosto bater contra o piso. Ele a pegou nos braços, franzindo a testa enquanto olhava ao redor para encontrar o culpado, mas havia pessoas demais que se desviavam deles como formigas.

— Você está bem? — perguntou, olhando para ela e puxando-a contra si. Estava muito mais bonita do que se lembrava, se isso era possível.

— Estou. — Ela se endireitou e pegou a mala, olhando para ele com grandes olhos arregalados. No meio da confusão, seu cabelo havia caído sobre a testa, e ele gentilmente o afastou com os dedos, prendendo os grossos fios dourados atrás das orelhas. Uma vez que a tocou, não conseguiu tirar as mãos dela. Em vez disso, passou o polegar pela sua bochecha, queixo e lábio inferior. Mas não era o suficiente. Queria beijá-la, prová-la, deslizar a língua em sua boca quente e aveludada. Fazer tudo em que tinha pensado nas últimas duas semanas.

Quando ele roçou os lábios contra os seus, Lucy fechou os olhos, soltando a mala mais uma vez e passando os braços ao redor do pescoço dele. Seu corpo foi pressionado contra o dele, enlouquecendo seus sentidos com a presença de Lachlan, o cheiro suave e o modo como, cada vez que seus lábios se separavam, ela respirava fundo.

— Meu Deus, que saudade.

Ela abriu os olhos, sorrindo para ele.

— Eu também estava com saudade. — A expressão dela combinava com a dele: desejo, associado a algo mais profundo. Algo que ele não tinha certeza de que poderia nomear, mesmo que quisesse. Em vez disso, pressionou os lábios contra os dela novamente, a necessidade pulsando através de seu corpo.

Quando finalmente pararam de se beijar, ele segurou a mala e envolveu Lucy com o outro braço, sem querer que ela fosse empurrada novamente. Eles se deixaram levar pela maré de pessoas, seguindo até a calçada, onde a multidão enfim se dispersava. O carro parou ao lado deles em um minuto. O motorista saiu, pegou a mala, e Lachlan abriu a porta de trás para que Lucy pudesse se sentar lá dentro.

— Você tem motorista? — perguntou, com aquele sorriso bonito no rosto novamente. — Sempre te imaginei andando por Nova York em uma Ferrari.

Ele riu.

— É impossível dirigir em Nova York, quer você esteja em uma Ferrari ou em um carro velho. E, sim, eu tenho um motorista durante a semana. Isso significa que eu posso trabalhar no laptop enquanto ando por aí.

O motorista lentamente pegou a pista do meio, e Lucy olhou para o interior do Lincoln, observando o estofamento de couro na cor creme, os espaçosos bancos traseiros e o monitor fixo na parte de trás do banco do motorista. Olhou de volta para Lachlan.

— É como um escritório fora do escritório.

Ele queria beijá-la novamente. Mas não era uma limusine, e o motorista estava perto deles. E, se fosse honesto, não queria envergonhá-la, conhecendo-a do jeito como a conhecia. Ela era muito discreta — até o beijo no aeroporto não era costumeiro. Não estava planejando brincar com a sorte.

Já havia feito isso vezes demais. Não podia acreditar que ela estava realmente ali, menos ainda que havia se afastado do seu caso. A carreira era tudo para ela, e o fato de ela ter contado ao chefe sobre o relacionamento dos dois o havia surpreendido.

Essa coisa entre eles podia ter começado como uma aventura — ou pior, um desejo difícil de resistir —, mas agora era muito mais que isso. Embora o pensamento de algo sério se desenvolvendo entre ele e Lucy o assustasse, a ideia de que isso não acontecesse era pior. Só o fato de respirar o mesmo ar que ela tornava sua vida muito melhor.

— Está cansada? — perguntou, olhando para ela com carinho. — Ou com fome? Podemos parar e comprar algo para comer no caminho do apartamento, se você quiser.

— Você não precisa voltar ao trabalho? — ela perguntou, checando o relógio. — Ainda está de tarde. Achei que você ia querer ir direto para o escritório.

— Eu estava planejando te levar direto para casa — respondeu. E seu tom não deixou espaço para dúvidas a respeito do que ele quis dizer. Só porque precisava se conter enquanto o motorista estava a poucos metros de distância, não significava que ele não queria rasgar as roupas dela e tocá-la por inteiro.

— Ah. — Ela olhou para o motorista pelo canto do olho. Lachlan se vangloriou mentalmente por antecipar a resposta dela. Estava começando a entender o jeito como Lucy pensava. Muito diferente do dele, mas, ainda assim, muito fascinante.

— E amanhã à noite eu quero te apresentar a alguns amigos meus — ele continuou. — Se preferir fazer alguns passeios turísticos, podemos organizar também.

— Eu já estive em Nova York — ela falou —, não preciso passear. Eu vim para te ver.

Jesus, ela sabia exatamente o que dizer para fazer seu coração acelerar mais.

— Definitivamente, você vai ver muito de mim — ele disse em voz baixa. Ela sorriu, mordeu o lábio e olhou para o colo. Estava deixando-o louco com sua timidez, do mesmo jeito que sempre ficava, não importava o que ela fizesse. Ele nunca se cansaria dela?

— Esse é o plano — ela disse baixinho. Não. Ele nunca teria o suficiente dela.

❋

— Ainda deseja seguir pela ponte, sr. MacLeish? — o motorista perguntou, levantando o indicador para sair pela direita. Lucy olhou pela janela para a vista adiante. A noite estava se aproximando, um brilho alaranjado atravessava a ilha de Manhattan. O horizonte se erguia e caía em um esplendor geométrico, os edifícios altos e escuros contrastando com o céu. Era de tirar o fôlego — uma mistura perfeita entre a mão do homem e natureza, tão diferente da beleza antiga de Edimburgo.

— Esta foi a minha primeira visão de Manhattan — Lachlan falou, se inclinando sobre ela para apontar a janela. — Eu tinha 8 anos. Meu pai devia ter mandado alguém me buscar no aeroporto, mas, quando entrei no saguão de desembarque, não tinha ninguém lá.

Lucy se virou para olhar para ele.

— Te deixaram no aeroporto sozinho? Em uma cidade estranha?

Ele assentiu, mas não parecia tão chateado quanto ela. Lucy segurou a sua mão e envolveu os dedos na palma como se pudesse salvá-lo.

— Encontrei um telefone público e liguei para o escritório. Ele me disse para pegar um táxi que ele pagaria na chegada. — Ele deu um sorriso irônico. — Ninguém quis me levar, e, no fim das contas, ele precisou mandar o motorista me buscar. Não sei se o meu pai disse a ele para ir devagar ou se o homem sentiu pena de mim, mas ele pegou o maior percurso só para me deixar ver a paisagem. Disse que a melhor vista de Manhattan era a da Ponte Queensboro.

— Esta ponte? — ela perguntou, olhando para a antiga construção. Situada orgulhosamente em altas torres de pedra que se erguiam da água, suas treliças de ferro subiam e desciam em perfeita simetria.

— Sim. Ele parou por alguns minutos, ignorou todos os carros buzinando atrás e me disse para dar uma boa olhada. Me contou que no passado não havia nada aqui além de campos, rios e animais. Disse que alguém havia parado aqui, do jeito que nós estávamos, e decidiu construir uma cidade. — Lachlan sorriu, os olhos cheios de lembranças. — Se o homem pôde construir Nova York, podemos conseguir qualquer coisa. Só precisávamos sonhar alto o suficiente.

— Ele não se parece com nenhum motorista que já tive em Nova York. Lachlan riu e o som a aqueceu.

— Definitivamente, ele era único. Embora Frank — ele acenou com a cabeça para o motorista — esteja bem próximo.

— Não vou parar na ponte — Frank falou, ouvindo claramente. — Nem mesmo para o senhor.

Lachlan apertou a mão de Lucy com força, o divertimento transparecendo em seu rosto. Seu momento de vulnerabilidade se fora, substituído pela confiança a que ela estava acostumada. Ela guardou a lembrança — outro vislumbre do homem embaixo da carcaça dura e do sorriso fofo. Um lembrete do que a atraía para ele toda vez que se falavam. Os dois tiveram infâncias difíceis — cada um ao seu jeito —, e os dois eram resultado do desejo de conquistar mais do que poderiam ter. A necessidade de ter sucesso fluiu em suas veias da mesma maneira que fluía através das dela. Uma maneira de provar ao mundo que eram importantes.

Eram duas pessoas resistentes, e isso só a fez querer conhecê-lo ainda mais.

25

> Boa companhia, bom vinho, bom acolhimento, de regra,
> a toda gente boa ensejam.
> —*Henrique VIII*

— Você nunca me disse que tinha amigos — Lucy brincou enquanto o segurança levantava a corda e os deixava furar a fila no clube. Atrás deles havia, pelo menos, cem pessoas vestidas com esmero e prontas para a festa. — E eu estava pensando que você era reservado e indiferente.

— Estraguei minha imagem? — Lachlan perguntou, com a voz leve. — Devemos voltar para casa e fingir que sou um bilionário solitário?

— Você não é bilionário.

Ele segurou a porta para ela, deixando-a ir na frente para entrar no lugar. Com a mão livre, passou o dedo pelo seu quadril, sentindo o tecido da saia que cobria sua pele.

— No papel, sou. Ou, pelo menos, tenho ativos que valem isso.

— Você também tem débitos — ela apontou, sorrindo. — Mas não se preocupe. Mesmo que o seu império desmorone, eu ainda vou gostar de você.

Apoiando o braço nos ombros dela, ele a levou até a mesa. O homem de pé atrás dele sorriu amplamente quando se aproximaram.

— Boa noite, sr. MacLeish. Sua mesa habitual está reservada. A Elise está trabalhando na área VIP esta noite. Ela vai mostrar seus lugares.

Lachlan deslizou a mão pelas costas de Lucy, descansando na curva entre seus quadris.

— Por aqui — ele murmurou.

— Você vem a este restaurante com frequência? — Lucy perguntou, arregalando os olhos ao se aproximarem da escada que levava à área VIP.

— De vez em quando.

Ela se virou para olhá-lo.

— O suficiente para esse cara saber o seu nome.

— Ele é pago para saber o meu nome — Lachlan apontou. — Ele é bom no que faz.

Uma percepção repentina tomou conta do seu rosto.

— Você é o dono deste lugar, né?

— O que te faz pensar isso? — Ele estava protegendo sua resposta, tentando descobrir o que ela estava pensando. Mas ela não dava nada de graça.

— Nós furamos a fila. O jeito como esse cara te cumprimentou. Vamos lá, admita. Você é o dono.

Ele inclinou a cabeça para o lado e franziu os olhos.

— No papel.

— Eu sabia.

Assim que a recepcionista os viu entrar na área VIP, caminhou até eles com um enorme sorriso no rosto.

— Sr. MacLeish, é um prazer recebê-lo.

Ele se inclinou para dar um beijo na bochecha dela. Lucy ficou tensa ao seu lado, então Lachlan envolveu seu braço ao redor da cintura dela.

— Boa noite, Elise. Meus convidados chegaram?

— Acabaram de chegar — Elise respondeu, ainda sorrindo. — Eu os acomodei em sua mesa habitual. Posso trazer algumas bebidas enquanto vocês se sentem?

— O que quer beber, baby? — Ele olhou para Lucy.

— Não sei. Vinho, talvez? — Ela deu de ombros. — Prosecco?

— Traga uma garrafa e quatro taças. E uma garrafa de água, por favor.

Ele podia sentir Lucy se virando em seus braços.

— Água? — ela perguntou. — Não vai beber?

Ele riu.

— A Jenn está grávida.

— Jenn?

— A esposa do meu amigo. Ela é casada com o Grant, meu assistente.

Quase imediatamente, sua sobrancelha se arqueou.

— O Grant é seu amigo?

— Sim. — Ele não sabia ao certo aonde ela queria chegar.

— Você tem que *pagar* as pessoas para serem seus amigos? — O sorriso dela se alargou. — Melhora cada vez mais.

— Vai me castrar a noite toda? — perguntou. — Ou vamos nos divertir?

— Não poderia castrá-lo nem se eu tentasse — ela respondeu. — Você é alfa demais para isso.

— Obrigado. Acho.

— Disponha.

Ele a levou até o espaço reservado no canto, de onde a mesa permitia ver a área VIP e o andar de baixo. Assim que se aproximaram, viu Grant e Jenn virarem a cabeça para olhar para Lucy. Eles se levantaram para cumprimentá-los, Grant apertando sua mão enquanto Jenn o beijava na bochecha.

— Olhe para você — ele falou, observando a barriga pequena, porém óbvia. — Está maior desde a última vez que te vi.

— Cale a boca. — Jenn deu um tapa no seu braço. — Nos apresente a sua amiga. — Ela sorriu para Lucy, que sorriu de volta.

— Lucy — ele falou, segurando a mão dela —, estes são Grant e Jenn. Meus amigos *mais antigos*. — Ele ainda estava contrariado com o comentário dela. — O Grant e eu crescemos juntos em Miami.

— É um prazer conhecer vocês. — Lucy apertou primeiro a mão de Jenn e depois a de Grant, antes de os quatro se acomodarem. Em instantes, Elise trouxe as bebidas, estourou a rolha e serviu o vinho espumante em taças altas e finas.

— O Grant me disse que você é advogada — Jenn comentou, tomando um gole de água. — Deve ser um trabalho puxado.

— Diz a pesquisadora que trabalha todas as horas que Deus lhe dá — Grant falou. — E eu não disse que ela *era* advogada. Falei que ela era *a advogada de Lachlan*.

Lucy olhou para Lachlan, parecendo desconfortável com a resposta de Grant. Droga, deveria ter dito a ele sobre ela ter saído do caso. Isso simplesmente não passou pela sua cabeça.

Lucy não ficou impressionada com o esquecimento dele:

— Ele é só um dos meus clientes — ela disse a Jenn. — E um cliente como outro qualquer. — Ela levantou uma sobrancelha para ele, como se o estivesse desafiando. Ele não pôde deixar de sorrir.

Ponto para a linda advogada.

Jenn riu.

— Ah, eu já gostei de você. — Ela inclinou a cabeça para o lado. — De onde é esse sotaque? Você parece britânica.

— Eu sou de Londres.

— Mas está morando em Nova York agora?

— Ela mora em Edimburgo — Grant revirou os olhos. — Sério, eu te falei isso pelo menos duas vezes.

Jenn deu de ombros.

— Estou grávida. Me processe. — Ela olhou para Lucy. — Não faça isso. Não posso pagar.

— Não tenho certeza se você pode ser processada por estar grávida — Lucy comentou. Ela tomou um gole do prosecco. — Bem, nunca ouvi falar disso.

— Mas você pode ser processado por herdar uma propriedade, certo? — Jenn se aproximou dela. — Não é isso o que está acontecendo com o Lachlan?

Lucy olhou para ele de forma questionadora. Sim, ele realmente era péssimo em se comunicar com seus amigos. Ele sorriu para ela.

— Tudo bem. Eles sabem de todos os detalhes.

— Não é bem isso o que está acontecendo. Ele não está exatamente sendo processado. Estão contestando o fato de ele ter herdado o título e as terras.

— Então, se ele perder, o irmão recebe tudo? — Jenn perguntou.

Lachlan se recostou na cadeira, observando as garotas conversarem, as cabeças próximas para que pudessem se ouvir acima do ruído ambiente. Tomou um gole de vinho, um sorriso aparecendo no canto de sua boca. Ele não percebeu que se importava tanto com a opinião de Jenn até que ela aceitou Lucy de braços abertos.

Mas ele se importava de verdade.

Lucy estava rindo de alguma coisa que Jenn havia dito. Seus olhos estavam franzidos, sua linda boca aberta. Algo em sua expressão o fez querer puxá-la e fazê-la se sentar em seu colo.

Estava prestes a se levantar e fazer isso quando Jenn se inclinou e sussurrou algo no ouvido de Lucy. Ela assentiu em resposta, então as duas se levantaram.

— Vamos ao banheiro — Jenn avisou.

— Juntas? — Grant perguntou. — Quantos anos vocês têm? Quinze?

— É um clube — Jenn apontou. — É mais seguro ir em dupla. Nunca se sabe o que pode acontecer quando há muita testosterona e álcool.

— O clube é meu — Lachlan falou. — Não deixo isso acontecer aqui.

— Tá bom, você nos pegou. Nós queremos falar de vocês. Satisfeitos? — Jenn revirou os olhos. — Vocês realmente precisam aprender a traduzir o que as mulheres dizem.

Quando Lucy passou por ele, Lachlan estendeu a mão, passando o polegar em um círculo na parte interna de seu pulso.

— Não demore.

Ela piscou como se estivesse olhando para o sol, mesmo que a luz do clube fosse atmosférica, na melhor das hipóteses.

Quando elas se afastaram, Grant pegou o vinho e encheu as taças.

— A Lucy parece legal.

— Sim, ela é. — Lachlan tomou um gole de prosecco. — Jesus, esta coisa é muito doce. Vamos pedir outra bebida?

— Tipo cerveja?

— Estava pensando em uísque.

Grant sorriu.

— Agora você está falando a minha língua. — Lachlan fez um sinal para Elise, que anotou o pedido com um sorriso. Ela trouxe as bebidas depois de alguns minutos.

— Vamos lá, conta tudo. O que está acontecendo entre vocês? É um lance sério? — A voz de Grant se elevou com a última pergunta, como se não acreditasse que estava perguntando isso.

Lachlan olhou para as portas do banheiro — nenhum sinal das garotas.

— Sim, é sério. — E talvez a sua voz tivesse ficado um pouco rouca quando respondeu. Não porque estava nervoso. Mas porque era importante para ele.

Ele queria que seu melhor amigo visse Lucy como ele.

— Uau. — Grant balançou a cabeça com os olhos arregalados. — Nunca pensei que veria esse dia.

— Que dia?

— O dia em que você encontra sua parceira. — Finalmente, Grant sorriu. — Ou talvez eu esteja sendo gentil com você, porque, meu amigo, ela é muita areia para o seu caminhão. O que é que ela viu em você?

— A mesma coisa que a Jenn vê em você, espero. — Lachlan movimentou o gelo no copo, ouvindo o som que provocou quando atingiu as laterais.

Grant riu.

— Você a está comparando com a Jenn? Ah, cara, isso é ainda melhor do que eu pensava. — Ele inclinou a cabeça para o lado, ouvindo Lachlan girar o gelo de novo. — Isso que estou ouvindo são os sinos de casamento?

Lachlan esvaziou o copo, apontando para Elise trazer outro.

— Deixe a garrafa — pediu a moça quando ela terminou de encher os copos. Assim que ela saiu, ele se virou para Grant.

— Quando você virou fofoqueiro? Não devíamos estar falando sobre o jogo da noite passada?

Havia um sorriso no rosto de Grant que parecia que nunca mais ia desparecer.

— Ah, não, você não vai se livrar tão facilmente. Seis anos. É esse o tempo que você vem me chamando de babaca e domesticado. Que você dá uma risadinha cada vez que eu te falo que a Jenn e eu vamos fazer compras ou ver os pais dela. Você não pode fugir quando falamos sobre isso por menos de seis minutos.

— Eu te chamei de babaca? — Lachlan perguntou, chocado.

— Entre outras coisas.

— Bem, essa foi uma atitude idiota. Me desculpe, cara. — Lachlan franziu o nariz.

— Está perdoado. Como sempre. — Grant ainda estava sorrindo. — Então me diga, quando ela volta para casa?

— A Lucy? No domingo.

— Então ela vai estar aqui para o baile?

O estômago, já tenso, de Lachlan se apertou.

— De caridade?

— Você sabe que é no sábado, certo? Está na sua agenda.

— Merda. Esqueci completamente. — Lachlan esfregou o rosto, piscando. — É neste sábado? — Era a última coisa que ele queria fazer: participar de um baile de gala para levantar fundos para a instituição de caridade favorita do pai. A única vez no ano que ele tinha que ver toda a família do pai no mesmo lugar, inclusive Duncan.

Há quantos anos ele ia e se sentia excluído? Ignorado por todos como se não fosse um verdadeiro MacLeish. O pensamento de ter Lucy ao seu lado fez seu peito aquecer. Ele seria alguém. Poderia enfrentar qualquer coisa com ela ao seu lado.

— Exatamente. E, para sua sorte, presumi que você teria uma acompanhante, então há espaço na mesa da companhia MacLeish — Grant sorriu.

— Tenho que admitir que não estava ansioso para ir, mas, agora que sei que a Lucy estará lá, talvez não seja tão ruim assim.

— Talvez, não — Lachlan concordou, e era estranho o quanto havia de verdade nessas palavras. Era ainda mais estranho como o fato de tê-la ao seu lado fazia tudo parecer muito menos importante, incluindo a disputa com o irmão. Ele olhou para o copo vazio, um sorriso se curvando em seus lábios.

Quando olhou para cima, o sorriso de Grant havia dobrado de tamanho.

— Você está com um problema enorme, meu amigo.

❦

Lucy passou as mãos por baixo da torneira, sentindo a água fria. A iluminação fraca dentro do banheiro fez sua pele parecer quente e suave. Era como olhar para uma versão retocada de si mesma no espelho. Enquanto esfregava o sabonete perfumado nas palmas, a porta atrás de si foi aberta e Jenn saiu, seguindo para a pia ao seu lado.

— Juro que tenho a bexiga de uma senhora idosa — Jenn falou, ensaboando as mãos. — Dizem que fica muito pior no terceiro trimestre, mas não consigo ver como é possível. Já passei a maior parte da minha vida no banheiro.

Lucy sorriu, sacudindo a água da palma das mãos.

— Minha irmã teve o mesmo problema. Ela podia avaliar os banheiros de todos os restaurantes e shoppings num raio de oito quilômetros de casa.

— Você tem irmã? É mais velha que você?

— Tenho três. Sou a mais velha. — Ela pegou a toalha (de verdade, não de papel, *obrigada, Lachlan*). Depois de enxugar as mãos, ela a deixou cair no cesto embaixo da bancada das pias.

— Três? Uau. Sua mãe devia gostar muito de sofrer. — Jenn esfregou a barriga. — Não posso imaginar passar por isso mais três vezes. — Ela remexeu a bolsa e pegou um gloss. Aplicou-o nos lábios. — Bem — ela falou, olhando para Lucy pelo canto dos olhos —, você e o Lachlan, hein?

— Eu e o Lachlan. — Lucy gostou do jeito como aquilo soou. Só em falar isso, sentiu um choque de prazer atravessar seu corpo.

— O que está rolando entre vocês dois?

Lucy passou os dedos pelo cabelo, afastando-o dos olhos. Passara a vida toda se desviando das perguntas das irmãs, mas pareceu mais difícil fazer o mesmo com Jenn. Sentia como se a mulher pudesse ver através dela.

— Hum... não sei.

— Sério? — Jenn perguntou. — Porque eu só vi vocês dois juntos por dez minutos, e até eu posso dizer que a química entre vocês é enorme. O jeito como se olham... — ela abanou o rosto. — É sexy.

Lucy olhou para Jenn no espelho. Ela era pequena e bonita. O cabelo escuro e brilhante caía sobre os ombros, as pontas ondulando quando ela se mexia. Parecia uma mulher que não aceitava um não como resposta.

— Se você diz.

— Você gosta dele?

— Sim. — Pareceu que aquela palavra era fraca demais para responder. — Não estaria aqui se não gostasse. — Mais do que isso, não teria colocado sua carreira em risco se não sentisse essa necessidade desesperada de estar com ele. As apostas não poderiam ser maiores, mas não havia como dizer isso a Jenn.

— Bem, ele gosta de você. — A voz de Jenn tinha um ar de certeza.

— Gosta? — Lucy apreciou essa mudança de direção. Ficaria feliz em ouvir mais sobre o jeito como Lachlan se sentia, e Jenn, claramente, o conhecia bem.

— Claro que gosta. Você não ouviu quando nós viemos ao banheiro? O homem não suporta ficar longe de você por mais que alguns minutos. Os olhos dele te seguiram o tempo todo até aqui. É como se você fosse o ímã dele. — Jenn se aproximou. — Mas acho que você está certa em ser um pouco cuidadosa.

— Estou? — Lucy franziu a testa, observando as linhas se formarem entre seus olhos no espelho. — Por quê?

— Não é que eu não ame o Lachlan, porque eu amo. Ele é como um irmão para mim e o Grant. Mas ele não é o melhor quando se trata de mulheres.

Lucy engoliu em seco. Ela realmente precisava daquele prosecco agora.

— O que você quer dizer?

Jenn suspirou, se virando do espelho para olhar para ela.

— Eu gostei mesmo de você, Lucy. E é por isso que eu odiaria te ver magoada. Ele só é... não sei — Ela balançou a cabeça. — É o pior inimigo dele mesmo. Já vi isso antes. Ele se aproxima das pessoas, das mulheres, mas, quando elas querem algo mais, ele as afasta. Acredito que a culpa por ele ter problemas de confiança é dos pais. — Ela inclinou a cabeça para o lado. — Então, tenha um pouco de cuidado, tá? Proteja seu coração.

Lucy se olhou no espelho, vendo a jovem de cabelo loiro e pele macia olhando para ela. Embora sua expressão fosse neutra, suas emoções estavam em um turbilhão. Ela não sabia por que as palavras de Jenn a afetaram tanto. Talvez porque Lucy também tivesse problemas de confiança. Mas ela havia jogado a cautela ao vento no que dizia respeito a Lachlan.

— Sinto muito, eu não devia ter dito nada — Jenn murmurou, fazendo uma careta. — Deve ser por causa da gravidez, mas eu nunca tive trava na língua. Sou uma idiota.

— Tudo bem. — Lucy lhe deu um sorriso. — Não precisa se desculpar.

— É melhor você me ignorar — Jenn falou, ainda parecendo arrependida. — Sou uma vaca cheia de hormônios, pode perguntar ao Grant. Como eu disse, está claro que o Lachlan gosta de você, o que é mais do que vi com as outras garotas.

— Outras garotas — Lucy repetiu. Duas palavras que a fizeram querer vomitar.

— Certo, vou calar a boca agora. Preciso ligar para um médico para ele resolver meu problema de língua solta. — Jenn parecia querer chorar.

— Está tudo bem, de verdade — Lucy garantiu, esperando que seu tom fosse reconfortante. Esperando ainda mais que Jenn estivesse errada.

Ela tinha que estar, não é? O futuro de Lucy dependia disso.

❦

Assim que chegaram ao prédio de Lachlan e ele mandou o motorista para casa, a atração entre eles parecia um incêndio. Ele praticamente transou com ela no elevador a caminho do apartamento e quase a arrastou para o quarto na pressa de tirarem as roupas. Quando terminaram, duas horas depois, ela estava esgotada e exausta, adormecendo quase tão logo sua cabeça bateu no travesseiro.

Lachlan estava a seu lado, observando-a enquanto ela dormia. Seu corpo estava curvado, o rosto relaxado, os lábios ligeiramente entreabertos enquanto ela inspirava regularmente. Ela parecia em paz no sono, como se qualquer preocupação do dia tivesse desaparecido com sua consciência, fazendo-a parecer mais jovem, mais perto dos vinte do que dos trinta anos.

Acomodada em sua cama, o corpo macio e quente, ela o fazia se lembrar de um gato. Difícil de ganhar seu afeto, mas, quando se conseguia, era ferozmente leal. Ele sorriu, se lembrando da primeira vez que se encontraram. Naquela época, ela mostrou a ele seu lado forte. Parecia dura e impassível. Mas só ele sabia que por dentro ela era como um doce — suave e deliciosa. Ele não queria mais parar de prová-la.

Era assim que se sentia quando se vencia? Ele não conseguia se lembrar da última vez que se sentira assim — talvez nunca tivesse sentido. Tê-la em sua cama o fez sentir medo e alegria ao mesmo tempo, como uma pessoa que se aproxima da saída de um avião. Ele estava pronto para sair, pronto para pular, sem saber se iria sobreviver à jornada. Nem mesmo se importando com isso, porque a sensação era boa demais para perder.

Ela gemeu baixinho em seu sono, se virando e se aninhando junto a ele. Instintivamente, ele a puxou para seus braços. Ela descansou a cabeça em seu peito nu, a respiração quente contra a pele dele.

Lachlan fechou os olhos, respirando devagar, tentando guardar esse sentimento na memória.

Estava se tornando viciado nela, e não tinha certeza se poderia abrir mão daquilo.

26

Um paraíso na Terra que ganhei te cortejando.
— *Tudo está bem quando acaba bem*

— Você está bem? — Lachlan perguntou. Lucy estava deitada na cama, o cabelo loiro espalhado sobre o travesseiro branco, os olhos abertos e olhando para o teto. — Não consegue dormir?

Ela olhou para ele.

— Na verdade, não. Estou acordada há horas. — Ela se mexeu no colchão, apoiando a mão na bochecha. — Me desculpe se te acordei.

Atrás dele, os números vermelhos do relógio indicavam que passava das quatro da manhã.

— Não me acordou — ele disse, embora sua voz ainda parecesse sonolenta. — Acabei de me virar e vi você deitada aí. — Ele estendeu a mão, acariciando o rosto dela com a ponta dos dedos. — Acha que consegue voltar a dormir?

— Mesmo que eu não consiga, você deveria. Não precisamos acordar tão cedo.

Ele sorriu.

— Sei de uma boa maneira de te cansar.

— Envolve comprimidos? — ela perguntou.

— Não, mas envolve engolir.

Ela começou a rir. Lachlan se virou na cama, estendendo a mão para acariciar sua bochecha.

— De onde veio isso? — ela murmurou, passando o dedo pelas costas da mão dele, traçando uma pequena linha irregular sob o polegar.

Ele puxou a mão para trás, franzindo a testa. Lucy não pôde deixar de se lembrar do aviso de Jenn. Lachlan não gostava quando chegavam perto demais.

— Não precisa me dizer se não quiser — ela sussurrou.

— Não é grande coisa. — Ele deslizou a mão de volta para a dela. — Lembra que eu te falei que quebrei o vaso da minha mãe? Foi quando consegui essa cicatriz.

Ela a localizou novamente, inclinando-se para vê-la à meia-luz. O sol estava nascendo, os raios do amanhecer atravessavam as cortinas transparentes.

— Se machucou?

— Não lembro. Eu tinha só uns seis ou sete anos.

— Mas você disse que a sua mãe havia saído. Você tinha babá?

Ela o sentiu balançar a cabeça, o movimento movendo o peito dele onde sua cabeça estava apoiada.

— Não, eu estava sozinho.

— Ela deixava você sozinho tão novo? — Lucy franziu a testa, os dedos se entrelaçando aos dele. Outro lembrete de que ele havia sido negligenciado quando criança. Ela desejava voltar até aquele momento para pegar o jovem Lachlan nos braços. Era estranho como um homem tão forte e viril poderia despertar seu instinto maternal. — Isso não era ilegal?

Ele deu de ombros.

— Ela tinha que trabalhar. Mal podia manter um teto sobre a nossa cabeça, então pagar uma babá estava totalmente fora de questão.

— Ela não podia trabalhar enquanto você estava na escola?

A voz dele era baixa.

— Casas noturnas não costumam ficar abertas durante o horário de aula.

Os olhos de Lucy se arregalaram.

— Você ficava sozinho a noite toda? Meu Deus, e se alguma coisa acontecesse? — O estômago dela se apertou com o pensamento. — Não posso imaginar quanto isso deve ter sido assustador para uma criança dessa idade.

Ele lhe deu um meio-sorriso.

— Eu quebrei o vaso em uma crise de sonambulismo. O acidente me acordou. Estava com tanto medo que tentei pegar todas as partes do vaso e foi quando um dos cacos me cortou. — Ele engoliu em seco, o pomo-de-

-adão movimentando. — Escondi as peças por dias, esperando que ela não notasse. Até que a avó do Grant me contou sobre o Kintsugi.

— Fiquei surpresa quando você me disse que morou ao lado de Grant quando era criança — ela falou. — Não sabia que havia sido assim que vocês se conheceram. Presumi que tivesse sido no trabalho.

— Eu o conheço desde sempre. Nós praticamente crescemos juntos. Nos aproximamos de um jeito estranho. Os pais dele trabalhavam o tempo todo em um restaurante no centro de Miami, então ele sabia como eram as coisas. Mas ele tinha a avó. Ela também morava com eles. Mas nos deixava praticamente por conta própria.

Ela fechou os olhos, respirando o cheiro de sua pele.

— Você teve que crescer rápido.

— Naquele bairro, todos nós tínhamos. Lá era briga de cachorro grande. A gente precisa aprender a se defender. E a melhor forma de defesa era atacar. — Ele flexionou a mão sob o toque dela, fechando-a em punho.

— Mas e o seu pai? — ela perguntou. — Não ajudava? A sua mãe não podia processá-lo por pensão alimentícia ou algo assim?

— Às vezes ele mandava dinheiro — ele disse —, mas a minha mãe nunca foi boa com isso. Lembro de chegar em casa nos dias em que ele mandava dinheiro e ver os armários cheios de comida, roupas novas para mim e para ela. Mas, na semana seguinte, voltávamos às migalhas e ao trabalho duro. — Ele sorriu. — Roupas novas não fazem muito por um estômago vazio.

— Mas deve ter sido difícil saber que ele tinha todo aquele dinheiro e vocês não tinham nada. — Ela passou o dedo para cima e para baixo na parte interna do braço dele, observando os tendões flexionados sob seu toque. Ela o sentiu pressionar os lábios contra a sua cabeça, inspirando.

— Eu não gostava de visitá-lo — Lachlan explicou, com a voz abafada pelo cabelo. — Não por causa do contraste. Acho que, quando você é criança, não questiona coisas assim. Mas porque eles eram ruins. A mulher dele nunca gostou de mim, e não posso culpá-la por isso. Mas, quando você tem 10 anos e as pessoas ficam exibindo riqueza na sua frente, dói pra caramba. — Ele passou o dedo pela coluna dela, seguindo a curva formada na posição que estava deitada. — E o Duncan levou as coisas a um nível totalmente novo. Qualquer coisa que eu fazia, ele tinha que ser melhor. Se eu mencionasse que gostava de futebol, no dia seguinte ele ganhava ingressos para a temporada e uma camisa nova dos Dolphins. Nas raras ocasiões em que eu ganhava alguma coisa, acabava desaparecendo ou sendo quebrada.

Lucy piscou.

— Seu pai não fazia nada?

Ela podia senti-lo balançar a cabeça, seus lábios se movendo contra o cabelo dela.

— Ele não estava por perto a maior parte do tempo. Era workaholic, no caso de você estar se perguntando de onde eu puxei isso. Acho que ele gostou da ideia de ter uma família grande e feliz, mas quando não deu certo, simplesmente nos deixou.

A língua dela parecia uma lixa.

— Eles parecem um bando de idiotas.

Ele riu, seu peito subindo por baixo da bochecha dela.

— Essa é uma descrição tão boa quanto qualquer outra.

Ela levantou a cabeça, olhando diretamente para os profundos olhos azuis dele.

— Mas você se provou a eles, certo? Se tornou alguém, tem seu próprio negócio. Você é um sucesso. — Cada centímetro dele demonstrava isso, deitado ao lado dela. Era quase impossível manter as mãos longe dele.

O canto de sua boca se curvou.

— Acho que sim.

— O que mais há para provar?

— Nada. E acho que é mais do que provar alguma coisa para eles. Tem a ver comigo. Com o meu sucesso, o meu caminho. Quero ser visto como alguém mais que simplesmente o filho ilegítimo do meu pai. — Envolvendo seus braços ao redor dela, ele a puxou até que seu corpo descansasse sobre o dele. Em seus braços, tudo parecia certo.

— Sabe, sou muito boa com as mãos. Eu poderia fazer cócegas até a morte em todos, se você quiser. — Ela sorriu para ele com malícia, passando os dedos pelas laterais do seu corpo. Ele soltou sua cintura, estendendo a mão para segurar os pulsos dela.

— Não quero que você faça cócegas em mais ninguém — ele falou.

— Nem em você.

— Verdade. — Seu sorriso se alargou. — De qualquer forma, você vai conhecê-los pessoalmente no sábado.

— Sábado? — ela perguntou. — O que nós vamos fazer no sábado? — Ela pensou no fim de semana. No fato de que voltaria para casa no domingo. De volta a um país e a uma vida que parecia mais do que a meio mundo de distância.

— Nós vamos a uma festa. — Ele esfregou os polegares em pequenos círculos ao redor dos seus pulsos. — Você, eu, Duncan e metade de Nova York.

— Seu irmão não mora em Miami?

Lachlan deu de ombros.

— Eles vivem em todo lugar. Como eu, o meu irmão tem negócios aqui, da mesma forma que o nosso pai sempre teve. Além disso, o baile é para a instituição de caridade favorita do meu pai.

— E você quer ir comigo? — Ela se sentiu desconfortável com o pensamento. — Por quê?

— Porque eu quero te mostrar. Quero mostrar a eles que sou um vencedor, com uma mulher linda e inteligente ao meu lado. — Soltando seus pulsos, ele segurou seu rosto entre as mãos, passando o quase beijo suave pelos lábios. — Vamos ao baile, Cinderela?

Os olhos dele brilhavam. Ela se sentiu afundar neles, como se fossem feitos de ferro fundido. Duros, quase impossíveis de quebrar, mas, de alguma forma, se tornando um.

Ela pensou no fato de que estaria voltando para casa no domingo de manhã. Que os parentes dele estariam na festa, observando-o, odiando-o, tratando-o como merda. Seu corpo inteiro ficou tenso. Logicamente, ela sabia que Lachlan MacLeish era mais do que capaz de cuidar de si mesmo. A maneira como seus músculos se flexionavam sob o corpo dela era o suficiente para provar isso. E, ainda assim, ela sentiu uma necessidade primordial de protegê-lo — ou, pelo menos, o garoto que ele havia sido. O mesmo desejo que ela sentia com suas irmãs.

Olhando para ele, ela assentiu, engolindo para aliviar a secura da garganta. Mesmo assim, sua voz estava rouca quando falou:

— Claro, eu vou com você.

O sorriso que ela recebeu de volta foi de tirar o fôlego.

Ele a envolveu em seus braços, de conchinha, os bíceps fortes ao seu redor. Suas pernas pressionaram as dela, de modo que ele estava espelhando sua posição. Ela podia sentir seu peito apertar com a sensação dele a abraçando, seu corpo quase como um escudo para afastar o mal.

Não estava acostumada a ser protegida. Nem cuidada. Mas a sensação a fez se sentir aquecida, como se ele tivesse acendido um fogo dentro dela que nunca apagaria.

Ela estava se apaixonando por Lachlan MacLeish. Tinha visto além da persona que ele mostrava ao mundo, quebrou a casca que ele usava para se proteger e vislumbrou o homem lá dentro.

Talvez Jenn estivesse errada. Talvez dessa vez fosse diferente. Porque Lucy estava apaixonada por ele e não tinha ideia do que fazer com isso.

❦

— Droga, estamos sem café. — Lachlan fechou a porta do armário, a louça do lado de dentro se balançando em protesto contra a sua veemência. — É isso o que acontece quando dou uma semana de folga para a governanta. Minha vida vira um inferno.

Lucy cruzou as pernas nuas enquanto se sentava no banquinho da cozinha, encostada na bancada. Estava vestindo apenas uma camisa branca e calcinha, que encontrou no topo da mala.

— Por que deu a semana de folga a ela?

Ele se virou para olhá-la, seu rosto ruborizado.

— Porque prefiro não ser interrompido enquanto estou transando com você no sofá.

Ela reprimiu uma risada.

— Acho que vamos ter que ficar sem café, então.

Lachlan balançou a cabeça.

— Isso não é uma opção. Sem café não consigo me concentrar. E nós temos muito o que fazer hoje.

Ela franziu a testa, balançando a perna para trás e para a frente.

— Achei que a gente fosse fazer compras. — Não por escolha dela, mas Lucy não tinha nada adequado para o tipo de evento a que compareceriam no sábado.

— E vamos — ele concordou, calçando os sapatos e pegando a jaqueta. — Mas precisamos de algum sustento. Tenho gostos muito específicos quando se trata de roupas.

— Eu também — ela falou, inclinando a cabeça para o lado. — Isso pode ser interessante.

— Tudo sobre você é interessante. — Ele pressionou os lábios nos dela. — Agora, volte para cama que eu vou levar o seu café lá. Temos quatro horas até o nosso compromisso na Bergdorf.

— E temos trabalho a fazer também. — Ela não pôde deixar de se sentir culpada por todos os e-mails que se acumulavam em sua caixa de entrada. Mesmo que devesse estar de férias, ainda precisava manter as coisas sob controle. Sua carreira dependia disso.

— Isso pode esperar. — Ele pegou as chaves do balcão, colocando-as no bolso da calça jeans. Cada centímetro dele parecia o namorado rico e casual. O cabelo ainda estava molhado do chuveiro, o jeans e a camiseta que usava eram caros. Ele havia se barbeado na noite anterior, mas o queixo estava áspero pela sombra da barba que crescia. Às vezes ela tinha que se beliscar para ter certeza de que não estava assistindo a um anúncio de perfume quando ele estava por perto.

Mas, como em um anúncio, o tempo que passaram juntos era breve demais. Já era quarta-feira — e parecia que ela mal havia chegado. O fim de semana chegaria em um piscar de olhos e, antes que ela percebesse, voltaria para Edimburgo. Como em O *Mágico de Oz*, ela bateria o salto de seus sapatos vermelhos para deixar a bela terra colorida para retornar a uma vida em preto e branco.

Pare com isso, disse a si mesma. Não era uma existência maçante. Ela havia trabalhado duro para conseguir tudo o que tinha: um lindo apartamento, um emprego fabuloso, uma família que amava mais do que a própria vida. E ela ainda tinha Lachlan, mesmo que de longe por um tempo.

Desceu do banquinho, os pés descalços encostados no chão de madeira polida e quente. Estava quase no quarto quando ouviu o som de um telefone.

O telefone de Lachlan.

Virando-se, ela viu a luz acesa no balcão, o aparelho vibrando contra o mármore enquanto tocava. Ele deveria ter se esquecido de levar com ele. A curiosidade a impulsionou para mais perto, até que ela pudesse ler o nome impresso na tela iluminada.

Grant.

Sem pensar, ela atendeu, levando o aparelho a orelha.

— Telefone de Lachlan MacLeish.

— E... — Grant pareceu momentaneamente desconcertado com a voz dela. — Lucy, é você?

— Oi, Grant. O Lachlan saiu por um minuto. Ele esqueceu de levar o telefone. Quer deixar algum recado?

Grant soltou um suspiro alto.

— Droga. Sabe quando ele volta?

Alarmada pelo tom dele, Lucy sentiu o corpo enrijecer.

— Não vai demorar. Algum problema?

— Ele devia estar em uma reunião. Os caras vieram da Alemanha só para isso. Mandei um e-mail ontem à noite para lembrá-lo. — A raiva de Grant era palpável. Ela sentiu arrepios em sua pele.

— Acho que ele não viu.

— Mas ele *sempre* checa os e-mails. — Sua voz se elevou.

— Certo — ela não queria discutir com ele. Ele era amigo de infância de Lachlan, mesmo que estivesse sendo um pouco exagerado. — Bem, vou pedir para ele te ligar assim que voltar.

— Você não pode ir encontrá-lo?

— Ele acabou de sair para comprar café. — Ela passou o dedo na bancada de mármore no formato de um oito. — Ele volta logo.

— Café? — Ele tossiu alto. — Sério?

— Ele não perderia a reunião de propósito. Vou fazê-lo te ligar no minuto em que ele chegar.

— Desculpe, Lucy, não quero ser grosseiro com você. Eu simplesmente não entendo. Essa empresa é tudo para ele e não quero que ele estrague as coisas. — Grant fez uma pausa por um momento, depois deu outro longo suspiro. — Desculpe, tenho certeza que vai ficar tudo bem. Só me ignore.

— Ele não vai estragar nada — Lucy falou, com a voz firme. — O sucesso significa tudo para ele.

Da mesma forma que significava para ela. Ou, pelo menos, era como se sentia antes de Glencarraig e aquela noite roubada no quarto dele. Depois disso, ela não sabia o que era mais importante.

E agora, olhe para ela, ficando com um ex-cliente, embora as fofocas na Robinson e Balfour devessem ter feito horas extras. Seu coração começou a bater mais rápido, como se estivesse batendo em uma porta contra suas costelas. Eles estavam fazendo a coisa certa.

Não estavam?

— Vou pedir para ele ligar de volta assim que chegar aqui — ela garantiu, com a voz baixa. Seus olhos se fixaram na porta, na direção do corredor. Permaneceram imóveis. Seu estômago, no entanto, era um assunto diferente. Balançava dentro dela como se estivesse saindo de uma montanha-russa, o abdome se contraindo quando uma sensação de mau pressentimento a atingiu.

Lachlan estava negligenciando o trabalho havia semanas. Ela também. A realidade estava batendo à porta, e, por mais que ela tentasse ignorar o barulho, era questão de tempo antes de tudo explodir na vida dos dois.

27

As tristezas não andam como espiãs, mas sempre em batalhões.
—*Hamlet*

Com o vestido em uma mão, Lucy levantou a outra para chamar um táxi. O carro amarelo parou no meio-fio e ela entrou, tomando cuidado para não amassar a peça de roupa. Mal havia colocado o cinto de segurança quando o motorista arrancou, entrando no trânsito da hora do almoço. Quando ele pegou uma rua lateral, se juntando a uma fila de carros que tiveram a mesma ideia, Lucy olhou pela janela para as vitrines das lojas. Quase imediatamente algo chamou sua atenção. Ela se inclinou mais para perto, tentando ver se era o que ela achava que era.

— Ei, pode parar aqui por um minuto? — pediu.

O motorista olhou para ela com cautela, deslizando os olhos para o vestido recém-comprado.

— Se deixar isso, eu fico. E o taxímetro fica ligado.

— Tudo bem. Não vou demorar muito.

Pegando a bolsa, ela correu para a loja, procurando por um vendedor enquanto olhava para todo o estoque das prateleiras. Após uma conversa rápida e a cobrança no cartão Visa, saiu carregando sua compra delicada em uma caixa acolchoada, voltando ao táxi e acenando para o motorista continuar.

— Obrigada por esperar — disse a ele.

Ele murmurou algo ininteligível e colocou o pé no acelerador.

Estavam a poucos minutos do apartamento de Lachlan quando o telefone tocou. Ela não conseguiu esconder o sorriso quando viu o nome dele na tela.

— Alô?

— Como estão as compras? — ele perguntou.

— Terminei. Encontrei o vestido certo. — Ela olhou para a embalagem plástica preta, estampada com o logo da Bergdorf. Fechado ali dentro havia um vestido longo, sem alças e dourado, amarrado no busto, justo na cintura e que fluía como champanhe até o chão. Assim que experimentou, teve certeza de que era o certo. Pelos suspiros do vendedor, ele também achou.

— Como é? — Lachlan perguntou, sua voz soando distraída. — Pode me mandar uma foto?

— Não. Você só vai ver à noite. Traz má sorte.

Ele riu.

— Acho que você está pensando que é um vestido de noiva. — Sua voz ficou abafada, como se estivesse cobrindo o bocal. — Grant, você pode reservar uma mesa para quatro no Barouche? Vamos comer às sete.

Enquanto Lachlan continuava a conversa com Grant, Lucy via o mundo passar, apreciando a vista. Tinha ido até a loja de metrô — apesar da desaprovação de Lachlan —, querendo ver se era como nos filmes. Mas de jeito nenhum levaria aquele lindo vestido para as profundezas dos túneis.

— Já te falei o quanto estou feliz por você ir ao baile? — ele perguntou, a conversa com Grant claramente terminada.

— Disse, sim. — Ela sorriu para sua animação, lembrando como ele a olhou quando ela disse que iria. Como uma criança abrindo seus presentes de Natal.

— Significa muito para mim — ele disse baixinho. — Obrigado.

— Por nada. E quais são seus planos para hoje?

— Tenho reuniões a tarde toda — Lachlan falou. — E depois nós vamos jantar com meus clientes alemães.

— Nós?

— Sim, nós. Vou mandar um carro para te buscar às seis e meia.

— Não preciso de um carro. Eu mesma chego lá. Só me mande um e--mail com o endereço.

— Não vou deixar você andar pelas ruas com um vestido sexy e salto alto.

— Quem disse que vou usar um vestido sexy e salto alto? — Ela sorriu, brincando com ele.

— Eu.

— Quero ver a sua cara quando eu aparecer de jeans e suéter. — Uma ambulância passou depressa, as sirenes tocando alto. — Desculpe, não ouvi o que você disse.

— Falei que a minha cara vai ficar perfeitamente normal se você aparecer de jeans e suéter. Você fica linda de qualquer jeito.

Ela abriu a boca para responder, mas as palavras permaneceram teimosamente silenciosas.

Às vezes ele conseguia tirar seu fôlego só com uma frase.

— Parece um bom momento para terminar esta conversa — ela falou com um enorme sorriso. — Acho que você não consegue se superar agora.

Ele riu.

— Posso tentar. Quais são os seus planos para esta tarde? Quer que eu organize alguma coisa?

Ela ainda não tinha certeza se deveria se sentir aborrecida ou lisonjeada pela forma como ele sempre se oferecia para fazer coisas por ela. Estava demorando um pouco para se acostumar.

— Vou trabalhar um pouco — ela respondeu, com firmeza. — Preciso fazer isso se quiser meu emprego quando voltar.

— Talvez você não devesse — ele falou com a voz leve. — Assim eu posso te manter aqui para sempre.

— Por mais tentador que isso possa parecer, não sou o tipo de mulher que gosta de ser sustentada. — Embora o pensamento de ficar com ele a aquecesse. Ela nem queria pensar em como se sentiria no avião, no domingo. Em vez disso, guardou esse pensamento bem dentro de si. Era algo para considerar outro dia.

— Bem, não trabalhe muito — ele disse. — E, se ficar entediada, ligue para o Grant. Ele pode providenciar um carro para te levar a qualquer lugar.

— Posso cuidar de mim mesma.

— Sei que pode, mas eu gosto de cuidar de você. — Sua voz era tão suave quanto veludo. Ela fechou os olhos, se lembrando da noite anterior, o quanto se sentira segura em seus braços. Quase podia sentir seus bíceps rígidos ao redor dela e seus lábios tocando o ponto sensível entre o pescoço e o ombro enquanto ela caía no sono.

Meu Deus, eu te amo.

Levou um momento para perceber que havia dito as palavras em voz alta. Elas pairaram no ar como um cheiro ruim. Lachlan limpou a garganta, mas não disse nada.

Lucy esperou um momento, sem saber o que fazer. Ela deveria rir, tirar sarro disso? O táxi parou em um semáforo, o motor em marcha lenta enquanto a luz vermelha se difundia sobre eles, combinando com o rubor em suas bochechas.

Ela era muito idiota.

— Tenho que entrar em uma reunião — Lachlan falou, soando estranho pra caramba. — Não esqueça do carro às seis e meia. Te vejo no jantar.

— Tudo bem — ela respondeu, ainda se chutando por dizer aquelas malditas palavras em voz alta. — Te vejo mais tarde.

❀

Lachlan colocou o celular no bolso, a mandíbula tensionada. Ela realmente havia acabado de dizer que o amava? Ele podia sentir o coração martelando no peito do mesmo jeito que ficava depois de terminar uma corrida de dezesseis quilômetros. Sim, ela falou.

Então, por que ele não retribuiu? Assim que as palavras saíram da sua boca, ele se sentiu como um garoto assustado, sem ação. Não soube o que dizer.

Grant enfiou a cabeça pela porta.

— Os seus visitantes voltaram do almoço. Eu os coloquei na sala de reuniões. O Marcus deve se juntar a vocês em breve.

Lachlan assentiu.

— Eu vou estar lá em cinco minutos. — Terminando de tomar sua caneca meio vazia de café, ele olhou pela janela, observando a cidade.

Ela estava lá fora e o amava. E ele se importava profundamente com ela também. Podia não ter sido capaz de dizer as palavras ainda — até mesmo pensar nisso o deixava em pânico —, mas talvez pudesse demonstrar. E esta noite, quando retornassem ao seu apartamento, planejava fazer exatamente isso.

❀

Ela não tinha certeza se reconhecia a garota que a olhava. Seu cabelo estava molhado, caindo em uma cortina úmida pelos ombros. Seu rosto estava recém-lavado, brilhando do banho. Ela parecia saudável e feliz.

Parecia alguém que ela conhecia.

Atrás dela, o vapor ainda estava flutuando no ar, um efeito remanescente da longa permanência no chuveiro. Sua pele ainda podia sentir as gotas quentes de água que caíram do chuveiro, as células formigando com a memória tátil. Ela olhou pelo cômodo — a cerâmica cara, os azulejos de mármore perfeitamente instalados, os maravilhosos perfumes de banho que Lachlan havia comprado para ela usar.

Envolvendo uma toalha em volta do cabelo, pegou um roupão de banho e enfiou os braços, corando quando amarrou o cinto. Aquela noite em Paris, quando ele usara um cinto muito parecido com aquele para amarrá-la na cama, não parecia ter sido muito tempo antes. E, ainda assim, parecia uma eternidade também.

Estava voltando para o quarto quando o telefone tocou, vibrando na penteadeira onde o havia deixado. Sorrindo, caminhou em direção a ele, esperando ver o nome de Lachlan piscando na tela.

Mas era sua irmã, Cesca.

Algo fez sua mão congelar no ar quando se aproximou. Um pressentimento, talvez? Fosse o que fosse, seus dedos tremiam quando ela, finalmente, pegou o aparelho, que quase escapou de seu alcance.

— Cesca, está tudo bem?

Um segundo de silêncio foi seguido por um soluço.

— Cesca? — Ela chamou de novo, seu peito apertando com os soluços da irmã. — Você ainda está em Londres? — Só ouvir a respiração ofegante da irmã foi o suficiente para sentir uma onda de pânico correndo pelas veias. — Você está com o nosso pai? Ele está bem?

— Ele disse... ele disse... — Outro suspiro ofegante. — Não é verdade, é?

— O quê? — Lucy perguntou. — O que aconteceu?

— Ele achou que eu era a mamãe. Começou a gritar comigo, me pedindo para não deixá-lo, então disse ao Sam para... para... cair fora. — Ela fungou. — A enfermeira tentou acalmá-lo, mas ele começou a tentar agarrar o Sam. Ele estava tão confuso que começou a chorar e a gritar. Me implorou para que eu terminasse meu caso antes que magoasse as nossas garotas. Mas não era comigo que ele estava falando. — A voz dela foi abafada por outro soluço. — Ele estava falando com a mamãe.

Então o pai sabia sobre o caso. Uma nova onda de pânico deixou as pernas de Lucy fracas.

— Ele está falando bobagem, você sabe disso. Não sabe o que está dizendo. — A respiração dela estava ofegante, como se estivesse correndo por quilômetros.

— Ele não inventa coisas. — A voz de Cesca era baixa e rouca. — Só lembra de coisas antigas. Foi o que o médico disse.

Lucy se sentou na beira da cama, cobrindo o rosto com a mão, a ponta dos dedos cravadas no cabelo molhado. *Pense, Lucy.* Ela só precisava encontrar as palavras certas e tudo ficaria bem. Do jeito que sempre foi.

— Tudo isso foi há muito tempo, Cesca, não tem mais importância. — Ela balançou a cabeça. — Ele está doente, isso é tudo.

— Você sabia? — Cesca perguntou, depois soltou outro grito. — Sabia, né? Você não parece nada surpresa.

O estômago de Lucy deu um nó, e ela sentiu o gosto da salada de macarrão que comera no almoço.

— Eu não... — Ela procurou em seu cérebro, tentando encontrar as palavras. — Eu só...

— Você sabia, não é? — Cesca questionou novamente. — Ah, meu Deus, você sabia disso. Mentiu para mim, para nós. — Ela estava falando rapidamente, a voz alta soando na linha. — Quem mais sabe? — ela exigiu. — Quem mais está mentindo? A Juliet sabe disso?

— Não — Lucy respondeu, fechando os olhos com força. — Só eu. Não contei para ninguém. Não significou nada.

— Claro que significa alguma coisa. — O tom de Cesca se tornou irritado. — Significa que tudo que eu pensei a respeito da minha família estava errado. Eu escrevi a droga de uma peça baseada na minha mãe ou em quem eu achava que ela era. Você deve ter rido de mim o tempo todo.

— Não, Cess, juro que não. — Lucy balançou a cabeça. — Não é nada disso.

— Como é, então? — Cesca questionou. — Você parece saber tudo o que está acontecendo. Me conte a respeito.

— Não importa — Lucy respondeu, se encostando na penteadeira, sentindo o corpo pesado e dolorido.

— Claro que importa — Cesca protestou. — Tudo o que eu pensei que soubesse é uma mentira.

Lucy cobriu a boca para abafar o próprio soluço. Ela ofegou, o peito dolorosamente tenso quando tentou respirar fundo. Se sentiu tonta, como se tudo no quarto estivesse inclinado — apenas para perceber que era ela quem estava caindo no chão.

— Não, querida, não. Isso não é verdade. — Ela fechou os olhos, vendo o rosto da mãe, o momento antes de bater naquela van.

— Por que eu devia acreditar no que você diz? — Cesca perguntou, sua voz ainda vacilante. — Você tem mentido para nós há anos. O que mais você tem escondido, Lucy? Que outras mentiras você contou?

— Nada. — Sua respiração saiu em ofegos superficiais. — Juro, é só isso. Não queria que vocês se magoassem.

— E então você mentiu?

— Só não falei a respeito. — Ela esfregou a palma da mão sobre o rosto, sentindo a umidade de suas lágrimas na pele. — Por favor, Cesca, me deixe explicar. — Balançando a cabeça, Lucy mordeu o lábio, tentando se acalmar. Ela se sentia nervosa e ansiosa, como se não pudesse segurar os pensamentos. Eles corriam pelo seu cérebro como se estivessem em uma corrida de fórmula Indy.

— Não, não quero ouvir. Não acredito em droga nenhuma que você diz. Não quero mais falar com você.

— Por favor, não desligue! — Lucy implorou. — Cesca, ouça, não é...

Mas a conexão foi interrompida. Lucy olhou para o roupão branco que estava usando e para o lençol macio em que estava sentada. O que estava acontecendo? Ela ligou de volta para a irmã, que não atendeu.

Com as mãos trêmulas, pesquisou seus contatos, ligando para o número de Juliet. Quase imediatamente, caiu na caixa postal. Ou o telefone dela estava desligado ou Cesca estava ligando para ela agora. As duas coisas fizeram Lucy ter um mau pressentimento.

— Juliet, pode me ligar quando receber esta mensagem? — Foi tudo o que ela conseguiu falar antes de sufocar outro soluço. Deus, ela precisava se controlar. Ainda segurando o telefone, pensou em ligar para Kitty, que estava em Los Angeles, pedindo que ela não falasse com nenhuma das irmãs até que Lucy tivesse a chance de fazer o controle de danos. Mas ela conhecia Kitty muito bem — era tão curiosa quanto as outras. Ela telefonaria para Cesca e Juliet num piscar de olhos.

Lucy se deitou na cama, o cabelo umedecendo os lençóis, manchando-os com um tom mais escuro. Olhando para o teto pintado de branco, balançou a cabeça, tentando entender as coisas. Mas nada fazia sentido. Não conseguia nem se lembrar do motivo de ter mentido para elas por tanto tempo — como poderia explicar isso quando ela mesma não entendia?

Franzindo a testa, ela se sentou, apoiando o queixo sobre os joelhos. *Pense, Lucy, pense.* Respirou fundo para acalmar o coração acelerado. Mas a lembrança dos gritos de Cesca e suas acusações eram como pequenos golpes de adrenalina, fazendo o pulso acelerar ao recordar a rejeição da irmã.

Não quero falar com você.

Mas ela teria que falar, não é? Cesca não podia ignorá-la para sempre. De alguma forma, Lucy tinha que fazê-la entender. Ela tentara protegê-las, manter a família unida, ter certeza de que ainda tinham um pai, um lar, uma vida juntos.

Ela mentira porque as amava.

Com os braços em volta dos joelhos, se balançou para trás e para a frente em um movimento reconfortante. Tudo ia ficar bem. Ela faria tudo voltar ao normal — afinal de contas, havia feito isso antes e poderia fazer de novo. Elas eram uma família e era tudo que importava.

❦

Lachlan estampou um sorriso falso no rosto e chamou o garçom, tentando ignorar a cadeira vazia a seu lado. Jurgen e Klaus já estavam de bom humor por causa da meia garrafa do vinho bom que haviam pedido e nenhum dos dois notou a maneira como ele continuava a desviar o olhar para a porta do restaurante.

Onde ela estava?

— Sim, senhor? — o garçom perguntou. — Gostaria de aguardar sua convidada ou está pronto para fazer o pedido?

— Vamos pedir agora — respondeu, acenando para Jurgen e Klaus. — Isto é, se vocês dois estiverem prontos.

— Claro — Jurgen sorriu, seu rosto corado por ter bebido o vinho com o estômago vazio. Combinado com o jet lag, era letal. Ele começou a discutir o menu com o garçom enquanto Lachlan se desligava da conversa, checando o telefone debaixo da mesa para ver se ela havia respondido à mensagem.

Nada.

Ele não tinha certeza se estava irritado ou preocupado. Lucy não costumava se atrasar para nada.

— Preciso dar um telefonema rápido — disse a Jurgen e Klaus depois que os três pediram. — Podem me dar licença por um minuto?

— Fique à vontade — Klaus respondeu, assentindo enquanto Lachlan se levantava.

Assim que estava no saguão, Lachlan ligou para o número dela. Direto para a caixa postal, droga. Então ligou para o telefone do apartamento, mas continuou tocando até que o tom de ocupado fez sua cabeça doer. Engolindo a frustração, ligou para a recepção do seu prédio.

— Sr. MacLeish, em que podemos ajudar? — A portaria atendeu imediatamente.

— Sabe se a srta. Shakespeare deixou o apartamento? — perguntou. — O carro chegou aí?

— Ele esperou por vinte minutos, mas ela não desceu — o concierge respondeu. — Liguei várias vezes, mas não obtivemos resposta.

Lachlan se encostou à parede de tijolos do restaurante, o telefone ainda colado ao ouvido.

— Você a viu? — perguntou, tentando esconder o tom alarmado em sua voz.

— Não desde que ela chegou à tarde. Estou sentado aqui desde então e não coloquei os olhos nela.

— Liguei para o celular e ela não está atendendo. Pode pedir a alguém que vá ver como ela está?

— Claro. — O tom do concierge era reconfortante. — Vou pedir ao John para subir.

— E me ligue de volta quando ele retornar.

— Sem problemas.

Enquanto esperava o telefonema, Lachlan ficou do lado de fora do restaurante, checando Jurgen e Klaus pela janela de vidro. Os dois pareciam felizes, rindo e bebendo a segunda garrafa de vinho. Ainda assim, sabia que acabariam percebendo que ele estava demorando demais.

Não que ele realmente se importasse.

Assim que o telefone tocou, ele atendeu.

— Sr. MacLeish? — Era o concierge novamente.

— Sim? Ela está lá?

— O John falou com ela pelo interfone. Ela está se sentindo mal, disse que estava deitada e falaria com o senhor mais tarde.

— Ela está doente? — ele perguntou. — Devemos mandar chamar um médico? — Seu alívio por ela estar no apartamento foi rapidamente substituído por uma ansiedade por sua doença.

— O John ofereceu, mas ela recusou.

Nada disso fazia sentido. Se ela estava doente, por que não tinha ligado para ele?

— Obrigado por ter ido checar.

— Disponha, sr. MacLeish. Ligue se precisar de mais alguma coisa.

Ele desligou e colocou o telefone no bolso, uma carranca aparecendo em seus lábios. Em seguida, entrou para se desculpar com Jurgen e Klaus antes de chamar um carro para buscá-lo.

Era hora de ir para casa e cuidar de sua garota.

28

Um coração conturbado não tem a língua ágil.
— *Trabalhos de amor perdidos*

Havia sido tão egocêntrica. Podia ver tudo claramente agora, enquanto fechava a mala e a tirava de cima da cama, arrastando-a pelo corredor. Deixou-a ao lado da porta, com os documentos em cima, enquanto esperava pelo táxi que já havia chamado.

O presente que comprara para Lachlan ainda estava no corredor, no mesmo lugar em que havia deixado quando chegou. Olhou para ele, retorcendo os dedos, imaginando o que deveria fazer com aquela coisa agora.

Não parecia o momento certo para presentes.

Não parecia o momento certo para nada além de ir para casa e fazer o que deveria ter feito muito tempo antes. Se certificar de que sua família estivesse bem, que não tivesse desmoronado. Que não se quebrasse como o vaso Kintsugi que dominava o corredor do apartamento de Lachlan.

Checou o telefone para ver se o táxi havia chegado, mas não havia notificação. Apenas algumas mensagens de Lachlan e recados perdidos na caixa postal. Planejava retornar assim que estivesse no táxi.

Depois das tentativas inúteis de retornar para Cesca, suas habilidades para resolver problemas haviam despertado. Em trinta minutos, reservou um voo no avião seguinte para Londres, fez as malas e pediu um táxi. Checando o aplicativo, viu que o carro ainda estava a dez minutos de distância. Balançou a cabeça. Era tudo culpa sua. Tinha perdido o foco e se jogado de cabeça nessa coisa com Lachlan. Negligenciara a família e a carreira, as duas coisas que sempre significaram tudo para ela.

Por um momento, pensou naquele vestido, ainda pendurado na embalagem plástica preta, preso na parte de trás da porta do quarto dele. Pensou em como teria ficado nos braços dele, a renda clara e a seda champanhe contrastando com o smoking preto que ele usaria. Mas era tudo falso, não era?

Permitiu-se entrar em um devaneio: achar que ele estava tão apaixonado quanto ela. Mas ele não estava. Isso ficou claro durante a conversa por telefone. Ela deixara escapar que o amava, e ele não tinha dito uma palavra. Se ficasse e fosse para o baile — como uma das suas "garotas", como Jenn as descreveu —, estaria colocando essa coisa entre eles acima de sua família. E não podia fazer isso.

Havia sido tão egoísta quanto a mãe. Precisava parar. Precisava retornar para casa e ser Lucy Shakespeare, a mulher que tinha tudo sob controle. Talvez, então, as coisas voltassem ao normal.

❦

Começou a chover quando o carro estacionou em frente ao prédio e o porteiro apareceu com um guarda-chuva, protegendo Lachlan da umidade.

— Boa noite, sr. MacLeish.

— Oi, John. Obrigado por verificar a Lucy por mim.

— Sem problemas — John respondeu e caminhou ao lado de Lachlan em direção ao saguão. — O mal-estar deve ter sido repentino. Ela estava bem quando chegou. — Lachlan franziu a testa, caminhando pela porta que John segurava. O porteiro permaneceu do lado de fora, sacudindo o guarda-chuva. Acenando para o concierge, Lachlan foi até o elevador, que chegou quase que imediatamente.

Assim que abriu a porta do apartamento, algo pareceu errado. Ele entrou no hall, observando as paredes claras, o chão polido, a mesa com o grande vaso de Kintsugi. Tudo parecia igual.

Mas havia outro acréscimo — bem, dois, se fosse contar. A mala dela estava junto à mesa, ao lado de uma grande caixa azul. Seus documentos estavam sobre a bagagem.

— Lucy? — ele chamou, dando outra olhada na bagagem. — Você está bem? — Ele podia sentir o peito apertando, como se alguém tivesse amarrado uma corda nele e tivesse puxado com força. — Onde você está?

— Aqui.

Ele a viu assim que entrou na sala de estar. Ela estava usando jeans justo e suéter de cashmere de cor creme — a lã macia, de alguma forma, complementando sua tez. Mas, quando ele levantou o olhar, viu a vermelhidão dos olhos, a palidez do rosto, a pele macia coberta de manchas lívidas.

— Você está horrível — ele falou, estendendo a mão para ela. Mas ela se afastou.

— Obrigada — ela respondeu, mordiscando o lábio. — Não estou me sentindo bem.

— Posso pegar alguma coisa para você? Um analgésico? Está enjoada ou com dor?

— Estou bem — ela disse, parecendo exatamente o contrário. — Só preciso ir para casa.

— O quê? — Ele piscou, tentando compreender as palavras dela. — Mas você está em casa.

— Não. — Ela balançou a cabeça, estremecendo como se estivesse com dor. — Quero dizer que vou voltar para Londres.

— Seu voo é no domingo, não hoje. — O que ela estava dizendo não fazia sentido. — Você não pode ir embora estando doente, isso é loucura. Vá para a cama e vamos ver como você acorda manhã. Eu vou ligar para o meu médico se você não estiver melhor.

— O meu voo sai daqui a quatro horas — ela disse, ignorando a sugestão dele. — Chamei um táxi. Já devia ter chegado há cinco minutos. — Seu rosto estava iluminado pelo brilho do lustre. Quando ele se aproximou, pôde ver sua pele sensível, como se ela tivesse limpado a maquiagem com uma escova em vez de um demaquilante.

Ele balançou a cabeça.

— Não entendo. Se você está doente, não devia ir embora. Me deixe cuidar de você. — Dessa vez, quando ele a tocou, ela se encolheu. — Lucy? — ele a chamou, ainda sem entender o que estava acontecendo.

— Não estou doente. — Sua voz estava fraca. — Tenho que ir para casa. A minha irmã precisa de mim.

— Qual irmã? O que aconteceu com ela?

Lucy ergueu o olhar lentamente para encontrar o dele. Seus olhos estavam injetados de sangue e, no entanto, de alguma forma, inexpressivos.

— A Cesca. Ela descobriu... — Lucy parou, juntando os lábios em uma linha fina. Quando piscou, uma lágrima escapou.

— Descobriu o quê? — Ele odiava o modo como o ar entre eles parecia sólido. Como uma barreira invisível.

— Ela descobriu sobre a minha mãe. Sobre o caso dela. Disse que eu sou uma mentirosa, que me odeia.

— Por que ela iria te odiar?

Lucy reprimiu um soluço.

— Ela acha que é tudo culpa minha. Não quer falar comigo.

Ele acariciou o braço dela. Estava muito frio.

— Ela só está em choque, só isso. Qualquer um se sentiria assim. Você devia ter contado sobre a sua mãe há alguns anos.

— Você acha que fui eu quem fez isso? — ela questionou. — Que a culpa é minha também? — Ela puxou o braço e o segurou contra a lateral do corpo, que estava tão rígido quando suas palavras. Naquele momento, ela parecia impenetrável.

Ele franziu a testa, tentando encontrar a resposta certa.

— Não, não é isso que estou dizendo. Mas você não podia manter esse segredo para sempre.

Ela piscou para afastar as lágrimas.

— As minhas irmãs precisam de mim, sempre precisaram, e eu não estou lá. Estou aqui, fazendo Deus sabe o quê.

— Você está aqui comigo.

Ele podia senti-la começar a tremer sob seu toque, apesar do calor na sala.

— Mas não deveria estar. Eu deveria estar em casa. Tudo está bem quando estou lá. Assim que a Cesca me disse que ia para Londres, eu soube que deveria ter ficado. Mas, em vez disso, ignorei a vozinha na minha cabeça e embarquei em um avião assim mesmo. E agora tudo deu errado e eu tenho que fazer tudo dar certo. — Ela estava histérica, com a voz aguda e nervosa. Não havia suavidade em seu rosto. Era como vidro rachado, duro, mas quebrável. Ameaçando cortá-lo com cada toque.

Ele podia sentir o pânico crescendo.

— Então, basta um telefonema da sua irmã e você vai embora?

Era como se ela não o ouvisse.

— Não posso acreditar que fui tão estúpida. Não sei em que eu estava pensando ao vir para cá. — Ela balançou a cabeça, olhando para o espaço. — Arrisquei tudo por quê? Por uma aventura?

Suas palavras foram como um chute no estômago dele.

— O quê?

Claro que não era uma aventura. Ela sabia disso, não é? Ela não quis dizer isso quando falou que o amava?

Ele pensou em todas as outras pessoas que deveriam amá-lo também. Sua mãe, sumindo todas as noites, seu pai, que não parecia amar ninguém além de si mesmo. E agora Lucy também o estava deixando. Do mesmo jeito que todos fizeram.

Não desta vez.

— Eu vou com você. Me deixe falar com o Grant. Ele vai reservar uma passagem para mim.

Lucy olhou para o telefone, que estava segurando com força.

— Vou sair a qualquer momento.

O táxi estava virando a esquina.

— Então eu vou te encontrar.

Ela olhou para ele.

— Não. — Seu tom era veemente. — Não faça isso.

— Por que não?

— Porque eu não quero que você vá.

Se as palavras anteriores pareciam um chute no estômago, desta vez eram como um tiro no coração.

— Você não me quer?

— Você não vê? Nós não fazemos bem um para o outro. Eu estraguei tudo. A minha irmã me odeia, o meu emprego está por um fio. Até o Grant me disse que você estava negligenciando os seus negócios. E pra quê? — O telefone tocou, e ela o silenciou. — É o meu táxi. Preciso ir.

— E o baile de caridade? — ele perguntou. — E quanto a isso? — Estava fazendo tudo o que podia para manter a calma, mas só conseguia ficar com raiva. — E o vestido que você comprou?

— Vou transferir o dinheiro para você — ela disse. — Assim que chegar em Londres.

— Não se preocupe — ele grunhiu, sendo finalmente atingido pela raiva. — Considere como pagamento pelos serviços prestados. — Virou as costas, incapaz de olhá-la e apertou os dedos com força.

— Sinto muito, eu... — Ela parou. — Preciso ir. Te ligo quando chegar em Londres.

— Se você sair por aquela porta agora, não se preocupe em voltar. — Assim que disse isso, ele desejou engolir as palavras. Queria se virar e olhar para ela. Implorar para que ela ficasse. Mas o orgulho fez dele uma estátua, ainda de costas para ela.

Lucy não disse outra palavra. Mas o clique suave da porta se fechando quando ela saiu lhe contou tudo o que ele precisava saber.

❀

Com os lábios pressionados em uma linha fina e pálida, ele voltou para o quarto. A porta do armário estava fechada, mas ele sabia, sem precisar olhar, que as roupas dela não estavam mais penduradas ali.

Seus olhos foram atraídos para um longo porta-vestido preto, com o logo da Bergdorf Goodman impresso na frente. Ele caminhou em direção a ele, abrindo o zíper do plástico para revelar o vestido pendurado no interior.

Um corpete de seda na cor champanhe, coberto com renda, as barbatanas do espartilho claramente visíveis onde estava pendurado. Era justo até a cintura, e depois se expandia para ficar cheio e fluído.

Olhou para a peça sem piscar. Podia quase imaginar como ficaria lindo sobre suas curvas quentes, o cabelo dourado preso para revelar os ombros macios. Ao lado do seu terno escuro, teriam feito um casal glamoroso. O tipo que as pessoas paravam e olhavam no tapete vermelho.

O tipo que teria mostrado a todos que ele era um vencedor.

Estendendo a mão, ele pegou o vestido, sentindo as camadas de seda e renda entre os dedos.

Uma onda de fúria o atingiu. Segurando o corpete com as duas mãos, ele o rasgou até que o tecido começou a protestar por sua aspereza. Seus músculos se contraíram, as mãos apertaram o vestido enquanto puxava o delicado tecido até se rasgar completamente.

Maldita fosse por fazê-lo se sentir do jeito que ela fez. Por fazê-lo sentir que ele poderia ser merecedor de cuidado e amor.

Maldita fosse por dar com uma mão e levar com a outra.

Maldita fosse por não usar aquele lindo vestido enquanto entrava no baile ao seu lado.

Que ela fosse para o inferno. E era exatamente para onde ele também estava indo.

29

> Dissestes uma infâmia odiosa. Por minha alma, ele mente;
> uma mentira perversa.
> — *Otelo*

— **G**ostaria que eu levasse isto para você? — o comissário de bordo perguntou quando ela entrou no avião, levantando as sobrancelhas para a caixa grande que ela carregava consigo. Ela a segurava como se fosse algo precioso. Supôs que fosse. Por alguma razão, se sentia muito protetora com aquilo.

— É muito frágil — Lucy respondeu, não muito disposta a entregá-la. — Não quero que quebre.

— Nós vamos cuidar disso, senhora — ele prometeu, pegando a caixa azul-escura de suas mãos. — Devolvo quando pousarmos.

Ela assentiu, com os braços ainda estendidos, embora a caixa tivesse sido retirada de seu alcance.

— Obrigada — sussurrou baixinho.

Quando alcançou sua poltrona, o avião estava quase cheio. Homens de negócios, já arrumados para reuniões em Londres na manhã seguinte, se misturavam a famílias com crianças pequenas que se agitavam com seus cintos de segurança. Ela jogou o corpo no assento, deixando a cabeça cair contra o encosto, e fechou os olhos por um momento. Estavam inchados pelas lágrimas, a pele ao redor vermelha e sensível. Estendeu a mão para tocá-la com a ponta dos dedos.

— Senhoras e senhores, bem-vindos ao voo 572 para o aeroporto de Heathrow, em Londres, com previsão de aterrisagem às oito da manhã, hora local. Todos os passageiros já embarcaram. Quando todos estiverem sentados, estaremos prontos para a decolagem. — O anúncio continuou quando o comissário apresentou o capitão, a equipe e explicou que todos deveriam assistir à demonstração de segurança. Aquilo passou batido para Lucy. Sua mente estava muito cheia de pensamentos sombrios para processar qualquer outra coisa.

Poucas horas antes, estivera experimentando vestidos para o baile de caridade. Ela se sentira como uma princesa quando experimentara aquele vestido lindo, ou talvez mais como a Cinderela. Pela primeira vez na vida, ela iria a um baile.

Não, não ia pensar nisso. Nem no jeito como Lachlan a olhou quando lhe disse que estava voltando para casa. Havia uma crueldade em seus olhos que nunca havia percebido antes, quase como se ele a odiasse. Ofegou, tentando apagar a imagem da expressão dele da cabeça. Se ela pensasse muito nisso, poderia matá-la.

— Gostaria de beber algo antes da decolagem? — o comissário perguntou.

Ela recusou, balançando a cabeça.

— Não, obrigada. Só quero dormir.

O rapaz franziu o cenho.

— Está se sentindo bem? Parece estar indisposta.

Lucy tentou abrir um sorriso, mas fracassou.

— Só preciso descansar um pouco. Foi um longo dia. — Ou talvez, longos meses. Tudo estava fora de ordem desde o dia em que ela descera daquele avião em Miami.

O comissário não parecia convencido.

— Tudo bem, mas, se precisar de alguma coisa, é só pressionar o botão. — Ele apontou para o compartimento acima dela. — Quando estivermos no ar, vou vir ajudá-la a arrumar a cama.

Poucos minutos depois, a tripulação da cabine fez a verificação habitual do avião antes de tomarem seus assentos e o capitão taxiou até a pista. Quando o avião decolou, Lucy fechou os olhos mais uma vez, sabendo que por pelo menos oito horas poderia desaparecer no doce e suave esquecimento. Uma espécie de limbo entre o turbilhão que ela deixou para trás em Nova York e a bagunça para a qual se dirigia em Londres. A calma no olho da tempestade.

De repente, oito horas não pareciam suficientes.

— Para onde, querida? — O taxista olhou por cima do ombro através da divisória de vidro. Uma mão estava no volante, a outra apoiada na parte de trás do banco ao lado dele.

Se ela apertasse os olhos, poderia se ver de volta a Nova York, com o vestido apoiado em seu ombro enquanto segurava uma caixa enorme de uma galeria local.

O vestido tinha sumido. Assim como Nova York, mas a caixa permanecera em suas mãos, a base apoiada de leve em suas pernas. Pelo tamanho, não pesava quase nada, apesar do grande impacto que havia causado em seu cartão de crédito.

O que ela não daria para voltar àquele táxi amarelo? Fazer tudo o que aconteceu depois desaparecer?

Inclinou-se para a frente para dar o endereço do pai. Se bem que não era mais o endereço dele, era? Era só a casca vazia de uma casa familiar, ecoando com as memórias das quatro irmãs que moraram lá. Se fechasse os olhos, poderia ouvir Juliet rindo ao telefone com um namorado enquanto Kitty aumentava o volume da televisão para abafar a conversa. Cesca geralmente ficava no canto, o bloco de anotações na sua frente e uma caneta batendo contra os dentes.

E quanto a ela? Não sabia ao certo onde costumava ficar. Geralmente se preocupando ou se certificando de que tudo estivesse organizado. Escrevendo cartas para as escolas das irmãs, preparando almoços para o dia seguinte. Verificando o extrato bancário do pai para saber que havia dinheiro suficiente para pagar todas as contas.

E se certificando de que as contas realmente tinham sido pagas.

Seu rosto estremeceu enquanto pensava naqueles dias. Todos estavam deprimidos naquela época, tentando viver em um mundo em que a mãe não habitava mais. Era como o sistema solar sem o sol, o senso de gravidade havia desaparecido completamente.

— Voltando das férias? — o motorista perguntou, saindo do complexo do aeroporto. Ah, ele era desse tipo. Lucy não tinha certeza se estava feliz ou triste por não poder ficar sozinha com sua tristeza.

— Só fui visitar um amigo.

— Foi a algum lugar legal?

— Nova York. — Segurou a caixa com firmeza enquanto ele pisava no freio para não ultrapassar um semáforo.

— Ah, maravilhoso. Levei minha esposa para lá para o nosso aniversário. Fiz a coisa toda. Estátua da Liberdade, Empire State. Até comemos ostras na Estação Grand Central. Coisinhas nojentas. Têm gosto de meleca.

Ela sorriu, apesar da tristeza que sentia.

— Consegui evitar as ostras.

— É uma ótima cidade, não é? — ele perguntou. — Um desses lugares que se pode visitar várias vezes. Preciso perguntar à minha esposa se ela quer ir de novo. — Ele pegou a estrada.

— Sim, é ótima. — Ela olhou pela janela na direção dos campos enquanto passavam por eles. Manchas em tons de verde e amarelo, com sebes altas dividindo-os. Tão diferente da selva de concreto da qual havia acabado de sair.

— Acha que vai voltar?

Se você sair por aquela porta agora, não se preocupe em voltar. As últimas palavras dele ecoaram na sua cabeça.

— Acho... — Franzindo a testa, ela olhou para a caixa em suas mãos. Um presente não entregue. — Não tenho certeza.

Cerca de uma hora depois, ele parou do lado de fora da antiga casa do pai. Ela observou a imponente fachada de tijolos vermelhos, as janelas georgianas brancas, as três chaminés se projetando orgulhosamente do telhado. Parecia igual, mas diferente. Onde, uma vez, a entrada da frente era alinhada com flores bonitas e sebes, agora havia ervas daninhas. A tinta da porta da frente estava descascando, o preto brilhante dando lugar a madeira cinzenta sem brilho. Mais do que isso, parecia triste e solitária. Tão vazia quanto ela se sentia.

Quando ele tirou a bagagem do porta-malas, Lucy checou o telefone. Sem mensagens. Nem de Lachlan, nem das irmãs, nem mesmo de Lynn, no trabalho. Era como se, durante as horas em que estivera no ar, tivesse deixado de existir. Não conseguia se lembrar da última vez que alguém não quisera algo dela. Fosse um sanduíche para levar para a escola ou um depoimento para o tribunal. Havia sempre algo que ela precisava fazer desde muito nova.

E agora... nada.

Agradecendo ao motorista, puxou a mala, ignorando a sujeira entranhada nos pisos vitorianos. Ainda segurava a caixa com a mão direita, colocando-a com gentileza no degrau superior enquanto procurava por suas chaves para abrir a porta.

Hesitou por um momento enquanto colocava a chave na fechadura, não muito disposta a fazer a virada que liberaria todas aquelas emoções novamente. De pé naquela varanda, ela se sentiu pesada, como se uma tonelada estivesse pressionando seus ombros. O mesmo peso que ela conseguiu esquecer quando estava em Nova York com Lachlan.

Estava prestes a girar a chave quando a porta foi aberta. De pé do outro lado estava sua irmã. Cesca parecia menor do que Lucy se lembrava, mais delicada também. Como uma flor tropical que precisava ser protegida do frio e do inverno rigoroso.

— Oi. — Lucy abriu um meio-sorriso para a irmã. — Estou em casa.

Cesca olhou para ela sem dizer nada. A ponta de sua língua umedeceu os lábios. Lucy ficou olhando enquanto inspirava, respirando pelo nariz e depois soltando o ar devagar pela boca.

— Desculpe — Lucy sussurrou. — Desculpe.

— Vou fazer um chá para nós — Cesca se virou e caminhou de volta pelo corredor até a cozinha, deixando Lucy seguir com a mala e a caixa. Ela as deixou no fim da escada antes de tirar os sapatos e voltar para a irmã, com os pés cobertos pela meia.

— Você comeu alguma coisa? — Cesca perguntou. — Tenho certeza que o Sam comprou comida ontem. Não comi nada; não estou com muita fome.

Lucy balançou a cabeça. Parou ao lado da antiga mesa da cozinha e apoiou as mãos no topo de uma das cadeiras.

— Também não estou com fome. — Traçou uma rachadura na madeira com a ponta do polegar. — Não tinha certeza que você ainda estaria aqui.

Cesca encheu a velha chaleira de metal e depois a colocou no fogão, acendendo um dos queimadores de gás.

— Nós vamos voltar para LA amanhã — ela disse, afastando a mão rapidamente quando a chama cintilou. — Não sei por que o papai não pode ter uma chaleira elétrica como todo mundo.

— Não acho que isso importe agora — Lucy falou. — Ele não vai voltar. Não precisamos mais no preocupar que ele incendeie a casa.

Cesca fungou, em seguida deu as costas para Lucy e pegou duas canecas no armário. Quando recuou, seus olhos estavam brilhando no sol da manhã.

— Por que você não nos contou?

Lucy abriu a boca para falar, mas nenhuma das desculpas habituais apareceu. Ela teve a metade de um dia para pensar em todos os motivos, mas, toda vez que tentava se apegar a um, pareciam desaparecer como fumaça no ar.

— Não sei — ela finalmente disse, puxando a cadeira e se sentando. Apoiou os cotovelos na mesa e segurou a testa com as mãos. — Parecia a coisa certa a fazer. Não sei do quanto você se lembra, Cess, mas as coisas estavam loucas naquela época.

— Isso não é desculpa. Você teve anos para falar a verdade. E, ainda assim, escondeu isso de nós por todo esse tempo. Você devia ser a nossa irmã. Devíamos ser uma família.

— Nós *somos* uma família — Lucy falou com firmeza, erguendo os olhos da palma das mãos. — E ficou mais difícil com o passar do tempo. Quando teria sido uma boa hora para juntar todas vocês e anunciar: *a mamãe estava tendo um caso e eu descobri isso pouco antes de ela morrer?* No casamento da Juliet? Antes de a Kitty se mudar para LA? Ou talvez eu devesse ter feito isso na sua estreia? Não houve um bom momento. — Ela suspirou, sabendo quanto suas palavras eram ineficazes. Pareciam estúpidas até para seus próprios ouvidos. — Por favor, sente-se, Cess. Deixe que eu faça o chá.

— Está feito. — A voz de Cesca era espessa e rouca, como se tivesse chorado a noite toda. — Aqui está o seu. — Ela deslizou uma caneca sobre a mesa para Lucy, segurando a outra enquanto se sentava em frente a ela.

Elas se encararam por um momento, irmã mais velha e mais nova, com os olhos vermelhos e cabelos loiros combinando. Lucy franziu a testa, sentindo a pele acima das sobrancelhas enrugada enquanto ainda procurava as palavras para fazer tudo ficar bem.

Mas talvez elas não existissem. Talvez não houvesse como consertar as coisas. Era só uma mulher, fazendo o melhor possível, cometendo erros. Partindo o coração das irmãs do jeito que o dela estava partido.

— Eu realmente sinto muito. — Lucy olhou para o chá, vendo o mais fraco dos reflexos no líquido marrom-escuro. — Nunca quis que você descobrisse assim.

— Você não queria que nós descobríssemos, não é?

— Não, não queria.

— Por que não?

Lucy tomou um gole do chá, sentindo o líquido quente queimar a língua. Parecia um tipo bom de dor.

— Porque eu não queria magoar vocês mais do que já estavam magoadas. Vocês tinham acabado de perder a mãe, e eu não queria tirá-la de vocês novamente.

— Nossa mãe. Ela era a *nossa* mãe.

Lucy assentiu, confusa.

— Sim.

— Ela não era só a minha mãe. Era a *sua* mãe também. — A voz de Cesca era veemente, como se estivesse tentando afirmar algo importante. — Você a perdeu duas vezes também.

Tudo naquela cozinha parecia cheio de emoção. Como uma nuvem de chuva pesada, atingindo o ponto de saturação. Lucy quase podia sentir o aguaceiro esperando para começar.

E, uma vez que começou, ela não tinha certeza de que seria capaz de pará-lo.

— Mas eu era a mais velha. Minha obrigação era proteger vocês.

Cesca balançou a cabeça.

— Nós todas devemos nos proteger. Nem tudo tem que cair em cima de você. Você é nossa irmã, não nossa mãe.

— É isso que acontece. Sempre acontece. Foi tudo culpa minha.

— Não. Não foi. — Cesca balançou a cabeça com veemência. — Você também se magoou. E eu odeio pensar em você guardando esse segredo por todos esses anos. Deve ter se sentido muito solitária.

Uma nova torrente de lágrimas se acumulou nos olhos de Lucy. Ela levantou a mão, enxugando-as com os dedos.

— Desculpe. Eu geralmente não sou tão chorona assim.

— Talvez devesse ser — Cesca falou, inclinando a cabeça para o lado. — Você não pode ser sempre a mais forte. Todo mundo precisa ser cuidado às vezes.

Por um momento, os pensamentos de Lucy se voltaram para Lachlan e o jeito como ele a tirara daquela cama em Glencarraig. Ele a carregara como se ela fosse tão leve quanto uma almofada cheia de penas, seus braços fortes flexionando enquanto ele a deitava em sua cama.

E, por alguns momentos, pareceu muito bom ser abraçada.

Ela sorriu de leve, sentindo o gosto das lágrimas que umedeciam seus lábios.

— Nunca quis que nenhuma de vocês se magoasse como aconteceu comigo. Queria sentir a dor por todos nós.

— Não funciona assim. Eu sei disso, tentei me proteger da dor por tempo suficiente. Mas, se você proteger demais alguém, vai estar impedindo que essa pessoa aprenda a lidar com a dor. É como uma criança aprendendo a andar: você sabe que ela vai tropeçar e ralar os joelhos, mas precisa deixá-la aprender com os próprios erros. Você não pode protegê-la das lágrimas e do sangue; só pode estar lá para cuidar dela depois.

Lucy suspirou.

— Quando você ficou tão esperta? — perguntou, sentindo uma onda de orgulho pela mulher que sua irmã era. — Você é tão boa com as palavras. Devia ser escritora ou algo assim.

Cesca riu e a cozinha subitamente pareceu mais quente. Lucy sentiu os músculos dos ombros relaxarem.

— Pode me contar sobre a mamãe? — Cesca pediu. — Quero saber exatamente o que aconteceu.

Lucy assentiu.

— Claro que sim. Mas preciso tentar organizar tudo na minha cabeça. — Era estranho que ela sentisse algum tipo de alívio por, finalmente, conseguir conversar sobre as coisas com sua irmã? — E eu gostaria de contar à Kitty e à Juliet ao mesmo tempo, tudo bem? Isto é, se elas estiverem dispostas a falar comigo.

— Elas vão falar com você. Eu falei com a Juliet mais cedo. Ela estava preocupada com você. Todas nós estávamos. A Kitty queria pegar um avião para Nova York para te dar um abraço. Fui emotiva, estava irritada, e não devia ter ficado assim. — Ela balançou a cabeça. — Não acredito que você veio direto para cá.

— Como não? Você é minha irmã e estava magoada. Não aguentei te ouvir chorar e não poder te abraçar.

— Um abraço parece perfeito agora.

Lucy ficou de pé antes que Cesca terminasse a frase. Sua irmã mais nova colocou os braços ao seu redor, o abraço das duas fazendo com que sentissem a respiração uma da outra.

— Não acredito que você deixou o laird sexy — Cesca sussurrou de encontro ao ombro de Lucy, se lembrando claramente da conversa. — Espero que ele não esteja com raiva de mim.

— Ele não está com raiva de você. — Não era mentira e também não era verdade. Mas não estava pronta para compartilhar essa história com elas. Ainda.

Ela contaria sobre isso às irmãs depois que contasse sobre a mãe. E talvez fosse até um alívio compartilhar sua dor, da mesma forma que tinha sido um alívio, finalmente, compartilhar a verdade sobre aquele dia frio e úmido tantos anos antes.

No dia em que todas perderam a mãe e, de alguma forma, Lucy assumira o papel por conta própria.

30

É como se uma flecha eu disparasse por sobre a casa
e o irmão, sem ver, ferisse.
—*Hamlet*

O escritório estava como uma cidade fantasma — o que não era uma grande surpresa, já que era sábado. Quando atravessou as portas de vidro fosco que levavam à MacLeish Holdings, Lachlan fora recebido por computadores desligados e as fracas luzes de segurança. Os sensores de movimento o detectaram quando ele foi até as portas de carvalho que levavam a seu escritório, fazendo as luzes piscarem acima dele enquanto se movia, como uma estranha homenagem aos *Embalos de sábado à noite*. Não que ele pretendesse dançar.

Colocou seu copo de café de isopor na mesa e ligou o computador enquanto se inclinava para a frente, se apoiando sobre os cotovelos, a palma das mãos segurando a mandíbula tensionada. Pareceu uma boa ideia ir até ali — qualquer coisa para evitar seu apartamento cheio de lembranças —, mas agora parecia triste.

Talvez devesse ter ido correr. Ou ligado para Grant e visto se ele queria tomar uma bebida ou duas antes da festa. De toda forma, o que as pessoas normais faziam aos sábados? Nas últimas semanas, ele tinha passado a maior parte do tempo conversando com Lucy. Ou olhando para Lucy. Ou dormindo com Lucy.

Droga, não precisava pensar nisso agora.

Abriu os e-mails, rapidamente apagando os que não significavam nada, sinalizando aqueles que queria ler. Alguns foram resolvidos rapidamente

— encaminhados para o departamento apropriado ou para Grant marcar reuniões. Outros esperariam até segunda-feira. Ninguém estava por perto no fim de semana esperando uma resposta sua.

Então ele viu o e-mail de Alistair. *Convite Oficial para o Encontro MacLeish.* Quando clicou, o e-mail abriu, revelando uma foto de Glencarraig, o chalé aninhado nos arredores das Terras Altas, o lago tão claro quanto ele se lembrava. E é claro que havia o tartan MacLeish, formando uma borda ao redor do convite.

Lachlan MacLeish, laird de Glencarraig. E acompanhante.

Seu primeiro pensamento foi encaminhá-lo para Lucy, mas por que ela se importaria?

Ela tinha ido embora, e ele a afastara com toda a força que tinha. Todas aquelas palavras ditas no calor do momento voltaram para ele de um jeito que o fez estremecer.

Se você sair por aquela porta agora, não se preocupe em voltar. Ele balançou a cabeça, apertando os olhos para apagar a lembrança.

Dizer que o vestido era pagamento por serviços prestados. Meu Deus, que idiota ele tinha sido. Não era de admirar que ela tivesse se afastado. Ele simplesmente a jogara para fora. A dor era como uma espada fincada em seu coração. Ele a perdera e a culpa era sua.

O desejo de ligar para ela era quase impossível de ignorar. Apenas a necessidade de se enrolar e lamber suas feridas o impedia de pegar o telefone e digitar seu número.

Balançando a cabeça, desligou a tela. Havia pouco sentido em fazer qualquer coisa quando mal conseguia se concentrar por mais de cinco minutos. Eram quase quatro da tarde — apenas mais três horas para matar antes que precisasse se preparar para a festa.

Tinha certeza de que seriam as três horas mais longas de sua vida.

❋

Lachlan estava na entrada do hotel, alisando o paletó, esperando que as pessoas à sua frente passassem pelo tapete vermelho. Flashes de câmeras vinham dos dois lados enquanto fotógrafos e repórteres da área da imprensa gritavam instruções e perguntas e os convidados paravam para posar na frente dos banners dos patrocinadores.

— Sr. MacLeish, estamos muito felizes por você estar conosco esta noite. — O anfitrião se adiantou para apertar sua mão. — Não tenho palavras para dizer o quanto apreciamos sua generosidade.

— Essa causa era importante para o meu pai — ele murmurou, observando um belo casal passar por ele, o homem colocando a palma da mão nas costas da mulher.

Ela estava usando um vestido de costas nuas — seda cor creme que ondulava até o chão. Seu coração balançou quando se lembrou do vestido rasgado, pendurado no armário em casa.

— Sr. MacLeish, vai se sentar com seu irmão esta noite?

Lachlan se virou, reconhecendo a repórter da coluna social do *Post*.

— Acredito que não. — Seu sorriso era amplo e completamente falso. — A MacLeish Holdings tem sua própria mesa no baile. — Não quis parecer pão-duro.

— E você está acompanhado esta noite? — A repórter olhou em volta, com expectativa.

— Estou sozinho.

Ela abriu a boca em sinal de surpresa.

— É mesmo? — Parecia que ele tinha acabado de dizer que o mundo era plano.

Depois de mais algumas perguntas, ele foi conduzido ao saguão, atravessando o tapete vermelho até os pisos de mármore. A mesa que comprara por um preço exorbitante estava quase cheia. Viu alguns amigos e clientes ocupando as cadeiras e sorriu quando Grant e Jenn acenaram para ele de sua posição no outro lado. Ele deu a volta na mesa, apertando mãos e beijando bochechas, tendo que falar alto para ser ouvido sobre a orquestra. Quando chegou a Grant, seu amigo já havia lhe garantido uma bebida.

— Achei que você poderia precisar disso — falou, entregando uma taça de champanhe a Lachlan. — Conseguiu passar bem pelos lobos?

— O mesmo de sempre. — Lachlan baixou a voz. — Ele já está aqui?

Grant inclinou a cabeça para o outro lado do salão de baile.

— Sim. — Lachlan seguiu o olhar de Grant para a mesa ao lado do palco. Um homem estava sentado à cabeceira. Um pouco mais baixo que Lachlan, um pouco mais robusto também, mas com o mesmo cabelo escuro e nariz forte.

Por um momento, seus olhos se encontraram antes de Duncan desviar o olhar, se virando para falar com a pessoa a seu lado. Lachlan esperou que os familiares sentimentos de ódio o atingissem, mas não sentiu absolutamente nada. Não sentia necessidade de conversar com o homem com quem compartilhava o sangue. Nem de fazer nada para ele. No fim do dia, o que isso importava?

— Lachlan. — Jenn ficou de pé, oferecendo a bochecha para ele. Ele roçou os lábios na pele quente, sorrindo quando ela o puxou para um abraço.

— Jenn, você está linda como sempre.

— Você sabe o que dizem. Pode passar batom em um porco, mas ainda vai ser um porco usando batom.

Ele começou a rir.

— Você está se comparando a um porco? Jesus, você está radiante e linda. Pare de se colocar para baixo.

Ela deu um tapinha no braço dele.

— E é por isso que eu gosto de você, sr. Charmoso. — Ela baixou a voz, o suficiente para que ele tivesse que se inclinar para ouvi-la. — Sinto muito pela Lucy. O Grant me contou.

Lachlan olhou para o amigo, que deu de ombros, de um jeito que dizia para não culpá-lo.

— Ah, contou?

— Não posso deixar de sentir que a culpa é minha — Jenn falou, esfregando o pescoço com a palma da mão. — Espero não tê-la afastado.

Lachlan franziu a testa.

— Por que a culpa seria sua?

Ela mordeu o lábio, desviando o olhar.

— Falei algo sobre suas outras garotas.

— Que outras garotas? — Ele balançou a cabeça. Não estava entendendo nada. — Não tenho outras garotas.

— E eu disse a ela que você tinha problemas de confiança.

Ele piscou.

— O quê?

— Você não está melhorando as coisas, amor — Grant avisou.

— Sinto muito. Eu realmente gostei dela, Lachlan.

— Jenn... — Sua voz tinha um tom de aviso. — O que você disse a ela?

— Não se esqueça de que é ilegal bater em uma mulher grávida, tá? — Ela recuou, como se estivesse se preparando. — Eu falei para ela que você se afastava das mulheres quando elas chegavam perto demais.

Desta vez Lachlan estava com a testa franzida.

— Por que você disse isso a ela?

— Desculpe. — Jenn segurou seu braço novamente, os dedos circulando ao redor do bíceps dele. — Ela é tão adorável. Eu estava preocupada que você fosse tratá-la como trata todas as outras. Mas o Grant me disse o quanto você está apaixonado por ela e eu percebi que estraguei tudo. Você tem que me perdoar, tá? Senão não vai ser padrinho deste bebê. — Ela estava sem fôlego e ainda se agarrando a ele.

— Calma. — Lachlan deu um tapinha na mão dela. Estava preocupado que ela entrasse em trabalho de parto antes da hora. — Você não estava errada. Eu a afastei. E que história é essa de que estou apaixonado por ela? — Ele se virou para Grant, que estava convenientemente olhando para longe.

— Ele me contou que você perdeu aquela reunião. E que você tentou cancelar outra em Paris. E sobre todos os telefonemas tarde da noite que você achava que ele não podia te ouvir fazendo.

— Você não trabalha tarde da noite. — Lachlan olhou na direção de Grant.

— Tarde da noite para a Lucy, não para você — Grant apontou. — Achei que você tivesse se transformado em um consultor de estilo ou algo assim. Você estava sempre perguntando o que ela estava vestindo.

Lachlan não tinha certeza se estava se divertindo ou chocado.

— Nós precisávamos conversar sobre negócios — ele protestou. — É difícil sincronizar as conversas estando em pontos extremos do mundo. Era o único momento que nós dois tínhamos livre todas as noites.

— Você não fala nem com os seus próprios advogados todas as noites, então por que precisa falar com ela? Encare isso, você se apaixonou pela garota. — Grant deu de ombros. — Não que eu tenha pensado que veria esse dia.

Lachlan abriu a boca para argumentar, mas a fechou rapidamente. O que havia para discutir? Seus telefonemas definitivamente não eram sobre negócios. Qualquer coisa entre ele e Lucy havia deixado de ser sobre a herança de Glencarraig fazia muito tempo.

Ele deslizou a mão para dentro do bolso, sentindo o papel que havia colocado ali antes de sair para o baile. Macio, brilhante e um pouco maltratado.

— De toda forma, não importa — ele disse, levantando a mão e pegando outra taça de champanhe de um garçom que passava. — Acabou. Ela foi embora. — A expressão em seu rosto não deixava dúvidas de que não queria mais falar sobre isso. O que mais havia para dizer?

Ele a perdera e em algum momento teria que aceitar. Mas por enquanto só queria passar por aquilo.

❊

Passou a noite inteira sem esbarrar no irmão. Estava deliberadamente evitando todo o lado da família, se mantendo em sua própria mesa, no bar e em ocasionais incursões para falar com amigos. Mas ainda assim poderia sair da festa sem qualquer problema.

Dentro do salão de baile, a festa estava em pleno andamento: a batida baixa da música, o fluxo constante de conversa ecoando pelas portas que abriam regularmente enquanto as pessoas seguiam para o banheiro. Lachlan acenou com a cabeça para o chapeleiro, colocando uma nota de dez na bandeja, mesmo que não tivesse trazido casaco. Olhando para o telefone, verificou se seu carro já estava lá.

Cinco minutos de distância não era tão ruim. Decidiu esperar do lado de fora — a primavera de Nova York estava cedendo lugar ao verão, e a noite estava quente. Ele soltou a gravata enquanto saía e abriu o botão de cima.

Mal pisou na calçada quando parou abruptamente. Na sua frente estava o homem que compartilhava o mesmo cabelo e o mesmo nariz que ele, e algumas coisas mais.

— Duncan. — Lachlan assentiu para ele.

— Lachlan. — Duncan o olhou de cima a baixo. — Já está indo?

Quanto tempo se passara desde que os dois trocaram mais do que um aceno de cabeça? Desde que se tornaram homens, os dois mal se falavam. Havia muita rixa — e muitos anos ruins — entre eles.

— Tenho outro compromisso.

Viu uma contração no queixo de Duncan, como se ele estivesse cerrando os dentes com muita força.

— Bem, obrigado por vir. O nosso pai teria ficado contente.

Era estranho o jeito como essas palavras faziam Lachlan se sentir. Uma mistura de orgulho ao lado de uma ponta de ressentimento por Duncan saber o que seu pai teria sentido.

Porque Lachlan não tinha absolutamente nenhuma ideia.

Seus pensamentos se voltaram para Lucy de novo e sua escolha de sempre colocar a família em primeiro lugar. Era difícil imaginar se sentir assim se o irmão precisasse dele. Não que Duncan tenha precisado.

— Foi uma noite ótima — Lachlan comentou. — Tenho certeza de que vai levantar muito dinheiro. — Ele olhou para o relógio. Onde estava seu carro?

— Eu esperava que nós pudéssemos conversar esta noite. — Duncan parecia desconfortável. — Eu queria falar com você sobre essa coisa do processo. Queria explicar.

Lachlan deu de ombros, tentando parecer indiferente.

— Não precisa explicar. São negócios. — E, francamente, ele não dava a mínima para a herança. Não importava, não mais.

— Não, não são. — Duncan deu um passo à frente. — Eu não queria levar isso ao tribunal. Não há nada mais desagradável do que família processando família. Eu simplesmente não tenho escolha.

Lachlan olhou para ele, franzindo a testa.

— O que você quer dizer?

— É muito importante para a minha mãe que eu mantenha essa parte do nosso pai comigo. Prometi a ela que não ia desistir. — Duncan inspirou profundamente, seus ombros se levantando. — Não quero brigar com você por isso, mas não sei mais o que fazer.

Por um momento, Lachlan pensou na mãe de Duncan — a esposa de seu pai, mesmo quando ele foi concebido. Ela tinha uma aparência sombria sempre que os visitava. Indiferente, mas claramente chateada por ele estar lá. E não era de admirar, já que Lachlan era uma lembrança ambulante das infidelidades do marido.

Fechou os olhos por um momento, se lembrando da maneira como Lucy tentara esconder seu próprio segredo por tanto tempo. Por quantos anos as crianças deveriam pagar pelos pecados dos pais? Será que elas conseguiam se livrar das algemas de seu passado?

— Minha mãe também se sentia assim — Lachlan disse quando abriu os olhos. Mas ele estava realmente se questionando. O que a sua mãe e a mãe de Duncan queriam era irrelevante. Os desejos do pai não foram escritos em pedra. Eles deveriam decidir como lidar com as coisas; eram eles quem estava no controle ali.

Pela primeira vez, viu a si mesmo e a Duncan como realmente eram: marionetes assumindo papéis na peça de outra pessoa. Quando crianças, obedeciam às mães, tornavam-se representantes delas nessa luta louca pelo amor e atenção do pai, o mesmo pai que não demonstrava interesse por eles. E Lachlan simpatizava pelos garotos que eles eram na época. Eram apenas crianças, afinal de contas.

Mas não eram mais crianças. E os dois tinham o poder de mudar as coisas.

— Posso te mostrar uma coisa? — perguntou, tendo que levantar a voz quando um carro da polícia passou correndo com as sirenes tocando.

— Claro.

Lachlan tirou o pedaço de papel do bolso, virando-o para que Duncan pudesse ver a foto. Entregou para o irmão, que a ergueu perto dos olhos, curvando os lábios quando viu.

— O que é isso?

— Recebi em Glencarraig. Não consigo nem lembrar de ter sido tirada. — Lachlan deu de ombros. — Pelo que me contou o gerente da propriedade, nós éramos terríveis. Ele não sabia o que fazer com a gente.

— É difícil parecer terrível quando se está usando kilt — Duncan murmurou. Sua carranca tinha ido embora, mas o olhar de confusão continuava. — O que estavam pensando nos vestindo assim?

— Acho que foi a única vez que usamos as mesmas roupas.

— Como gêmeos. — Os olhos de Duncan se encontraram com os de Lachlan, e por um momento nenhum dos dois disse uma palavra. Simplesmente se olharam.

— Eu queria falar sobre Glencarraig — Lachlan finalmente disse enquanto vários convidados passavam por eles. — Vai estar em Nova York na semana que vem? — perguntou. — Podemos nos encontrar para conversar.

— Claro. — Duncan assentiu. — Vou pedir para o meu advogado ligar para o seu.

Lachlan balançou a cabeça.

— Não, sem advogados. Só nós dois por enquanto.

— Tudo bem, então. Só nós.

Com o canto do olho, Lachlan viu o carro parar no meio-fio. O motorista saiu e abriu a porta para ele.

— É o meu carro. Falo com você na próxima semana.

Foi Duncan quem estendeu a mão primeiro. Lachlan olhou por um momento, observando o braço do meio-irmão estendido como se fosse um objeto alienígena. Demorou muito tempo para perceber que ele estava lhe oferecendo um aperto de mão.

Sentindo o sangue inundar seu rosto, Lachlan estendeu a mão, apertando a palma de Duncan na sua. O contato durou apenas alguns segundos antes que Duncan recuasse e oferecesse ao irmão o menor dos sorrisos.

— Boa noite, Lachlan.

— Boa noite. — Lachlan deu a ele um último olhar antes de entrar no carro. O motorista fechou a porta, e ele recostou a cabeça no encosto de couro, deixando escapar um bocado de ar dos lábios entreabertos.

— Vai voltar para o seu apartamento, sr. MacLeish? — o motorista perguntou, retornando a sua posição no banco da frente.

— Sim, por favor — Lachlan respondeu, passando a mão pelo cabelo. Queria pular no chuveiro, vestir uma calça de moletom e deitar na cama, descansando a cabeça no travesseiro que ainda tinha o cheiro dela.

Talvez amanhã fosse um dia melhor.

31

> Não nos dobremos sob o peso do fardo das lembranças
> do que já se passou.
> —*A tempestade*

No começo, foi um alívio voltar para seu apartamento em Edimburgo. Mesmo a tentativa sorrateira e bem-sucedida da gata de correr para dentro não arruinou a sensação de calma de Lucy. Mas, assim que ela olhou para a mesa e se lembrou de como eles tinham compartilhado o jantar ali no dia em que ele foi para Edimburgo, pareceu menos com um santuário e mais como uma prisão. Ela não conseguia olhar para a cozinha sem se lembrar de ter cozinhado com ele, ou olhar para o sofá sem se lembrar de terem feito amor ali. Tudo guardava lembranças do homem que a tocara em todos os lugares.

Pelo canto do olho, teve um vislumbre do pelo da gata malhada enquanto a bichana entrava em seu quarto. Pegando a caixa de novo, Lucy entrou na cozinha, colocando-a com calma na bancada. Quando puxou a tampa, sentiu a garganta ficar congestionada. O comissário de bordo tinha razão — não havia se danificado enquanto cruzavam o oceano Atlântico. Também havia sobrevivido à viagem de Londres até Edimburgo, quando Lucy a colocou no banco a seu lado no trem, guardando-a como se fosse algo precioso.

Talvez porque fosse.

Prendendo a respiração, segurou o objeto delicado, levantando-o gentilmente da embalagem de espuma que o mantinha seguro. Ela o colocou na bancada, passando os dedos pela porcelana lisa, absorvendo cada centímetro.

Era um prato preto — muito maior do que se usaria para jantar. O curador da galeria explicou que, provavelmente, havia feito parte de um conjunto maior em um determinado ponto do período Edo, no início do século XIX. Mas não foi a proveniência que a encantara — foram os belos reparos de ouro que atravessaram a porcelana chinesa, transformando algo banal e bem trabalhado em uma obra de arte.

Assim que ela o vira, soube que queria comprá-lo para Lachlan. Um presente de agradecimento por tê-la recebido em sua casa. Mas, por algum motivo, tinha trazido consigo quando saíra de Nova York, incapaz de entregá-lo a ele sem uma explicação adequada.

Ele não ia querer, de qualquer maneira.

Passou os dedos pela porcelana, traçando as linhas douradas que cruzavam o centro do prato. Fechando os olhos, se lembrou da maneira como traçaram as cicatrizes um do outro, os dedos macios, as palavras mais suaves enquanto ele sussurrava que, às vezes, o que se quebrava poderia se tornar mais forte.

Um som como se fosse de um grito vindo da sua esquerda levou sua atenção para o quarto, de onde a gata saiu e entrou na cozinha, correndo como se estivesse sendo perseguida. Ela pulou no balcão, batendo no braço de Lucy enquanto corria para a porta fechada.

Aconteceu como se tudo estivesse em câmera lenta. Lucy cambaleou para a esquerda com o impacto, e seu aperto no prato foi precário. Então o cotovelo bateu contra a bancada, a dor subindo pelo braço enquanto o prato caía no chão de madeira. Curvando-se, ela agarrou a porcelana negra, os dedos esticados quando colidiu com o chão. Ela viu enquanto a peça se partia em pedaços, o som de estilhaços ecoando através da cozinha, a porcelana afiada cravando na madeira macia das tábuas corridas. Quase imediatamente ela caiu de joelhos, a boca se abrindo ao ver o prato quebrado ali.

Podia sentir seu peito ofegar quando pegou o maior pedaço, passando o dedo ao longo da borda irregular. Era afiado como uma faca, quase cortando-a, e a sensação trouxe lágrimas a seus olhos.

Ou talvez não tenha sido a sensação que provocou isso. Talvez fosse a percepção de que ela havia quebrado algo lindo de novo. Apesar dos reparos da laca dourada e da embalagem de espuma, o prato ainda era frágil o suficiente para se quebrar em um único impacto. Por mais que ela tivesse tentado protegê-lo, apenas uma queda simples foi suficiente para fazê-lo se quebrar.

E, enquanto segurava aquele pedaço nas mãos, sentiu as lágrimas começarem a escorrer por suas bochechas.

❋

Demorou três dias para todas estarem disponíveis ao mesmo tempo. A essa altura, Cesca e Sam estavam de volta a LA e convidaram Kitty e Adam para almoçar. Lucy não pôde deixar de sorrir com carinho enquanto os quatro se amontoavam em volta do laptop, Adam se elevando acima de Kitty enquanto ela se sentava, com as mãos pousadas sobre os ombros dela. Sam estava sentado ao lado de Cesca com o braço apoiado nas costas da cadeira. Isso fez Lucy sentir uma dor no coração, de um jeito bom, por ver as irmãs tão felizes, tão cuidadas. Era tudo que sempre quisera para elas.

Mas então olhou para o canto da tela que mostrava Juliet. Como Lucy, ela estava sozinha. Mas, ao contrário dela, a irmã tinha um marido que deveria estar ali também. Cuidando dela, abraçando-a, dizendo-lhe que tudo ia ficar bem.

Maldito Thomas. Ele era mais ausente que presente.

— Onde está a Poppy? — Kitty perguntou. Assim como Lucy, ela notou o vazio na cozinha de Juliet.

— Está na casa de uma amiguinha. Vai passar a tarde lá — Juliet respondeu baixinho. — Achei que seria melhor.

A segunda das quatro irmãs, Juliet era de longe a que tinha a beleza mais clássica. E, mesmo assim, isso não era suficiente para encobrir as sombras sob seus olhos nem a expressão comprimida no rosto.

— Você está bem, querida? — Lucy perguntou gentilmente. — O Thomas está aí?

Juliet balançou a cabeça, mas não disse nada. Lucy não tinha certeza se estava respondendo à primeira ou à segunda — ou talvez as duas.

— Sim, você não parece muito bem — Cesca concordou, seu rosto demonstrando preocupação. — Precisa de alguma coisa?

Juliet umedeceu o lábio inferior.

— Estou cansada, só isso.

Isso não era tudo, mas Lucy não tinha certeza se agora era o momento certo para pressioná-la.

Ela odiava o modo como a irmã parecia mais abatida a cada vez que se falavam.

— Vou ficar bem — Juliet continuou, tentando sorrir. — Mais importante: Como você está?

— Eu? — Lucy ergueu as sobrancelhas. — Estou bem, como sempre.

— Mentira. — Cesca tossiu as palavras. — Vamos, Lucy. Você não tem que ser forte o tempo todo. — Ela se virou para Kitty, que estava sentada ao seu lado — Você acredita nessas duas? Por serem as mais velhas, elas deveriam ser mais inteligentes que nós.

Kitty sorriu.

— Bem, definitivamente, elas são as mais velhas.

— *Argh*, quer calar a boca agora? — Lucy retrucou, sentindo um calor inundá-la. Havia algo em ter as irmãs próximas, mesmo que fosse em uma tela, que fazia tudo parecer melhor. — Você precisa respeitar os mais velhos.

— Não vou cair nessa de novo — Kitty respondeu. — Essa sempre foi sua desculpa para tudo.

— Que tal vocês todas ficarem quietas por um minuto e me deixarem falar? — Lucy propôs. — Nunca consigo abrir a boca quando estou com vocês.

— Deve ser de família — Sam murmurou.

— Eu ouvi isso — Lucy disse a ele.

— Acho que você tem razão — Cesca respondeu, sorrindo.

Lucy balançou a cabeça, sorrindo consigo mesma. Após os últimos dias, era bom estar rodeada novamente pelas pessoas que amava. Só de ver Sam passar o braço pelos ombros de Cesca, ela se sentia melancólica.

— Olha, vocês querem ouvir o que eu tenho a dizer ou não? — Lucy perguntou. — Porque tem mil coisas melhores que eu poderia estar fazendo agora.

— Tipo o quê? — Foi a vez de Adam sorrir para ela enquanto ele zombava da cunhada.

— Eu gostava de você, Adam — Lucy falou. — Agora não tenho tanta certeza.

Era mentira. Ela amava Adam da mesma forma que amava Sam — porque eles faziam as irmãs mais novas felizes. Um dos maiores presentes de sua vida foi ver as irmãs desabrocharem e se apaixonarem. E, quando ela via Juliet, sozinha, apesar de ser casada e ter uma família, não pôde deixar de desejar que a terceira irmã tivesse experimentado o mesmo.

— Certo, eu vou assumir o controle da videoconferência — Lucy declarou, percebendo que, se não o fizesse, os seis continuariam assim para sempre. Ainda que parte dela gostaria disso, foi sincera quando disse que tinha outras coisas para fazer. Uma grande quantidade de trabalho que ela vinha negligenciando por semanas. — Tudo bem se eu falar? — ela perguntou. — Ou querem me fazer perguntas?

Cinco rostos olharam para a tela.

— Conte tudo — Cesca sugeriu.

Os outros assentiram.

Certo. Lucy pegou o copo de água, tomando um gole para umedecer a língua. Ela não fizera nada além de pensar nisso nos últimos dias — bem, nisso e na confusão que deixara em Nova York — e de alguma forma, era bom estar, finalmente, falando sobre o assunto.

— Acho que a primeira coisa a lembrar é que todas nós éramos muito novas naquela época — Lucy começou, colocando o copo no balcão ao lado do laptop. — Eu sei que nos achávamos adultas, incríveis e que sabíamos tudo. Mas, na verdade, ainda éramos crianças. E naqueles dias eu via tudo preto no branco. As meninas da escola eram minhas amigas ou inimigas, embora isso pudesse mudar diariamente. E, na nossa opinião, nossa mãe era um lindo anjo que cuidava de todos nós.

Do outro lado do Atlântico, as irmãs estavam assentindo. Ela podia ver que seus olhos já estavam vidrados. Pensar naqueles dias estava mexendo com as emoções de todas elas.

— E eu não quero que o que tenho a dizer mude a opinião de vocês sobre ela ou o nosso pai. Eles são humanos como todas nós, isso é tudo.

Ela tomou outro gole de água. Não estava certa se era toda a conversa ou as memórias que estavam fazendo sua boca secar.

— Era um dos últimos dias do semestre. Lembro disso porque era Dia do Esporte e eu não queria participar. Então, quando eu realmente fiquei doente, pensei que todos os meus desejos de Natal haviam se tornado realidade. Passei a manhã na enfermaria da escola, vomitando enquanto eles tentavam ligar para a mamãe ir me buscar. Eles até tentaram ligar para o papai, mas ele estava em uma reunião na universidade; então, no fim das contas, eles me mandaram ir sozinha para casa.

Ela fechou os olhos por um momento, se lembrando daquele dia. A lembrança estava tão vívida que ela quase podia sentir o estômago se contorcer no caminho para casa e na forma como ela tampava a boca para se impedir de vomitar na calçada.

— Havia um carro estranho na frente de casa quando cheguei, mas eu nem pensei a respeito. Não sei se vocês se lembram, mas sempre havia alguém vindo para fazer consertos. Uma casa como aquela estava constantemente sendo reformada. Mas, no momento em que coloquei a chave na fechadura e abri a porta, me deparei com silêncio e não com os habituais sons de furadeira ou martelo aos quais estava acostumada.

Ela sentiu sua voz começar a tremer. Todos esses detalhes que estava contando era mais uma maneira de adiar o inevitável do que qualquer outra coisa. E isso estava piorando as coisas — ela quase podia se ver parada naquele corredor, esperando que seu mundo desmoronasse.

— Chamei, mas não houve resposta. Não havia ninguém na cozinha quando passei por lá. Naquele momento, achei que não tivesse ninguém em casa e decidi ir dormir para me recuperar do mal-estar. — Seu peito apertou enquanto ela continuava a falar. — Estava passando pelo quarto dos nossos pais quando ouvi um barulho. E, por um segundo, tudo fez sentido. Achei que nossa mãe também estivesse doente. Talvez ela estivesse com o mesmo problema que eu. Então abri a porta para dizer a ela que eu estava em casa.

Ela teve que morder o lábio para não chorar, do mesmo jeito que havia feito quando entrara no quarto. O tapete era macio sob seus pés. Do outro lado do cômodo, uma janela estava aberta, as cortinas balançando com a brisa, mas isso não atraiu sua atenção.

— Eu a vi na cama com um homem. Só mais tarde reconheci quem era. Era o par romântico dela na peça em que estava. Dan Simons era o nome dele. Mas, sem roupa, não parecia o mesmo.

— Ah, meu Deus. — Cesca balançou a cabeça, cobrindo a boca com a mão. — Você os viu.

— Só por um segundo, e depois corri para fora. Quase não deu tempo de chegar ao banheiro antes de vomitar de novo.

— Eles estavam...? — Juliet parou, embora a pergunta fosse clara.

— Graças a Deus, não. — Lucy franziu o nariz, não querendo pensar nisso. — Mas estavam deitados juntos na cama. Na cama do papai. — Podia sentir a raiva dominá-la, a mesma fúria que sentiu quando adolescente. A traição da mãe parecia um tapa em cada uma delas.

— Alguns minutos depois, ela entrou no meu quarto. Nós tivemos uma discussão daquelas. Eu disse a ela que ia contar para o nosso pai e que também contaria a todas vocês. Chamei ela de vaca e disse que a odiava.

Lucy podia ver as irmãs chorando e sentiu uma lágrima rolar pelo rosto. Ela a enxugou com impaciência.

— Isso foi na noite antes de ela morrer.

— E você contou para ele? — Juliet perguntou. — Contou isso para o nosso pai?

Lucy balançou a cabeça.

— Não fui corajosa o suficiente. Eu queria, mas estava com medo. Não aguentava pensar neles se divorciando e nele deixando todas nós. Achei que a nossa família seria desfeita por minha culpa.

— Você está errada. A culpa nunca foi sua. — A voz de Kitty era suave. — Nada disso foi culpa sua. — Por trás dela, Adam passou os braços ao redor de Kitty, puxando-a para mais perto dele. Ela apoiou a cabeça contra seu abdome. Ver a ternura entre eles fez o coração de Lucy se apertar.

— O restante parece um pouco confuso na minha cabeça — Lucy falou. — Claro que me lembro de ir à escola no dia seguinte e de a nossa mãe ir me buscar. Eu não estava esperando por ela, que obviamente decidiu conversar comigo para me dizer que não era nada, apenas uma aventura. Foi quando perdi a cabeça e nós duas começamos a gritar uma com a outra, fazendo todo tipo de acusação. Ela estava dirigindo rápido demais e estava chovendo muito forte. Assim que ela perdeu o controle do carro, tudo acabou.

— E ela não estava usando o cinto de segurança — Cesca completou.

— Sim. Mas eu estava. — E isso tinha sido o suficiente. A diferença entre a vida e a morte. Uma tira grossa de tecido e um pouco de metal moldado.

— E ela morreu por minha causa

Um soluço alto escapou da boca de Juliet, ecoando sobre a conexão.

— Ela não morreu por sua causa — ela disse, com a voz aguda. — Nada disso foi culpa sua.

Lucy fez uma pausa para respirar, sentindo o fluxo de oxigênio através dela como um raio de adrenalina. Não podia parar agora, não quando estava quase no fim. Ela devia às irmãs o restante da verdade.

— Assim que cheguei em casa do hospital, tentei falar com o papai sobre o assunto, contar o que havia acontecido. Mas ele me impediu. Ficava no escritório por horas, esquecia as refeições e o fato de ter quatro filhas. Ele estava no seu próprio mundo de dor, e era como se ele não pudesse ser alcançado.

— Mas no fim você contou para ele, não é? — Cesca perguntou.

Lucy balançou a cabeça.

— Nunca falei. Ele não permitiu. Guardei tudo. Eu achava que vocês fossem me odiar. Já tínhamos perdido a nossa mãe, e o nosso pai estava se escondendo de nós. Eu não suportaria perder as minhas irmãs também.

— Ah, querida. — Juliet estendeu a mão para a tela, como se a tocasse. Lucy levantou os dedos, pressionando-os contra a imagem da mão da irmã.

— Não foi culpa sua. Você nunca vai nos perder.

— O papai sabe que você sabe? — Kitty perguntou.

— Sobre o caso? — Lucy deu de ombros. — Não sei e é tarde demais para perguntar agora. Só quando ele começou a ficar doente eu me perguntei se ele sabia de alguma coisa. Ele começou a dizer coisas estranhas.

— Como fez comigo — Cesca completou.

— Exatamente. E eu teria dado qualquer coisa para você não ter descoberto assim. Deve ter sido horrível.

Sam apertou o ombro de Cesca.

— Foi muito ruim — ele disse. — Você devia contar para elas — ele insistiu.

— Agora? — Cesca fez uma careta. — Não parece muito apropriado.

Sam se inclinou para ela, passando o dedo pelos lábios macios.

— Não consigo pensar em nada mais apropriado. Todas vocês estão aqui juntas, que momento seria melhor?

Kitty se virou para olhar para Cesca.

— Do que ele está falando?

Cesca piscou algumas vezes e olhou para o seu colo.

— Nós fomos ver o papai porque o Sam queria dizer uma coisa para ele. — Ela se mexeu na cadeira.

— O quê? — Lucy perguntou, sem saber se devia ou não se preocupar.
— O que você disse para ele?

Finalmente, Cesca voltou seu olhar para o laptop. Sam a puxou para mais perto dele, até que seus corpos estivessem esmagados um contra o outro.

— O Sam me pediu em casamento — ela contou, um sorrisinho brincando em seus lábios. — Era isso o que ele queria contar para o papai, mas ele ficou chateado, pensando que eu fosse a mamãe e estava me casando com outra pessoa.

— Você está noiva? — O rosto de Kitty se transformou com um sorriso.
— Isso é maravilhoso. — Ela se inclinou para a frente, abraçando Cesca apertado. Lucy podia sentir o bíceps dela flexionar enquanto desejava estar lá para abraçar a irmã também. Por um momento, a chamada por vídeo explodiu em comemorações enquanto todas as irmãs falavam ao mesmo tempo e nenhuma delas ouvia ninguém.

— Já marcou a data? — Juliet perguntou quando as outras finalmente se acalmaram. No meio da confusão, Sam se sentou na cadeira, com Cesca no colo. Os dois pareciam a imagem da felicidade.

— Ainda não — Cesca respondeu. — Nós precisamos conversar com algumas empresas que fazem planejamento de casamento. E, obviamente, queremos manter as coisas em segredo o máximo que pudermos.

— Quando a imprensa descobrir, nós vamos ter que nos esconder — Sam concordou. — Então estamos mantendo as coisas entre nós por enquanto.
— Ele se inclinou para beijar a bochecha de Cesca.

— É bem fácil isso acontecer — Cesca falou. — Esses caras podem farejar um vestido branco como um vampiro sente cheiro de sangue.

— Estou muito feliz por vocês dois — Lucy disse, sentindo o coração preenchido. — É uma notícia maravilhosa. Especialmente depois da semana que vocês dois tiveram.

— É, não é? — Cesca sorriu. — E me desculpe por não ter contado quando estive em Londres. Eu queria esperar até estarmos todas juntas.

— Não posso te recriminar por guardar segredos, né? — Lucy sorriu. — E, de qualquer forma, esse é o melhor tipo de segredo, e eu não me importo de ter esperado para saber. — Lucy olhou para elas, as três irmãs, sua família, sentindo uma imensa onda de orgulho atingi-la. Nunca conseguira se encaixar no lugar da mãe depois da sua morte, mas tinha mantido as coisas estáveis até que as três estivessem prontas para enfrentar o mundo. Talvez ela pudesse estar orgulhosa de si mesma pelo menos por isso. — Olhe para todas vocês, crescidas e se encaminhando. — Ela umedeceu os lábios para tentar tirar a secura. — Vocês sabem que, se a mamãe ainda estivesse viva, estaria orgulhosa de vocês. — E, se o pai dela ainda fosse capaz de manter o foco, ele também estaria.

— Ela ficaria orgulhosa de você também — Juliet falou. — E grata por você ter cuidado de todas nós quando ela não conseguiu.

— E quando você está pensando em sossegar também? — Kitty perguntou. — A Cesca me contou que achava que você estava visitando um certo laird em Nova York na semana passada.

— Sim, bem, não esperem que isso aconteça — Lucy falou, sentindo aquela dor familiar no peito. — Eu estraguei tudo com ele, como sempre faço com as coisas. — Deus, ela estava chorando de novo? Quando isso iria parar?

— Ah, querida, o que aconteceu? — Cesca tocou os dedos na tela. — Está tudo bem?

Lucy balançou a cabeça, enxugando as lágrimas com a palma da mão.

— Não, não está — respondeu, com sinceridade. — Nós tivemos uma discussão terrível antes de eu vir embora e agora acabou. — Seus soluços ficaram mais altos. — Eu estraguei tudo.

— Você o ama? — Kitty perguntou. Como Cesca, ela estava tocando na tela.

Lucy olhou para elas, seus olhos brilhando.

— Sim, estou apaixonada por ele. Mas ele me odeia e não há nada que eu possa fazer. — Apertou as pálpebras para conter o fluxo de lágrimas, mas elas simplesmente se acumularam e se espalharam.

— Ah, querida — Cesca murmurou, inclinando a cabeça para o lado em solidariedade. — Claro que deve haver algo que você possa fazer. O amor não desaparece simplesmente porque vocês tiveram uma discussão. Por que você não nos conta o que aconteceu para nós entendermos as coisas?

Pela segunda vez na videoconferência, Lucy se viu contando às irmãs sua história de aflição, ouvindo como elas se solidarizavam com ela. E era bom não estar escondendo nada, deixar tudo às claras. Eram sua família, afinal de contas. Pelo menos, ela sempre teria isso.

32

A justiça usa sempre igual medida.
— *Trabalhos de amor perdidos*

O tempo mais quente finalmente chegou a Edimburgo enquanto ela estivera fora. As flores caíram das árvores, criando um manto de pétalas cor-de-rosa e branco no Prince's Park, e os primeiros flocos de neve e jacintos tinham sido substituídos por uma profusão de narcisos amarelos, as trombetas anunciando novos começos. Um raio de sol amarelo brilhava através da janela do escritório de Lucy, refletindo na tela do laptop. Ela se inclinou, tentando ler o contrato que estava aberto, destacando as partes que queria mudar.

— Lucy, tem um minuto?

Ela olhou para cima e viu Malcolm Dunvale parado na porta do escritório. Clicou para salvar o documento e em seguida baixou a tampa do computador.

— Claro. Quer que eu vá ao seu escritório? — *Por favor, Deus, não deixe ser uma má notícia*. Ela tinha tido o suficiente para durar uma vida inteira.

— Sim, por favor. — Ela o seguiu até a sala com paredes de vidro, entrando quando ele fechou a porta e se sentou junto ao canto da mesa. — Só queria que soubesse que a coisa de Glencarraig acabou.

— Acabou? Como? — Uma sensação de pânico tomou conta dela. — Achei que vocês estivessem esperando a data da audiência ser confirmada.

Malcolm deu de ombros.

— Eu só sei que as duas partes chegaram a algum tipo de acordo e o caso está encerrado. — Ele lhe deu um sorriso tenso. — Achei que você ficaria satisfeita. Espero que agora nós possamos esquecer tudo e continuar o nosso trabalho.

No entanto, ela não se sentiu satisfeita. Sentiu como se o tapete estivesse sendo puxado debaixo dela e ela estivesse caindo. Mesmo tendo sido afastada do caso, a herança de Lachlan ainda era uma das últimas coisas que o ligavam a Edimburgo.

E talvez o ligasse a ela.

— Que tipo de acordo eles fizeram? — ela perguntou.

— Não faço ideia. Aparentemente, a Dewey e Clarke estão cuidando disso, e o John Graves vai assinar do outro lado. No que diz respeito à Robinson e Balfour, o caso está oficialmente encerrado.

— Ah. — Era difícil ignorar o olhar de alívio no rosto de Malcolm. Como seu chefe, ela sabia que o havia colocado em uma posição desconfortável e que ele estava claramente satisfeito por estar livre disso. Ela deveria estar satisfeita também, não é?

— Você sabe se o sr. MacLeish vai manter o título e o chalé? — ela perguntou. Por um momento, pôde ver Glencarraig em toda a sua glória, o cenário de montanhas e colinas. Ele tinha desistido de tudo para não ter que vê-la novamente?

— Qual sr. MacLeish? — Malcolm perguntou a ela.

— Lachlan. O cliente. — Ela engoliu em seco.

— Não faço ideia. Ele foi vago sobre os detalhes, só disse que não havia nada para nos preocuparmos. E pediu que eu transmitisse seus agradecimentos pelo trabalho duro, é claro. — Ele franziu a testa por um segundo. — Posso presumir que você não falou mais com ele?

— Sim.

Ele olhou para ela por um longo minuto, e ela quase pôde adivinhar o que ele estava pensando. Por que ela colocara a todos em uma posição tão difícil para se afastar de Lachlan em seguida? Mas ele não fez a pergunta, apenas se levantou e esticou os braços, sua ação praticamente a descartando.

— Certo, bem, isso foi tudo. — Ele fez uma pausa antes de acenar para ela. — Isso é bom, Lucy. Você pode continuar com o seu trabalho e não se preocupar em como essa questão vai afetar a sua carreira.

Ela assentiu e tentou sorrir, sussurrando um agradecimento ao sair da sala. Assim que voltou a sua mesa, baixou a cabeça entre as mãos, cobrindo o rosto com as palmas.

Era como se ela tivesse se esforçando para se manter na superfície e de repente tivesse sido engolida por um maremoto. Havia um vazio dentro dela, um profundo sentimento de perda. Como se o laço final que a ligava a Lachlan tivesse sido desfeito.

Você não precisa se preocupar em como essa questão vai afetar a sua carreira.

Mas agora a carreira era a última coisa em sua mente.

❃

Seus dedos pairaram sobre o teclado do telefone enquanto ela olhava para o aparelho preto. Ao lado do celular, a caneca cheia de café que Lynn havia trazido estava fria e agora era uma coisa nojenta que seu estômago não estava preparado para tomar. Lucy mordiscou o lábio inferior, sentindo o gosto metálico em sua boca.

Ela estendeu a mão para pegar o aparelho, depois afastou o braço novamente, como se tivesse acabado de ser queimada. Deus, ela não conseguia se lembrar da última vez que estivera tão indecisa. Esse tipo de comportamento simplesmente não estava em seus genes. Ela era Lucy Shakespeare, a garota que assumia o controle. A mulher que tomava decisões e as assumia.

Ou, pelo menos, era quem costumava ser.

Antes que conseguisse levantar o fone até o ouvido, o aparelho começou a tocar. Ela olhou pela janela do escritório para ver Lynn apontando para ela.

— Alô?

— Estou com o sr. Tanaka na linha para falar com você. — Lynn sorriu para ela através do vidro.

— Sr. Tanaka? — Lucy repetiu. — Certo, pode passar.

Em um instante ela ouviu um clique.

— Grant?

— Lucy. Como você está?

— Um pouco confusa. O Lachlan está aí? — ela perguntou.

— Está viajando. — O tom de Grant continha uma nota de arrependimento. — Eu só queria te atualizar sobre a situação de Glencarraig.

— Ele está bem? — ela perguntou. — Eu realmente preciso falar com ele. — Deveria ter falado com ele dias antes, sabia disso agora. Mas, toda vez que pegava o telefone, não conseguia encontrar as palavras certas. Talvez elas não existissem.

— Ele está indo para Miami. Precisa explicar algumas coisas para a mãe.

— Ela podia ouvir Grant mexendo em algo na sua mesa.

— Ah. É claro, a família vem em primeiro lugar sempre. — Não era ela quem dizia isso? — O que aconteceu? Meu chefe acabou de me dizer que o caso está encerrado.

— É verdade. O Lachlan e o Duncan estão conversando. Eles chegaram a um acordo.

— Ele tem conversado com o irmão? — Ela se endireitou. — Quando isso aconteceu?

— No baile que você perdeu.

Suas palavras a atingiram como uma repreensão. Ela recuou com o impacto.

— Ah, me desculpe. Eu não queria falar desse jeito.

— Tudo bem. — Sua voz era suave. — Ele é seu amigo, é claro que você vai ficar do lado dele. — Ela não pôde evitar sentir o arrependimento em sua boca. — Como ele está?

O silêncio durou o suficiente para que ela começasse a se perguntar se a ligação havia caído. Ela apertou o aparelho para ver se havia algo errado com ele.

— Ele não anda bem. — Grant finalmente disse. — Você mexeu com a cabeça dele, Lucy. Ele achou que você gostasse dele. Caramba, o cara se apaixonou e você partiu o coração dele.

Suas palavras pareciam um punhal fincado no coração dela.

— Não — ela sussurrou no mesmo tom de Grant. — Sou eu que estou com o coração partido.

Grant deu uma risadinha.

— Bem, você sabe o que dizem: os iguais se atraem.

— E pessoas magoadas magoam os outros — ela disse, com o coração ainda preso na garganta. Tentou respirar, mas o ar entrou por sua boca. — Eu não queria magoá-lo.

— Ele também não. — Grant soava verdadeiro. — Mas você o deixou quando ele precisou de você. Entende como isso o fez se sentir? Ninguém nunca ficou com ele. Nem o pai, nem a mãe. Caramba, até eu estou indo embora. Ele achou que você fosse diferente, e você... — Grant suspirou — foi embora.

— Eu tive que cuidar da minha família — Lucy disse. — Ele devia entender isso. Ela tem que vir primeiro.

— Você tem uma definição muito restrita de família — Grant destacou. — Isso não significa apenas laços de sangue. Olhe para o Lachlan e eu. Nós somos de famílias diferentes, caramba, somos de raças diferentes. E ainda assim eu amo esse homem como um irmão. E, não importa onde um de nós acabe, se ele precisar de mim, eu vou estar ao lado dele.

— Ele tem muita sorte em ter você. — Ela não conseguia esconder as lágrimas na voz.

— O sentimento é bastante recíproco — Grant falou. — Ele é um cara legal, Lucy. Por baixo do ar ameaçador e da merda de macho alfa, ele é só um cara. Alguém que merece ser amado. — Ela fechou os olhos para conter o fluxo de lágrimas. Quantas vezes tinha chorado nas últimas semanas? Deveria estar faltando água em algum lugar por causa dela. Mas até mesmo sua cabeça estava contra ela, as pálpebras fechadas fornecendo uma tela para um replay das suas memórias. Da primeira vez que vira Lachlan, quando ele entrara naquele restaurante em Miami, tomando conta do lugar assim que entrou. De quando ele entrara em seu quarto em Glencarraig, levantando-a tão facilmente como se ela fosse um cobertor, seu corpo quente e duro contra o dela.

Do jeito que ele se abrira para ela, se desnudando enquanto contava a história de sua infância.

Então ela o deixara e partira o coração dos dois.

— Eu não sabia o que fazer — ela sussurrou, os olhos ainda bem fechados. — Tive que ver a minha irmã, precisei vir embora... — Ela balançou a cabeça, tentando entender tudo. — As coisas estavam fora de controle.

— O que aconteceu, Lucy? Você podia ter ligado para ele quando chegou em casa. Em vez disso, ele só recebeu silêncio.

— Eu fiquei esperando que ele desse o primeiro passo. Não queria piorar as coisas. — Deus, parecia tão estúpido agora. Por que não tinha ligado para ele? — Estava com medo — admitiu.

— Do Lachlan? — Grant parecia surpreso. — Por que você tem medo dele?

Tudo estava fazendo sentido. Dizer em voz alta era como uma lâmpada se acendendo na sua cabeça. Durante as semanas em que ela e Lachlan estiveram juntos, sempre havia uma parte sua esperando que terminasse. A maneira como as coisas sempre terminavam com alguém que ela amava.

Amor? A palavra era o suficiente para provocar um arrepio na sua coluna e, ao mesmo tempo, aquecê-la. Porque o amor a tornava vulnerável, abria a chance de alguém te magoar. Amar significava perder o controle.

— Não era dele que eu tinha medo — respondeu, mais para si mesma do que para Grant. — Era de mim. Estava com medo de estar me apaixonando por ele. Com medo de que ele me magoasse. Então, eu vim embora antes que ele fizesse isso.

— Você é tão terrível quanto ele. — Grant bufou. — Nunca conheci duas pessoas que são tão bem-sucedidas profissionalmente e não têm ideia do que estão fazendo com a vida pessoal. Se não tivesse certeza, diria que vocês foram feitos um para o outro.

Era errado que suas palavras parecessem um buquê de esperança florescendo dentro dela?

— Talvez seja isso mesmo— ela falou. — E talvez nós dois estejamos cegos demais para ver isso.

— Se vocês conversassem, isso ajudaria. E não me refiro a dizer a ele que roupas você está usando quando ele liga.

Suas bochechas coraram. Grant sabia disso?

— Sério, ligue para ele. Parem de fugir um do outro. Isso não te leva a lugar nenhum. Ele sente a sua falta, quer você, mas está com medo. Desde criança ele está determinado a sair da vida em que nasceu. Determinado a provar coisas para si mesmo, para o pai, o irmão e Deus sabe quem mais. Ele ainda está aprendendo que a vida não é só vencer, mas sim aproveitar a jornada.

— Eu podia ajudá-lo.

— Você já começou. Mas interrompeu no meio do processo.

— Vou ligar para ele — ela disse, decidida. — Mas e se ele não atender?

— Você acha que isso vai ser motivo para desistir? Você tem medo de ser rejeitada?

Ela tinha. Mas talvez pudesse parar de deixar o medo guiá-la. Talvez pudesse se tornar vulnerável, se abrir e ver aonde a brisa a levava. Sim, seria assustador demais e ela tropeçaria no caminho. Mas a alternativa — perdê-lo — era ainda mais dolorosa.

— Grant?

— Sim — ele disse, pacientemente.

— Que acordo ele fez com o irmão?

— Que tal você perguntar para ele? — Grant sugeriu. — Eu só posso dizer que ele parece feliz com a situação.

Ela assentiu, ainda segurando o telefone no ouvido.

— Sim, vou perguntar.

— Que bom.

Era, não é? Mesmo que todo o seu corpo estivesse tremendo com o pensamento. Eles se despediram e ela gentilmente colocou o telefone no receptor, batendo na base com os dedos, imersa em pensamentos.

Ela não podia deixar de se lembrar de quando ele voara para Edimburgo naquela noite de sexta-feira, lhe dando o choque de sua vida da maneira mais delicada. Ele tinha feito um grande gesto, tinha feito Lucy se sentir querida, amada, cuidada. Abrira o coração dele para ela quando dissera que queria mais.

Talvez fosse a sua vez de fazer um grande gesto em retorno.

33

> Mas, amigo, se penso em ti um momento, vão-se as perdas
> e acaba o sofrimento.
> —*Soneto 33*

— O que você disse? — Sua mãe se inclinou para a frente, a boca apertada com firmeza. Ela estava muito melhor do que da última vez que a vira, a respiração regular graças aos tubos no nariz. Estava atenta, os olhos brilhando enquanto esperava pela resposta. Ela parecia muito mais saudável agora que estava de volta à casa de repouso.

— Eu disse que o Duncan e eu chegamos a um acordo.

— Você perdeu o caso? — Ela franziu a testa, balançando a cabeça. — Vamos apelar. Foi por causa desse advogado que você arranjou? Talvez seja melhor contratar outro.

Ele engoliu o gosto da lembrança de Lucy.

— Não foi culpa do advogado. O caso nem chegou ao tribunal. O Duncan e eu estamos conversando.

Ela estremeceu com a menção do nome do seu meio-irmão.

— Estão? Por quê? — Ela parecia confusa. — Achei que você fosse lutar e vencer.

— Só porque não lutei, não significa que perdi — Lachlan apontou. — Estou mais do que feliz com o acordo.

Ela ficou em silêncio por um momento, absorvendo suas palavras. Era impossível não ver a expressão de decepção no rosto dela.

— Mas você queria a herança do seu pai. Nós conversamos sobre isso da última vez que você esteve aqui. Você ia mostrar a todos exatamente quem você era. Que era o herdeiro legítimo de tudo o que eles queriam.

— Eu percebi uma coisa ao longo do caminho — ele disse com voz suave. — Só vale a pena lutar por um prêmio se você o quiser. Eu realmente nunca quis nada que o meu pai tinha. Eu só queria o amor dele, e isso era algo que eu nunca iria conseguir. — E todos os títulos do mundo não lhe renderiam o que ele nunca tivera.

— Mas isso vai te legitimar — ela protestou.

Ele balançou a cabeça.

— Nada vai me tornar legítimo. E isso não muda a cabeça deles a meu respeito. Só piorou as coisas. Não tenho nada para provar para eles, não mais. — Talvez nunca tivesse. Desde o momento em que fora concebido, ele nunca tivera chance na família MacLeish. E não era de admirar. Ele representava a fraqueza do pai, a traição. Preferiam ignorar sua existência a reconhecê-lo como parte da família.

A mãe estendeu a mão para acariciar sua bochecha.

— Mas te magoaram o tempo todo. Eles também merecem sofrer.

— Por causa dos erros do meu pai? — Lachlan perguntou. — Não, eu não concordo. O Duncan não pediu para ter um irmão ilegítimo, assim como eu não pedi para nascer. E a mãe dele também não pediu para ser traída.

Ela estremeceu.

— Nós estávamos apaixonados...

— Não, você estava apaixonada. — Lachlan podia ver claramente agora. — Ele te usou e foi embora. E durante anos acho que você esperava que ele se apaixonasse por mim, e que isso o faria te amar também. Mas não é assim que o amor funciona, mãe. Não se pode fazer alguém te amar se essa pessoa não estiver pronta para isso. — Sua voz falhou, as emoções brilhando através da abertura. — E conseguir um título inútil não vai mudar nada disso.

— Então é isso. Você desistiu?

— Não. — Não parecia uma desistência. Parecia que ele estava desperdiçando muita energia perseguindo algo que nunca iria conseguir. — Decidi me concentrar em coisas que são mais importantes para mim.

— Como o quê?

Ele deu de ombros.

— Meu trabalho, minha saúde. Felicidade. Talvez até constituir uma família.

— Uma família? — A expressão dela se suavizou. — Você conheceu alguém?

Ele soltou um bocado de ar. Ainda doía falar sobre isso. Magoava pensar no que tinha acontecido. E, no entanto, isso não era nada comparado à dor de não pensar nela. Lucy estava em tudo o que ele fazia.

— Conheci e perdi — ele disse.

Sentiu a mãe deslizar os dedos entre os dele, apertando sua mão com força. Ela era surpreendentemente forte para uma mulher doente.

— Você se magoou? — ela sussurrou.

— Algo assim. — A tentativa de Lachlan de dar um sorriso se transformou em uma careta.

Ela olhou para ele, os lábios apertados em solidariedade.

— Quem é ela? — a mãe finalmente perguntou.

— O nome dela é Lucy — Lachlan disse. Só o fato de dizer seu nome era como outra facada no coração. — Ela é linda, divertida e tudo que eu nunca soube que queria.

Sua mãe franziu a testa.

— E o que aconteceu?

— Eu a deixei escorregar pelos meus dedos, porque não pude dar a ela o que ela precisava. E ela me deixou. — Merda, sua voz estava falhando? Ele tossiu para tentar recuperar o controle.

— Ela deve ser muito especial para você ter se apaixonado.

Ele olhou para cima, para os olhos azuis da mãe, sem piscar. Como os seus, eles eram tão vívidos quanto o oceano.

— Eu não disse que a amava.

— Não é preciso.

Não, não precisava. Ele sentia por todo o corpo toda vez que pensava no sorriso, na voz dela, o jeito como ela se enrolava nele no meio da noite. Ele quase podia senti-la ali agora, o perfume floral de seu xampu, ouvir sua risada suave.

Sim, ele estava apaixonado por ela. Apaixonado por Lucy Shakespeare, a mulher mais linda, engraçada e irritante que ele já conhecera. Não era de admirar que ele não pudesse parar de pensar nela.

— Eu a amo — sussurrou mais para si mesmo do que para a mãe.

Ela riu.

— Não pareça tão infeliz com isso.

Ele balançou a cabeça, ainda tentando pensar direito.

— Eu falei umas besteiras para ela...

Ela ouviu enquanto ele contava toda a história, interrompendo ocasionalmente para fazer uma pergunta. Não conseguia se lembrar da última vez que fora tão honesto com a mãe ou da última vez que tinha se emocionado com qualquer coisa.

— Não parece irrecuperável — ela disse, sua mão ainda apertando a dele. — Parece que vocês são dois teimosos. Você finalmente encontrou seu par, querido.

Pela primeira vez ele riu e se sentiu bem.

— Você não está errada. Ela é como um animal selvagem, quase impossível de domesticar.

— Eu te conheço, Lachlan. Quando você quer uma coisa, não desiste até conseguir. — Ela umedeceu os lábios. O oxigênio sempre os deixava ressecados. — Você não queria o título do seu pai, eu entendi. — Havia ainda uma nota de desapontamento em sua voz. — Mas essa garota, se você a quiser, vai ter que lutar até conseguir. Você nunca fugiu de uma briga antes.

Mas talvez as apostas nunca tivessem sido tão altas. Ele a perdera uma vez, e o pensamento de perdê-la novamente era devastador. Havia parte dele — o velho Lachlan — que queria se esconder e lamber suas feridas, acalmá-las com encontros casuais e o vício em trabalho.

Mas essa era a saída covarde. Estivera fazendo essas coisas por tempo suficiente — por anos, de acordo com Jenn —, e elas não aliviavam a dor.

Lucy era o maior prêmio pelo qual ele tinha lutado e perdido. Seria corajoso o suficiente para se jogar no ringue para uma segunda rodada?

❦

O bar do hotel estava meio vazio. Ele passara a maior parte da noite lidando com o trabalho que deixara de fazer durante a visita à mãe, digitando e-mails, fazendo ligações e pedindo a Grant que reorganizasse sua agenda mais uma vez. Sempre impassível, o amigo e assistente tinha mudado as reuniões e transformado algumas em videoconferências enquanto murmurava para si mesmo que Lachlan finalmente havia perdido a cabeça.

E talvez tivesse. Mas, de alguma forma, sentia que estava ganhando alguma coisa também. Uma paz de espírito que nunca sentira antes.

— Prometo que esta é a última vez — Lachlan falou ao telefone, tomando um gole da cerveja gelada que a garçonete havia colocado sobre a mesa.

— Só vou acreditar nisso quando vir — Grant retrucou, a voz aquecida pelo humor. — De qualquer forma, eu posso conseguir uma passagem no voo noturno chegando a Heathrow na noite de segunda-feira. Isso vai te dar tempo suficiente para se encontrar com os seus investidores britânicos antes de pegar o trem para Edimburgo. Tudo bem?

— Sim, claro.

— Quando você quer voltar? Devo reservar a volta para Nova York?

Lachlan não tinha uma resposta para isso. O fato era que tudo dependia dela. Se ela lhe daria uma chance ou se já estava farta dele.

— Não sei — ele respondeu. Parte da condensação do copo de cerveja gelada havia pingado na mesa de madeira. Estendeu a mão, traçando padrões na água. — Eu preciso visitar o Alistair também, conversar sobre a situação. Vamos deixar isso em aberto.

— Claro — Grant ainda parecia se divertir.

— Hambúrguer e batata frita? — A garçonete estava sorrindo quando ele olhou para ela. Deslizou o prato na sua frente. Ele respirou o aroma: quente e saboroso.

— Eu não pedi comida. — Mas cheirava bem o suficiente para provocar um ronco em seu estômago.

— Você parecia com fome. — Outra mulher apareceu atrás da garçonete. Uma mulher de cabelo loiro, rosto em formato de coração e olhos que o mantiveram acordado durante a noite.

— Lucy? — Ele se levantou, sua cadeira raspando o chão de madeira. Levou um momento para perceber que ainda estava segurando o celular na orelha, a voz de Grant perguntando o que estava acontecendo.

— Você vai precisar cancelar o voo — Lachlan falou no aparelho, ainda incapaz de tirar os olhos dela. — Eu ligo de volta mais tarde.

Grant não protestou com a mudança repentina na direção da conversa. Em vez disso, ele disse adeus, desligando imediatamente.

A garçonete se afastou, deixando apenas Lucy e Lachlan, além de um metro e meio de espaço entre eles. Parecia longe demais, não era suficiente. Sua pele parecia estar pegando fogo.

— Você está aqui.

Ela assentiu, o peito subindo e descendo com a respiração.

— Da última vez que voou para me ver, você levou comida. Só estou pagando a dívida.

— Está? — Ele ainda estava tendo problemas para formar frases completas. Ela também as roubara.

— Sim. — Ela estava nervosa. Ele podia dizer pelo jeito como ela retorcia os dedos. — E, pelo que eu sei, desculpas ficam bem acompanhadas com comida.

Suas mãos se abriram e fecharam. Ele queria se aproximar para ver se ela era real. Sentir a maciez da pele dela contra seus dedos ásperos, sentir o calor de ambos se fundindo.

— Não é muito divertido comer sozinho — ele falou. — Me faz companhia? — Apontou para a cadeira em frente à dele.

— Só pedi uma refeição.

— Vamos dividir.

Sua mão tremia quando alcançou a cadeira, puxando-a para que ela pudesse se sentar. Ele se sentou de novo, a mesa entre eles, e empurrou o prato até que estivesse no centro, perto o suficiente para que os dois alcançassem.

— Coma — ele falou.

Ela pegou uma batata frita, mas não a levou até a boca. Ele fez o mesmo, ainda olhando para ela. Havia se esquecido de como ela era linda. Como sua pele parecia porcelana, o rubor em suas bochechas parecendo ter sido pintado por um artista. Ele conhecia cada pedaço daquele rosto: o jeito como os olhos dela se enrugavam quando sorria, a forma como as maçãs do rosto afiadas davam lugar aos picos macios abaixo. E havia os lábios — rosados e grossos, que sempre despertavam o desejo de beijá-la.

— Não estou com muita fome — ela confessou, ainda segurando a batata frita.

— Por que não? — Ele franziu a testa.

— Perdi o apetite em algum lugar do outro lado do Atlântico.

— Você voou hoje?

— Cheguei há uma hora.

Seu peito estava cheio. Ela conseguia despertar cada suave emoção que era possível sentir. Queria puxá-la contra si, dizer que tudo ia ficar bem. Queria cuidar dela da mesma forma que ela cuidava de todos.

— Lucy.

Ela ergueu a mão. A batata frita ainda estava entre seus dedos.

— Não, por favor, só me ouça por um minuto. Se eu não disser isso agora, posso perder a coragem.

Ele sorriu, mas não disse nada. Estava na ponta da sua língua dizer que ela era a pessoa mais corajosa que ele conhecia.

— Fui uma idiota — disse, soltando um bocado de ar depois de suas palavras, como se estivesse aliviada em finalmente admitir isso. — Pensei que, se eu pudesse manter tudo em segredo, a minha família ficaria bem. Mas estava errada. Você me disse exatamente isso. Eu não tinha que esconder segredos das minhas irmãs, e tudo o que fiz foi piorar as coisas.

Ele mordeu a parte interna do lábio para evitar protestar. Estava muito curioso para ouvir o que ela tinha a dizer para impedi-la de falar.

— E, tentando esclarecer as coisas, acabei tornando tudo ainda mais difícil para mim. Se eu tivesse tirado um tempo para pensar em tudo em vez de pular no primeiro avião para casa, não teria te magoado — ela piscou, seus longos cílios baixando — e me machucado ao mesmo tempo. — A batata frita ainda estava entre seus dedos. Ela a torceu, dividindo-a, revelando o interior branco e fofo. — Eu me apaixonei por você. E estava com tanto medo de que você não se sentisse da mesma maneira que corri de volta para Londres. Então, em vez de te ligar ou mandar uma mensagem assim que cheguei, entrei em pânico. Queria que você desse o primeiro passo, mesmo tendo sido eu quem foi embora.

— Isso não é verdade. — Sua voz era rouca. — Eu te afastei. Fui eu que disse para você ir e nunca mais voltar. — Ele balançou a cabeça ao ouvir as próprias palavras. — Fui um idiota e sinto muito. Não quis dizer nada daquilo.

Ele pensou naquela passagem de avião que Grant estava cancelando enquanto falavam. Ela estava tão perto da verdade — ele estava planejando dar o primeiro passo. Mesmo que tivesse demorado muito tempo para fazê-lo.

Seus olhos estavam suaves.

— Também sinto muito. Por te magoar. Lamento ter prometido estar ao seu lado na festa de caridade e ter te abandonado. Sinto muito por me esconder e estar com muito medo e orgulho de ligar para você quando devia ter feito isso imediatamente. — Ela abandonou a batata frita, limpando os dedos no guardanapo antes de erguê-lo para enxugar os olhos. — E você não tem motivo para me perdoar. Deus sabe que você lidou com decepção suficiente em sua vida. Não há razão para ter mais uma.

— Eu te perdoei antes mesmo de você sair para o aeroporto — ele disse, com a garganta apertada. — É a mim que acho difícil perdoar.

Franzindo o nariz para o prato — agora frio — de comida, ela olhou para ele.

— Está com fome?

Ele balançou a cabeça, ainda em silêncio.

— Nesse caso, pode subir até o meu quarto comigo?

Um estrondo de riso rolou por seu abdome, escapando de seus lábios em uma risada profunda.

— Está tentando me pegar? — ele perguntou.

Seus olhos se arregalaram.

— Ah, Deus, não. Só queria te mostrar uma coisa. — Sua bochecha ficou vermelha no mesmo instante.

Ele ainda estava sorrindo. Suas palavras provocaram uma leveza dentro dele que parecia impossível esconder. Como se alguém tivesse inflado um balão em seu peito, levantando-o até que apenas a ponta de seus dedos ainda estivesse em contato com o chão.

— Acho que ninguém nunca tentou me levar para um quarto no meu próprio hotel — ele falou. — É a primeira vez para mim.

Ela engoliu em seco.

— Para mim também.

Por alguma razão, ele gostou de ouvir aquilo.

— Nesse caso — ele disse, estendendo o braço em direção à saída —, vamos lá.

34

> Não pode amar quem não revela amor.
> — *Os dois cavalheiros de Verona*

Lucy deslizou o cartão na fechadura, muito consciente de Lachlan parado atrás dela, seu corpo lançando uma longa sombra na porta. Ela podia senti-lo também, sentir o calor que irradiava dele, e podia ouvir sua respiração suave enquanto esperava que ela abrisse a porta. As desculpas mútuas fizeram ela se sentir tão leve quanto o ar. Como se pudesse conquistar o mundo se quisesse.

Assim que entraram no quarto, ela pôde sentir o rosto começar a ficar vermelho. Tê-lo ali parecia íntimo, mesmo que ela tivesse protestado que não havia outro motivo.

— Quer beber alguma coisa? — ela perguntou.

— Estou bem — ele respondeu, olhando pelo quarto. — Se tivesse me dito que viria, eu poderia ter conseguido um upgrade. Conheço o dono. — Ele abriu aquele sorriso com covinhas e lábios sensuais.

— Fiquei com medo de avisar que estava vindo e você dizer que não era para eu me incomodar.

Ele inclinou a cabeça para o lado, ainda olhando para ela.

— Por que você achou isso?

— Porque eu agi errado. Nunca devia ter te deixado daquele jeito. Nunca devia ter ido embora. Se eu tivesse deixado as coisas fluírem e visto o que aconteceria, podia ter ido para casa depois do baile.

Ele estremeceu, o sorriso desaparecendo temporariamente do seu rosto.

— Eu queria mesmo que você tivesse ido.

— Eu sei que queria. — Sua voz era suave. — E devia ter ido. Por você.
— Ela deu um passo à frente, tentando ignorar o modo como todo o seu corpo se sentia no limite. — Sinto muito por ter deixado você ir sozinho.

Ela não era a única que precisava se desculpar.

— Me desculpe por arruinar o seu vestido.

— Do que você está falando? — Ela olhou para ele, confusa.

— Eu estava com tanta raiva que rasguei o seu vestido. — Ele teve a decência de parecer envergonhado. — Achei que isso me faria sentir melhor.

— E fez?

— Não.

Foi a sua vez de estremecer. Ela podia imaginá-lo em pé na frente do vestido, descontando toda a raiva contra o tecido.

— Era um vestido lindo — ela disse, melancólica. — Sinto muito por ter te provocado a esse ponto.

— Nós dois fizemos muitas coisas estúpidas naquele dia. Eu nunca devia ter gritado com você ou dado um ultimato. Me matou não te ligar e dizer o quanto sentia a sua falta. — Sua expressão se suavizou. — Não poder falar com você tem sido um tipo especial de tortura.

— Eu esperava que você ligasse ou me mandasse um e-mail — ela disse. — Quando isso não aconteceu, achei que talvez você não se importasse mais.

— Eu me importo — ele disse, dando mais um passo para fechar o espaço entre eles. — Me importo muito. Demais. Só não queria me fazer de bobo.

Ela o encarou, absorvendo aquele rosto familiar. Os ângulos duros e a pele macia. Tudo nele a fazia se sentir quente por dentro e com mais medo que nunca.

— Você não faria papel de bobo. Você sempre ganha, lembra?

— Não me sinto muito como um vencedor. Não senti muito de nada. — Ele estendeu a mão para ela, passando a ponta dos dedos pela bochecha. — Tive que me controlar ao máximo para não pegar um avião e exigir que você se explicasse.

— Por que não fez isso?

— Porque eu precisava que você viesse até mim. Ou que me ligasse, pelo menos. — Ele riu, mas o humor não alcançou seus olhos. — Acho que queria que você me dissesse que estava errada.

— Eu estava errada — ela sussurrou. Seu dedo percorreu a bochecha dela até o canto do lábio. Sua pele parecia estar em chamas. — Não devia ter ido embora daquele jeito. — Ela olhou para baixo, incapaz de encontrar o olhar dele. — Achei que todo mundo precisasse de mim, que, se eu deixasse o controle, tudo desmoronaria. Mas acontece que as minhas irmãs não precisam mais de mim desse jeito. Elas são adultas e são responsáveis pela própria vida.

— Então, onde isso te deixa? — ele perguntou, passando a ponta do dedo pelo lábio inferior dela.

— Aqui com você. Se me quiser.

Ele olhou para ela sem piscar.

— Claro que eu te quero. — Ele se inclinou para a frente. Seu rosto estava a apenas alguns centímetros do dela. Ela se perguntou se ele iria beijá-la. — Eu sei que disse que estava tentando esperar, mas eu tinha acabado de pedir para Grant organizar os meus voos para Londres antes de você chegar. Acontece que não sou tão paciente quanto eu pensava que era.

Ela sorriu para ele.

— Essa é uma das coisas que eu amo em você — ela disse.

Ele parecia satisfeito com suas palavras e cobriu o espaço entre os lábios, beijando-a profundamente. Segurou a parte de trás do pescoço dela, inclinando a cabeça para que pudesse beijá-la com mais força, aprofundando o beijo com um deslizar da língua contra a sua.

Ela colocou os braços em volta do pescoço de Lachlan, arqueando o corpo em direção ao dele, todos os pensamentos de desculpas e vestidos rasgados desaparecendo de sua cabeça. A outra mão pressionou a parte inferior das costas dele, seus dedos se enterrando sob a blusa até que estavam pressionados de encontro à pele dele, e ela se sentiu tremer sob seu toque.

— O que você queria me mostrar? — ele murmurou, roçando os lábios no queixo dela e beijando-a no pescoço.

— Humm?

Ele moveu os dedos por sua coluna, fazendo-a tremer, os lábios ainda trilhando o pescoço dela.

— Você queria me mostrar uma coisa — ele falou, as palavras abafadas pela pele dela. — Ou foi só uma desculpa?

Rapidamente os pensamentos dela se voltaram para a caixa, colocada cuidadosamente sobre a mesa na outra extremidade do quarto, mas então ele moveu as mãos para os botões de sua blusa, abrindo-os com habilidade, e beijou seu peito e seio.

— Não importa — ela ofegou enquanto ele movia o rosto para baixo até que seus lábios estavam puxando a renda do sutiã, sugando o mamilo através do tecido delicado. Ela sentiu a pele enrijecer, o corpo reagindo à sua boca quente e úmida.

Ela podia senti-lo endurecer da mesma maneira.

— Não? — ele confirmou, movendo os lábios para o outro seio. Ela amava o jeito como ele sempre jogava de forma justa.

— Ah, não.

Passando os braços pelas costas dela, ele soltou o sutiã, deslizando-o pelos braços junto com a blusa até que os dois estavam caídos no chão.

— Bem, eu tenho uma coisa para te mostrar — ele disse, desabotoando a própria camisa e tirando-a dos ombros.

— Tem?

— Sim. — Ele se abaixou, abrindo a saia e empurrando-a pelos quadris com as mãos quentes. — Agora deite naquela cama e feche os olhos.

— Você está mandão como sempre.

— Sempre.

— E se eu quiser ficar no controle? — ela perguntou.

Ele olhou por um momento, um sorriso curioso brincando em seus lábios.

— Você quer? — ele perguntou.

Ela olhou de volta para ele.

— Não, não mesmo. Desta vez não.

— Então, faça o que eu pedi e vá para a cama.

— Sim, senhor.

— Quer que eu pegue um roupão? — ele perguntou, sua voz provocativa.

— Serviria como uma boa mordaça, no mínimo.

— Você esqueceu que nós estamos em quartos standard — ressaltou. — Não tem roupões de banho de cortesia aqui.

— Então eu vou ter que encontrar outra maneira de manter você quieta — ele disse, cobrindo os lábios dela mais uma vez.

— Você poderia tentar — ela murmurou, fechando os olhos ao senti-lo levantá-la e levá-la até a cama.

— Sim, eu poderia — ele respondeu, deitando-a no colchão, o cabelo se espalhando no travesseiro. — Mas tenho a sensação de que posso falhar e nós não queremos isso.

— Você disse que não se importava mais em ganhar — ela apontou, soltando um pequeno suspiro enquanto ele passava os dedos de leve por seu estômago, seguindo por seus quadris, enganchando-os no cós da calcinha.

— Lucy?

— Sim?

— Cala boca e me deixa fazer amor com você? — ele perguntou, puxando sua calcinha para baixo, fazendo-a levantar os quadris para ajudar no movimento.

Ela não tinha certeza do que mais amava: o jeito como ele a olhava como se ela fosse a garota mais linda que já tinha visto ou a maneira como ele passava os dedos por suas coxas, deixando um rastro de fogo em sua pele. De qualquer forma, agora parecia um bom momento para ficar quieta.

Por alguns minutos, pelo menos.

❀

Ele foi o primeiro a acordar pela manhã, os olhos piscando rapidamente enquanto a realidade penetrava em seus sonhos borrados. Ela ainda estava deitada a seu lado, o cabelo loiro espalhado pela fronha branca, o rosto corado e amassado.

A mala ainda estava na porta, aberta do jeito que deixara quando pegou sua nécessaire rapidamente em algum momento da noite. Ao lado, havia uma caixa grande, parecida com a que ela levara de seu apartamento com tanta pressa.

Não, não era parecida. Era exatamente a mesma. Ele não podia deixar de imaginar o que havia dentro.

Mais vinte minutos se passaram antes que ela abrisse os olhos. Viu quando ela se concentrou nele e mordiscou o lábio, enquanto as lembranças da noite passada fizeram os dois se aquecerem.

— Bom dia. — Ele estendeu a mão para traçar a cicatriz na testa dela, visível pela maneira como seu cabelo estava. — Dormiu bem?

— Quando você finalmente sossegou... — ela disse, sorrindo.

— Eu queria saber o que tem naquela caixa — ele perguntou, inclinando a cabeça para o lugar onde a bagagem estava. — Parece interessante.

Foi como se uma luz se acendesse nos olhos dela.

— Ah, meu Deus, eu esqueci disso. — Ela cobriu a boca por um momento, como se estivesse envergonhada. — Era isso que eu queria te mostrar. — Os dedos dela abafaram o som.

— Quando?

Ela se sentou, colocando as pernas debaixo do corpo.

— Quando te pedi para vir aqui ontem à noite, lembra? Eu disse que queria te mostrar uma coisa.

— Lembro. — Ele tentou manter as coisas divertidas. — E acho que você me mostrou a noite toda.

Ela balançou a cabeça.

— Você tem a mente poluída, sabia disso? — Ela saiu da cama. Estava nua enquanto atravessava o tapete bege, e ele não pôde deixar de admirar o jeito como seus quadris balançavam, sua bunda empinada e firme enquanto andava.

Deus, ela o estava seduzindo.

Lucy pegou uma camiseta, uma calcinha e um short da mala, vestindo antes de levantar a caixa. De volta à cama, colocou-a no colchão, tirando a fita que a prendia.

— Tem uma boa história por trás disso — ela falou, levantando as abas de papelão para revelar a espuma da embalagem. — Comprei no caminho de volta da Bergdorf, naquele dia. Vi e pensei em você. — Com delicadeza, tirou a espuma, revelando um prato preto enorme dentro da caixa. Era antigo, as marcas pelo aro eram suficientes para dizer isso, mas não era o que o tornava bonito. Era o cruzamento de verniz dourado, as linhas metálicas e recortadas que colavam as peças que o fazia sobressair.

— Que incrível — ele disse. Estendendo a mão, tocou a superfície do prato, sentindo a porcelana lisa dar lugar à cola grossa. Cada linha contava uma história de algo quebrado, mas não de forma irreparável. De beleza surgindo da dor.

— Levei para casa comigo — ela disse. — Não quis te dar depois da nossa discussão. E então, assim que o abri no meu apartamento, ele se quebrou.

— É mesmo?

Ela assentiu.

— A gata do meu vizinho praticamente pulou em cima dele. Se espatifou no chão da cozinha. Parecia que nunca poderia ser consertado. — Ela tocou a lasca na borda, onde o dedo dele havia acabado de estar. — Não consegui encontrar essa peça.

— Devia ser minúscula — ele falou, observando o dedo dela se mover de um lado para o outro sobre a área irregular. — Mas não importa. Ainda é lindo.

Ela desviou os olhos do prato e olhou para ele.

— Isso me fez lembrar de nós. Acho que foi por isso que fiquei tão chateada quando o quebrei. Foi como se eu tivesse estragado tudo e fosse irreparável. Mas então eu liguei para uma mulher em Londres que é especialista em Kintsugi. Ela se ofereceu para dar uma olhada e ver o que poderia fazer.

— Ela fez um trabalho incrível. É difícil dizer o que é novo e o que é antigo. — Ele sentiu um nó crescendo em sua garganta. A maneira como ela estava tocando o prato o fez lembrar o modo como ela o tocava. Com carinho, de forma reverente, como se ele fosse algo de que valesse a pena cuidar.

— É besteira — ela falou —, mas sempre imaginei isso no hall de entrada do chalé em Glencarraig. Ficaria lindo na mesa embaixo do espelho. — Ela baixou os olhos, como se estivesse envergonhada. — Acho que isso não vai acontecer agora que seu irmão ficou com o lugar.

Ele estendeu a mão para o queixo dela, levantando o rosto de Lucy até que os olhares se encontraram.

— O meu irmão não ficou com o lugar. Não dei o chalé a ele.

— O quê? — Ela piscou, sem entender. — Achei que você tivesse concordado em desistir.

— O Grant não explicou o que aconteceu? — Lachlan perguntou. Ele inclinou a cabeça para o lado.

— Não, não explicou. Nós meio que discutimos um pouco sobre você e só.

— Devo querer saber o que vocês estavam discutindo? — Não, provavelmente não. Era melhor não ir por esse caminho.

— Pare de mudar de assunto. Eu quero saber que acordo foi esse. Que, por sinal, não foi analisado pela sua ex-representante legal. — Ela franziu o nariz.

Ele sorriu.

— Você fica muito sexy quando está com raiva.

— Sempre se resume a sexo, não é?

— Não consigo pensar em mais nada quando você está seminua na minha cama.

— Acho que você devia dizer na *minha* cama — ela apontou. — Este quarto é meu. Estou pagando por ele.

— E eu sou o dono do hotel.

— No papel, o que significa que, provavelmente, você tem uma dívida enorme sobre ele. E, de qualquer forma, o que te faz pensar que estou impressionada com suas propriedades?

— Você ficou impressionada com o meu chalé. — Ele balançou as sobrancelhas e ela não pôde deixar de rir.

— Então me diga por que ele ainda é seu.

Lachlan se sentou, puxando-a com ele, até que os dois estivessem apoiados na cabeceira da cama.

— Não é bem meu, mas também não é do Duncan.

Ela soltou um gemido estrangulado.

— Pare de enrolar. Estou no limite aqui.

Ele engoliu uma risada.

— Tudo bem, encontrei com meu irmão no baile de caridade e nós conversamos.

Ela pareceu culpada ao ouvir a menção ao baile.

— Sinto muito por não ter ido. Como foi a conversa?

— Surpreendentemente boa. Não houve tiros, nem derramamento de sangue, então eu contei isso como uma vitória. — Ele estendeu a mão e acariciou seu ombro, o peito e o seio. — E nós nos encontramos de novo na semana seguinte para discutir o caso, só nós dois. Nenhum conselheiro, nem advogado, só dois irmãos.

Ela ficou em silêncio. Como se soubesse que aquela era a história dele e que ele precisava contar.

— E eu contei a ele sobre o chalé, Alistair e o site do clã. Parecia loucura que ali estávamos nós, dois empresários americanos, brigando por um título e um castelo em um país que não é o nosso.

— Então, o que você concordou em fazer?

Ele continuou como se não a tivesse ouvido.

— Eu sempre quis saber por que o meu pai me deixou aquilo. Ele não demonstrou nenhum interesse em mim quando estava vivo. Perguntei ao Duncan sobre isso, mas ele também não sabia, exceto que meu pai sempre gostou de ferrar as pessoas. Estou supondo que ele está rindo no túmulo por causa disso. Foi, literalmente, uma situação sem vitória.

Lucy suspirou.

— Ele parece um cretino.

— Ele era. Puro e simples. Foi um babaca com a mãe do Duncan e um idiota com a minha. Não tratou nenhum de nós muito melhor. E, pelo que posso dizer, ele não tinha interesse em Glencarraig ou no título. Ele nunca foi para as reuniões do clã, dificilmente ia para a cidade. Ele era um laird ausente, e o lugar sofreu por causa disso. Precisa de investimento e de alguém com visão.

Lucy piscou.

— Espere um minuto. Você não está pensando em se mudar para lá, né?

— Não.

— Então o quê? Como você vai evitar os erros do seu pai se você for o laird?

— Porque eu não sou o laird. Ou melhor, não vou ser.

Ela olhou para ele.

— O que isso significa? O Duncan vai se mudar para lá?

— Ele não vai ser o laird também.

— Então, quem?

— Tudo vai ficar claro, prometo. Mas agora eu não posso mais contar nada. O meu advogado insiste nisso. — Ele piscou para ela.

— Não acredito que você não vai me falar — ela protestou, com a boca aberta.

Um sorriso surgiu nos lábios dele.

— Você não pode ficar feliz que Glencarraig vai florescer?

— É importante para você, né? — ela perguntou.

— Sim. Isso impressionou a garota que eu conheci. Eu a vi se apaixonar pelo lugar, e quando o vi através dos olhos dela, também me apaixonei.

— Ela parece uma boba — ela sussurrou, com a voz firme.

— O tipo mais lindo de boba — ele disse, segurando o pescoço dela. — O tipo de boba pela qual se move montanhas. Que me mantém acordado à noite, ansioso para falar com ela, para tocá-la e vê-la sorrir. O tipo no qual eu não consigo parar de pensar.

Ela engoliu em seco.

— Ela parece fascinante. Eu gostaria de conhecê-la.

— Gosto de mantê-la só para mim. — Ele se inclinou para a frente, mal roçando os lábios nos dela. — Ela é especial. — Ele respirou contra a pele dela, fazendo-a tremer. — É inteligente, engraçada e me deixa louco, mas já estou tendo dificuldade para imaginar a vida sem ela.

— É uma pena que ela more tão longe.

Ele balançou a cabeça lentamente.

— Vou nos dar um ano e então vamos resolver isso também. Eu gosto de aviões, mas gosto mais de acordar com a minha garota. E ela é a minha garota.

— Parece que você já organizou tudo.

— Eu quase a perdi uma vez. Não pretendo fazer isso de novo.

— Ela quase te perdeu também.

O pensamento fez seu estômago revirar. Estar ali com ela parecia tão natural. Não podia acreditar que quase jogaram aquilo fora. Nas poucas horas em que estavam juntos, ele se acostumou com sua voz, suas palavras e seu toque. Ficar sem isso seria doloroso.

— Então ela me encontrou. — Ele beijou a ponta do nariz dela. — E tudo ficou certo no mundo.

Ela expirou devagar.

— Se você continuar falando assim, eu posso me apaixonar.

— Isso é bom. Já estou apaixonado, então vou esperar por você. — O momento estava certo, muito certo, e mesmo assim ele hesitou. As palavras estavam na ponta da língua, exigindo que fossem soltas.

Ele olhou para ela, que estava com os olhos fechados, o rosto relaxado. Ela já era dele. Ele só precisava dizer.

— Eu te amo. — Sua voz estava rouca e a garganta parecia uma lixa.

Ela abriu os olhos, encontrando seu olhar azul profundo.

— Sabe o que você faz comigo quando fala coisas assim?

O nó em seu peito se soltou.

— A mesma coisa que você faz comigo. — Ele sorriu. — Não vamos parar de fazer isso nunca.

— Para mim, está ótimo. — Ela umedeceu os lábios. — E, caso você não saiba, eu também te amo.

— Ah, eu sei. — Ele piscou.

— Você ainda é um cretino convencido às vezes, né?

Ele deu de ombros, o alívio ainda o fazendo sorrir.

— Só às vezes?

Ela assentiu lentamente.

— Sim. E não conte para ninguém — ela baixou a voz para um sussurro —, mas eu meio que gosto disso.

— Isso te faz querer tirar a roupa e se jogar em cima de mim? — ele perguntou.

— Bastante.

Ele pressionou seus lábios nos dela, com mais firmeza dessa vez. Passando os dedos pelo cabelo dela, ele a beijou até que seu corpo começou a vibrar contra ele.

— Então fique à vontade — ele murmurou.

35

> Vamos, cavalheiros; espero que afoguemos
> no copo os aborrecimentos.
> —*As alegres comadres de Windsor*

— *E*stou tão feliz por vocês terem resolvido as coisas. — Jenn se sentou na espreguiçadeira ao lado da de Lucy, bufando enquanto segurava a barriga e balançava as pernas na cadeira. Ela e Grant haviam chegado a Miami na noite anterior, tendo passado alguns dias procurando apartamento perto de seu novo emprego na Universidade da Flórida. Enquanto ele e Lachlan passavam a manhã trabalhando na suíte de negócios do Greyson Hotel, Lucy tinha decidido aproveitar o sol quente e se acomodar ao lado da piscina com vista para a praia particular do hotel.

— Eu também — Lucy concordou, puxando os óculos escuros sobre os olhos para bloquear o sol. — Foi meio difícil por um tempo.

— Posso trazer uma bebida para vocês? — O garçom parou ao lado delas, usando bermuda branca e uma polo cinza com uma pequena insígnia do hotel costurada no bolso.

— Sim, por favor. Pode me trazer um daiquiri? — Lucy sorriu para ele.

— Claro.

— Muito retrô — Jenn brincou. — E eu vou tomar água, por favor. Observe que isso não parece a bebida de um mártir. Que é exatamente como tenho me sentido nos últimos seis meses.

— Mas tudo vai valer a pena — Lucy respondeu, observando enquanto o garçom se dirigia ao bar da piscina. Uma barraca coberta pelo que parecia ser um telhado de palha, era igualzinha aos bares de coquetel da década de 80.

— É o que me dizem — Jenn falou, o sorriso contradizendo seu tom seco. — É incrível como os meses se passaram lentamente. Parece que tem uma eternidade desde a última vez que te vi.

O garçom chegou, entregou um grande copo de água para Jenn, depois colocou o coquetel de Lucy na mesa ao lado da espreguiçadeira. Era vermelho-escuro, com um morango e um canudo no topo, e é claro que havia um guarda-chuva de papel laranja encostado na lateral da taça. Parecia deliciosamente refrescante.

— De qualquer forma, voltando para você e o Lachlan — Jenn falou enquanto Lucy tomava sua bebida. — Ele é um cara legal e você é muito boa para ele. O Grant disse que não o vê tão feliz em anos. Disse que ele está sempre com um sorriso bobo no rosto durante as reuniões.

Lucy não pôde deixar de se sentir iluminada pelas palavras de Jenn. Ele a deixava delirantemente feliz também. Toda vez que ele aparecia, era como se o mundo começasse a fazer sentido. Sem ele, ela se sentia desequilibrada.

— Ah, meu Deus, você está sorrindo, igualzinha ao Lachlan. — Jenn cuspiu a água que estava bebendo. — Cara, vocês dois estão ferrados.

— Sim — Lucy concordou. E ela não conseguiu encontrar nada de errado nisso.

— Quem está ferrado? — Uma sombra caiu sobre elas. Lucy olhou para cima e viu Lachlan em pé na frente de sua espreguiçadeira, com Grant a seu lado. Os dois usavam terno, o que era apropriado para os negócios, mas completamente impraticável no sol já quente de Miami. Fazia cerca de vinte e seis graus, quente o suficiente para o corpo de Lucy assumir uma leve transpiração enquanto estava lá. Ela viu quando o olhar de Lachlan cintilou para ela, observando o biquíni preto e branco que ela estava usando e a pele que revelava.

— Nós estamos — Lucy falou, com a voz inexpressiva. — Deitar aqui sem fazer nada é um trabalho duro.

Ele se sentou na ponta da espreguiçadeira, levantando os pés dela sobre o colo. Suas mãos acariciavam a pele de Lucy, massageando, tocando. Ela riu quando ele encontrou um ponto sensível no peito do pé.

— Sabe, vocês podiam ter trocado esses ternos — Jenn apontou. — Estão parecendo coroas ricos ou algo assim.

Lachlan encarou Lucy. Sorriu de forma calorosa para ela, que retribuiu o sorriso. Seria sempre assim? A atração intensa, juntamente com o jeito como ela se sentia como se fosse a única mulher que ele podia ver, fazendo sua temperatura subir mais do que o sol escaldante.

— Coroas ricos — ele repetiu, com os olhos franzidos. — O que isso faz de vocês então, garotas?

Lucy deu de ombros, ainda olhando em seus olhos. Atrás dele havia uma linha de palmeiras, separando a área da piscina da praia. Após o trecho de areia clara, ela podia ver o mar, tão vividamente azul quanto o olhar de Lachlan.

— Talvez isso nos faça sensatas.

— O que é muito melhor do que prostitutas, que é aonde eu acho que ele ia chegar — Jenn apontou. — E, de toda forma, nós temos uma carreira, ganhamos nosso próprio dinheiro. Não precisamos de vocês. — Ela encarou a expressão magoada de mentira de Grant. — Mas, felizmente, nós desejamos vocês assim mesmo.

Lachlan moveu as mãos dos pés de Lucy, acariciando os tornozelos com círculos lentos do polegar. Ainda que ela e Jenn estivessem tirando sarro de seus ternos, de alguma forma ele conseguia se encaixar na vibração de Miami. Talvez fossem os óculos de sol pendurados no bolso do paletó de forma casual, ou o jeito como ele havia tirado a gravata e desabotoado a camisa branca.

— Você parece um camaleão — ela disse para ele, balançando os pés com prazer enquanto ele continuava a massageá-la. — Se encaixa onde quer que vá. Em Nova York você parece todo polido e profissional, e aqui, um camaleão sexy. Como você consegue?

Ele inclinou a cabeça para o lado.

— Como eu pareço quando estou na Escócia? — ele perguntou.

— Frio — ela disse, tentando engolir a risada.

— É você que fica com frio — ele apontou. — Lembra que você praticamente me implorou para te levar para o meu quarto? *Ah, Lachlan, preciso do calor do seu corpo.* — Ele elevou o tom de voz enquanto tentava imitá-la muito mal. Lucy mordiscou o lábio, observando-o.

— Mentiroso! — ela disse, chutando-o de leve. — Reescreveu completamente a história. Eu estava feliz congelando na minha cama. Foi você que me levou para o seu quarto.

— Mas você gostou.

Sim, tinha gostado. Mesmo naquela época, quando havia pouco mais entre eles do que um relacionamento profissional, ela se sentia atraída. Como se houvesse um cordão invisível entre eles que os unisse. E agora parecia mais forte, mais firme. Inquebrável.

— Vocês dois, arranjem um quarto — Jenn reclamou, bloqueando o sol com a mão sobre os olhos. — Toda essa dopamina está me deixando louca. Não é justo para casais velhos como nós.

— Nós já temos um quarto — Lachlan respondeu, seus olhos nunca deixando os de Lucy. — Na verdade, temos duzentos.

— Bem, que tal usar um deles? — Jenn perguntou. — Eu amo vocês, amo mesmo, mas este bebê é precioso. — Ela esfregou o ventre. — Sinto que ele está sendo exposto a pornografia.

Lucy começou a rir. O pensamento de se deitar na cama macia e aconchegante no quarto com ar-condicionado realmente parecia atraente naquele momento. Se bem que, com Lachlan por perto, tudo parecia atraente.

— Você vai ser assim quando nós tivermos filhos? — Lachlan perguntou. As palavras mal escaparam de seus lábios quando Jenn atirou uma das suas sandálias nele. Ela tinha uma mira surpreendentemente boa. Lachlan teve que se esquivar para evitar o sapato voador, pegando-o com a mão direita antes que caísse na piscina.

Mas Lucy não prestou atenção em nada disso. Estava ocupada demais pensando em suas palavras. *Quando nós tivermos filhos.* Isso devia assustá-la até a morte, fazê-la querer fugir para muito longe. Mas, em vez disso, estava deitada lá, as pernas esticadas no colo do homem de terno à sua frente, o homem por quem ela percebeu que que estava se apaixonando loucamente.

Seria possível ter tudo? Pela primeira vez, ela realmente achou que poderia.

❀

Essa casa de repouso não era tão diferente daquela em que seu pai morava, embora os prédios fossem mais adequados aos arredores da Flórida do que um subúrbio londrino úmido e cinzento. Também tinha um nome diferente — *Residência Assistida* —, em que a ênfase era no que os residentes podiam fazer em vez dos cuidados médicos vinte e quatro horas por dia que também ofereciam. Ainda assim, a equipe usava uniforme e, logo que se registraram na recepção, os dois foram levados para a sala de estar com ar-condicionado, onde a mãe de Lachlan estava sentada, de frente para o jardim. Era repleto de imponentes palmeiras e azáleas florescendo ao redor de um lago azul cintilante. Quando se aproximaram, Lucy foi tomada pela atmosfera na sala. As pessoas estavam rindo, jogando xadrez e ouvindo música. Havia uma sensação de vida ali que não parecia existir na casa do pai. Talvez aquele fosse o típico caso de que se conseguia o que se estava pagando.

A mãe de Lachlan não se parecia com nada do que Lucy esperava. Para uma mulher que sofria de uma doença crônica, parecia notavelmente alerta, com o cabelo perfeitamente arrumado em um coque francês, a maquiagem aplicada com cuidado para realçar as maçãs do rosto e os olhos azuis vívidos. Assim como os do filho. Até mesmo o cilindro de oxigênio a seu lado e os tubos em volta do rosto não podiam disfarçar a mulher bonita que ela havia sido.

— Você deve ser a Lucy. — Ela levantou a mão, pegando a de Lucy e a apertando. Sua voz estava rouca. — É um prazer te conhecer.

— É um prazer conhecê-la também, senhora... — Ah, Deus, do que deveria chamá-la? Ela nunca tinha sido uma MacLeish, mesmo que esse fosse o nome que havia dado ao filho. E Lucy não pensou em perguntar a Lachlan qual era o sobrenome da mãe.

— Por favor, me chame de Lori. — Ela apontou para os assentos opostos ao seu. — Sentem-se. Gostariam de uma bebida?

Seu sotaque não parecia nada como Lucy esperava também. Suas palavras foram perfeitamente pronunciadas. Se ela fechasse os olhos, eles poderiam estar sentados na varanda de uma antiga casa de fazenda, bebendo chá gelado e fofocando sobre os acontecimentos locais.

Depois que as bebidas chegaram — servidas por um garçom —, Lucy se viu tomando a água fria e olhando entre mãe e filho. Embora tivessem os mesmos olhos, havia pouca semelhança entre Lachlan e a mãe. Ele herdara a maior parte da sua aparência sombria do lado MacLeish da família.

Enquanto Lori contava sobre sua situação atual, explicando os exames que havia feito no começo da semana, Lucy observou os dois interagirem. A expressão de Lachlan era suave, sua voz carinhosa, e ela se viu apaixonada por ele um pouco mais.

Havia algo muito sexy em um homem que cuidava da mãe. Talvez fosse a esperança de que ele cuidaria dela também. Ou talvez estivesse vendo apenas outro lado dele que a aquecia. Seu camaleão com muitas faces.

— O Lachlan me disse que você é advogada — Lori falou, se virando para ela.

— Sim — Lucy concordou, colocando o copo na mesa ao seu lado. — Eu trabalho em um pequeno escritório em Edimburgo. — Ela notou que seus dedos tremiam quando soltou o copo. O que havia de errado com ela?

— Você gosta?

Ela assentiu.

— Sim, na maior parte do tempo. É um trabalho difícil, mas não deixa de ser bom. Além disso, estudei muito tempo para chegar aonde estou, por isso estou tentando aproveitar.

— Você acha que vai morar sempre na Escócia? — a mãe dele perguntou. Lucy olhou para Lachlan, alarmada. Podia ver que ele estava disfarçando um sorriso.

— Mãe — Lachlan falou, como se tivesse deixado Lucy sofrer por tempo suficiente —, que tipo de pergunta é essa?

Sua mãe deu de ombros, que eram finos sob o tecido de seda da blusa.

— Só estou interessada. Você não está ficando mais jovem, Lachlan. Quero saber se vocês pretendem se estabelecer aqui ou lá.

Foi a vez dele de parecer desconfortável. Lucy provavelmente teria gostado mais de seu embaraço se não se sentisse da mesma maneira. Quando foi a última vez que tinha sido levada para a casa de algum namorado para conhecer seus pais? Ela mal conseguia se lembrar.

— O que Lucy e eu decidirmos fazer é da nossa conta. — Sua voz permaneceu complacente. — E, quando nós decidirmos, você será a primeira a saber.

Ele olhou da mãe para Lucy. Seus olhos estavam quentes, o suficiente para acalmar os nervos dela. Toda vez que seus olhos se encontravam, ela se via querendo tocá-lo, senti-lo. Não era muito apropriado quando estavam visitando a mãe dele.

Havia algo na maneira como ele dizia "nós" que a fazia se sentir mole por dentro — e ela gostava demais. Refletia o modo como se sentia em relação a ele, que eram os dois separados do mundo por uma barreira invisível. E o que eles decidissem seria decidido pelos dois.

— Imagino que não possa perguntar se ela quer bebês.

— Vamos conversar sobre outra coisa? — Lachlan sugeriu. — Talvez possamos discutir política mundial, economia ou algo menos controverso que isso?

Lucy sentiu o canto do lábio tremer. Fizeram aquela pergunta de bebê novamente.

Era estranho como já parecia menos assustador, como se a exposição a isso estivesse diminuindo o choque. E por dentro dela — na parte que mal reconhecia — o pensamento de fazer qualquer coisa com esse homem lindo, engraçado e forte provocava um delicioso arrepio através do corpo.

Por toda a sua vida, ela estivera procurando por controle. Engraçado como, no momento em que ela desistiu disso, coisas boas começaram a acontecer.

❋

Uma hora depois, estavam andando pelo estacionamento, a mão dela entrelaçada na dele. Lachlan estava meio passo à sua frente enquanto passavam pelos carros, se esquivando e desviando dos espelhos retrovisores enquanto saíam da casa de repouso. Embora fosse fim de tarde, o calor do dia ainda estava forte, aquecendo a lã do paletó e fazendo os cabelos grudarem na nuca.

— Você ainda está aqui — ele disse quando chegaram a seu carro. Por um momento, ele saboreou o pequeno milagre.

— Onde mais eu estaria? — Ela inclinou a cabeça para o lado, o rosto demonstrando curiosidade.

— Achei que a minha mãe poderia ter te assustado. — Ele puxou sua mão, trazendo-a para mais perto até que ficassem a centímetros um do outro. — Toda aquela conversa sobre se acomodar e ter filhos. Achei que poderia te fazer correr para as montanhas.

Embora o tom fosse provocativo, ele podia sentir seu corpo hesitando. Esperando por uma resposta. Ela fugiu dele antes — de Nova York e de Glencarraig — e não tinha certeza se sobreviveria pela terceira vez.

— Não tenho medo de você — ela murmurou, estendendo a mão para traçar círculos em seu peito coberto pela camisa. — Por que eu fugiria?

Mas não foi dele que ela fugira. Ele sabia disso agora. Havia sido dela mesma.

Não a perseguir foi a coisa certa a fazer. E, embora tivesse levado duas semanas terríveis, ela tinha voltado correndo para ele.

Graças a Deus.

— Me ame, ame a minha mãe. Não é o que dizem? — Ele passou o braço ao redor de sua cintura, puxando-a para mais perto. — Isso não te assusta?

Ela levantou a cabeça para olhar para ele.

— Deveria? — perguntou. Duas pequenas linhas se formaram entre suas sobrancelhas enquanto ela pensava nas palavras. — Eu ficaria mais preocupada se você não fosse próximo da sua mãe. Gostei de ver vocês dois juntos. — Ela sorriu com malícia, envolvendo os braços ao redor do seu pescoço. — E, de qualquer forma, a minha família é maior que a sua, então acho que você vai ter mais gente para lidar.

— Mais três como você — ele sussurrou, roçando os lábios na bochecha dela. — Não tenho certeza se isso parece como o céu ou o inferno.

— Tudo depende do dia — ela respondeu, com a voz cheia de humor. — Quando estamos bem, somos ótimas. E, quando estamos mal...

— É hora de ir para as montanhas.

— Pare com isso. — Ela estava rindo, os braços ainda ao redor do seu pescoço. Estavam tão perto que ele podia ver uma linha de sardas em seu nariz, provocada pelo sol quente de Miami. Podia ver também como ela era linda, com sua pele macia e olhos azuis. Seu cabelo quase brilhava sob os raios da tarde, caindo em ondas suaves até os ombros.

Ela era linda, naquele jeito perfeito de rosa inglesa. Mas sua beleza era mais profunda, ele sabia disso agora. Estava em seu humor, sua tristeza, sua bravura e seus medos. Estava no modo como ela sempre dava tanto quanto recebia e, de algum jeito, o fazia sentir como se tivesse ganhado.

Inclinando a cabeça para ela, beijou a ponta de seu nariz, movendo-se para baixo, capturando seus lábios contra os dele. Pressionou a palma das mãos com firmeza contra suas costas, sentindo seu calor através do tecido fino do vestido de verão. Ela se arqueou contra ele, abrindo a boca para deixá-lo entrar, seu corpo flexível, ainda exigindo mais. E, enquanto eles se beijavam, as línguas brincando e deslizando de uma forma que os deixava sem fôlego, ele percebeu que não se pode consertar um prato com laca cheio de ouro até que esteja quebrado e não se pode ter cicatrizes bonitas sem ser ferido primeiro.

Eles tropeçaram e caíram, mas se levantaram de novo, sacudiram a poeira e recomeçaram. Mas, dessa vez, fariam isso juntos, o que soava perfeito para ele.

Epílogo

Seus lábios eram quatro rosas vermelhas no mesmo ramo, e no verão da sua beldade se beijavam um ao outro.
—*Ricardo III*

— Bem, tudo parece em ordem — o advogado de Alistair falou, passando o documento para ele. As várias páginas foram analisadas e anotadas, cada uma rubricada na parte inferior. — Estou feliz por estar assinando isto.

— Tem certeza de que quer fazer isso? — Alistair questionou, olhando para Lachlan. — Ainda dá tempo de desistir.

— Tenho, sim — ele concordou. — Tudo está como deveria ser. Você só precisa assinar e transferir o dinheiro.

— Muito bem. — Alistair tirou uma caneta do bolso da camisa, girando-a até a ponta sair. Virou as páginas, depois assinou a última com um floreio, datando, e repassou para seu advogado.

— E o pagamento?

— Aqui está. — Alistair atravessou a sala, colocando uma nota escocesa nas mãos de Lachlan. Ele olhou para a nota azul, vendo as montanhas onduladas de Cairngorms impressas no papel grosso. — Cinco libras, como combinamos.

O advogado entregou o contrato para Lachlan.

— Só preciso da sua assinatura agora.

Lachlan pegou sua própria caneta e assinou rapidamente, datando e entregando de volta.

— Então é isso.

— Muito bem. Algumas questões burocráticas ainda precisam ser atendidas, mas todo o restante está feito. — Lachlan olhou para Alistair. — Está pronto?

— Com certeza.

— Então, vamos lá.

Os dois se levantaram, deixando a biblioteca, e saíram pela porta da cozinha até o quintal. Um palco estava montado em frente ao lago, com equipamento de áudio e luzes. Seguiram pela grama, contornando a multidão que se reunia na frente dele. Moradores se misturavam com MacLeish de todo o mundo, criando um mar de tartan azul e verde.

Assim que chegaram ao microfone, Lachlan o tocou, e um *bum* surdo ecoou pelos jardins. Ele limpou a garganta, seus olhos examinando a multidão, mas não pôde vê-la.

Onde ela estava?

— Boa noite — disse, se inclinando para que sua boca chegasse mais perto do microfone. — Antes de tudo, eu gostaria de dar as boas-vindas a todos vocês na reunião anual MacLeish. É um prazer ter vocês aqui, de perto e de longe.

Um forte aplauso soou.

— Como vocês sabem, o meu pai, o laird de Glencarraig, morreu há alguns meses. No seu testamento, ele deixou a propriedade e o título para mim. E, apesar de estar muito lisonjeado e ter me apaixonado por esta propriedade assim que a vi, percebi uma coisa.

Ele respirou fundo, olhando ao redor mais uma vez. Podia ver Duncan na frente, com sua esposa. E no canto via a família de Lucy — Cesca e Sam, Kitty e Adam. Mas nenhum sinal da mulher em si.

— O que percebi foi que eu não merecia este lugar — ele balançou o braço. — Ou melhor, ele não me merecia. — Olhou para Alistair, parado impassível ao seu lado. — Uma propriedade como Glencarraig não precisa de um senhorio ausente ou se tornar apenas mais uma hospedagem corporativa sem graça. Precisa de amor e dedicação, alguém que não apenas entenda a terra, mas também sua herança. Em suma, merece Alistair MacLeish.

Um murmúrio de conversa ondulou pela multidão. As pessoas estavam esticando a cabeça para olhar para Alistair.

— A exemplo de muitos de vocês, a conexão de Alistair com Glencarraig remonta a gerações. E, como vocês, ele faz parte da nossa linha de sangue. E fico feliz em anunciar que ele comprou cinquenta e um por cento da propriedade de Glencarraig, o que faz dele o laird de Glencarraig e líder do clã MacLeish.

Um rugido de aprovação seguiu seu anúncio, e, por um minuto, Lachlan não pôde ser ouvido sobre os aplausos. Quando o barulho diminuiu, ele se inclinou no microfone pela última vez.

— Senhoras e senhores, tenho o prazer de apresentar a você Alistair MacLeish, o laird de Glencarraig.

Um movimento na parte de trás do palco chamou sua atenção. Ele a viu pelo canto do olho, sua loira com determinação de aço.

— É todo seu — ele sussurrou para Alistair, recuando enquanto o novo laird se dirige à multidão. Ele caminhou até o canto onde ela o estava esperando com um enorme sorriso.

Ele parou e a olhou por um instante, absorvendo os cabelos dourados presos com algumas mechas soltas. Seu pescoço elegante e ombros macios, levando até o vestido.

Aquele vestido.

Foi preciso mais do que alguns telefonemas para encontrar a pessoa certa para trabalhar nele. E o custo do conserto foi maior que o do próprio vestido. No entanto, tinha sido importante para ele — para os dois — consertá-lo e torná-lo ainda mais bonito do que ele era quando o comprou.

Quando o apresentara a ela esta manhã, Lucy o chamara de "vestido Kintsugi". Embora os reparos fossem quase invisíveis, os dois sabiam que estavam lá. Eles não estavam envergonhados de suas cicatrizes, nem do passado. Hoje era o dia de comemorar tudo o que eram e o que esperavam ser. Com suas belas cicatrizes e tudo o mais.

— Eu não conseguia te ver — ele disse, puxando-a para si e envolvendo os braços ao redor de suas costas. — Comecei a ficar preocupado.

— Eu estava aqui atrás o tempo todo — ela respondeu, erguendo o rosto para um beijo. — Não queria interromper. E, a propósito, você foi maravilhoso. — Ela olhou para baixo, sorrindo. — E o único homem que conheço que pode fazer um kilt parecer sexy.

Lachlan sorriu, seguindo o olhar dela até suas pernas.

— Não vamos longe demais agora.

Ela pegou o braço dele, segurando seu pulso.

— Tem certeza que está tudo bem? — ela perguntou. — Deve ser difícil abrir mão deste lugar.

Ele olhou ao redor, para a cabana e o lago, Alistair em pé na frente de uma multidão de MacLeish e moradores de Glencarraig. Ele estava falando sobre seus planos para o futuro, para o chalé e a propriedade, e a multidão estava animada.

— Não vou abrir mão — Lachlan falou. — Ainda tenho quarenta e nove por cento do lugar. Além disso, vou investir também. Só estou colocando o homem certo no comando. — Ele estendeu a mão, passando o dedo pelo queixo dela. — Nós ainda vamos vir aqui para visitar quando quisermos, e prometi ao Alistair que sempre vamos participar das reuniões. Mas olhe para eles. Estão felizes. Ninguém poderia ser um laird melhor do que o Alistair.

Os lábios dela se abriram em um sorriso que iluminou o rosto.

— Então eu estou feliz também. Mesmo que você esteja perdendo toda a sua ligação com a Escócia.

— Não penso assim. A minha namorada ainda mora aqui. — Ele traçou seus lábios, se curvando até suas bochechas. — Por enquanto, pelo menos.

Ela riu.

— Lachlan, pensei que já havíamos falado sobre isso.

— Quando você vai se mudar para Nova York?

— Quando você vai se mudar para Edimburgo? — Ela arqueou uma sobrancelha.

— *Touché*. Acho que vou ter que fazer de você uma mulher honesta para que me obedeça.

— Nunca vou te obedecer. — Sua voz era suave. — Você sabe disso.

— Nem mesmo se eu usar os cintos dos roupões de novo? — Entrelaçou os dedos nos cabelos dela, inclinando sua cabeça até que os lábios encontraram os dele.

— Assim, quem sabe? — ela murmurou, suas palavras vibrando contra os lábios dele. Ele ia se contentar com isso. Não que ela tivesse deixado muita escolha.

❋

Se ela achava que o Chalé Glencarraig era bonito no início da primavera, no final do verão era positivamente brilhante. Lucy recuou, com a taça de champanhe na mão, e admirou o castelo, observando a torre arredondada e as árvores frondosas e verdes que o rodeavam em três lados. Atrás dele, ao longe, subiam as colinas íngremes das Terras Altas escocesas. O crepúsculo caía, fazendo os milhares de pequenas luzes espalhadas por todas as árvores brilharem, fazendo o chalé parecer o cenário de um conto de fadas.

— É lindo. — A voz de Cesca soou de trás dela. Lucy se virou para vê-la caminhando ao lado de Kitty, as duas resplandecentes em longos vestidos de verão, os cabelos ondulados e os olhos cintilantes. Como Lucy, as duas carregavam uma taça de champanhe — servida por um dos garçons, sem dúvida.

— E você também está — Kitty declarou, parando ao seu lado. — Adorei o seu vestido.

Lucy sorriu e passou as mãos pelas laterais do corpete. Alguém já havia lhe dado um presente tão significativo como Lachlan? Ela achava que não.

As três ficaram juntas, olhando para o castelo. Os discursos terminaram e a reunião havia começado. Garçons estavam entrando no meio da multidão, distribuindo bebidas e canapés.

— Então, quais são os seus planos agora? — Cesca perguntou. — Você e o Lachlan já decidiram o que vão fazer?

— O que você quer dizer? — Lucy pegou uma taça de um garçom que passava, levando-a aos lábios.

— Vocês não podem continuar fazendo essa coisa transatlântica o tempo todo — Cesca falou. — Devem estar exaustos.

— Isso deve explicar por que ela e o Lachlan passam tanto tempo na cama — Kitty comentou, rindo.

— Eu já disse: nós vamos nos encontrar nas áreas de desembarque até estarmos usando andadores — Lucy falou. — Temos carreiras para cuidar.

Lachlan se aproximou por trás delas e se inclinou para beijar o ombro nu de Lucy.

— Não deem ouvidos a ela. Nós estamos trabalhando nisso. Posso mudar algum trabalho para cá e ela pode arranjar alguma coisa em Nova York. Vamos ficar bem.

Ela se virou para olhar para ele, uma sobrancelha arqueada.

— É mesmo?

Ele deu outro beijo no ombro dela.

— Sim. Não quero que os nossos filhos sejam criados com pais em continentes separados.

Toda vez que ele dizia algo assim, fazia seu coração bater mais forte. Não era medo, era ansiedade e o conhecimento de que esse homem lindo realmente a queria. Ele tocou suas cicatrizes e as achou bonitas — mesmo as invisíveis.

— Nossos filhos? — ela repetiu, incapaz de tirar o sorriso do rosto. — Vamos ter filhos?

— Logo depois de nos casarmos.

— Adoro saber que você já decidiu tudo. — Ela revirou os olhos para as irmãs, mas as duas estavam sorrindo de volta. Kitty fingiu um falso desmaio. Era muito bom tê-las perto dela. Duas delas, pelo menos.

— Você está bem? — Lachlan perguntou a ela, deslizando o braço ao redor de sua cintura fina. Ele devia ter notado sua mudança de expressão.

— Estava pensando na Juliet — disse a ele. — Como eu gostaria que ela pudesse estar aqui também.

— Ela está tão chateada que não conseguiu vir — Cesca concordou, sua expressão tão abatida quanto a de Lucy. — Mas agora ela não pode fazer nada para irritar o Thomas, não até que o divórcio seja resolvido.

Nos últimos meses, as coisas entre Juliet e Thomas se tornaram irreconciliáveis. As irmãs passaram longas horas ao telefone ou computador, falando sobre suas opções e que ele estava usando a filha, Poppy, como um peão para controlar Juliet. Lucy queria voar até Maryland para dar uma surra no cunhado. Ele não só havia partido o coração de Juliet, também estava quebrando sua alma.

— Eu gostaria que ela nos deixasse ajudar — Cesca, falou com a voz baixa. — Aquele lugar que ela está alugando é pequeno e precisa de muito trabalho. Mas ela não quer aceitar um centavo.

— Olha quem está falando — Kitty protestou. — Era você que recusava toda e qualquer ajuda quando estava pulando de apartamento em apartamento em Londres.

— E foi você que recusou qualquer ajuda minha ou do Sam quando estava procurando um estágio em LA — Cesca ressaltou.

— Acho que podemos concordar que somos todas tão teimosas quanto mulas — Lucy disse.

— Sim, eu concordo. — Lachlan piscou, e ela revirou os olhos para ele.
— Mas é assim que eu gosto de todas vocês. Obstinadas e cheias de orgulho. É assim que as irmãs Shakespeare são.

Ele disse isso como um elogio, Lucy sabia. Várias vezes ele havia dito que isso era uma das coisas que ele mais amava nela. O jeito que ela nunca deixava que as coisas a derrubassem, o jeito como ela lidava com a vida. Ela era uma lutadora e não desistia, não importava as voltas e reviravoltas que encontrasse.

— Espero que as coisas se resolvam para a Juliet em breve — Kitty murmurou.

— Elas vão se resolver — Lucy respondeu, com firmeza.

De canto do olho, ela podia ver Sam e Adam caminhando em direção a elas, os dois segurando uma caneca de cerveja nas mãos.

Sam parou atrás de Cesca e envolveu o braço ao redor dela.

— Tudo bem? — ele perguntou.

— Sim — ela respondeu. Seu rosto se iluminou assim que ouviu a voz dele. — Estava pensando se poderíamos nos casar aqui. Parece o lugar perfeito.

Lucy sentiu a empolgação atingi-la.

— Você gostaria? — ela perguntou. — Tem uma capela linda na vila, e a pousada é perfeita para a recepção. Ou vai ser, assim que terminarem as reformas. E é afastado, também. Muita privacidade.

— Quando vai ficar pronto? — Sam perguntou.

— Vai levar uns seis meses — Lachlan falou. — Por que não conversamos com o Alistair amanhã?

Cesca se virou no braço de Sam.

— Você acha que nós podemos esperar? — ela perguntou. — Seria fácil manter os paparazzi longe se fizéssemos aqui. A Lucy e o Lachlan os colocariam para correr.

Lucy riu.

— Não seja rude.

— Eu posso esperar, se você puder — Sam sussurrou, acariciando o rosto de Cesca com os dedos. — O que te fizer feliz, baby.

— Talvez até esse ponto, o divórcio de Juliet também esteja terminado — Lucy comentou —, e ela e a Poppy poderiam estar aqui para o casamento.

— Isso seria maravilhoso — Kitty concordou. — Seria tão bom ter todas nós juntas pela primeira vez. As videoconferências não são tão boas.

— Quando foi a última vez que vocês estiveram no mesmo lugar? — Lachlan perguntou.

— Na festa de encerramento do filme — Kitty explicou. — No dia em que o Adam me pediu para morar com ele.

— Acho que não estivemos mais todas juntas desde então — Cesca concordou. — Bem, todas nós nos visitamos, mas não ao mesmo tempo. Como hoje à noite. Parece sempre haver alguém faltando.

A velha Lucy teria sentido pânico com esse pensamento. Ela estava planejando juntar todas. Mas deixar as coisas fluírem significava aceitar que agora a vida não permitiria que todas estivessem em um só lugar. Por enquanto, as videoconferências precisariam ser suficientes.

— As quatro irmãs Shakespeare juntas são um espetáculo para ser visto — Adam falou. — O mundo pode nunca mais ser o mesmo se acontecer de novo.

— Que bom que nada te assusta, baby — Kitty falou, sorrindo. Ela entrelaçou a mão na de Adam, inclinando a cabeça loira no ombro dele.

— E não somos mais quatro — Lucy lembrou. — Temos a Poppy também. — Ela sorriu. — Sem mencionar vocês. — Olhou para Adam, Sam e Lachlan. Três homens tão diferentes, mas que se encaixavam perfeitamente na família. As peças do quebra-cabeça que não perceberam que estavam faltando.

Eles eram a laca de ouro dos pedaços quebrados da porcelana das irmãs. Ou talvez fosse o contrário. Tudo o que Lucy sabia era que juntos eram mais do que a soma de suas partes.

Eles faziam o que estava quebrado parecer bonito.

❀

Os fogos de artifício começaram logo depois das dez da noite, o céu explodindo em um arco-íris de cores que refletia no rosto dos convidados. Os barulhentos estrondos eram intercalados com os murmúrios da multidão enquanto todos inclinavam a cabeça para assistir ao espetáculo acima deles.

Lachlan era o único que não observava os fogos que floresciam acima deles enquanto as peônias e crisântemos se desdobravam em uma cornucópia de estrelas em chamas. Estava muito ocupado observando Lucy, olhando o modo como seus ombros nus brilhavam na luz refletida, a maneira como seus olhos estavam arregalados, a boca ligeiramente aberta enquanto olhava para o céu.

Como foi que ele teve tanta sorte? Era uma pergunta que se fazia o tempo todo. Era como se, toda vez que olhasse para ela, visse algo novo, e isso o fazia querer nunca tirar os olhos dela.

Ele passou por trás de Lucy, envolvendo os braços ao redor de sua cintura, o corpete de seda e renda do vestido sob a palma de suas mãos. Deu um beijo em seu pescoço, inspirando e cheirando sua fragrância floral, sua pele quente, apesar do ar da noite. Ela inclinou a cabeça para trás de encontro ao peito dele, o cabelo loiro em contraste com o paletó escuro. Por um momento, eles poderiam estar em qualquer lugar — uma garota e um rapaz ao ar livre, no final do baile.

— As coisas sempre fazem sentido quando nós estamos juntos — ele sussurrou em seu ouvido.

— Isso é porque nós estamos destinados a ficar juntos. — Suas palavras eram simples, mas tocaram o coração dele. Passou a vida inteira sendo rejeitado pela família que tanto queria. Entrar naquela, quase pronta, parecia um presente. Ele queria ser digno disso.

— Você acha que pode ser feliz comigo onde quer que a gente vá morar? — ele perguntou. — Não quero que você acabe se ressentindo de mim.

Ela se virou em seus braços, até que estivessem frente a frente. Levantando a mão, gentilmente acariciou sua mandíbula.

— Eu sei que continuo brincando sobre nós ficarmos velhos e ainda morando em países diferentes — ela inclinou a cabeça —, mas estou tão determinada quanto você a fazer isso dar certo. Olhe para a Cesca e a Kitty. Elas conseguiram e eu sei que nós também vamos. — Ela olhou por cima do ombro dele, sorrindo. — Não importa onde estejamos, desde que seja juntos.

Seria possível um coração derreter? Ele não estava acostumado a sentir essas emoções, mas ele as abraçou.

— Juntos — ele disse, sua voz suave. — Eu gosto de ouvir isso.

Ele olhou por cima do ombro, seguindo o olhar dela para o imponente chalé atrás deles. Era estranho como aquilo se tornara fundamental no relacionamento dos dois. Foi a primeira coisa que os uniu, e o lugar onde ele a abraçara pela primeira vez. E, mesmo que não tenha percebido na época, foi onde ele começou a se apaixonar por Lucy Shakespeare.

E agora havia dado meios para estarem juntos. Era mais que um chalé, era um lar.

— Eu gostaria que os nossos filhos viessem bastante aqui — ele murmurou, se virando para olhar para ela. Sua cabeça estava inclinada, mas era para ele que ela estava olhando, não para os fogos no céu. — Eu quero que eles saibam como é ter uma história real, uma família de verdade. Que eles entendam de onde vieram, porque, sem isso, nunca saberão para onde vão.

Eram lágrimas o que ele viu se formando nos olhos dela? Era difícil dizer sob o brilho dos fogos de artifício.

— Eu também quero — ela respondeu, abraçando-o quando ele a puxou com força.

Quando os fogos de artifício aumentaram de intensidade, um barulho alto abafando quase todas as vozes, ele baixou os lábios para capturar os dela. Seus beijos eram familiares, ainda novos, exigentes, mas generosos também, e o incendiavam da mesma forma que o céu estava ardendo.

Ele havia perdido muitas coisas na vida, mas ganhar o coração dessa garota determinada parecia o maior prêmio de todos.

Agradecimentos

Como sempre, muito obrigado a Anna Boatman e toda a equipe da Piatkus, por serem tão adoráveis e esforçadas. Fazer a história de Lucy brilhar foi um grande trabalho coletivo, e sou muito grata por seus sábios conselhos.

Meire Dias, da Bookcase Agency, não é só uma agente, mas uma amiga. Obrigada pelo apoio e pela gentileza sem fim. Agradeço também a Flavia e Jackie, da Bookcase, por tudo o que vocês fazem.

Para a minha família — os adoráveis Ash, Ella e Oliver —, obrigada, pessoal, por estarem sempre ao meu lado. O estímulo e o amor de vocês são tudo para mim.

Finalmente, agradeço a todos vocês que leem e apoiam os meus livros. Seja você leitor, blogueiro ou resenhista, agradeço de coração. Existe todo um universo de livros lá fora, e o fato de terem tido tempo para ler o meu é uma honra.

Impresso no Brasil pelo Sistema Cameron da Divisão Gráfica da
DISTRIBUIDORA RECORD DE SERVIÇOS DE IMPRENSA S.A.